Simone Tives, Jahrgang 1962, wuchs in Neuss am Niederrhein auf. Die studierte Modedesignerin legt mit »Das Geheimnis der Lilie« ihren Debütroman im Emons Verlag vor, der sich an historischen Ereignissen orientiert. Die Autorin lebt mit ihrer Familie in Kaarst.

Dieses Buch ist ein Roman. Die Handlung ist frei erfunden, wenngleich im historischen Umfeld eingebettet. Einige Personen, Ereignisse und Orte sind historisch, einige sind es nicht.

SIMONE TIVES

Das Geheimnis der Lilie

EIN KRIMI AUS DEM MITTELALTER

emons:

MIX
Papier aus verantwortungsvollen Quellen
FSC® C083411

Umschlagfoto: Simone Tives
Umschlaggestaltung: Tobias Doetsch
Druck und Bindung: CPI – Clausen & Bosse, Leck
Printed in Germany 2011
ISBN 978-3-89705-813-2
Ein Krimi aus dem Mittelalter
Originalausgabe

Für meine Mutter

Dramatis personae

Ludovikus – Mönch
Kornelius – Novize
Bernhardus von Mayen – Bibliothekar zu Knechtsteden
Cunrad Tuschenbroich – Stadtmedicus
Johann von Kotthausen – Apotheker
Ghela von Kotthausen – seine Nichte
Lorenz von Aachen – Gaukler
Hanno de Kamp – Kaufmann
Clara von Kotthausen – Äbtissin des Quirinusklosters
Agnes – Custorin des Quirinusmünsters
Gertrudis – heilkundige Stiftsdame
Enolf – Herumtreiber
Angelikus – Minderer Bruder, Infirmarius
Thomas – Minderer Bruder
Henricus Cobelenz – armer Teufel
Bram Vlemingh – Braumeister
Wieland – Minderer Bruder, Pförtner
Mattes – Laufbursche des Quirinusstifts
Arnold von Berghem – Ritter aus der hessischen Gesandtschaft
Petrus de Quinheim – Bürgermeister von Nuys
Jelis Bleihoff – Stadtbaumeister

außerdem weitere wackere Nuysserinnen und Nuysser, mutige Soldaten, »schlagfertige Büttel«, fromme Mönche und Stiftsdamen, fleißige Mägde und Knechte und anderes Volk

Historische Persönlichkeiten

Ruprecht von der Pfalz – Kölner Erzbischof, dem man den Gehorsam verweigerte
Hermann von Hessen – Kölner Stiftsverweser
Karl der Kühne – Herzog von Burgund
Christoph, der Mohr – Kriegsgefangener der Nuysser
Reinhard Keybisch – Bürgermeister von Nuys

PROLOG

Hülchrath, März 1474

Vor dem Fenster fiel der Schnee in milchigen Fäden auf den von Hufen zertrampelten Boden des Schlosshofs. Ein paar Pferde, kräftige Kaltblüter, standen reglos in seiner Mitte. Ruprecht starrte auf den Dampf, der aus den Nüstern der Tiere in das Grau des Nachmittags emporstieg. Hinter ihm öffnete sich die Tür, Schritte kamen näher. Der Gast, auf dessen Ankunft er seit Stunden gewartet hatte, war gekommen. Er schluckte die Verärgerung über seine Verspätung herunter, zwang seine Mundwinkel nach oben und drehte sich um. Sein Lächeln gefror.

Das Augenpaar, das ihn unverhohlen, fast spöttisch musterte, war nicht minder grau und kalt als der Himmel, nach dem sich die Zinnen der Burg reckten. Ruprecht straffte sich, streckte seine Hand aus, dass der Besucher seinen Ring küsse. Der Mann übersah die Geste und blieb zwei Schritte vor ihm stehen.

»Zu Euren Diensten, Exzellenz.«

»Ihr kommt spät!«

Er gab ihm mit einer Armbewegung zu verstehen, in einem der Lehnstühle am Kamin Platz zu nehmen. Er selbst setzte sich ihm gegenüber. Sein Gast verschränkte die Arme, schlug die Beine übereinander und blickte ihn an. Sein rechter Fuß wippte leicht, das einzige Zeichen einer Unruhe, über die seine in Stein gemeißelte Mimik hinwegzutäuschen versuchte. Ruprecht räusperte sich.

»Man sagte mir, Ihr seid der Beste für Angelegenheiten wie diese.«

»Der bin ich, Eure Exzellenz.«

»Ich kann Euch vertrauen?«

»Was für eine Frage!« Sein Gegenüber lachte auf. »Hier wäscht, soviel ich weiß, eine Hand die andere, oder sehe ich das falsch?«

Ruprecht schüttelte den Kopf. »Nein, das tut Ihr nicht. Aber erlaubt mir ein letztes Mal zu fragen, ob nicht eine Summe guten Geldes«, er senkte die Stimme, »die größer ausfallen wird als üblich, Euch mehr nützen würde als das, was Ihr verlangt?«

Der Mann sprang auf, der Lehnstuhl kippte und krachte zu Boden. »Was soll das? Ich habe meine Bedingungen klar dargelegt, entweder Ihr akzeptiert sie, oder Ihr sucht Euch einen anderen!«

Seine Augen füllten sich mit Feindseligkeit. Ruprecht hob beschwichtigend die Hand.

»Verzeiht. Ich wollte Euch nicht zu nahetreten, aber Ihr müsst verstehen, dass diese Art der Bezahlung äußerst ungewöhnlich ist und mich ein wenig befremdet. Euch und Eurer Familie wäre mit Geld besser gedient. Bedenkt, Ihr seid jung, das Leben liegt vor Euch!«

»Geld, Geld, Geld! Seid versichert, dass das, was ich mir durch Eure Hilfe hole, mehr wiegt als ein Sack rheinischer Gulden!«

Der Mann atmete tief durch.

»Exzellenz«, fuhr er fort, »lasst uns zur Sache kommen. Ich bin zum Unterzeichnen des Kontraktes gekommen, nicht zum Debattieren!«

Eine Stunde später trabten Pferd und Reiter den schmalen Pfad entlang, der vom Schloss in den Wald führte. Ruprecht sah ihnen nach, bis sie im Wirbel der Schneeflocken verschwanden. Sein Blick fiel auf das Schriftstück in seinen Händen, und er begann zu zittern. Worte und Buchstaben verschwammen.

Er sank in einen Stuhl und ließ das Papier auf seinen Schoß gleiten. Er hatte soeben einen Pakt mit dem Wahrhaftigen geschlossen.

1

Knechtsteden, 20. Juli 1474, Tag der heiligen Margaretha

Der Mann trat aus dem Dunkel des Waldes und streifte die Kapuze von seinem kahl geschorenen Schädel. Gestützt auf einen Stock, einem knotigen Ast, über den er irgendwo auf seiner Wanderung gestolpert war, schaute er über die ockerfarbene und braune Eintönigkeit der Felder und Äcker hinweg, die nur durch ein paar zerstreut liegende Gehöfte durchbrochen wurde. Kein Mensch war zu sehen, nur ein Schwarm Wildgänse zog schreiend vorbei, eine Handvoll weißer Schatten vor dem schiefergrauen Abendhimmel. Er war am Ziel. Weniger als eine halbe Wegstunde entfernt lag das Kloster auf einer sanften Anhöhe vor ihm. Noch zeichneten sich die Umrisse der Basilika, ihres achteckigen Vierungsturms und die Seitentürme, vor dem Himmel ab. Bald würde die Dunkelheit sie schlucken, die vom Wald her aufzog und sich bereits in den Armen der Obstbäume verfangen hatte, die in gleichmäßigen Reihen den Klostergarten umstanden.

Er lächelte den hohen Mauern zu, die zum Schutz der Bruderschaft errichtet worden waren. Er würde sie leichten Fußes überwinden. Trotz seines Alters hatte sein Körper immer noch die Geschmeidigkeit des jungen Mannes, der er einst gewesen war. Und mochte zwar die Kraft seiner Muskeln langsam schwinden, so würde sie doch für diese letzte Aufgabe reichen – und was danach kam, war ihm gleichgültig. Er zog seinen Mantel, der nicht mehr war als ein Fetzen aus Kaninchenfell, enger um sich und begann, den leichten Hang hinabzuwandern. Von Ferne rollte Donner heran. Im Kloster Knechtsteden läutete es zur Vesper.

***

Kornelius fror, er öffnete das bleiverglaste Fenster zu seiner Rechten und sog die warme Sommerluft ein, die ihm entgegenwehte. Er hatte den ganzen Tag die von den anderen Kopisten beschrifteten

Pergamente mit Zeichnungen und Initialen verziert. Eine Arbeit, die ihm Freude machte und seinen Stolz nährte. Er war am letzten Christfest als Novize der Gemeinschaft von Knechtsteden beigetreten. Schon bald darauf hatte ihn Bruder Bernhardus, der Bibliothekar des Klosters, mit dieser Aufgabe betraut, die üblicherweise den erfahrenen Buchmalern vorbehalten war.

Kornelius spähte hinaus, über den Klostergarten hinweg bis zu den Schatten des Waldes am Horizont. Es regnete, ein grauer Tropfenschleier wehte von Westen heran und färbte das Grau des Julihimmels nach und nach mit Schwärze. Unterhalb des Turms, in dem sich die Bibliothek mit dem Skriptorium befand, lag die Abtei in abendlicher Verlassenheit. Finsternis beschlich bereits ihre Mauern und Winkel. Bald würde das Licht schwinden und Kornelius' Arbeit für heute ein Ende setzen. Er wandte sich wieder seinem Stehpult zu und schob die Blätter des Evangeliars beiseite. Aus den Falten seiner Kutte holte er einige zerknitterte Fetzen brüchigen Pergaments und breitete sie vor sich aus. Gekonnt setzte er die einzelnen Teile zu einem Ganzen zusammen, tauchte die Spitze seines Gänsekiels in das Tintenfass vor ihm und begann, die kaum leserlichen Worte darauf abzuschreiben. Mit jedem Satz verlor er sich mehr in der Lebensgeschichte des Gotenkönigs Dietrich von Bern, seinen Kämpfen, Niederlagen und Siegen. Seitdem er das zerrissene Pergament zwischen ein paar Folianten gefunden hatte, ließ ihn die Sage nicht mehr los, von der die Alten in den Dörfern und auf den Höfen rund um Knechtsteden sagten, dass sie nicht im fernen Süden, sondern hier, in der weiten Landschaft der Rheinebene, ihren Ursprung habe. Es gab also noch andere Helden als die der Bibel und der Heiligenlegenden.

Über die Treppe, die zur Bibliothek führte, schwang der Gesang der Mönche zu Kornelius herauf. Der Abendgottesdienst begann und versammelte seine Mitbrüder in der Basilika. Der Turm gehörte zu dieser Stunde allein ihm und seinem verbotenen Tun, niemand würde ihn stören oder vermissen. Der Novizenmeister weilte auf Pilgerfahrt, und die restlichen Brüder kümmerte der klösterliche Nachwuchs und dessen Tun wenig. Durch das geöffnete Fenster grollte Donner, polterte an sein Ohr und hätte fast die Schritte übertönt, die sich von den Windungen der Treppe her näherten.

Hastig schob er die Schreibarbeit unter sein Pult und glitt selbst hinter einen mannshohen Bücherturm.

Jemand betrat den Raum. Dielenbretter knarrten unter den Tritten lederner Sandalen, Atem pfiff, Papier raschelte zwischen Fingern, Staub wirbelte empor. Bücherdeckel klappten auf, schlossen sich wieder, in den Stapeln und Türmen brüchiger Pergamente und Karten knisterte es. Wer auch immer hier war, er suchte etwas, irrte durch das Gewirr aus Schriften von unschätzbarer Schönheit und dem Gekritzel zweifelhafter Herkunft und Wichtigkeit aus vielen Jahrhunderten.

»Ludovikus!«

Eine heisere Stimme zischte durch den Staubnebel.

Kornelius fuhr zusammen und wagte einen Blick über den Bücherstapel hinweg. Ein Talglicht in der Hand, stand Bruder Bernhardus von Mayen, der Bibliothekar, am Absatz der Treppe. Schatten huschten über sein knochiges Kinn, die magere gebogene Nase und die schmalen Brauen, unter denen seine Augen milchig glänzten. Er fixierte den Eindringling, der langsam auf ihn zuschritt und dessen wettergegerbtes Gesicht beim Anblick des Mönches weder Erstaunen noch Angst zeigte.

»Nette Überraschung, Bernhardus, nicht wahr?«

Der Mann lachte, entblößte eine Reihe für sein Alter tadelloser Zähne und trat auf den Bibliothekar zu, kam ihm näher, als der Anstand gebot.

»Dass wir uns nach all den Jahren wiedersehen, hast du gewiss nicht erwartet?«

»Spar dir die Freundlichkeiten! Was suchst du hier, Ludovikus? Ohne Grund hast du den langen Marsch zu mir bestimmt nicht unternommen.«

»Du fragst, was ich hier suche? Kannst du dir nicht denken, weshalb ich gekommen bin?«

»Nein.« Bernhardus blitzte ihn an.

Ludovikus schoss auf, seine sehnigen Arme packten Bernhardus, spitze Fingernägel gruben sich in sein Fleisch, ein Speichelstrahl traf dessen Gesicht und trief ihm die Wangen hinab.

»Lass mich los!«, schrie Bernhardus.

»Das werde ich tun, wenn du mir das Dokument gibst!«

»Welches Dokument? Du sprichst in Rätseln!«, keuchte Bernhardus und versuchte, sich aus der Umklammerung zu befreien. Eine Faust wurde in seine Magengrube gerammt, er krümmte sich und stöhnte auf.

»Lass uns das Spiel nicht weitertreiben, Bernhardus von Mayen. Es ist wahrlich kein Vergnügen für mich, dich wiedersehen zu müssen. Ich weiß von deinen Machenschaften und dem Dreck, in dem du dich suhlst. Gib mir das Dokument, und niemand wird je etwas aus meinem Mund erfahren.«

Bernhardus' Kinn zitterte vor Wut, seine Augen spien Hass. »Schau dich um. Wohin du blickst, Urkunden, Episteln, Chroniken und kostbare Bücher. Greif zu, Ludovikus! Nimm dir, was du willst!«

Mit einer harschen Bewegung machte er sich los, zog ein in Leder gebundenes Buch aus einem der Regale und schleuderte es dem Mann vor die Füße.

»Hier, ein Werk Meister Eckharts, dieses Dominikaners mit seinem Gefasel von der vollkommenen Abkehr von allem Irdischen.«

»Und insbesondere aller Habe. Ein Gedanke, der dir noch nie geschmeckt hat, nicht wahr?«, antwortete der Mann mit einem schmalen Lächeln, hob das Buch auf und legte es, ohne den Blick von Bernhardus abzuwenden, zurück auf das Bücherbrett.

»Was unterstellst du mir? Mir sind die Regeln meines Ordens in Fleisch und Blut übergegangen, was man von einem Ketzer wie dir nicht behaupten kann!«

»Nenn mich nicht Ketzer, Bernhardus, nie wieder, verstehst du!«

»Na, na, Ludovikus, welch bedrohlicher Ton schwingt in deinen Worten mit. Hat dich das Kirchengericht zu Mainz nicht der Häresie überführt und verurteilt? Sollten die hohen Herren etwa gefehlt haben?«, spottete Bernhardus, und ein Anflug von Heiterkeit huschte über sein knochiges Gesicht.

»Du weißt so gut wie ich, dass ich unschuldig war.«

»Unschuldig! Du kannst mir glauben, ich hätte mir nichts mehr gewünscht als den Beweis deiner Schuldlosigkeit. Einen guten Freund an den Teufel zu verlieren, schmerzt.«

»Halt deinen Mund, Bernhardus. Du und Ruprecht habt mich der Inquisition ausgeliefert. Ihr habt meine Abhandlung über das kosmische Gefüge dem damaligen Erzbischof von Mainz in die

Hände gespielt. Ich hatte euch vertraut, euch in meine innersten Gedanken eingeweiht. Ihr habt dieses Vertrauen zum Vorantreiben eures eigenen Fortkommens missbraucht.«

»Das taten wir nicht! Hätten wir zusehen sollen, wie du, unser Freund, den Irrungen seines Geistes erliegt? In dieser Abhandlung gabst du deinem Zweifel am Kern unseres Glaubens Ausdruck, indem du statt der Erde die Sonne in den Mittelpunkt des göttlichen Gefüges stelltest. Eine solche Behauptung konnten wir nicht verschweigen. Was wir taten, geschah nur, um dich aus den Krallen des Satans zu befreien.«

»Einen Dreck tatet ihr. Ihr bracht mir das Genick, und zu welchem Preis? Gut, Ruprecht erhielt den erzbischöflichen Stuhl zu Köln, den er allerdings dank seiner Habgier wieder verlor. Und du? Du bekamst nicht, wonach du giertest. Meine Stellung im erzbischöflichen Palast zu Mainz hat ein anderer inne. Du gingst leer aus, Bernhardus, und fristest dein Dasein in dieser Bibliothek zwischen staubigen Abschriften und Mäusedreck. Glaub mir, dich hier zu wissen, war mir an manchen Tagen meiner Verbannung ein Trost. Doch leider stillte dieses Wissen nur einen geringen Teil meines Verlangens nach Rache.«

»Ah, Rache treibt dich hierher!« Bernhardus verschränkte die Arme und krächzte ein Lachen. »Nun, dann nur zu, Ludovikus! Ich habe bisher jedes Spiel gegen dich gewonnen.«

»Nicht dieses hier! Gib mir das Papier!«

»Nichts werde ich dir geben. Ich bin so nah am Ziel meines Strebens, bei meinem Leben, du wirst mich nicht aufhalten!«

»Große Worte! Was ist dein Ziel? Eine schöne Abtei für dich allein oder ein Batzen Geld? Na, sag's mir.«

Ein zweiter Fausthieb traf den Bibliothekar am Kinn. Blut spritzte aus seiner Lippe, er taumelte, dann ließ ein weiterer Schlag ihn endgültig zu Boden sinken. Ludovikus war über ihm, in seiner Hand blitzte ein Messer.

»Das Dokument, Mönch!«, zischte er und drückte das Messer an Bernhardus' Kehle.

Mit zusammengepressten Lippen starrte der Bibliothekar seinen Angreifer an, wand sich unter ihm. Das kalte Metall drückte sich tiefer in sein Fleisch, er stöhnte auf und deutete auf seine Kutte.

»Ah, du trägst es am Leib, hätte ich es mir doch denken können, immer noch von Misstrauen gegen jeden zerfressen. Gib es mir, los!«

Bernhardus regte sich nicht, und der Fremde begann, die Kutte der Länge nach aufzuschlitzen.

»Nimm deine dreckigen Finger von mir, und ich gebe dir, was du verlangst«, keuchte Bernhardus schließlich.

Ludovikus hielt inne, dachte kurz nach und ließ von ihm ab. Mühsam richtete sich Bernhardus auf, griff unter den Saum seines Habits und zog einen versiegelten Umschlag hervor. Zitternde Finger griffen danach, befühlten das weinrote Siegel, trachteten es aufzubrechen und erschlafften in dem Augenblick, als Bernhardus sein Scalprum, ein scharfes Messer, das er gewöhnlich zum Spitzen seiner Schreibfeder benutzte, in die Brust des Mannes stieß und dieser mit zuckenden Gliedern zu Boden sank.

Mit einem Lächeln ließ Bernhardus von ihm ab, wischte die Schneide an der Kutte des Sterbenden ab und richtete sich auf.

»Ich sagte doch, dass ich jedes Spiel gegen dich gewinne.«

Er zog den Umschlag aus Ludovikus' schlaffer Hand, küsste das Siegel, trat an einen Bücherschrank, schob den Umschlag zwischen die Seiten eines dicken Buches und eilte die Treppe hinab.

Kornelius wartete, bis Bernhardus' Schritte verhallt waren, dann wagte er sich hinter dem Bücherturm hervor. Der Mann auf dem Boden krümmte sich im Todeskampf. Kornelius ging langsam auf ihn zu. Ludovikus' Augen traten hervor, als sie seiner gewahr wurden, sein Arm streckte sich ihm entgegen, seine sehnige Hand griff nach ihm, zerrte ihn mit letzter Kraft näher, bis Kornelius' Gesicht über dem seinen war.

»Das Papier bricht die Lilie ... bring es zurück«, flüsterte er.

Blut sickerte aus seinem Mund und besiegelte seine Worte. Sein Blick brach.

Kornelius starrte auf den Toten. Sein Atem raste, kalter Schweiß überzog seine Haut. Mit zögernder Hand schloss er dem Mann die Augen, strich ihm fast zärtlich über das Fell seines Mantels und sah den Lederbeutel, der an seinem Gürtel hing.

Kurzerhand schnitt er ihn ab, ließ ihn in seiner Kutte verschwinden, tastete hinein. Schnell fand er das Buch und den Umschlag darin. Ohne sich noch einmal umzublicken, hastete er die Treppe hinunter. Als er den von grauer Dämmerung gefärbten Kreuzgang erreichte, lehnte er sich erschöpft an eine Säule, presste seine heißen Hände gegen ihren kühlen Stein und wollte Atem schöpfen. Da sah er die Schatten. Sie kamen näher. Sein Herz pochte wild, als er in dem einen Bernhardus erkannte, begleitet von Bruder Adolf, einem schmierigen Kerl, der in der Küche half und für Geld alles tat. Kornelius drückte sich gegen die Säule, versuchte, mit ihr zu verschmelzen, doch zu spät. Bernhardus war stehen geblieben, musterte ihn argwöhnisch.

»Was schnüffelst du hier herum? Müsstest du nicht bei den anderen in der Basilika sein?«

»Ich wollte nur ein wenig …« Kornelius brach ab.

Bernhardus' Hand traf ihn mit unvermittelter Härte. »Scher dich in die Kirche, Bursche. Und …«, seine Augen verengten sich, »solltest du schon länger hier herumlungern, so hast du nichts gesehen und nichts gehört, sonst, das schwöre ich dir, gnade dir Gott, verstanden?«

Kornelius nickte stumm. Bernhardus gab Bruder Adolf ein Zeichen, kurz darauf waren sie im Treppenaufgang zur Bibliothek verschwunden. Kornelius rieb sich die Wange. Was sollte er tun? Noch war Zeit, die Tat dem Abt zu melden. Doch würde er ihm glauben? Mitnichten. Bernhardus, der großen Einfluss auf Abt Heinrich hatte, würde Mittel und Wege finden, ihm die Schuld an dem Mord zuzuschieben. Um seinen Ruf stand es nicht zum Besten, zu lang war die Liste seiner Vergehen, nur wegen seiner zeichnerischen Begabung wurde er noch im Kloster geduldet. Unter seiner Kutte lockten der Umschlag und ein prall gefüllter Geldbeutel. Das war mehr als genug, um Bernhardus' Tyrannei zu entfliehen und ein Leben außerhalb der Klostermauern zu führen, seinen Traum zu erfüllen und sich in einer Schreibstube als Lohnschreiber zu verdingen, wo man, wie er gehört hatte, zuweilen einen Groschen für jede geschriebene Seite erhielt.

Er zog die Kapuze über den Kopf und ließ den Kreuzgang hinter sich. Vor dem Portal der Basilika atmete er durch, öffnete die Tür, glitt in eine der Bänke und stimmte zum letzten Mal in das »Gloria« ein.

2

Nuys, 25. Juli 1474, Tag des heiligen Jakobus

Mit dem Morgen kam der Regen, leckte über Dächer und Türme, Mauern und Bögen, tropfte hinab in die Gassen der Stadt. Er kitzelte die Mägde auf ihrem Gang zum Brunnen, perlte über das Federkleid der Tauben, die ihn gurrend zu vertreiben suchten, und weckte den Wachposten an der Stadtmauer. Mit müden Schritten wankte er zum Obertor, das mit seinen vier Rundtürmen, dem Zwinger und der vorgelagerten Torburg das größte der Nuysser Stadttore war und sich nach Süden hin zur alten Römerstraße nach Köln öffnete. Der Wächter schob den Eichenbalken zurück, der quer über der Stadtpforte lag, und drehte den Schlüssel um. Die rostigen Scharniere quietschten, als er das Portal aufstieß und die schweren Türblätter den Menschen entgegenschwangen, die jenseits der Stadtmauer auf Einlass warteten.

Ein Rappe preschte an dem Wächter vorbei, im Sattel ein Edelmann mit fliegendem schwarzem Haar. Der Wächter schrie ihm ein paar deftige Schimpfworte nach, doch sie blieben ungehört. Das Treiben auf der Straße hatte Mann und Reiter bereits verschluckt. Der Wächter kratzte sich die Glatze. An Markttagen war sein Dienst kein Honigschlecken. Bauern, Händler, Tagelöhner, Knechte, Mägde, aber auch Bettler und Diebe drängten in die Stadt. Den Aussatz unter ihnen ausfindig zu machen und ihm den Einlass zu verwehren war eine seiner schwierigsten Aufgaben.

Er blinzelte in den Regen hinaus zu dem Verschlag hinüber, der bei Tag den Vorposten auf der hölzernen Brücke als Unterstand diente. Ein paar jämmerliche Gestalten krochen daraus hervor, streckten ihre klammen Glieder. Sie hatten die Nacht dort verbracht, um Schutz vor dem Regen zu finden. Nun schlurften sie näher und passierten unter seinem strengen Blick das Tor.

»Wohin, mein Freund?« Er hielt einen von ihnen am Arm zurück und stutzte, als er in das breitknochige Gesicht des Mannes sah, aus dem ihn zwei dunkelbraune Augen anblitzten.

»Kenn ich Euch?«

Der Mann zog die Nase kraus, auf der der Sommer in zahllosen Flecken spross, wollte etwas erwidern, als der Schrei einer Frau alle Aufmerksamkeit auf sich zog. Schwankend stand sie auf der Zugbrücke und hielt sich den gewölbten Leib, Wasser und Blut flossen ihre Beine herab. Der Wächter ließ von dem Mann ab und eilte auf die Brücke.

»Das Weib wird doch nicht die Dreistigkeit besitzen, hier ihr Balg zu werfen?«, keifte er.

***

»Du verkaufst mich nicht für dumm!« Kräftige Finger zerrten am Ohr des halbwüchsigen Jungen, bis dieser mit verrenktem Hals zu dem Mann aufschaute, der bebend über ihm stand.

»Glaub mir, Onkel, es stimmt, ich lüge dich nicht an«, keuchte er.

Sein Onkel, dessen Haar ebenso rot loderte wie sein kantiges Gesicht, packte noch fester zu. »Sag mir endlich, warum du ausgebüchst bist und dich in Nuys herumtreibst? Ist dir das Klosterleben so zuwider?«

»Nein, es ist nicht so, wie du denkst. Lass mich los, und ich erklär dir alles.«

»Den Teufel werd ich.«

Der Mann zog den Jungen dicht vor seine Brust und drückte seinen Unterarm gegen dessen Hals. Der Bursche schnappte nach Luft, fuchtelte mit den Armen, trat mit den Füßen nach seinem Peiniger – umsonst. Lachen kam unter den Leuten auf, die stehen geblieben waren, um sich an der Keilerei zu ergötzen. Zwar kannte keiner von ihnen den schmalen, jungen Kerl in dem ausgefransten Mantel, aber den hochgewachsenen Mann mit der roten Widerspenstigkeit auf dem Kopf, der ihn in den Schwitzkasten genommen hatte, kannten sie alle.

Cunrad Tuschenbroich, Stadtmedicus zu Nuys, raste vor Wut, und das in aller Öffentlichkeit. Wie seine Haarfarbe neigte auch sein Temperament mehr dem Element des Feuers zu als dem des Wassers, an das seine Augen erinnerten. Dunkelblau vor Zorn und Enttäuschung glitten sie über die Köpfe der Gaffer hinweg und schließlich hinunter zu dem zappelnden Jungen vor seiner Brust. Der überraschende Zusammenstoß mit seinem Neffen hatte dem Stadtmedicus die Fassung geraubt und seiner Hand nicht nur eine Backpfeife abverlangt. Der Junge hatte gefälligst im Skriptorium des Klosters Knechtsteden zu sitzen und Pergamente zu bemalen – und nicht in Nuys herumzulungern, um wilde Geschichten zu verbreiten. Die frommen Brüder in Knechtsteden würden ihm das Fell über die Ohren ziehen, wenn sie erfuhren, dass er ihre Abtei eine Mördergrube schimpfte. Warum diese Ausflüchte? Warum war er nicht Manns genug, bei der Wahrheit zu bleiben und zuzugeben, dass er davongerannt war, weil ihn der Stachel der Freiheit wieder einmal gekratzt hatte?

Cunrad seufzte, er war es leid, seinem Neffen aus misslichen Lagen zu helfen. Damit musste endgültig Schluss sein. Aber wie bändigte man diesen Wildfang und zeigte ihm den rechten Weg auf?

»Fuss, lass den Jungen los, oder willst du im Turm landen?«

Cunrad blinzelte gegen die Sonne, die sich in den Helmen und Brustpanzern zweier Büttel verfangen hatte, die mit scheppernden Schritten näher kamen, schließlich vor ihm stehen blieben und ihm ihre dicken Bäuche entgegenschoben.

»Wird's bald!«, forderte der kleinere der Männer und kratzte sich sein narbiges Kinn, während sein Kamerad wichtigtuerisch die Lanze schwang.

Cunrad sah die beiden Wachen finster an. Er hatte nicht übel Lust, die feisten Gesichter dieser Angeber in den Straßendreck zu drücken und ihnen in den Hintern zu treten. Doch er beließ es bei dem Gedanken, brummte ein paar Gemeinheiten in seinen Bart, tat, wie ihm geheißen, und ließ Kornelius los.

»Na also, geht doch!«

Die Büttel nickten großspurig und staksten weiter. Kornelius, der rücklings im Geschmier der Gasse gelandet war, kroch mit tränennassem Gesicht über den Boden und suchte seine Habseligkeiten zusammen, die der Matsch zu verschlingen drohte. Er stopfte seine Siebensachen in sein Bündel aus schmutzigem Leinen. Einen Umschlag mit aufgebrochenem weinrotem Siegel behielt er in der Hand und hielt ihn Cunrad entgegen.

»Sieh dir das Dokument doch wenigstens an, Onkel. Dann wirst du mir glauben, dass es seinen Wert hat.«

Cunrad steckte die Hände in die ausgeleierten Taschen seines Wamses.

»Nichts werde ich mir ansehen. Ich hab genug von deinen Lügen und Betrügereien. Morgen bringe ich dich zurück nach Knechtsteden, und das zum letzten Mal. Du läufst nicht mehr davon, das schwöre ich dir.«

»Du bringst mich nirgendwo hin!«, erwiderte der Junge bestimmt und stand auf. »Wenn du mir nicht glaubst, mir nicht einmal zuhörst, gut.« Er zuckte mit der Schulter, steckte den Umschlag ein und hob das Kinn. »Ich finde schon jemanden, der mich weder einen Lügner noch einen Betrüger nennt und schlau genug ist, den Wert des Dokuments zu erkennen!«

»Und es dir versilbert. Einer, der so blöd ist, auf einen ausgerissenen Novizen hereinzufallen, muss erst geboren werden. Kornelius, jetzt nimm Vernunft an und komm mit zu mir!« Cunrad streckte dem Jungen die Hand entgegen.

»Pack mich nicht an, Onkel. Spar dir deine guten Ratschläge oder besser, schmier sie dir in deine roten Haare, du herzloser Mistkerl.«

Lachen erhob sich wieder in der gaffenden Horde, die einen Kreis um die beiden Streithähne gebildet hatte. Mit ihren Händen klapperten sie Beifall ob so deutlicher Respektlosigkeit gegenüber dem Stadtmedicus, der ein Rüpel sein mochte und zuweilen wenig Begabung im Umgang mit seinen Mitmenschen zeigte, dessen scharfer Verstand gepaart mit seinem medizinischen Wissen ihn jedoch zu einem fähigen Medicus machte, der Achtung verdiente. Kornelius dankte seinem Publikum mit einer kleinen Verbeugung und schulterte sein Bündel.

»Gehab dich wohl, Onkel!«

Er sah Cunrad kurz in die Augen und war im nächsten Augenblick zwischen zwei Ochsenkarren verschwunden. Cunrad wollte ihm nach, besann sich jedoch. Er hatte sich genug zum Narren gemacht. Die Nacht und der unbändige Hunger eines Sechzehnjährigen würden Kornelius früher oder später an seine Tür klopfen lassen. Dann bliebe noch genug Zeit, dem Jungen den Kopf zurechtzurücken.

Er sah in die Menge. »Leute, die Vorstellung ist zu Ende, ihr hattet euren Spaß, und jetzt schert euch fort.«

Maulend gingen die Menschen auseinander, während Cunrad den engen Schlund der Gasse bis zu der Ecke hinauf ging, wo er auf die gepflasterte und breite Niederstraße stieß. Der herbe Geruch von nassem Vieh, Heu und frischem Dung wallte ihm entgegen. Der Ostwind hatte zwar die Regenwolken fortgeblasen, trieb nun aber die Ausdünstungen des nahe gelegenen Viehmarktes über das Viertel und in die Lungen der Tagelöhner und Abdecker, Gerber und Latrinenleerer, der Huren und Diebe, die hier hausten. Der Auswurf der Stadt, wie sie mancher Ratsherr mit gerümpfter Nase nannte. Cunrad spuckte auf den Boden. Wann würden die Stadtoberen endlich begreifen, dass auch diese Menschen etwas wert waren und es nicht Gottes Wille war, der sie sterben ließ und die Reichen verschonte, sondern einzig der Dreck und die Enge, die in dieser Gegend herrschten?

Grübelnd reihte er sich in den Menschenstrom ein, der vom Niedertor kommend dem Büchel zustrebte, der kaum merklichen Kuppe, hinter der der Marktplatz sanft abfiel, auf dem heute, am Tag des heiligen Jakobus, Jahrmarkt abgehalten wurde. Den Blick auf das Pflaster gerichtet, um nicht im Unrat auszurutschen, ging Cunrad die Straße hinab. Er hasste das Gedränge und Geschubse, das Lärmen und Lachen, das an solchen Tagen herrschte. Nicht, dass er den Menschen ihren Spaß missgönnte, doch der Trubel passte nicht zu seinem Wesen und schon gar nicht zu seiner Stimmung, die sich mehr und mehr verdunkelte, seit es zur bangen Gewissheit geworden war, dass Karl der Kühne, Herzog des mächtigen Burgunds, in den nächsten Tagen gegen Nuys ziehen würde, um damit Köln, dem eigentlichen Ziel seines Machtstrebens, ein Stück näher zu kommen. Einem Ziel, das ein ungleich gefährlicherer Gegner war als Nuys.

Im Frühling hatten die Kölner Karl bereits die Stirn geboten, als er dort seine Mandate aushängen ließ und damit den Befehl gab, sich ihm zu unterwerfen. Sie hatten ihn mit ihrem ureigenen rheinischen Humor ausgelacht, die Mandate zerrissen, seine Gesandtschaft mit Dreck beworfen und aus der Stadt gejagt. Seitdem herrschte Feindschaft zwischen dem kaisertreuen Köln und dem mächtigen Herzog. Zwei Raubtieren gleich standen sie einander gegenüber. Im Norden Karl, im Süden Köln und zwischen ihnen Nuys, die kleine, aber wichtige Handelsstadt, der nördlichste Posten des kölnischen Erzstifts. Bestens dazu geeignet, so hatte man Karl zugetragen, das Siegel rheinaufwärts zu brechen.

Cunrad erreichte den Markt. Zielstrebig ging er zu einem Zelt, auf dessen Spitze ein Wipfel mit einem goldenen Äskulapstab wehte. Eine Menschentraube drängte sich vor dem Eingang. Cunrad schob einen Krüppel beiseite, quetschte sich an einem pockennarbigen Mann vorbei, kniff in das breite Gesäß einer Bäuerin, die kreischend zur Seite sprang, und trat ein.

***

Johann hielt die Scheibe hoch. Sonnenstrahlen blinkten auf, tanzten über versilbertes Glas, blendeten seine Augen, doch er wandte seinen Blick nicht ab. Der Spiegel in seiner Hand zeigte das genaue Abbild seiner selbst und der Welt hinter ihm. Die Narbe, die seine rechte Braue spaltete, ein Vermächtnis aus Kindertagen, war ebenso deutlich zu erkennen wie die strohgedeckten Dächer, die Türme der zahlreichen Kirchen und Klöster und die Gesichter der sich am Reigen der Buden vorbeidrängenden Menschen. Johanns Blick wollte den Spiegel gerade verlassen, als ein Junge, dem ein viel zu großer Mantel um die dünnen Glieder schlotterte, seine Aufmerksamkeit auf sich zog. Wie ein aufgescheuchtes Huhn lief er gestikulierend zwischen den Marktbesuchern umher, sprach den ein oder anderen an und hielt ihm einen Umschlag vor die Nase. Ohne großen Erfolg, wie es schien, die Gesten der Angesprochenen sprachen ihre eigene, nicht sonderlich freundliche Sprache. Johann sah die Tränen in den Augen des Jungen glänzen.

Armer Kerl, dachte er, dieser Tag schien nicht zu seinen glücklichsten zu zählen. Plötzlich verlor er ihn aus den Augen. Johann ließ die silberne Scheibe sinken und sah sich um. Sein Blick erfasste die Reihe der Fachwerkhäuser auf der gegenüberliegenden Seite des Platzes, die in ihren steinernen Bäuchen vollgestopfte Schenken mit grölendem Volk bargen. Das Geschiebe vor ihren Türen war groß. Wo war der Junge hin?

Da! Unter einem Wirtshausschild, auf das ungelenk drei Kronen gemalt worden waren, entdeckte er den Blondschopf in Begleitung eines Mannes, der ihn gerade über die Türschwelle der Schenke schob. Johann lächelte, vielleicht sollte der Tag für den Bengel doch noch einen guten Ausgang haben?

Und wie stand es mit ihm selbst? Er erinnerte sich an den Spiegel in seiner Hand und sein eigentliches Vorhaben, das Stück zu erwerben. Es stammte eindeutig aus einer der Werkstätten der venezianischen Insel Murano und besaß einen nicht zu unterschätzenden Wert. Er wandte sich dem Händler zu, der hinter einem grob gezimmerten Tisch an einem Hähnchenschenkel nagte und ihn misstrauisch beäugte. Fett lief seine kräftigen Finger hinab und triefte auf ein vormals blaues Wams und abgewetzte Beinlinge hinunter. Mit diesem Kerl zu feilschen würde nicht einfach sein und gerade deshalb einen gewissen Spaß mit sich bringen.

Ghela konnte es nicht fassen. Warum hatte ihr Onkel den Spiegel nicht einfach gekauft, ohne um den Preis zu schachern und zu schnattern wie die Weiber auf dem Fischmarkt? Sie sah zu Johann, der neben ihr die Buden entlangschlenderte, seine neu erworbene Trophäe unter dem Arm. Er sah nicht aus wie einer, der die Groschen zählen musste. Auf seinem breitkrempigen braunen Hut wippte stolz eine Fasanenfeder, Kragen und Saum seiner grünen Wollweste zierte ein Nerzbesatz, und das weiße Leinenhemd, das darunter hervorblitzte, war mit feinster Brüggener Spitze eingefasst. Plötzlich neigte er den Kopf zu ihr. Seine goldgesprenkelten braunen Augen zwinkerten unter schmalen schwarzen Brauen, und sein ebensolcher Oberlippenbart bog sich nach oben, als er verschmitzt grinste.

»Na, mein liebes Kind, wie habe ich das gemacht? Zwei Albus sind zwar immer noch eine stattliche Summe, aber der Spiegel ist mindestens das Dreifache wert.«

»Schämen solltest du dich, den Mann so übers Ohr zu hauen und ihn obendrein vor aller Augen zu blamieren. Alle haben gelacht, als du ihn nach dieser dummen Kirche gefragt hast, dieser …«

Ghela stockte, sie konnte sich diese fremdländischen Namen einfach nicht merken.

»Santa Maria e Donata, mein Kind, ein Prunkstück venezianischer Baukunst und leider bis auf die Grundmauern niedergebrannt. Warum hätte ich ihn nicht nach dem Stand der Dinge fragen sollen? Gab er doch vor, ein Sohn der Lagunenstadt zu sein.«

»Onkel, du hast genauso wie ich gehört, dass er aus dem Schwäbischen stammte«, stöhnte Ghela und sah Johann an, doch ihr Onkel hörte ihr nicht mehr zu. Seine Aufmerksamkeit galt einer Gauklergruppe, die ihre Possen auf einer Bühne vor der Stadtwaage zum Besten gab.

Nicht das auch noch, dachte sie unwillkürlich.

Zu spät. Johann hatte bereits ihren Arm ergriffen und zog sie durch die Menge.

»Halt dein Maul, du dummes Weib, sonst jag ich dir den Eber auf den Hals.«

Ein hochgewachsener Mann, gekleidet in zweifarbigen Beinlingen, das rechte Bein rot und das linke grün wie ein Apfel im Juni, stelzte ungelenk über die Bühne. Seine Füße steckten in schmalen Schnabelschuhen, an deren Spitze ein Glöckchen bei jedem seiner Schritte klingelte und für Heiterkeit im Publikum sorgte. An seiner Seite stolzierte ein schlankes Mädchen in spanischer Tracht mit gerafften Röcken. Über ihrem offenen schwarzen Haar, das sich bis zur Taille ergoss, lag ein dünner, ebenfalls schwarzer Spitzenschleier, der das rote, enge Mieder umspielte, das sie trug. Ihr Fächer flatterte kokett vor ihren dunklen Augen. Neben ihr wuselte auf allen vieren ein Bursche herum, der augenscheinlich den Eber darstellte. Grunzend rannte er hin und her, ein zotteliges Stück Fell über dem Rücken, auf dem sich in Höhe seines Hinterteils ein Schwänzchen aus grobem Seil ringelte. Er stürzte sich auf eine Gruppe Kinder in der ersten Reihe, die vor Angst aufkreischten, machte kehrt und raste auf einen Mann zu, der in grellbunten Frauenkleidern soeben die Bühne betrat. Unter den Zurufen der Zuschauer jagte der Eber ihn vor sich her, sprang ihn an und riss ihm die Jacke auf. Zwei Kohlköpfe polterten aus seinem Ausschnitt zu Boden.

»So ein Kappes!«, rief er mit kreideheller Stimme.

Das Publikum grölte, und Ghela verzog das Gesicht.

»Lass uns gehen, Onkel. Ich verstehe nicht, was dir an diesen gemeinen Possenreißern gefällt«, maulte sie und zupfte Johann am Ärmel.

Mit einer unwilligen Bewegung schüttelte er ihre Hand ab. »Gönn mir doch den Spaß. Mehr und mehr nimmst du die Züge meines Bruders an, dieses gottverdammten …«

Ghela stütze die Hände in die Hüften und funkelte ihn an. »Johann!«

»Ich weiß, über Tote soll man nichts Nachteiliges sagen, aber dein Vater …«

»Der auch dein geliebter Bruder war …«

»Also, dein Vater, der war ein verdammter Langeweiler und ein Griesgram obendrein. Dass deine Mutter ihn genommen hat, verstehe, wer will.«

»Hör auf, über ihn zu schimpfen, ohne ihn und meine Mutter gäbe es mich nicht, und du würdest einsam in deiner Apotheke versauern.«

Ghelas Worte verloren sich im Applaus, der aufbrandete, als die Schauspieler sich verbeugten, die Bühne verließen und ein anderer Gaukler sie betrat. Er setzte zu einem Sprung an, wirbelte kopfüber durch die Luft, kam auf seinen nackten Füßen zu stehen und begrüßte das Publikum mit einer eleganten Verneigung. Johann stieß Ghela seinen Ellbogen in die Seite.

»Das ist der Spielmann, von dem ich dir erzählt habe, Lorenz von Aachen. Selbst an den Adelshöfen schätzt man seine Künste.«

Ghela sah missmutig zur Bühne. Das also war der Magier, Akrobat, Sänger und weiß der Himmel was noch alles, dessen Auftritt Johann seit Wochen entgegenfieberte. Sie hatte ihn sich älter, größer und mit langem Bart vorgestellt. Doch der Mann da vorne, der gerade ein paar goldene Nüsse hinter seinem Ohr hervorzauberte, war kaum älter als sie, klein, schlank, mit glattem aschblondem schulterlangem Haar. Er trug – entgegen der Spielmannssitte, dem Leben und dem Publikum in greller Buntheit entgegenzutreten – schwarze Beinlinge und einen ebensolchen Rock mit perlmutternen Knöpfen. Einzig ein purpurner Umhang, der um seine Schultern flatterte, wies ihn als einen Gaukler aus. Ghela gefiel der junge Mann, doch das sollte Johann erst gar nicht merken, sonst würde er sie wochenlang damit aufziehen.

»Berühmt hin oder her, ist er doch nur ein Gaukler, ein Mann ohne Haus und Stand. Ich möchte bitte gehen.«

»Du bleibst, brauchst ihn ja nicht zu heiraten. Also stell dich nicht so an.«

Johann hatte ihre Hand genommen und drückte sie so fest, dass es ihr wehtat. Als sie einen Blick in ihrem Rücken zu spüren glaubte, sah sie sich um. Gerlinde Keybisch und ihre mürrische Tochter Sybille nickten ihr zu. Das Weib des Bürgermeisters, Reinhard Keybisch, war in Nuys für seine spitze Zunge bekannt. Ghela hatte keine Lust, für Klatsch zu sorgen, den ein Streit mit Johann hier auf dem Markt sicherlich auslösen würde. Sie lächelte und wandte sich wieder der Bühne zu.

»Er ist großartig, hast du das gesehen?«, raunte ihr Johann zu. Der junge Mann auf der Bühne hielt ein Kaninchen an den Ohren, das er gerade einem der Kinder in der ersten Reihe aus dem Kittel gezaubert hatte. »Der Teufel weiß, wie er das macht.«

Johann klatschte laut Beifall, während Ghela ein Gähnen unterdrückte und hoffte, das Spektakel möge bald vorüber sein. Sehnsüchtig schaute sie zu den Garküchen am Rande des Marktes. Der Duft von frisch gebackenen Schmalzkringeln und Wildschweinbraten wehte herüber. Ihr Magen knurrte, und die Füße taten ihr weh. Wie herrlich wäre es, dort unter einem mit Weinlaub geschmückten Baldachin zu sitzen, ein Stück Braten auf dem Teller und einen guten Schluck Wein im Becher.

Ghela seufzte und bemerkte plötzlich, dass Johann ihre Hand nicht mehr festhielt und der Platz neben ihr leer war. Ihr wurde heiß, denn die Vorahnung, die sie beschlich, war ihr selbst in ihren ärgsten Alpträumen noch nicht begegnet. Angstvoll blickte sie zur Bühne.

»Nein, das bitte nicht!«, flüsterte sie.

Johann stand mit erhobenen Armen auf dem Podest und setzte gerade zum Sprechen an:

»Liebe Leute, angeregt durch die hohe Kunst des Lorenz von Aachen möchte ich euch bitten, nun meinen bescheidenen Fertigkeiten eure Aufmerksamkeit zu schenken. Als Apotheker unserer Heimatstadt bin ich allen bekannt. Doch solltet ihr wissen, dass meine Leidenschaft nicht nur den Arzneien gilt, sondern auch der Zauberei und Akrobatik.«

Lachen keimte auf, doch Johann ließ sich nicht beirren.

»Während vieler Jahre habe ich mich in diesen Kunstfertigkeiten geübt und erlaube mir heute, sie zum ersten Mal vorzuführen. Gefallen sie euch nicht, bewerft mich mit faulem Obst und buht mich aus. Ich werde euch eure Ehrlichkeit nicht nachtragen.«

Er machte eine kurze Pause, um seinen Worten den nötigen Nachdruck zu verleihen, und fuhr fort.

»Unterhalten euch meine kleinen Darbietungen, so zollt mir bitte Beifall, das Gold eines jeden Künstlers.«

Die Leute, die sich eben noch zerstreuen wollten, blieben. Keiner schien sich die Gelegenheit entgehen lassen zu wollen, Johann von Kotthausen, Apotheker, Ratsherr und einer der reichsten Bürger der Stadt, ein faules Ei an den Kopf zu werfen. Ghela spürte, wie ihre Wangen zu glühen begannen. Am liebsten wäre sie nach Hause gelaufen, um die Tür hinter sich zuzuwerfen und sie in den nächsten hundert Jahren nicht mehr zu öffnen. Was tat er ihr an! Johann gab sich der Lächerlichkeit preis! Seine Zaubereien reichten gerade mal, um den kleinen Hans aus der Nachbarschaft in Staunen zu versetzen, aber mitnichten zur Unterhaltung Hunderter von Menschen!

Johann begann zu jonglieren. Hinter ihm hatte sich die Schauspieltruppe aufgestellt und begleitete ihn mit wohlfälligem Beifall und Trommelschlägen, nur Lorenz von Aachen lehnte etwas abseits an der Brüstung der Bühne und sah mit verschränkten Armen und gelangweilter Miene ins Publikum und direkt in Ghelas Augen.

Sie zuckte zusammen und sah zu Boden. Ein Poltern. Ghelas Blick hastete hoch. Johann lag rücklings auf den groben Bühnenbrettern, rote, grüne, gelbe und blaue Bälle kullerten auf, über und um ihn. Er rührte sich nicht. Das Publikum brüllte, Eier, schimmeliges Brot und faule Äpfel flogen. Ein Mann neben ihr schlug ihr auf die Schulter, als wolle er ihr zu diesem tollpatschigen Onkel gratulieren. Ghela drängte sich an ihm vorbei und bahnte sich einen Weg zur Bühne hin. Sie setzte einen Fuß auf das hölzerne Untergerüst und zog sich an einer Strebe hoch, dabei verhedderte sich ihr Schuh in ihrer Schleppe. Sie trat ins Leere und hätte das Gleichgewicht verloren, wenn nicht eine Hand ihr Handgelenk umfasst und sie hoch auf die Bühne gezogen hätte. Lorenz von Aachen lächelte sie an und wies mit dem Kopf zu Johann.

»Er ist ohnmächtig. Jemand hat ihm einen Apfel an den Kopf geworfen. Komm!«

Ghela bewegte sich nicht, starrte ihn an. Etwas irritierte sie an ihm, doch sie wusste nicht genau, was es war. Ihr Blick glitt über das Gesicht des Gauklers. Seine Züge waren ebenmäßig, die Nase gerade, der Mund herzförmig und ein wenig zu klein, das Kinn spitz mit einem Grübchen. Er war hübsch, das stand außer Frage, aber das war es nicht.

»Es sind meine Augen, Mädchen. Das linke ist braun, das rechte blau«, flüsterte er und grinste.

Sie errötete. Sie hatte ihn angestarrt, wie sie selbst die Aussätzigen nicht ansah, die zur Mittagsstunde vor der Pforte des Klosters Marienberg herumlungerten. Die faulenden Glieder nur dürftig von ein paar Lumpen bedeckt, warteten sie dort auf eine warme Suppe, die von den Augustinerinnen gereicht wurde.

»Du bist nicht die Erste, die sie durcheinanderbringen«, unterbrach er ihre Gedanken.

Sie zog die Brauen zusammen. »Deine Augen mögen andere verwirren, mich nicht!«, sagte sie knapp, und ihr wurde bewusst, dass er noch immer ihre Hand hielt. Sie riss sich los und eilte zu Johann, der reglos dalag. Sein Kopf war in den Schoß der hübschen Frau gebettet, die ihre Tracht aus Spitzen und Taft gegen ein schlichtes braunes Baumwollkleid getauscht hatte und ihre Haare jetzt unter einer gestärkten Haube verbarg. Mit ihren schmalen Händen klopfte sie auf Johanns Wangen.

»Er will nicht wach werden«, sagte sie in dem singenden Ton, den man im Reich der Franken sprach.

Ghela hockte sich neben sie.

»Ist er dein Mann?« Die Frau schaute Ghela neugierig an.

»Nein, mein Onkel.«

»Och«, kicherte sie, »und ich dachte schon, so ein alter Mann und so ein junges Mädchen ...«

Ein Schwall kalten Wassers unterbrach ihr Gespräch und ergoss sich über Johann, der prustend wach wurde. Zwei Hände packten ihn unter den Achseln und zogen ihn hoch.

»Es wird Zeit, nach Hause zu gehen, Apotheker«, grollte eine dunkle Stimme.

Ghela sah auf. »Cunrad, Ihr hier?«

Der Mann, der Johann jetzt wie eine Puppe über seine rechte Schulter warf, schenkte ihr ein kleines Lächeln. »Jungfrau Ghela, es ist mir eine Ehre, Euch behilflich zu sein und diesen Stutzer, der zu meinem Bedauern Euer Onkel ist, nach Hause zu bringen.«

Mit einer Pranke haute er dem zappelnden und maulenden Johann auf den Rücken. »Und du da oben sei still.«

Cunrad nickte Ghela zu und machte sich daran, die Bühne zu verlassen. Sie wollte ihm folgen, doch eine Hand hielt sie sanft, aber bestimmt zurück. Ein Paar zweifarbiger Augen lächelte verschmitzt.

»Gestatte mir, dich auf ein Stück Braten und einen Schluck Wein einzuladen. Dein Magen knurrt so laut, dass man ihn bis nach Köln hört!«

Ghela sah Lorenz von Aachen unter halb geschlossenen Lidern an. »Welch dreistes Ansinnen, welch taktlose Unterstellung. Leg deine Ohren an und troll dich, Gaukler. Glaubst du, ich bin eine, die ihren guten Ruf für ein Stück Braten aufs Spiel setzt?«

»Du vielleicht nicht, doch dein Magen würde es ohne Weiteres tun. Hör, wie er jault!«

Er hob zu einem Geheule an. In Ghelas Mundwinkel nistete sich ein Lächeln ein, das jedoch erstarb, als ihr Blick ins Publikum und in die Augen Hanno de Kamps fiel. Der Ehemann von Sybille stand, sein Weib im Arm, neben seiner Schwiegermutter, Gerlinde Keybisch, und zwinkerte ihr zu.

Was fiel diesem Saufbold und Weiberheld ein, sich über sie lustig zu machen? Kurz entschlossen hakte sie sich bei dem Gaukler unter.

»Was soll's! Mein Ruf scheint schon verdorben, so lade mich denn zum Essen ein, Lorenz von Aachen.«

Ein heiteres Glöckchen erklang, als Cunrad, den zeternden Johann über der Schulter, die Tür zur Löwenapotheke aufstieß, die Johann im Erdgeschoss seines stattlichen Hauses am Markt führte. Der ätzende Geruch von Schwefel und Salpeter schlug ihm entgegen.

»Hast wohl wieder Schwarzpulver angemischt?«, keuchte er, ließ Johann von seiner Schulter gleiten und setzte ihn auf die Füße.

Johann, der mindestens einen Kopf kleiner war und halb so viel wog wie Cunrad, funkelte ihn wütend an, trat auf ihn zu und schrie auf.

»Verdammt, ich muss mir den Fuß verstaucht haben«, fluchte er.

Ohne weiter auf Cunrad zu achten, humpelte er zu einem reich geschnitzten Scherenstuhl und setzte sich. Dann blitzte er Cunrad an.

»War es nötig, mich derart lächerlich zu machen und vor aller Augen wie ein ungezogenes Balg über den Buckel zu werfen?«

»Nötig war es, und lächerlich hast du dich selbst gemacht, indem du deine stümperhafte Darbietung auf dieser Bühne zum Besten gabst. Du solltest das Zaubern und Jonglieren lassen und dich auf das Brauen von Tinkturen und das Rühren von Kanonenpulver beschränken«, antwortete Cunrad und öffnete einen Kabinettschrank, in dem Johann Arzneien aufbewahrte. Er kramte eine Weile zwischen Tiegeln mit Salben und Pasten, Tonflaschen mit Essenzen, Töpfen mit Pulver und Pillen, bis er fand, was er suchte.

»Ah, hier hast du den Honigklee versteckt.«

Er öffnete die Phiole, roch daran und verzog das Gesicht. »Was hast du dem Kraut beigemischt, dass es so stinkt?«

Johann grinste. »Schafsdung und einen Löffel Weihrauch, so hilft das Geschmier nicht nur bei Verstauchungen, sondern fördert auch die Wundheilung.«

»Kannst das Experimentieren wohl nicht lassen, Apotheker? Aber sei's drum, wenn die Salbe auch streng riecht, Schaden richtet sie keinen an. Gegen die Beule, die spätestens morgen auf deinem Kopf wachsen wird, kann ich nicht viel ausrichten, aber deinen Fuß würde ich mir gerne einmal ansehen. Zieh deinen Schuh aus.«

Nachdem Cunrad Johanns Fuß verbunden hatte, schwang er sich auf den Verkaufstresen, schnappte sich eine kandierte Kirsche aus einer Silberschale, steckte sie in den Mund und sah sich um. Johanns Hang zum Überfluss war in jeder Ecke der Apotheke allgegenwärtig. Auf den Eichenregalen entlang den Wänden standen Gefäße mit Ingwerwurzeln, Zimtrinde, Anissamen und kostbaren

Pfefferkörnern. Fässer mit blauer, schwarzer, roter und grüner Tinte reihten sich neben parfümierten Briefpapieren und Schreibfedern von Geier, Auerhahn, Ente und Gans. Kandierte Früchte, Feigen, honigfarbene Bonbons und die über die Stadtgrenzen hinaus bekannten, nach Zimt duftenden Krappkuchen hatten ihr eigenes Plätzchen auf einem dreibeinigen Tisch am Fenster, durch das der Straßenverkauf der Apotheke erfolgte. Über dem Ganzen wölbte sich eine reich bemalte Decke mit Szenen aus der griechischen Mythologie. Und als wäre das nicht schon genug der Übertreibung, schwebte von ihrer Mitte an einer samtenen roten Kordel ein ausgestopftes Krokodil über dem Raum. Cunrad schüttelte den Kopf und tippte mit dem Finger gegen eine Waagschale, die daraufhin eifrig auf und ab schaukelte.

»Man sollte nicht meinen, in einer Apotheke zu sein, angesichts all dieser Spezereien.«

»Wenn ich mich auf den Verkauf von Arzneien beschränken würde, wäre ich bald ein armer Mann, Cunrad. Hat Nuys doch in dir einen Stadtmedicus, der seinen Patienten allzu gern die eine oder andere Arznei zusteckt und keinen Groschen dafür verlangt.«

Johann war aufgestanden, hinkte zu einer unscheinbaren Tür und verschwand kurz in dem eigentlichen Herz der Apotheke, der Offizin, wo er zwischen Mörsern und Stößeln, Wiegemessern, Sieben, Schalen und Kesseln Tinkturen ansetzte, Extrakte filterte und Salben mischte.

»Möchtest du einen Schluck Wein?«, rief er und kam, ohne eine Antwort abzuwarten, mit einem Krug und zwei Bechern zurück. Er stellte sie neben Cunrad, schenkte ein und sah ihn neugierig an.

»Was tatest du auf dem Jahrmarkt, dass du nach meinem Sturz so schnell zur Stelle warst? Ich dachte, du verabscheust solcherlei Vergnügungen, oder hast du etwa wieder Arzneien minderer Qualität bei einem dieser fliegenden Händler gekauft?« Er nippte an seinem Wein.

Cunrad sprang von der Theke, nahm seinen Becher und leerte ihn in einem Zug. Er verspürte keinen Drang, Johann von seiner Begegnung mit Kornelius zu berichten und seinen Spott zu ernten.

»Was ich auf dem Markt tat, geht dich nichts an, Johann von Kotthausen!«, polterte er gereizt. »Nicht jeder kann mit Geld um sich werfen wie du. Nur weil die Arzneien dort weniger Münzen fressen als die deinen, ist ihre Wirkung nicht schlechter. Statt dich mit all diesem Tand zu umgeben, rate ich dir, endlich die Augen für das Leben da draußen zu öffnen, von dem du nur den vergoldeten Arsch kennst. Glaube mir, es gibt nicht nur den.«

Er kramte ein paar Scherben aus seiner Jackentasche und warf sie auf den Tisch.

»Deine neueste unsinnige Anschaffung ist leider bei deinem Sturz zu Bruch gegangen. Sei froh, dass du dich daran nicht verletzt hast.«

Johann starrte auf das, was von dem Spiegel übrig geblieben war, den er vor nicht einmal einer Stunde gekauft hatte.

»Ich habe zwei Albus für ihn gegeben«, stammelte er.

»Jede Eitelkeit hat ihren Preis.« Cunrads Hand schmetterte auf Johanns Schulter. »Gehab dich wohl, Apotheker, und lass das Jammern.« Er schnappte sich eine zweite kandierte Kirsche, durchmaß den Raum und trat aus dem Haus.

Das Leben vor Johanns Tür war bunt, laut und roch nach gebratenem Fisch, Huhn, gewürztem Wein, Schweiß und Abfall. Cunrad tauchte ein in das Gewühl der Buden. Er lenkte seine Schritte über den nördlichen Teil des Marktes, der sich an das Immunitätsgebiet des Quirinusstifts anschloss und den Tuchhändlern und Seidenkrämern vorbehalten war. Dort priesen sie lautstark Wolle aus England, Seide aus Flandern, beinerne Nähnadeln und silberne Fingerhüte an. Hier kauften vor allem die reichen Nuysser. Extravagante Hauben, Barette, Gugeln und Filzhüte aus Biberhaar drängten sich zwischen den Verkaufsständen.

Cunrad grüßte steif den einen oder anderen Patrizier und erreichte das Ende des Platzes, wo geschliffenes buntes Glas, irdenes Geschirr und Lederwaren die Kundschaft anlachten. Handwerksmeister, ihre herausgeputzten Frauen am Arm, schritten neben einfachen Knechten, Gesellen und Mägden. Auf einem Schemel an der Ecke zur Oberstraße saß ein alter Mann und schnitzte kleine Heiligenfiguren. Vor seinen Füßen grüßten mehrere Statuen des heiligen Quirinus die Vorbeigehenden.

Cunrad erreichte die Straße, die zum Obertor führte. Die Stände der Metzger und Bäcker, Obst- und Gemüsehändler säumten hier das unebene Pflaster. Cunrad kaufte eine Tüte getrockneter Aprikosen und ging durch das Stadttor hinaus auf die Festwiese, wo die Schützen ihren Schießstand hatten. Eine lange Bahn war mit Seilen abgesperrt. An ihrem einen Ende baumelte ein Vogel von einer hohen Stange, an ihrem anderen standen die Schützen der Sebastianusbruderschaft und feuerten mit ihren Armbrüsten auf ihn. Ein Mann, gekleidet in das Gewand eines Narren, begleitete die Schüsse mit spöttischen Versen, während seine Peitsche die Zuschauer, die dicht gedrängt die Bahn umstanden, zur Ordnung mahnte.

Cunrad mischte sich unter sie und sah den Wettkämpfen zu, während seine Gedanken immer wieder zu Kornelius schweiften. Er war zu hart mit dem Jungen ins Gericht gegangen. Ihn einen Lügner und Betrüger zu schimpfen und ihn damit dem Spott der Leute preiszugeben, war ein Fehler gewesen, und es war an ihm und nicht an Kornelius, sich zu entschuldigen. Sein Blick begab sich auf die Suche nach dem Jungen, vielleicht konnten sie ihren Zwist jetzt und hier ausräumen. Doch vergebens, von Kornelius war nichts zu sehen.

Neben ihm wurden Jubelschreie laut, der Vogel hing nicht mehr an der Stange. Ein junger Bursche saß auf den Schultern seiner Kameraden und schwenkte ihn unter den Freudenrufen der Leute über dem Kopf. Der Glanz der goldenen Ehrenkette auf seiner Brust wetteiferte mit dem der schwächer werdenden Sonnenstrahlen. Begleitet von den Stadtpfeifern zogen er und seine Schützenbrüder durchs Obertor. Cunrad folgte ihnen. In der Stadt begannen die Krämer und Händler ihre Waren einzupacken, die ersten Ochsengespanne hielten durch die sich leerenden Straßen auf die Stadttore zu. Nur in der Tanzlaube auf dem Markt blühte noch die Heiterkeit des Sommertages. Unter den Klängen einiger Flötenspieler wurde getanzt und gezecht. Cunrad entdeckte Ghela, die am Arm des jungen Spielmannes ihren Körper zur Musik drehte. Gut, dass ihr Onkel zu sehr mit seinem Fuß beschäftigt war, um sie zu vermissen; diesen Umgang hätte Johann wohl kaum gebilligt.

Cunrad schaute den beiden eine Weile zu, während seine Finger über das Amulett strichen, das an einem Lederband um seinen Hals hing. Gedankenverloren ging er den Markt hinunter. Im Doktorturm, der, eingelassen in die Stadtmauer, ihm als Wohnstatt diente, entfachte er ein Feuer im Kamin, setzte sich an den Tisch und schlug eines der Bücher auf, mit denen er die Abende zu verbringen pflegte. Doch die medizinischen Ausführungen des persischen Verfassers konnten seine Gedanken nicht von der Sorge entbinden, die er sich allmählich um Kornelius machte. Draußen war die Dämmerung heraufgezogen und mit ihr ein Regen, der die Straßen leerte und sie mit Trostlosigkeit tränkte. Es wurde Zeit, dass der Junge den Weg zu ihm fand.

Ein Klopfen an der Tür unterbrach seine trüben Gedanken. Cunrad erhob sich, um zu öffnen.

3

Die Glocken des Münsters, der großen, über zweihundert Jahre alten Kirche und das Wahrzeichen der Stadt, schlugen acht Mal. Clara, die Äbtissin der Benediktinerinnen zu Sankt Quirin, trat aus der Pforte des Damenstiftes. Ihrer hochgewachsenen Gestalt folgten in Zweierreihen ihre Mitschwestern. Sie schritten auf das Portal des Münsters zu, in dem sich die Gemeinschaft vor dem nächtlichen Schweigen zum Komplet versammelte.

Clara sah über ihre Schulter hinweg auf die Reihen der Stiftsdamen und verdrehte die Augen. Jutta und Hedwig tuschelten miteinander. Augustina schnitt Grimassen, über die Hildegard so lachte, dass sie sich den Bauch hielt. Ursula und Regina warfen ein paar Burschen, die gerade ihren Weg kreuzten, kecke Blicke zu.

Clara seufzte, die Jahrmarktstage waren die schlimmsten. Der Trubel, den sie mit sich brachten, bekam den Frauen nicht, verwandelte sie in einen Haufen gackernder Hühner. Die Lehren des heiligen Benedikt, Gehorsam, Schweigsamkeit und Demut, schienen vergessen. Clara zweifelte wie so oft daran, ob sie mit ihren dreißig Jahren nicht zu jung war für dieses Amt. Nach dem Tod der letzten Mutter Oberin im November hatten ihre Mitschwestern sie zur neuen Äbtissin gewählt, ihr damit großes Vertrauen entgegengebracht, aber auch eine ebensolche Bürde auferlegt. Sie seufzte erneut.

Das Schloss des Kirchenportals ächzte, als Schwester Agnes, Stiftsdame und Custorin des Münsters, den Schlüssel umdrehte und öffnete. Clara warf ihr einen flehenden Blick zu, als sie an ihr vorbei in den dunklen Kirchenraum trat. Agnes verstand, verengte die Augen und musterte jede der Frauen, die Clara folgten, mit solcher Strenge, dass schnell Ruhe herrschte. Sie versammelten sich um den Altar. Der Schein der Kerzen, die jede von ihnen trug, tanzte über ihre dunklen Chormäntel und das weiße Gespinst der Schleier, die ihre Häupter bedeckten. Auf ein Zeichen Claras hin stellten sie ihre Lichter auf den Altar und knieten nieder. Die Äbtissin schlug ihr Messbuch auf und begann vorzulesen.

Sie sah den Schatten nicht, der sich aus der Dunkelheit löste und von Säule zu Säule durch den Mittelgang huschte, sich dem Altarraum näherte, dem Schein der Kerzen auswich und in die Schwärze des rechten Seitenschiffes eintauchte, in dessen hinterster Ecke das Becken mit dem Quirinuswasser stand. Hunderte von Pilgern hatten heute wieder das Münster besucht und einen Schluck aus der Hirnschale des heiligen Quirinus genommen in der Hoffnung, von Bein- und Fußleiden, von Gicht, lästigen Eitergeschwüren, von Aussatz und von etlichen anderen Leiden befreit zu werden.

Der Mann, der sich dem Becken näherte, glaubte nicht an die Wunder, die man sich von dem Wasser versprach, vielmehr wusste er um die heilsame Wirkung der Münzen, die sich auf dem Grund des segensreichen Wassers befanden und ihm eine warme Mahlzeit und ein kräftiges Bier bescheren würden. Er erreichte das Becken, hob den Messingdeckel ab, legte ihn lautlos beiseite und tauchte seinen Arm in das Wasser.

»Heilige Maria, bitte für uns,
Heilige Gottesgebärerin, bitte für uns,
heilige Jungfrau aller Jungfrauen, bitte für uns,
Mutter Christi, bitte für uns,
Mutter der göttlichen Gnade, bitte für uns,
du reinste Mutter, bitte für uns,
du keuscheste Mutter, bitte für uns,
du unversehrte Mutter, bitte für uns,
du unbefleckte Mutter …«

Ein Schrei. Clara verstummte, ihre Augen huschten über die versammelten Gesichter und lasen Angst in ihnen. Sie ließ ihr Gebetbuch sinken, legte es auf die Altarplatte, nahm eine Kerze und gab Agnes und Gertrudis, eine der älteren und vor allem vernünftigeren Nonnen, ein Zeichen, ihr zu folgen. Sie gingen auf das Seitenschiff zu, von wo aus der Schrei zu ihnen gedrungen war.

Der von Säulen bestandene Gang war leer. Wortlos verständigten sich die Frauen. Während Agnes und Gertrudis sich nach rechts wandten und in Richtung des Portals liefen, wagte sich Clara tiefer ins Kircheninnere. Wachs tropfte auf ihre Hand, brannte sich in ihre Haut. Sie biss die Zähne zusammen und ging weiter. Ihre Kerze flackerte im selben Augenblick auf, als Clara ein Röcheln vernahm. Sie folgte dem Laut, tastete sich durch das Dunkel, stolperte, fing sich wieder und wich zurück, als der Schein ihres Lichtes den Boden traf.

Ein Mann lag dort, seine ausgestreckten Glieder zuckten wild. Sein Kopf schlug hart gegen die Steinfliesen, Geifer schäumte ihm aus dem Mund. Als er Claras Anwesenheit gewahr wurde, bäumte er sich kurz auf, sank dann aber zurück zu Boden. Doch der kurze Augenblick hatte genügt, um ihn zu erkennen.

Clara kniete sich neben ihn und nahm seine Hand. »Enolf, was ist mit dir?«, flüsterte sie und wusste im selben Moment, wie töricht ihre Frage war. Er war nicht der erste Mensch, den sie in einem derartigen Zustand sah. Ab und an konnte man solch arme Geschöpfe in den Gassen beobachten, wie sie unter den Schmähungen der gaffenden Menge mit dem Unbill eines Anfalls rangen, der sie zu Boden trieb, sie zappeln und zucken ließ. Man sagte, dass sie von Dämonen besessen seien und ihr Leiden eine von Gott gesandte Strafe für ihre Sündhaftigkeit. Enolf, der vor ihr im Krampfe lag, war augenscheinlich ein Sünder, ein stadtbekannter Taugenichts, der des Öfteren in den Kirchen der Stadt übernachtete und vor einem schnellen Griff in den Opferstock nicht zurückschreckte.

Doch sollte der Teufel hier im Münster in ihn gefahren sein? Clara verwarf diesen Gedanken sofort. Selbst Kinder, deren Seelen noch unbefleckt von Schuld waren, litten unter dieser Krankheit, der das Volk die wundersamsten Namen gab, »Heilige Krankheit«, »Sankt Valentins Rache«, »Zuchtrute Christi« – für Clara war es schlicht die »Fallsucht«, die Enolf in solch einen elenden Zustand gebracht hatte.

Sie rückte näher an ihn heran, versah seine Stirn mit dem Kreuzzeichen, nahm ein Tuch aus dem Lederbeutel an ihrem Gürtel und wischte den Schaum fort, der unablässig aus seinem Mund wallte.

Sie hörte Schritte und sah auf. Gertrudis und Agnes kamen durch das Zwielicht auf sie zu.

»Clara, was hockst du da?

Gertrudis' gedrungene Gestalt stand über ihr.

»Es ist der Enolf vom Viehmarkt«, sagte Clara, »er scheint an der Fallsucht zu leiden. Sein Schrei war es, den wir gehört haben.«

»Fallsüchtig nennst du dieses Gebaren?«, kreischte Agnes neben Gertrudis auf. »Der Satan tobt in ihm, wir müssen ihn aus der Kirche schaffen!« Das Gesicht der Custorin hatte alle Farbe verloren; mit zitternder Hand bekreuzigte sie sich.

»Ach was, Agnes, der Teufel wagt sich nicht in das Haus des Herrn! Statt das Gewäsch der Leute nachzuplappern, solltest du zum heiligen Valentin, dem Schutzheiligen der Fallsüchtigen, beten, dass er dem Enolf helfe«, sagte Clara mit strenger Miene.

Agnes biss sich auf die Unterlippe, während Gertrudis niederkniete und gemeinsam mit Clara versuchte, den um sich schlagenden Mann zu bändigen.

Als es ihnen halbwegs gelungen war, schaute Clara auf. Die Neugierde hatte die restlichen Stiftsdamen zu ihnen getrieben. Dicht gedrängt und atemlos standen sie da und blickten auf das Geschehen.

»Was starrt ihr so? Der Mann ist krank. Hole eine von euch den Medicus, schnell!«, zischte sie voller Ungeduld, straffte den Rücken, erhob sich und suchte unter den Umstehenden nach Ursula, dem jüngsten Mitglied der Gemeinschaft, die in der Karwoche von ihrem Vater, einem Landadeligen, dem plötzlich die Frau gestorben war, in das Stift gebracht worden war. Unter lautem Fluchen hatte er das Mädchen durch die Klosterpforte gezerrt und mit einem Beutel Geld im Hof stehen lassen. Sie war ein scheues kleines Ding, das jeden Morgen mit verweinten Augen zur Laudes, dem Morgenlob, erschien. Clara mochte sie. Ursula erinnerte sie an das schüchterne Mädchen, das sie selbst gewesen war, herausgerissen aus dem Schoß der Familie, verzehrt von Heimweh und Liebeskummer. Es wurde Zeit, ihr Aufgaben zuzuteilen.

»Ursula! Lauf zum Doktorturm, berichte Medicus Tuschenbroich, was geschehen ist, und heiße ihn, hierherzukommen.«

Das Mädchen starrte sie einen Augenblick verwirrt an, dann knickste sie und lief gesenkten Hauptes davon.

Das Kirchenportal fiel mit einem Donnern ins Schloss. Clara fuhr zusammen und atmete dann erleichtert auf, als sich die Gestalt des

Medicus aus dem Dunkel schälte. Mit langen Schritten kam er näher. Der Boden unter seinen Stiefeln dröhnte und ließ keinen Zweifel daran, dass ihm jegliche Ehrfurcht vor dem Hause des Herrn fehlte. Clara eilte ihm entgegen und blieb wie angewurzelt stehen, als sie den finsteren Ausdruck in seinem Gesicht sah.

»Was ist so wichtig, dass Ihr mich von diesem stotternden Kind bei meinen Studien stören lasst und zu später Stunde ins Münster scheucht?«, rief er ihr entgegen.

»Senkt Eure Stimme, Medicus. Vergesst nicht, wo Ihr seid!«, zischte sie.

»Ich rede so laut, wie's mir passt. Und jetzt erklärt mir bitte, was ich hier soll! Zur Andacht mit diesen Jungfrauen habt Ihr mich sicherlich nicht geholt.«

Er zwinkerte den Stiftsdamen zu, die sich kichernd abwandten. Der Anblick des Medicus im offenen Hemd und halb entblößter Brust schien mancher zu gefallen. Claras Lippen wurden schmal.

»Ihr schert euch jetzt gefälligst in eure Zellen«, sagte sie barsch zu ihren Mitschwestern. »Und Ihr«, sie sah Cunrad herausfordernd an, »lasst die Tändeleien und seht Euch besser den Grund für Euer Hiersein an.«

Die Frauen zerstreuten sich und gaben den Blick auf den Mann am Boden frei.

Cunrad war mit einem Satz bei ihm. Gertrudis, die Enolf noch immer festhielt, atmete auf.

»Gott sei Dank, lange kann ich ihn nicht mehr halten«, schnaubte sie erschöpft.

»Das braucht Ihr auch nicht«, antwortete Cunrad und öffnete ein ledernes Futteral, in dem er seine Instrumente, Arzneien und Verbände verwahrte. Einem Leinenbeutel entnahm er mit einem kleinen hölzernen Löffel ein bräunliches Pulver.

Gertrud, selbst heilkundig, sah ihm neugierig zu. »Was gedenkt Ihr, ihm zu verabreichen?«

»Zerstoßene Eichenmistel, ein Löffel voll davon sollte Enolf Linderung verschaffen.«

»Ihr verabreicht ihm ein Zauberkraut?« Gertrudis sah den Medicus zweifelnd an.

Cunrad lächelte.

»Ich weiß, der Volksmund sagt der Mistel allerhand Magisches nach, und darüber ist ihre heilende Kraft in Vergessenheit geraten. Seid unbesorgt, hier ist keine Hexerei im Spiel.«

Und tatsächlich tat das Kraut seine Wirkung, und die Krämpfe ließen nach. Erschöpft sank Enolf gegen die Kirchenwand, ließ sich widerstandslos den Kopf, den er sich blutig geschlagen hatte, verbinden und sah sie nach einer Weile zum ersten Mal aus wachen Augen an.

Clara versuchte, ein strenges Gesicht zu machen, denn ganz ohne Rüge sollte Enolf nicht davonkommen, der sicherlich nicht zum Beten in die Kirche geschlichen war.

»Nun, Enolf, jetzt hast du am eigenen Leibe den Zorn unseres Herrn zu spüren bekommen, denn dass du es auf die Münzen im Pilgerbecken abgesehen hast, brauchst du erst gar nicht zu bestreiten!«

»Clara, eben rügtest du mich noch für meine Worte und sagtest, er sei krank«, entrüstete sich Agnes.

»Schweig still, Agnes!«, fuhr Clara ihr über den Mund und wandte sich wieder Enolf zu. Aus seinen Augen sprangen ihr Furcht und Entsetzen entgegen.

»Na, nun sieh mich nicht so angstvoll an, als sei ich der Satan höchstselbst, den wirst du hier nicht finden.«

Enolf schluckte trocken, seine Hand, auf der die Gicht ihr Bild gezeichnet hatte, zeigte zum Becken mit dem Quirinuswasser.

»Sagt das nicht, Äbtissin Clara! Der Teufel hockt in dem Becken da hinten, er hat mich angegrient, dass mir schwarz vor Augen wurde und ich das Zappeln anfing.«

Clara tauschte einen Blick mit Gertrudis und Cunrad, der gerade seine Tasche packte, sie nun aber wieder sinken ließ und sich erhob.

»Dann schauen wir uns den Belzebub, der die Frechheit besitzt, in geweihtem Wasser zu baden, doch mal genauer an«, sagte er.

Es war nicht der Teufel, der Enolf aus dem Becken angegrinst hatte, aber der Anblick, der sich ihnen bot, war dennoch grauenhafter als alle Abbilder der Höllengestalten zusammen.

Ein halbwüchsiger Junge kauerte, die Arme um die Knie geschlungen, auf dem Grund des Beckens. Sein Kopf war auf unnatürliche Weise nach hinten geneigt, Blut stieg in dünnen Fäden aus einem klaffenden Schnitt in seiner Kehle auf, umschwebte sein Gesicht, auf dem der Tod ein grausames Lächeln zurückgelassen hatte.

Clara starrte auf das leblose Antlitz, sah nur die Jugend darin, die weichen Züge des Kindes, das er vor Kurzem noch gewesen war. Sie spürte Übelkeit in sich aufwallen, in ihren Handflächen sammelte sich der kalte Schweiß.

Neben ihr stöhnte Cunrad auf, seine Hände umkrampften den Brunnenrand so fest, dass die Haut über seinen Fingerknöcheln blutleer und gespannt war.

»Kennt Ihr ihn, Medicus?«, fragte Clara leise.

Cunrad blickte stumm zu dem Toten hinunter; Clara glaubte schon, er habe sie nicht gehört, als er sich ihr zuwandte.

»Was zum Teufel ist hier geschehen?«, stieß er hervor, sein Blick hastete zu Enolf. Mit einem Ruck stieß er sich vom Becken ab, drängte an Clara vorbei, stürmte das Seitenschiff hinauf, packte Enolf und zog ihn am Kragen hoch.

»Was hast du getan?«, brüllte er und presste dem verschreckten Mann die Hand auf die Kehle.

Enolf gab ein gurgelndes Geräusch von sich, und Cunrad ließ ihn los. Enolf taumelte nach hinten, fing sich, wischte sich den Speichel, der seinen Mundwinkel hinabrann, mit dem Handrücken fort und starrte Cunrad ungläubig an.

»Nichts habe ich getan, Medicus!«, brachte er atemlos hervor. »Ich habe nur ein paar Münzen klauben wollen, und da saß dieser Dämon da.«

»Schwafle mir nichts von Dämonen vor. Du weißt so gut wie ich, dass dort im Becken ein Toter hockt. Also lenk nicht ab. Einer wie du meuchelt schon für ein paar Pfennige oder einen Krug Wein. Gib also zu, dass du ihn niedergestochen hast!«

Cunrads Hand legte sich wieder auf Enolfs Kehle und drückte langsam zu. Der Dieb schnappte nach Luft.

»Ich war das nicht, seht meine Hände, krumm sind sie von der Gicht, wie soll ich mit ihnen einen erstechen?«, krächzte Enolf und hob seine entstellten Hände hoch, doch Cunrad beachtete sie nicht.

»Um Himmels willen, lasst von ihm ab, ihr bringt ihn noch um!« Clara blieb atemlos neben Cunrad zu stehen.

Cunrad wandte ihr sein Gesicht zu, und für einen Augenblick zuckte Clara vor der blanken Wut in seinem Blick zusammen.

»Ihr wollt, dass ich einen Mörder loslasse?«, keuchte er.

»Ich befehle es Euch im Namen meines Amtes als Äbtissin des Ordens, dem diese Kirche untersteht, und ...«, Clara hielt inne und zog etwas Schimmerndes aus den Weiten ihres Chormantels, »... wegen dieses Gegenstandes.«

Sie hielt Cunrad einen Dolch hin. Sein Blick verdunkelte sich, jäh ließ er Enolf los, der gegen die Wand prallte, sie rücklings hinunterglitt, sich eilends wieder aufrappelte und sich lautlos davonmachte. Cunrad bemerkte sein Verschwinden nicht. Seine ganze Aufmerksamkeit galt dem Dolch in Claras Hand. Der Griff war aus Horn gearbeitet und mit Rosetten aus glänzendem Messing beschlagen, in denen Splitter purpurner Rubinen funkelten. Die zweischneidige Eisenklinge war schmal, spitz und blutverschmiert.

»Woher habt Ihr ihn?«, fragte er tonlos, und Clara genoss einen Herzschlag lang das Gefühl der Überlegenheit. Cunrad, der über die Stadtgrenzen hinaus für seine Wohltätigkeit und sein loses Mundwerk bekannte Stadtmedicus, den nichts zu erschüttern schien, stand da mit zitternden Händen und einer Fahlheit im Gesicht, die nicht allein der tote Bursche im Becken bewirkt hatte.

Clara räusperte sich und wies auf den Dolch. »Agnes fand ihn in einer Nische neben dem Pilgerbecken, wie Ihr seht, klebt Blut daran. Er scheint die Mordwaffe zu sein. Es ist eine schöne Schmiedearbeit, wenn Ihr mich fragt. Derjenige, dem er gehört, hat wahrscheinlich viel für das gute Stück bezahlt, und Ihr werdet mir sicherlich zustimmen, dass er nie und nimmer Enolf gehört.«

Cunrad schwieg. Gedankenverloren strich er über den Horngriff und die eingearbeiteten Edelsteine.

»Nun, Medicus, glaubt Ihr immer noch, dass Enolf den jungen Mann mit diesem Messer niedergestochen hat?« Sie machte eine kleine Pause, um ihren Worten Nachdruck zu verleihen. »Kennt Ihr womöglich den Besitzer des Messers und damit den Mörder?«

Als Cunrad noch immer nicht antwortete, setzte sie nach: »Hat es Euch die Sprache verschlagen, Medicus?«

In Cunrad kam Leben, und er blitzte Clara feindselig an. »Nein, zum Teufel, es hat mir nicht die Sprache verschlagen. Und gut, Ihr habt recht, Enolf ist unschuldig. Aber Ihr irrt, wenn Ihr glaubt, ich kenne den Besitzer des Messers, Äbtissin.«

Clara zuckte mit der Schulter. »Das Letztere zu glauben fällt mir schwer, Eure Miene beim Anblick des Toten und des Messers wirft Fragen auf.«

»Ich bin nicht hier, Euch Frage und Antwort zu stehen, Äbtissin, dafür sind andere da.«

»Fürwahr, Ihr habt recht, was stehen wir hier herum? Ihr werdet sicherlich den Leichnam des Jungen beschauen wollen, vielleicht erschließen sich Euch dadurch Erkenntnisse über den Toten und die Umstände seines Ablebens. Ich für meinen Teil lasse nach einem der beiden Bürgermeister und den Bütteln rufen, schließlich ist hier ein Verbrechen geschehen.«

Clara kniete vor der Marienstatue in einer der Seitenkapellen des Münsters und betete zur Heiligen Mutter, versuchte, ein Zwiegespräch mit ihr zu führen, doch ihre Gedanken wie auch ihre Blicke wanderten immer wieder zu Cunrad Tuschenbroich, der, seitdem er den Toten hastig untersucht hatte, mit verschränkten Armen an einer Säule lehnte, vor sich hin starrte und schwieg. Sie fragte sich, was hinter seiner in Falten gelegten Stirn vorging, welche Gedanken dahinter brodelten und vor allem wie groß der Schmerz war, der seine Augen so verdunkelte. Sie würde es nicht erfahren, dieser Eigenbrötler biss sich eher die Zunge ab, als sich einem Menschen, vor allen Dingen ihr, anzuvertrauen.

Clara machte das Kreuzzeichen, erhob sich und ging auf Bürgermeister Keybisch zu, der flüsternd mit seinen Bütteln zusammenstand.

»Nun, Bürgermeister, wie gedenkt Ihr vorzugehen in dieser traurigen Angelegenheit?«

Keybisch, ein groß gewachsener Mann von schlanker Statur, sah man von dem leichten Bauchansatz ab, der sich unter seinem schwarzen Wams abzeichnete, kratzte sich den Bart.

»Äbtissin«, er verbeugte sich tief, »um Eure Frage ohne Umschweife zu beantworten: Ich beabsichtige, den Toten ohne viel Aufhebens zu verscharren und zu vergessen.«

»Das verbiete ich Euch!«

Clara sah Keybisch an. Das Grinsen auf seinem Gesicht verblasste. »Hört, hört! Ihr wollt mir, einem der gewählten Bürgermeister von Nuys, verbieten, das zu tun, was ich für richtig halte? Ihr wisst so gut wie ich, dass der drohende Angriff der burgundischen Truppen schwer auf den Herzen der Bürger von Nuys lastet. Wollt Ihr durch Bekanntmachung des Mordes diese Last noch mehren? Glaubt Ihr, dass ein Verbrechen, begangen an einem Herumtreiber, das wirklich wert ist?«

»Ja, Bürgermeister, das glaube ich. Der Junge, den wir im Pilgerbecken fanden, ist, wie Ihr und ich, ein Geschöpf unseres Herrn und hat auch über den Tod hinaus den gleichen Respekt verdient wie jeder Christ. Im Übrigen gelten hier in diesem Gotteshaus die Gesetze der Kirche, die zu vertreten ich verpflichtet bin.«

Clara verschränkte die Arme. »Ich weigere mich, das Geschehene zu vertuschen, und bestehe darauf, den Toten zu beerdigen, wie der Anstand es verlangt. Euch, Bürgermeister, fordere ich auf, alles daranzusetzen, seinen Mörder einer gerechten Strafe zuzuführen!«

Keybisch lachte auf.

»Meint Ihr etwa Enolf?« Keybisch wies zu einer der Bänke am Mittelgang, in der Enolf zusammengesunken neben Schwester Agnes hockte und vor sich hin brabbelte. Sein Fluchtversuch war kläglich gescheitert, auf seinem Weg nach draußen war er, statt in den schützenden Mantel der Dämmerung in den der Custorin gelaufen, die ihn am Kirchenportal mit offenen Armen empfangen und zurück in die Kirche gescheucht hatte. »Haltet Ihr mich für so einfältig, in diesem ausgedorrten Klappergestell denjenigen zu sehen, der den jungen Mann überwältigt und kaltblütig niedergestreckt hat?«, sagte der Bürgermeister.

»Nun dann sind wir uns ja einig, und Enolf kann gehen!« Clara gab Agnes ein Zeichen, worauf die Custorin Enolf aus der Bank drängte. Clara wandte sich wieder an Keybisch.

»Der Punkt ist geklärt, bleibt nur noch die Art und Weise zu besprechen, wie Ihr mit dem Mord umzugehen gedenkt. Ich bestehe auf einer vollkommenen Klärung der Ereignisse!«

»Spielt Euch nicht so auf, Weib, und schweigt still. Auch wenn Ihr die Äbtissin des Quirinusstifts seid, aus einer der angesehensten Nuysser Familien stammt und ich Euren Vater sehr verehrt habe, habt Ihr nicht das Recht, mir etwas zu befehlen! Übt Euch in Bescheidenheit, wie es Euer heiliger Benedikt predigte.«

Er wandte sich den Bütteln zu, die ihn begleitet hatten und gelangweilt herumstanden. »Schafft die Leiche weg!«, schnauzte er.

»Keinen Schritt weiter!«

Cunrads Stimme dröhnte den Bütteln entgegen, die auf den Leichnam zutraten, der, in weiße Tücher gewickelt, vor dem Altar lagen.

»Ihr habt gehört, dass hier in dieser Kirche einzig das Wort der Äbtissin gilt! Keiner von Euch fasst ihn an!«

»Hört sich einer den Medicus an, sorgt sich plötzlich um den Toten.«

Ein dunkelhaariger Klotz mit pockennarbigem Gesicht und krausem filzigem Haar trat vor und grinste Cunrad an. »Hab ich Euch nicht heute in der Gebranntgasse erwischt, als Ihr ihn verdroschen habt? Totgeschlagen hättet Ihr ihn, wenn ich nicht dazwischengegangen wäre. Tät mich nicht wundern, wenn Ihr ihm die Kehle aufgeschlitzt habt. Mit dem Messer umgehen, das könnt Ihr ja.«

Cunrad erbleichte. »Was fällt dir ein, du Bastard, solche Verdächtigungen auszusprechen?«, schrie er und ging mit geballten Fäusten auf den Mann zu, hatte ihn fast erreicht, als Keybisch ihn bei der Schulter packte und zurückzog. Sie maßen einander auf Augenhöhe.

»Stimmt das, was Alfred sagt, Cunrad?«

»Nein, der Kerl lügt!«

»Ich und lügen?«, rief der Pockennarbige. »Eure Stellung gibt Euch nicht das Recht, einen rechtschaffenen einfachen Mann der Lüge zu bezichtigen!«

»Schweigt!« Clara hatte sich vor dem Büttel aufgebaut und maß ihn mit Blicken. »Dies ist ein Gotteshaus und keine Schenke, hier wird nicht herumgeschrien.«

Sie blinzelte zu Cunrad herüber. »Das gilt auch für Euch, Medicus. Bockt nicht weiter wie ein Esel und beantwortet die Frage des Bürgermeisters!«

»Gar nichts werde ich! Und jetzt entschuldigt mich, ich vergeude hier meine Zeit.« Cunrad stieß Keybisch beiseite und strebte zum Ausgang. Keybisch lief ihm nach, hielt ihn zurück.

»Eins schwöre ich Euch, Medicus, wenn Ihr mit dem Mord etwas zu tun habt, dann finde ich das heraus, verlasst Euch darauf!«, brüllte er.

Cunrad betrachtete ihn wortlos, dann machte er sich los. Wenige Sekunden später fiel das Portal hinter ihm ins Schloss. Keybisch wandte sich an die Büttel.

»Männer, Alfreds Bericht«, er nickte dem Pockennarbigen zu, »wirft ein neues Licht auf die Ereignisse und fordert eine andere Vorgehensweise als ursprünglich beabsichtigt. Die Äbtissin soll ihren Willen haben und den Toten bestatten dürfen. Wir kümmern uns derweil darum, den Mörder dingfest zu machen.«

»Lasst Euch nicht von Eurem Zorn leiten, Bürgermeister. Die Dinge sind nicht unbedingt das, was sie scheinen.« Clara war neben ihn getreten.

»Ihr haltet Cunrad für unschuldig?« Er warf ihr einen argwöhnischen Seitenblick zu.

»Was ich denke, ist ohne Belang.«

»Nun, wie auch immer Euer Standpunkt sein mag, erlaubt mir, einen anderen zu haben, Äbtissin.«

Keybisch nickte knapp, winkte seinen Männern, ihm zu folgen, und entfernte sich. Clara sah ihnen nach. Der Bürgermeister hatte seinen Arm um die Schulter des einen Büttels gelegt, flüsterte ihm etwas zu und blickte sich noch einmal zu ihr um. Das Lächeln auf seinem Gesicht ließ sie zusammenzucken. Sie wandte sich ab.

Agnes, die den ganzen Disput schweigend beobachtet hatte, stand von der Bank auf und trat auf Clara zu.

»Wenn du mich fragst, hat der Medicus mehr mit der Geschichte zu tun, als er zugibt. Dieser griesgrämige Bär war mir schon immer unheimlich.«

»Hüte deine Zunge, es ist nicht an uns, den Mord zu klären und eilfertig Schuldzuweisungen zu machen. Und jetzt lass uns unsere Arbeit tun und den Toten waschen.«

Agnes machte ein verdrießliches Gesicht. »Das ist nun wirklich Gertrudis' Aufgabe«, brummte sie.

Clara verdrehte die Augen, sie hatte keine Lust, mit Agnes zu debattieren.

»Es werden Zeiten auf dich und mich zukommen, in denen wir uns noch wundern werden, welche Aufgaben der Herr für uns ausersehen hat. Ich denke, das Waschen von Toten wird noch eine der geringsten sein«, sagte sie schroff.

Agnes strich sich nachdenklich über den Rücken ihrer ausgeprägten Nase, dann begriff sie.

»Du meinst, der Herzog von Burgund wird tatsächlich mit seinem Heer gegen Nuys aufmarschieren?« Sie machte ein hastiges Kreuzzeichen.

»Ja, in der Frühe brachten Späher die Botschaft, dass er bereits vor Linnich liegt. Es ist nur eine Frage von Tagen, bis er die Stadt erreicht. Gott hat uns eine schwere Prüfung auferlegt, der wir uns zu stellen haben.«

»Ach was, wir sollten es der Mehrzahl der Augustiner-Chorherren gleichtun, Nuys den Rücken kehren und Zuflucht in anderen Klöstern suchen!«

»Das Oberkloster der Chorherren liegt schutzlos vor den Toren der Stadt. Sie hatten allen Grund, es zu verlassen und mitsamt ihrer Kirchenschätze bei ihren Mitbrüdern im Bergischen und Klevischen Unterschlupf zu finden. Unser Stift ist geborgen in den Nuysser Stadtmauern, und unser Platz ist hier in unserer Vaterstadt.«

»Sie mag die deine sein, die meine ist sie nicht.«

»Es steht dir frei, zurück nach Geldern zu gehen, Agnes.«

Die Stiftsdame senkte den Blick. »Verzeih, ich vergaß, wo meine wirkliche Heimat ist.«

Clara legte ihr den Arm um die Schultern. »Gott steht uns zur Seite, Agnes. Ich bin mir sicher, dass er uns die Kraft geben wird, alle Widrigkeiten zu bewältigen und es dem Herzog zu zeigen.«

4

Cunrad lehnte mit dem Rücken an einer niedrigen Mauer, hinter der zwischen Brombeergestrüpp und Ginsterbüschen die Ruine eines alten Backhauses hervorragte. Rußgeschwärzte Stümpfe in einer Nacht, in der die Augen der streunenden Hunde die einzigen Lichtpunkte waren.

Er raufte sich das Haar und legte den Kopf in den Nacken. Tropfen liefen ihm über das Gesicht, kühlten die Blutergüsse, die die Faustschläge des Büttels dort hinterlassen hatten. Sein Schädel brummte wie ein Bienenkorb, seine Kieferknochen knirschten wie die Äste einer morschen Eiche, und seine Kehle brannte wie das Feuer der Pechfackeln, die auf der anderen Straßenseite den Eingang des Wirtshauses beflankten. Grölen und Lachen schallten durch die dünnen windschiefen Wände des Hauses, und in Cunrads trübem Hirn stiegen die Bilder der letzten Stunden auf.

Er hatte getrunken, zu viel getrunken, im »Falken« gesessen, gegrübelt, sich selbst bemitleidet und gegrollt. Plötzlich war dieser pockennarbige Kerl, dieser Fleischklotz von einem Büttel, vor ihm aufgetaucht, hatte ihn angegrinst und die gleichen Verdächtigungen herausposaunt wie im Münster. Cunrad war aufgestanden und hatte zugeschlagen, einmal, zweimal, dreimal. Dem Büttel war das Grinsen vergangen, er hatte ihn am Arm gepackt, ihm das Handgelenk umgedreht und ihn auf die Reise quer durch die Wirtsstube geschickt. Tische und Bänke waren umgestürzt, Krüge zerbrochen, Becher geflogen. Bier hatte sich über den Boden, die Wände, die Zecher und schließlich über Cunrad ergossen, bis er gegen eine Mauer geprallt war und die Besinnung verloren hatte.

Er lauschte dem Regen. Kornelius war tot. In Gedanken ging er zurück in das geräumige Bauernhaus in Zons, in dem seine jüngere Schwester Elisabeth mit ihrem Mann Gunther, einem wohlhabenden Bauern, und ihrem Sohn Kornelius gewohnt und viele Jahre in Glück und Wohlstand verlebt hatten, bis das Fieber gekommen war und zuerst Gunthers und bald darauf Elisabeths Leben ausgelöscht hatte. Cunrad erinnerte sich genau an den heißen Augustmorgen, als er an Elisabeths Sterbebett gesessen hatte, ihre Hände in den seinen. Er sah ihr schweißnasses Gesicht vor sich und ihre schmerzvoll verzerrten Züge.

»Pass auf Kornelius auf, bring ihn zu den frommen Brüdern nach Knechtsteden, dass er die Buchkunst erlerne«, hatte sie geflüstert.

Er hatte genickt und zu dem Jungen hinübergesehen, der blass und abgemagert auf der anderen Seite des Bettes gestanden hatte. Ein Flehen in den Augen, der Mutter zu helfen. Cunrad hatte sich abgewandt, es gab keine Rettung mehr.

Der Tod war gekommen, das Flehen erloschen und einem stillen Vorwurf gegen ihn, den Medicus und Onkel, gewichen, der versagt hatte. Dieser Vorwurf hatte ihn seit dem Tod seiner Schwester verfolgt, und heute war er ihm in Kornelius' totem Blick erneut begegnet, denn auch ihn hatte er nicht vor seinem grausamen Schicksal bewahren können. Warum hatte er dem Jungen nicht zugehört, als er sich ihm erklären, ihm von diesem Papier und den Umständen erzählen wollte, wie es in seine Hände gelangt war? Er war taub und blind vor Wut gewesen und hatte ihn fortgejagt, ihn seinem Mörder in die Arme getrieben und jetzt, nach seinem Tod, seine Verwandtschaft mit ihm verleugnet, um seine eigene Fehlbarkeit nicht zugeben zu müssen.

Schritte. Er blickte auf und versteifte sich. Über die Straße hinweg hinkte jemand auf ihn zu. Wenn es der Büttel war, so würde er ihn endgültig zu Brei schlagen, ihm seine dummen Unterstellungen aus dem Hirn prügeln. Doch der Mann, der, in einen dunklen Umhang gehüllt, auf ihn zukam, war nicht der Büttel. Cunrad sackte in sich zusammen, als er Johann erkannte.

»Du solltest dich nicht mit dem Pöbel abgeben. Du scheinst ihm nicht gewachsen, wenn mich mein Eindruck nicht täuscht«, rief Johann und hielt ihm eine Laterne dicht vors Gesicht.

»Was geht es dich an, auf wen ich mich einlasse, Johann? Und woher weißt du überhaupt von der Schlägerei?«

»Das erkläre ich dir später. Hat ganz schön zugeschlagen, der Kerl.«

»Kann schon sein«, murmelte Cunrad, dem der Lichtschein ebenso in die Augen stach wie Johanns neugieriger Blick. »Aber statt dich an meiner zerschlagenen Fresse zu weiden, solltest du mir lieber hochhelfen.«

Schweigend hielt Johann ihm die Hand hin, und Cunrad kam auf die Beine. Er versuchte ein Grinsen und stöhnte vor Schmerzen. Vorsichtig betastete er seine linke Wange. Ein tiefer Schnitt verlief von der Schläfe bis zum Kinn. Er brannte höllisch.

»Was zum Teufel hat der Bastard mit mir gemacht?«, fragte er.

»Den Kiefer hat er dir nicht zerschlagen, aber sein Messer hat dein Gesicht übel zugerichtet. Hast wohl ein wenig von deiner Schönheit eingebüßt, Medicus.«

»Lass die Witze und halt mich nicht auf. Ich schlag dem Kerl die Zähne ein, darauf kannst du wetten. Der sieht die Sonne nicht mehr!«

Cunrad humpelte auf das Gasthaus zu. Johann stellte sich ihm in den Weg.

»Das lässt du bleiben, schau dich doch an. Heute taugst du nicht einmal mehr dazu, einen Hund zu versohlen.« Er zog die rechte Braue hoch. »Und überhaupt, hat der Büttel noch Zähne in seinem dummen Maul, die es einzuschlagen gibt? Ich bezweifle es.«

Er machte eine wegwerfende Handbewegung und zog ein Taschentuch aus seiner Jacke. »Ist auch gleichgültig. Da, wisch dir das Blut aus dem Gesicht und komm mit! Ein Medicus, der säuft und Schlägereien anzettelt … Cunrad, Cunrad, unsere Welt verroht mehr und mehr und du mit ihr!«

Cunrad hörte ihn nicht, sondern drängte sich an ihm vorbei. »Ich sagte, ich habe eine Rechnung im ›Falken‹ offen, also geh zur Seite.«

Unvermittelt hielt er inne und sah Johann mit gerunzelter Stirn an. »Sag mir endlich, warum du dich mitten in der Nacht bei strömendem Regen hier herumtreibst? Solltest du nicht zu Hause hocken und deine Wunden lecken?«

»Sei nicht so neugierig. Zuerst kommst du jetzt schön mit mir mit.«

»Wohin?«

»In die Kapelle des Quirinusstifts, du solltest dir den Toten noch einmal näher ansehen.«

Cunrad zuckte zusammen. »Das habe ich bereits getan und gedenke nicht, es zu wiederholen.«

»Doch, das wirst du! Der Pöbel verbreitet Dinge über dich, die mich mehr als beunruhigen.«

Cunrad sah Johann einen Augenblick lang an, dann lachte er bitter auf, soweit sein geschundenes Gesicht es zuließ. »Ah, man verbreitet wieder einmal Dinge über mich! Lass mich raten …«

»Das Scherzen wird dir noch vergehen, wenn du hörst, was die Leute reden!«

»Was denn, zum Henker?«

»Lass den lieber aus dem Spiel, vielleicht begegnest du ihm früher, als dir recht sein kann, wenn du dich weiterhin so dämlich verhältst.«

»Was ist falsch daran, sich zu wehren?«

»Die Art und Weise. Schlag nicht weiter um dich, Cunrad, und gebrauche dein Hirn! In der Stadt gehen Gerüchte um, du seiest an dem Mord im Münster nicht ganz unschuldig!«

»Gerüchte, die dieser widerliche Büttel herausposaunt! Ein Grund mehr, ihm die Fresse einzuschlagen.«

»Nein. Wie heißt es so treffend? Ein Körnchen Wahrheit steckt in jedem Gerücht.«

»Du glaubst dem Gerede?«

»Du solltest mich gut genug kennen, um dir die Frage selbst zu beantworten, mein Freund. Eins steht fest, durch wildes Herumprügeln bringst du die dummen Mäuler nicht zum Schweigen, da bedarf es schon eines handfesten Nachweises deiner Unschuld.«

»Ich muss mich niemandem erklären. Ich habe mit dem Mord nichts zu tun!«

»Was zu beweisen wäre.«

»Johann! Jetzt fang nicht auch du noch an, dieses Gewäsch für bare Münze zu nehmen.«

»Du hast recht, zum Orakeln fehlt mir und auch dir im Augenblick die Zeit. Also, hör auf zu lamentieren und komm mit.«

»Nein, das werde ich nicht.«

Johann sah ihn scharf an. »Warum nicht?«

Cunrad kratzte sich den Nacken und wich Johanns Blick aus.

»Für so feige habe ich dich nicht gehalten. Sollte meine Schwester, unsere von allen verehrte Äbtissin, am Ende recht haben mit ihrer Mutmaßung, dass du den Toten kanntest?«

Cunrads Augen weiteten sich. »Du hast mit Clara gesprochen?«

»Ja, sie war in Sorge um unseren Stadtmedicus, der vergessen zu haben scheint, wie man sich in Gotteshäusern und gegenüber Bürgermeistern zu benehmen hat!«

»Die Äbtissin ist ein schwatzhaftes Weib. Was hat sie dir alles erzählt?«

»Lass deine Spötteleien. Du weißt genauso gut wie ich, dass Clara nicht zur Geschwätzigkeit neigt, aber ihre Besorgnis war tief empfunden und, wie ich an dir sehe, nicht unbegründet. Clara hat mich zu später Stunde in ihr elendes Stift zitiert, und ich bin, obwohl widerwillig, ihrer Bitte gefolgt. Ich liebe meine Schwester, aber ich hasse die Örtlichkeit, wo sie den Rest ihres Lebens zu verbringen gedenkt. Das Gemäuer mit seinen kahlen Räumen und den langen, kalten Gängen verursacht mir Übelkeit. Dass Frömmigkeit mit so viel Entsagung verbunden sein muss, ist mir unbegreiflich.«

Johann räusperte sich und sprach weiter. »Nun gut, ich mag schimpfen, aber immerhin musste ich bei meiner Ankunft feststellen, dass dort einiges los war. Die Stiftsdamen liefen wie aufgescheuchte Gänse zu Martini herum. Ein Geschnatter war das ...«

»Du hast den Toten gesehen?«, unterbrach Cunrad ihn.

»Nicht nur das, verehrter Medicus, ich habe ihn untersucht.«

»Du hast was? Das hatte ich doch bereits getan!«

»Ja, aber Clara meinte, du hättest es an Sorgfalt fehlen lassen, und bat mich, ihn mir noch einmal vorzunehmen. Und das war gut so.«

»Wieso?«

»Das werde ich dir zeigen. Sofern du dich nicht weiterhin weigerst, mit mir mitzukommen.«

Schweigend machten sie sich auf den Weg zur Kapelle des Stiftes, die dicht neben dem Hauptportal des Klosters lag. Durch eine unscheinbare Tür traten sie ein. Der Raum, an dessen Stirnseite ein mannshohes Kreuz lehnte, war bis auf den Sarg in seiner Mitte leer. Eine einzelne Kerze flackerte bei ihrem Eintreten unruhig im Wind und jagte ihre Schatten über die kahlen Mauern. Johann zog Cunrad mit sich und ging zielstrebig zu dem offenen Sarg.

Der Leichnam war mit einem schlichten weißen Totenhemd bekleidet, die Hände ruhten auf seiner Brust und hielten ein schmales Holzkreuz. Frieden lag über seinen Zügen, die Stiftsdamen hatten ihre Arbeit gut gemacht, nichts erinnerte mehr an seinen grausamen Tod.

Cunrad versuchte, eine gleichgültige Miene aufzusetzen, was ihm nicht recht gelingen wollte. Der Anblick seines toten Neffen nahm ihm fast den Atem. Johann berührte kurz seine Schulter, bevor er einen Kienspan entzündete und mit ihm einige Öllampen entfachte, die an den Wänden befestigt waren. Die Dunkelheit wich.

»Das solltest du dir näher ansehen.«

Bedächtig öffnete er das Leichenhemd des Jungen, entblößte dessen Brust, und Cunrad erkannte, was er übersehen hatte.

Das Brandmal war handtellergroß. Ein Gewirr verbrannter Linien zog sich wie gefräßiges Gewürm über Kornelius' Haut. Cunrad starrte darauf, schwarze Schlangen begannen sich vor seinen Augen zu regen, wanden sich umeinander, wuchsen und krochen auf ihn zu. Galle schoss seine Kehle hoch. Er stürmte aus dem Gotteshaus und erbrach sich an der Mauer der kleinen Kirche.

»So empfindlich?«

Johanns Stimme erreichte kaum sein Ohr, sein Magen pulsierte, ein Blutsturm fegte durch seinen Kopf. Nur langsam verblasste das Bild des Brandmales in ihm, und er sah auf.

»Ich bin dir wohl eine Erklärung schuldig«, keuchte er, nahm dankbar den Krug mit Wasser, den Johann ihm reichte, und glitt, den Rücken gegen die Kirchenwand gelehnt, zu Boden. Die Glocke des Münsters begann zu schlagen. Cunrad schaute zum Turm auf und zählte die Schläge mit.

***

Mitternacht. Clara trat durch die Seitentür, die das Münster an seiner Südflanke mit dem Kreuzgang des Klosters verband. Über dem quadratischen Rasenstück in seiner Mitte sponn der Regen dichte graue Fäden, während der darumliegende Bogengang in undurchdringliches Schwarz gehüllt war. Sie wartete, bis sich ihre Augen an die Dunkelheit gewöhnt hatten, und wandte sich nach links dem

Gang zu, an dessen Ende sich das Refektorium des Stiftes befand, der Essens- und Versammlungsraum der Stiftsdamen. Clara hatte den Ärger über Bürgermeister Keybischs Benehmen hinuntergeschluckt, die Sorge um Cunrad Tuschenbroich ihrem Bruder Johann überlassen und die traurige Pflicht der Totenwäsche bewältigt. Nun musste sie noch vor ihre Mitschwestern treten und deren aufgewühlte Gemüter beruhigen. Eine Aufgabe, der sie sich im Augenblick wenig gewachsen fühlte. In ihr tobte ein Sturm aus Angst und Kümmernis über das Geschehene und dem, was daraus erwachsen konnte.

Sie straffte die Schultern und durchmaß mit festen Schritten den finsteren Gang. Regen peitschte ihr durch die offenen Arkaden entgegen, und als sie die Tür zum Refektorium erreichte, war ihr Habit durchnässt. Durch die Tür drangen Stimmen zu ihr. Sie atmete tief ein, drückte die Klinke nach unten und stockte. Ein heller Streifen durchzuckte den Rand ihres Blickfeldes. Sie fuhr herum. Durch den gegenüberliegenden Gang schwebte ein Licht, dicht gefolgt von einem Schatten. Clara hielt sich die Hand vor den Mund, um einen Schrei zu unterdrücken, und sah wie gelähmt dem Licht nach, bis es durch die Tür zum Münster verschwand. Ihre Starre löste sich; sie raffte ihren Rock und eilte ihm nach.

In der Kirche war es stockfinster und der Lichtschein verschwunden. Clara tastete sich von Säule zu Säule, bis sie vor sich die Schemen des Chorgestühls erahnen konnte. Eine Tür quietschte, ein Luftzug streifte sie, die Totenpforte an der nördlichen Seite des Chors stand offen. Sie lief zu ihr und trat durch sie hindurch nach draußen. Es goss in Strömen. Schwere Tropfen schlugen auf den Kiesweg, der vom Chor des Münsters auf den dahinterliegenden Kirchhof führte. Durch den Regenschleier nahm sie den Umriss eines Menschen wahr.

Sie nahm allen Mut zusammen, ging auf ihn zu und erkannte Agnes.

»Um Himmels willen, was tust du hier mitten in der Nacht?«

Die Custorin zuckte zusammen, Clara schien sie aus ihren Gedanken gerissen zu haben.

»Clara?«

»Ja, ich bin es.«

»Ich glaubte, jemanden im Kreuzgang gesehen zu haben, aber ich muss mich getäuscht haben. Hier ist niemand. Es war nur ein Trugbild. Was in den letzten Stunden vorgefallen ist, scheint mich ganz wirr gemacht zu haben.«

»Nein, das hat es nicht, Agnes, ich habe ebenfalls jemanden gesehen.«

Die Custorin riss die Augen auf. »Wen?«

Das Knirschen von Kies ließ sie verstummen. Sie sahen einander an. Clara legte den Finger an die Lippen; stumm traten sie aus dem Schattenkranz des Chors und folgten dem Weg ein paar Schritte.

»Dort!«

Agnes wies über die Grabkreuze hinweg in die Dunkelheit. Clara spähte hinaus, doch sie konnte nichts erkennen. Auch wenn da draußen ein Mensch war, die Nacht und der Regen boten ihm sicheren Schutz vor unerwünschten Blicken. Sie sah Agnes an.

»Ich glaube, du hast recht, die letzten Stunden waren für uns alle zu viel. Lass uns gehen.«

***

Nachdem Cunrad mit seinem Bericht geendet hatte, teilte Johann für eine Weile die Stille mit ihm.

»Der Tote ist also Kornelius, dein Neffe, den du vor aller Augen geschlagen hast. Aber warum hast du geleugnet, ihn zu kennen?«, sagte er schließlich. »Ein dummer Fehler, wenn du mich fragst.«

»Das weiß ich selbst, aber ich war zu aufgewühlt, um ein Verhör, dem mich Keybisch sicher unterzogen hätte, standzuhalten.«

»Papperlapapp, du hast vor nichts und niemandem Angst, war es nicht vielmehr so, dass du dich schuldig am Tod des Jungen fühlst und als elender Sturkopf dies nicht vor dem Bürgermeister zugeben wolltest?«

»Mag sein«, antwortete Cunrad knapp, und Johann stutzte.

»Wenn ich mir deine Nasenspitze so ansehe, könnte ich fast glauben, du verheimlichst mir immer noch etwas.«

Cunrad wischte sich die Haare aus der Stirn. »Der Dolch, den man bei dem Toten fand … Er gehört mir.«

»Was?«

»Ich verwahre ihn in meiner Kleidertruhe. Nachdem Kornelius entdeckt worden war, bin ich gleich nach Hause gerannt und habe nach ihm gesucht. Er war nicht da.«

»Donnerlittchen, das wird ja immer schöner! Jemandem scheint daran gelegen, dir den Mord in die Schuhe zu schieben. Aber wem?« Johann strich sich nachdenklich über das Kinn. »Im Übrigen habe ich deinen Neffen heute Nachmittag auf dem Markt beobachtet.«

»Du hast was?«

Johann erzählte Cunrad von seiner Beobachtung.

»Den Mann an seiner Seite hast du nicht erkannt?«

»Nein, ich sah nur seinen Rücken.«

»Wir sollten im Wirtshaus nachfragen, ob sich jemand an ihn erinnert.«

Cunrad wollte aufspringen, doch Johann hielt ihn zurück.

»Das habe ich bereits getan. Gleich nachdem ich die Leiche untersucht und den Jungen wiedererkannt habe, bin ich in die Spelunke gegangen, aber vergeblich. Alle waren viel zu besoffen, um sich zu erinnern. Da kommen wir nicht weiter. Erzähl du mir lieber, warum dir die Hand ausgerutscht ist.«

»Ich war verärgert. Kornelius war nicht zum ersten Mal aus dem Kloster fortgelaufen, und die Erklärung, die sein unerlaubtes Tun diesmal rechtfertigen sollte, war so tolldreist, dass ich den Bären schon brüllen hörte, den er mir damit aufbinden wollte. Also habe ich zugeschlagen.«

»Zu Unrecht, wie ich annehme?«

»Ja. Er muss tatsächlich ein wertvolles Dokument in seinem Besitz gehabt haben.«

»Das welchen Inhalts war?«

Cunrad zuckte mit den Schultern. »Ich habe keine Ahnung, Johann. In meinem Zorn wollte ich von dem ganzen Gerede über das Papier nichts wissen.«

»Kornelius wurde also wegen eines Dokuments ermordet. Doch warum hat sein Mörder es nicht dabei bewenden lassen, sondern ihm zudem ein glühendes Eisen auf die Haut getrieben?«

»Ein Fingerzeig auf den Grund seines Handelns?«

»Oder eine bestialische Spielerei? Ich konnte nichts aus dem Brandzeichen lesen. Du sahst es ja selbst. Der Umgang mit dem

Eisen scheint unserem Mörder weniger vertraut zu sein als der mit dem Messer.«

»Also brauchen wir ihn weder unter den Stallknechten noch unter den Viehhirten zu suchen. Aber wo dann, zum Teufel?«

»Ganz einfach, du solltest morgen den frommen Brüdern in Knechtsteden einen Besuch abstatten und das Übel bei der Wurzel packen.«

»Du meinst, der Schlüssel zur Aufklärung des Mordes liegt dort?«

»Wo sonst?« Johann reichte Cunrad einen zerknitterten Zettel. »Damit du nicht ohne etwas in der Hand dort erscheinst. Clara fand diesen Zettel in der Faust des Jungen, neben dem Brandmal der einzige Hinweis auf die Tat, den Täter und seine Gründe.«

Cunrad hielt Johanns Laterne dicht vor das Papier. »Eine Lilie, darunter ein paar vom Wasser verwischte Zeilen …«

Johann zuckte mit den Schultern. »Ich weiß, die Schrift ist undeutlich, die Lilie dafür umso besser zu erkennen.«

»Eine Blume, ja und?«

»Sieh sie als Symbol.«

»Als Symbol wofür?«

»Das herauszufinden ist deine Aufgabe.«

5

Nuys, 26. Juli 1474, Tag der heiligen Anna

Cunrad schnellte hoch, sein Herz tobte. Schweiß rann ihm über die Stirn. Er wischte ihn fort und erschauerte, seine Hände waren eiskalt. Nur langsam verblassten die Bilder des Alptraums und machten der Wirklichkeit Platz, die nicht minder schrecklich war.

Er stand auf und öffnete das Fenster. Das Band des Rheins, der unterhalb des Doktorturms träge dahinfloss, war zwar noch schwarz von der Nacht und die beiden Inseln Waid und Werth in seiner Mitte nur grau schimmernde Buckel, doch der forsche Gesang einer Amsel, die den Morgen begrüßte, schwang bereits zu ihm herüber. Das vertraute Bild des glänzenden Stroms, des Weidensaums an seinen sandigen Ufern, das Ächzen der Lastkräne vom nahe gelegenen Hafen, das Rufen und Lachen der Hafenarbeiter, deren Tag weit vor Sonnenaufgang begann, versöhnte ihn für den Augenblick mit der Welt und mit sich selbst.

Er zog sich an, stieg die schmalen Windungen der Treppe zur Küche hinunter, füllte eine lederne Flasche mit verdünntem Wein, steckte ein paar Kanten Brot für sich und sein Pferd ein und trat auf den Marktplatz. Die frische Morgenluft weckte ihn vollends. Er machte sich auf zum Stall in der Brückstraße, wo Glaukos, ein sehniger Brauner, der ihm seit vielen Jahren gehörte, bei den Kaltblütern des alten Jupp, einem Bierkutscher aus der Moerengasse, untergebracht war.

Die Straße gähnte Leere. Die Fensterläden der spitzgiebligen Fachwerkhäuser waren fest verrammelt, wie auch die breiten Tore der Lagerhäuser, durch die des Tags Karren und Fuhrwerke mit Wein von Mosel und Rhein, Salz und Hering aus den Niederlanden, eingesalzenem Kohl aus Nuys, Ballen Nuysser Tuches und Säcken voll Weizen, Roggen und Gerste ein- und ausfuhren. Hier in der Brückstraße mit den Lagern und Kontoren schlug das kaufmännische Herz der Stadt, das zu dieser frühen Stunde noch schlief. Im Stall war nur das Schnarchen des Stallburschen zu hören, der auf dem Dachboden sein Strohlager hatte. Cunrad ließ ihn schlafen und ging zu Glaukos. Sein Pferd begrüßte ihn mit einem freudigen Schnauben. Er strich ihm über die Blässe, gab ihm ein Stück Brot und sattelte es. Auf dem Hof sprang er auf, lenkte Glaukos die Straße hinauf und ritt auf das Obertor zu. Flüchtig erwiderte er den Gruß eines Mannes, der im selben Augenblick wie er das Tor passierte und ihm den Vortritt ließ. Im Gegensatz zu Cunrad, der seinem Pferd die Sporen gab und davonjagte, hatte er es nicht eilig. In gemütlichem Trab folgte er ihm.

Die alte römische Heerstraße, die parallel zum Rhein gen Süden führte, lag öde da. Zu Cunrads Rechten traten die grauen Konturen der Mauern und Dächer des Oberklosters aus dem Dunkeln hervor. Der dünne Morgenchoral der Chorherren wehte zu ihm herüber. Ein gutes Dutzend Mönche war geblieben und half, die Keller, Vorratskammern und Ställe des Klosters zu leeren und Getreide, Gemüse, Obst und Wein sowie das klösterliche Rind- und Federvieh nach Nuys zu schaffen. Selbst das Blei schlugen sie von den Dächern, damit es in der Stadt zu Kanonenkugeln geschmolzen wurde. In wenigen Tagen würden auch die letzten Mönche das alte Gemäuer verlassen und in der Stadt Zuflucht vor den Burgundern suchen.

Eine gelbe Morgensonne stieg über dem Weideland auf. Tau glitzerte im Grün, auf dem ein paar Schafe schläfrig grasten. Cunrad erreichte die hölzerne Brücke, die bei Grimlinghausen über die Erft führte. Sein Pferd scheute, als aus dem Dunst, der über dem schmalen Fluss trieb, Flügelschlagen zu ihnen drang und fünf Graureiher den Nebel durchbrachen und in den blauen Himmel aufstiegen. Cunrad sah ihnen nach, klopfte Glaukos beruhigend den Hals und ritt weiter durch den Auenwald, der sich zwischen dem Lauf der Erft und des Gilbachs über die Landschaft erstreckte. Über dem dichten Blattwerk ragten abwehrend die Wohntürme der Rittergüter Vellbrüggen und Müggenburg auf. Immer noch schien die Welt menschenleer.

Pferd und Reiter folgten hinter dem Kirchenspiel von Norf den Windungen des Gilbachs nach Süden, erreichten schließlich Nievenheim, in dessen Bauernhöfen und Katen klirrend, klappernd und scheppernd das Leben erwachte. Cunrad machte eine kurze

Rast unter der Dorflinde, dann gab er dem Gaul ein letztes Mal die Sporen und galoppierte weiter. Unter seinen Schenkeln spürte er die Flanken des Tieres, die Kraft, die ihnen entströmte, eine Kraft, die er nötiger hatte denn je. Was würde ihn in Knechtsteden erwarten? Das Vorhaben, dort nach Kornelius' Mörder zu suchen, erschien im Licht des Sommermorgens plötzlich aberwitzig. Er hätte in Nuys beginnen, vielleicht Enolf noch einmal den Schraubstock anlegen und sich in den Wirtshäusern, Hafenschenken und Hurenhäusern erkundigen sollen. Unter den Fahrenden, die nach dem Markt in der Stadt geblieben waren, den Spielleuten, Wahrsagern, Wunderheilern und Händlern. Doch würde er unter ihnen den Mörder finden? Wohl kaum. Kaum einer von ihnen war des Lesens mächtig und konnte somit etwas mit dem Dokument anfangen, das Kornelius bei sich getragen hatte, und seinen Inhalt erfassen.

Cunrad blickte über die goldene Flut der reifen Ähren, die sich bis zum Horizont erstreckte. Der Schrei eines Vogels durchdrang die Stille. Ein Falke verharrte, die Flügel gebreitet, hoch oben im Blau des Himmels. Seine Augen fixierten den Boden unter ihm. Er reckte den Hals, spannte den Körper und stürzte hinab, verschwand im Korn und stieg Sekunden später wieder auf, ein blutiges, zuckendes Stück Fell zwischen den Krallen. Tiere töteten aus Hunger, Not und Angst. Menschen aus Habgier, Hass, Liebe, Eifersucht, Trieb oder Gehorsam. Kornelius' Mörder mochte aus einem dieser Gründe gemordet haben, doch die Sprache seines Tuns war nicht die der landläufigen Meuchler. Etwas anderes, unfassbar Grausames schwang in ihr mit. Cunrad dachte an das Brandmal und fröstelte.

Von ferne rief ein Horn, Cunrad sog die Morgenluft ein, legte den Kopf an den Hals des Pferdes und flüsterte: »Los, Glaukos, es ist nicht mehr weit. Fühlen wir den Mönchen mal auf den Zahn!«

***

»Jesus, der für uns Blut geschwitzt hat.
Jesus, der für uns gegeißelt worden ist.
Jesus, der für uns mit Dornen gekrönt worden ist.«

Die Stimme der alten Frau wisperte durch die Küche, begleitet vom Klackern ihres Rosenkranzes, dessen Perlen wie schwarze Käfer durch ihre knochigen Finger glitten. Ihr Mund, ein faltiges Band blutleerer Lippen, bewegte sich kaum. Ihre Augen, gläsern und hell, starrten ihren Sohn an, als läse sie seine Gedanken.

Reinhard Keybisch warf seiner Mutter einen kalten Blick zu und wischte sich mit dem Ärmel den Schaum vom Bart. Das Bier war so schal wie seine Stimmung. Er riss ein Stück Brot ab und stopfte es sich in den Mund.

»Es stinkt!« Seine Mutter hatte ihr Gebet unterbrochen und wies mit zittriger Hand auf den silbernen Heringsberg, der sich in der Mitte des Tisches türmte. Gerlinde Keybisch, Reinhards Eheweib, die gerade dabei war, einem der Fische die Gedärme herauszukratzen, warf der Alten einen abfälligen Blick zu und sah dann zu ihrem Mann. Ein Ausdruck tiefen Hasses, wie er bisweilen zwischen alten Ehepaaren besteht, huschte über ihr breites Gesicht.

»Sag deiner Mutter, sie soll gefälligst ihr Maul halten. Für wen mach ich das denn alles? Wenn erst die Tore geschlossen sind und wir in der Stadt festsitzen, wird sie sich die Finger nach einem Stück Fisch lecken.«

Sie warf den Hering in das Fass neben sich. Keybisch kaute weiter auf seinem Kanten Brot und schwieg. Es stank tatsächlich, aber er verspürte wenig Lust, sich in Weiberstreitereien einzumischen und für eine der beiden Partei zu ergreifen. Er würde nur den Kürzeren ziehen, wie er es immer tat in diesem Haushalt, dem er zwar vorstand, dessen Zepter aber die Frauen in der Hand hielten. Sein Weib, seine Mutter und seine Tochter. Er schielte zur Ofenbank. Sybille, sein Kind und ihm wie aus dem Gesicht geschnitten, saß verdrossen da und stierte, die Arme über ihren beachtlich gewachsenen Bauch gelegt, ins Feuer. Hanno, ihr Mann, hatte es einmal mehr vorgezogen, die Nacht außerhalb des Ehebettes zu verbringen. Eine Angewohnheit, die ihm nicht erst seit Sybilles Schwangerschaft eigen war und die Keybisch ihm nicht verdenken konnte. Sybille war kalt und die meiste Zeit auch stumm wie ein Fisch.

Das Bild des kalten Fisches ließ ihn in die Gegenwart zurückkehren. Sein Weib hatte recht und tat gut daran, Vorräte anzuhäufen und Heringe, Aale, Lachse und Saiblinge einzulegen, zu räuchern und zu trocknen, denn Karl der Kühne rückte zu einer Jahreszeit auf Nuys zu, in der das Korn noch nicht reif, um geerntet, und das Vieh noch nicht fett genug war, um zum Schlachter geführt zu werden. Die Vorräte aus dem letzten Jahr gingen langsam zur Neige, ein gut gewählter Zeitpunkt, die Stadt zu belagern, denn wenn erst einmal der Hunger hinter den verriegelten Mauern Einzug hielt, hatten die Angreifer leichtes Spiel.

Keybisch schob diesen unangenehmen Gedanken fort. Nuys war neben Köln einer der größten Stapelplätze für Getreide und Wein, die Lager und Scheunen wurden seit Wochen gefüllt. Hunderttausend Fässer Bier, hundertzwanzigtausend Malter Roggen, siebenhundert Fuder Wein und fünfhundert Gebinde Honig waren bereits eingelagert; mit dem, was zusätzlich in den Kellern der Bürgerhäuser eingepökelt, gekocht und getrocknet wurde, sollte es fürs Erste keine Not geben.

»Hast du mich nicht gehört?« Gerlindes Blick bohrte sich in sein Gesicht. »Oder hat dir der Mord im Münster die Sprache verschlagen? Auf den Magen ist er dir jedenfalls nicht geschlagen«, spottete sie und ließ ihre Augen über Keybischs Bauch gleiten, den er unwillkürlich einzog.

»Schweig, Weib. Kümmere dich um die Heringe und gönn mir ein ruhiges Morgenmahl«, grunzte er.

»Die ganze Stadt spricht von dem Mord im Münster. Der Fischhändler von der Rheinstraße hat mich heute geradeheraus gefragt, was du unternehmen wirst.« So leicht ließ sich seine Frau nicht das Wort verbieten.

»Und was hast du geantwortet?«, bellte Keybisch sie an.

»Nichts natürlich, ich mische mich nicht ein in deine Amtsgeschäfte.«

Gerlinde stieg die Röte über den Hals hinauf ins Gesicht, ein sicheres Zeichen, dass sie log.

»Verkohl mich nicht, wahrscheinlich hast du wichtiggetan und ihm erzählt, ich sei dem Mörder bereits auf der Spur. Du törichtes Weib!«

»Du irrst. Jeder weiß, dass unser Medicus verdächtig ist, das Verbrechen begangen zu haben. Warum sollte ich nicht sagen, dass du genauso denkst wie die meisten?«

Keybisch wurde weiß, seine Hände krampften sich um den Henkel seines Bechers. »Du maßt dir an, meine Meinung hinauszugrunzen und Gerüchte zu streuen? Kein Mensch weiß, wer den Mord begangen hat.«

Er sah sein Weib für einen Augenblick schweigend an, dann hob er seinen Becher, tat einen langen Zug und knallte ihn auf die Tischplatte, dass die Heringe zu neuem Leben erwachten. Der silbrige Fischberg erzitterte, zerfiel, flutete über den Tisch und rutschte über die Kanten hinab. Totes Meeresgetier fiel in Gerlinde Keybischs Schoß, zappelte in den Tiefen ihrer Schürze, flutschte zwischen die knochigen Finger der Alten und schlängelte sich um ihren Rosenkranz. Sybille sprang von der Ofenbank hoch, starrte auf die zuckende Flut, die über den Boden auf sie zufloss, und öffnete den Mund zu einem Schrei.

In diesem Augenblick wurde die Küchentür aufgestoßen. Hanno de Kamp stand im Türrahmen.

»Schwiegervater, der Medicus ist fort.«

***

Bruder Angelikus rieb sich die Hände, als Hanno de Kamp in Begleitung zweier Büttel an ihm vorbeiritt, kurz grüßte und dann seine Stute weitertrieb. Der Minorit und Bruder Infirmarius, dem der Krankensaal des Klosters an der Minrebroedergasse unterstand, lächelte ein mageres Lächeln. Wie leicht die Menschen zu beeinflussen waren. Der richtige Ton und die passenden Worte, verbunden mit dem Habit der Frömmigkeit, hatten diesem Tölpel von Hanno alle Zweifel aus dem Hirn geblasen und in ihm die Überzeugung wachsen lassen, dass Cunrads eiliges Verlassen der Stadt ein verlässliches Eingeständnis seiner Schuld sei.

Er sah Hanno nach, wie er am frühen Morgen auch Cunrad nachgesehen hatte, als dieser durch das Obertor geprescht war. Gut so. Cunrad sollte der Erste sein, den der Zorn des Herrn träfe, andere würden folgen, dafür würde er sorgen. Eine göttliche Order brannte in seiner Brust, und eine zweite, mehr dem irdischen zugeneigt, war vor wenigen Stunden besiegelt worden. Er war erwählt worden, das gottlose Gewürm der Stadt zu entlarven und ihm das eigene sündige Spiegelbild vor Augen zu halten. Er würde sie vor die Wahl stellen, weiter der Unmoral zu frönen und sich damit der Hölle und den gefallenen Engeln zu verkaufen oder umzukehren und ihm, dem Hirten des Herrn, zu folgen.

Angelikus schaute sich um. Mittagszeit. Von den Ständen der Garküchen, die sich vor den Arkaden des Marktes reihten, stieg der Duft von gebratenen Schweinerippchen, Würsten und Hähnchenkeulen in den Sommerhimmel, lockte die gierigen Mäuler heran, die mit speichelfeuchten Lippen dastanden und warteten, sich die Köstlichkeiten in den Schlund zu stopfen. Hatten sie auf dem gestrigen Markt nicht genug gevöllt? Wussten sie nicht, dass bald schon der Burgunder vor den Toren stand? Lasterhaftigkeit, wohin er nur sah. Es würde ihn viel Kraft kosten, sie zurück auf den rechten Pfad und damit in die Arme des Herrn zu bringen.

Angelikus straffte die Schultern und wölbte die Brust, seine schmalen dunklen Augen sahen hinauf zur Sonne. Der Tag drohte heiß zu werden, es wurde Zeit, in die Kühle des Klosters zurückzukehren und nachzudenken.

Er trat aus den Arkaden des stattlichen Bürgerhauses »Zum Löwen« auf den Markt. Ihm gegenüber blinkte das Schild des Wirtshauses »Zu den Drei Königen« in der Sonne. Der Wirt hatte es mit drei Kronen verziert, weil die wenigsten seiner Gäste des Lesens mächtig waren, dafür aber umso mehr des Saufens. Lauter Gesang drang aus den Fenstern. Angelikus' Blick fiel über das reiche Fachwerk der Frontseite, von dessen Ecken geschnitzte Fratzen auf die Gasse glotzten. Reich waren die Wirtsleute geworden. Der billige Wein, den sie ausschenkten, schien den Nuyssern zu genügen, ihre Sinne zu trüben. Er schüttelte den Kopf, wollte weiter, als hinter einer der Fensteröffnungen ein Gesicht auftauchte, ihn anlächelte und wieder verschwand. Angelikus blieb wie angewurzelt stehen, seine Kinnlade strebte nach unten, seine Augen traten beinahe aus den Höhlen. Er meinte schon, sich geirrt zu haben, als ein Hieb seinen Rücken traf. Er stolperte, drehte sich um und suchte nach Worten. Sein Gegenüber kam ihm zuvor.

»Das nenne ich eine wirkliche Überraschung, dich wieder zu treffen, Bruder Angelikus.«

Der Mann, der vor ihm stand, machte eine leichte Verbeugung, sein sonnengebleichtes Haar leuchtete, wie auch sein gebräuntes Gesicht, das breit und von Sommersprossen übersät war.

»Bruder Thomas«, stieß Angelikus hervor und schloss den Mann in dem abgetragenen mausgrauen Mantel in die Arme.

***

Das eisenbeschlagene Tor der Pforte schwieg für eine Weile, obwohl Cunrad mehrmals dagegengepocht und lauthals um Einlass gebeten hatte. Er wollte schon umkehren, als Schritte näher schlurften und ein Schlüssel rasselte. Eine schmale Luke wurde aufgezogen, und ein dunkles Augenpaar musterte ihn argwöhnisch.

»Was wollt Ihr?« Die Stimme, die zu den Augen gehörte, hätte nicht abweisender sein können, und ohne eine Antwort abzuwarten, bellte sie: »Wenn Ihr Almosen erbetteln wollt, so vergeudet Ihr Eure und meine Zeit! Wir geben nichts!«

An anderen Tagen hätte Cunrad dem Mönch wegen seiner Barschheit die Pest an den Leib gewünscht, doch heute las er hinter dieser Unfreundlichkeit bloße Angst. Seit die Söldner, die Karl der Kühne südlich der Alpen angeworben hatte, ihren Weg an den Rhein gefunden hatten, wüteten sie gemeinsam mit einem beute- und kampflustigen Volk aus Dieben, Verbannten und Abenteurern in der Gegend zwischen Köln und Nuys. Plünderungen, Überfälle, Brandschatzungen und Morde machten auch vor den Klöstern nicht halt.

»Er ist bei den Bienenstöcken«, erklärte der Pförtner knapp, nachdem Cunrad endlich Einlass gefunden und nach Bruder Bernhardus gefragt hatte. Cunrad schaute ihn ungläubig an, und auf das bis dahin mürrische Gesicht des Mönches legte sich ein mildes Lächeln.

»Ich scherze nicht. Unser Bibliothekar ist nicht nur für die Bücher zuständig, sondern auch für die Imkerei unseres Klosters. Nehmt einfach den Pfad dort drüben bei den Gemüsebeeten und folgt dem Summen, dann findet Ihr ihn.«

Tatsächlich fand er Bernhardus bei den Bienenkörben, die sich vor der südlichen Mauer des Klostergartens inmitten von Apfel-

und Birnbäumen reihten. Gehüllt in eine dunkle Wolke pelziger Leiber, stand er da und kratzte Honig aus einem Wabenstück. Neben ihm schwenkte ein Junge ein kupfernes Gefäß, aus dem in feinen Fäden Weihrauch aufstieg, um die aufgeschreckten Bienen zu vertreiben.

Bernhardus war so tief in die Arbeit vertieft, dass er Cunrad erst bemerkte, als der sich räusperte. Einen Moment lang schauten sich die beiden Männer schweigend an. Dann reichte Bernhardus dem Jungen die Waben, das Messer und den halb gefüllten hölzernen Topf, vertrieb die Bienen, die ihn noch umsurrten, streifte seine Handschuhe ab und trat auf Cunrad zu. Seine Züge, über die für die Dauer eines Wimpernschlages ein Schatten gehuscht war, verzogen sich zu einem angestrengten Lächeln.

»Seid gegrüßt, Cunrad Tuschenbroich.«

Bernhardus musterte ihn unter zusammengezogenen Brauen, und Cunrad wurde sich jählings bewusst, welchen Eindruck sein zerschlagenes Gesicht machen musste.

»Was ist Euch geschehen? Treibt sich auf den Straßen tatsächlich so viel Gesindel herum, dass ein anständiger Mann nicht heil von einem Ort zum anderen kommt?«

Cunrad atmete tief ein. »Kornelius wurde ermordet.«

Mit wenigen Worten klärte er den Mönch auf.

»Das ist eine schreckliche Neuigkeit, die Ihr unserer Bruderschaft zutragt, Cunrad«, flüsterte Bernhardus mit gesenktem Blick. »Ich werde sofort Abt Heinrich Mitteilung machen, damit er die Totenmesse hält.«

Er wollte davon, doch Cunrad hielt ihn zurück.

»Nicht so eilig, Bernhardus. Zeit für ein Totengebet ist noch alle Male. Seid so gut und beantwortet mir ein paar Fragen.«

Bernhardus zog die Schultern hoch und spitzte den Mund. »Und die wären, Medicus?«

»Wieso kam mein Neffe nach Nuys, wähnte ich ihn doch sicher in Eurer Obhut?«

»Einer Obhut, der er sich entzogen hatte.«

»Und warum, wenn ich fragen darf?«

»Das dürft Ihr, wenn auch ungern. Es fällt mir nicht leicht, schlecht über Verstorbene zu reden, aber das Verbrechen, das er vermutlich begangen hat, wiegt so schwer, dass ich kaum wage, darüber zu sprechen, aber …«

»Spannt mich nicht auf die Folter!«, unterbrach Cunrad ihn ruppig.

Bernhardus presste die Lippen zusammen.

»Wie Ihr wollt«, begann er schließlich. »Es ist gut eine Woche her, dass ein Besucher unseres Klosters Opfer eines Raubüberfalls wurde, den er nicht überlebte. Man stahl ihm sein Geld und eine kostbare florentinische Bibel, die er der Bibliothek stiften wollte.«

»Was hat das mit Kornelius zu tun?«

»In der Nacht nach diesem furchtbaren Ereignis verschwand er.«

»Wollt Ihr behaupten, Kornelius sei der Täter?«

Bernhardus zuckte mit den Schultern. »Ich weiß es nicht, aber der Gedanke liegt nahe.«

»Mitnichten, Kornelius ist kein Dieb, und ein Mörder schon gar nicht. Zudem hatte er keine Bibel bei sich, sondern ein Dokument. Eines, dessentwegen er vermutlich selbst getötet wurde.«

»Es fällt schwer, das zu glauben. Es sei denn, Ihr habt Beweise und könnt mir dieses Dokument zeigen.«

»Nein, das kann ich nicht. Der Mörder hat es ihm gestohlen.«

Aus dem Turm der Basilika drangen Glockenschläge zu ihnen herüber, Erleichterung huschte über das Gesicht des Mönchs. Er wies zum Kloster.

»Das Angelusläuten, Medicus. Es gemahnt mich meiner Pflicht, ich muss Euch verlassen. Es gibt wohl nichts mehr zu sagen, Gott allein kennt die Antworten auf unsere Fragen, aber seid versichert, ich und meine Mitbrüder werden trotz aller Zweifel für Kornelius' Seele«, er sah Cunrad in die Augen, »und die Eure beten.«

»Bleibt!« Cunrad zog den Zettel aus seiner Jackentasche, den Johann ihm gegeben hatte, und hielt ihn Bernhardus hin. »Einzig dieses Papier wurde bei meinem Neffen gefunden. Die Buchstaben sind verwischt, aber Ihr mit Eurer Erfahrung solltet sie entziffern können und einen Zusammenhang zu der Zeichnung der Lilie herstellen, die über die Worte gelegt worden ist. Vielleicht hilft es mir weiter auf der Suche nach der Wahrheit.«

»Ein letzter Gefallen, Medicus!«

Der Mönch nahm den Zettel, überflog ihn, reichte ihn Cunrad zurück und lächelte. »Ein Auszug aus einer heidnischen Sage. Teufelswerk, wenn Ihr mich fragt, welches, ich muss es zugeben, aus unserer Klosterbibliothek stammt. Kornelius wird es heimlich an sich genommen haben.«

»Ihr lächelt?«

»Das tue ich, Cunrad. Untermauert dieses Stück Papier doch meinen Eindruck von Kornelius' tückischem Wesen. Es festigt meine Sicht der Dinge.«

Cunrad biss sich auf die Lippen und schluckte die Beschimpfung herunter, die sich auf seine Zunge drängte. Er fragte in harmlosem Ton: »Aber die Lilie darauf ist, soviel ich weiß, ein christliches Symbol?«

»Ja, das ist sie, Lilium candidum, das Sinnbild der Reinheit und Schönheit.«

»Und das Symbol des Todes, wenn ich nicht irre!«

Bernhardus kniff die Augen zusammen. »Das entzieht sich meiner Kenntnis und ist aus meiner Sicht auch von keiner Wichtigkeit.«

»Warum nicht? Vielleicht wollte uns Kornelius mit ihr ein Zeichen geben, als er die Todesgefahr spürte, die sich ihm näherte.«

»Todesgefahr!« Bernhardus lachte hell auf. »Eure Phantasie narrt Euch, Cunrad. Ihr seht Gespenster. Sicherlich hat Kornelius die Blume gezeichnet, ohne über ihren Sinn zu grübeln, vielleicht aus Langeweile. Die Lilie ist eines der meistverwendeten Blumenmotive, er mag sie schon tausendmal auf Pergament gebannt haben. Und jetzt erlaubt mir, mich zu entfernen. Ich sagte schon, das Angelusgebet wartet.«

»Halt, Bernhardus. Eine letzte Frage. Ziert die Lilie nicht das Banner des machthungrigen Herzogs von Burgund, der gegen Nuys ziehen will?«

Bernhardus' Augen verwandelten sich in eisgraue Schlitze. »Da fragt Ihr den Falschen«, sagte er knapp und wies mit dem Kinn zu einem der Türme der Basilika. »Dort oben in der Bibliothek von Knechtsteden ist mein Wirkungskreis. Fernab der politischen Ränkespiele der weltlichen Herrscher und der Symbole ihrer Macht. Und nun gehabt Euch wohl, eine weitere Eurer infamen Unterstellungen zu erdulden ist selbst von mir zu viel verlangt. Ihr sucht an der falschen Stelle, Medicus. Knechtsteden ist weder ein Ort des Verbrechens noch der Politik.«

Bernhardus nickte Cunrad zu und eilte endgültig davon.

Der Stallknecht legte den Sattel auf den Rücken des Pferdes, schloss den Gurt und reichte Cunrad die Zügel.

»Habt Euren Braunen ganz schön angetrieben, Herr. Das solltet Ihr nicht tun. War ein Batzen Arbeit, sein Fell wieder trocken zu reiben.«

Cunrad warf dem Mann eine Münze zu. Der Knecht dankte es ihm mit einem übertriebenen Bückling. Er schielte auf den Pfennig in seiner Hand und sagte mehr zu sich selbst als zu Cunrad: »Wenn unser Bibliothekar auch so großzügig wäre, ich wäre ein reicher Mann.«

Cunrad, der gerade aufsitzen wollte, drehte sich um. »Warum sollte er das sein?«

Der Stallbursche senkte die Stimme: »Er nimmt meine Dienste und meine Verschwiegenheit allzu oft in Anspruch.«

»Wie meinst du das?«

Der Knecht hob wortlos die Schulter.

»Hier.« Cunrad warf ihm einen weiteren Pfennig zu. »Spuck schon aus, was du weißt!«

Der Knecht steckte die Münzen ein. »Bernhardus reitet häufig aus. Erst gestern und die ganze letzte Nacht war er fort. Kam kurz vor der Laudes zurück, übergab mir seinen erschöpften Gaul und verschwand ohne einen Dank.«

Cunrad kniff die Augen zusammen. Bernhardus war gestern nicht in Knechtsteden gewesen, war erst in der Nacht zurückgekommen. Der Gedanke, der ihn beschlich, roch nach Frevel. Was trieb Bernhardus so häufig aus den Klostermauern hinaus? Was führte dieser aalglatte Frömmler im Schilde? Cunrad reichte dem Knecht die Zügel.

»Pass noch ein wenig auf meinen Gaul auf und gib ihm ordentlich Hafer. Es soll dein Schaden nicht sein.«

Cunrad lief zurück, betrat das Hauptportal des Klosters, ging zielstrebig durch den breiten Flur und erreichte den Kreuzgang. Er lag verlassen da, nur ein betagter grauer Mäusefänger döste zufrieden auf einem Mauervorsprung in der Sonne. Er öffnete sein rechtes Auge, musterte Cunrad gelangweilt und gab sich wieder seinem Mittagsschlaf hin. Cunrad fand die Tür, hinter der sich die Treppe zur Bibliothek befand. Zwei Stufen auf einmal nehmend, hastete er sie hinauf.

In der Bibliothek traf er weder auf Bruder Bernhardus noch auf die anderen Schreiber, Buchmaler und Kopisten. Cunrad erinnerte sich an das Angelusläuten. Die Mönche waren zu dieser Stunde zum Gebet in der Basilika versammelt. Auch gut, so blieb ihm ein wenig Zeit, sich umzusehen, bevor er sich Bruder Bernhardus noch einmal vorknöpfen würde.

Sein Blick glitt über die Reihen der Schreibpulte, die entlang der Fensterfront standen. Ein scharfer Sonnenstrahl brach sich in einem der Fenster und fiel auf eines der Pulte. Es war im Gegensatz zu den anderen leer, weder stapelten sich Pergamente darauf noch die mit verschiedenfarbiger Tinte gefüllten Fässer und Näpfe mit buntem Pulver. Cunrad ging zu dem Pult, strich über seine Oberfläche aus poliertem Eichenholz. Sein Blick fiel auf eine Schublade. Vorsichtig öffnete er sie und fand einen Packen eng beschrifteter Seiten.

Seine Hände begannen zu zittern, als er eines der Blätter hervorzog und die Handschrift erkannte. Es war die gleiche wie die auf dem Papier in seiner Tasche. Kornelius' Schrift. Tränen stiegen ihm in die Augen, aber er wischte sie entschieden weg. Sein Kopf musste frei von Gefühlen bleiben, wollte er das Geheimnis lüften, das sich hinter diesen Mauern verbarg.

Cunrad blickte über das Pult hinweg nach draußen zum Wald, dem Mühlenbusch, der nicht weit von den Mauern Knechtstedens begann und sich weit hinaus bis zur Zülpicher Börde erstreckte. Etwa eine Meile vom Kloster entfernt, auf einem Pfad, der aus dem Wald hinaus auf einen breiten Weg entlang dem Baumsaum führte, lenkte ein Dutzend Reiter ihre Pferde. In der vordersten Reihe erkannte er Männer in prunkvollen, farbenfrohen Gewändern, deren blank geputzte Schilde und Schwerter in der Mittagssonne glänzten. Ihnen voran ritt ein Bannerträger. Die prachtvoll bestickte Fahne in seiner Rechten flatterte unruhig im Wind und machte es

Cunrad unmöglich, das Wappen darauf zu erkennen. Den Reitern folgten ein paar Männer zu Fuß, Rotwild und Hasen auf den Schultern.

Jäger, dachte Cunrad, als er im selben Moment auf der Schulter eines der Männer einen Falken entdeckte. Es gab nicht viele Edelmänner, die der Beizjagd frönten, und Cunrad fiel in diesem Augenblick nur einer ein, dessen Freude daran allgemein bekannt war: Ruprecht von der Pfalz. Er pfiff durch die Zähne, wandte sich ab und sah in die Augen eines Mannes, der ihn unverhohlen anstarrte. Die Papiere in seiner Hand entglitten ihm, schwebten zu Boden. Er bückte sich danach, doch der Mann kam ihm zuvor. Wortlos sammelte er die Blätter auf und reichte sie ihm.

»Ich bin leider des Lesens nicht mächtig, aber schön sehen sie aus, all diese Pergamente mit den Bildern der Heiligen und den goldenen Lettern«, sagte er.

Cunrad rang sich ein Lächeln ab, als er in dem Mann den Pförtner erkannte, der ihn so unfreundlich empfangen hatte.

»Wenn Ihr unseren Bruder Bibliothekarius sucht, seid Ihr zu spät.« Der Mönch wies zum Fenster hinaus. »Er ist ausgeritten und wird vor dem Vesperläuten nicht zurück sein.«

Cunrad folgte dem Finger des Mönches. Die Jäger und ihr Gefolge waren weitergezogen. Die prächtigen Farben ihrer Kleider verschmolzen allmählich mit den Strahlen der gleißenden Sonne. Sie bemerkten den Schatten nicht, der ihnen nacheilte.

»Ist das Bernhardus?«

Der Mönch nickte. Cunrad schnappte nach Luft. Wie es schien, spielte die Politik doch eine Rolle in Bernhardus' Leben. Warum dann nicht auch das Verbrechen?

Er ließ den Mönch stehen und hastete die Treppe hinunter. Auf dem Platz vor den Stallungen riss er einem der Pferdeknechte, der gemächlichen Schrittes eine schlanke Stute zur Koppel führte, die Zügel aus der Hand und setzte einen Fuß in den Steigbügel.

Der Schlag, der ihn in diesem Moment traf, war hart und präzise. Er fiel zu Boden, sein Hinterkopf schlug gegen trockene, staubige Erde. Eine Welle dumpfen Schmerzes ließ ihn für einen Augenblick die Besinnung verlieren.

Als er wieder zu sich kam, stand ein Mann über ihm, breit, bullig, halslos. Der pockennarbige Büttel hatte das Visier seines Helmes hochgeschoben und grinste. Cunrad rollte sich zur Seite, stemmte die Arme gegen den Boden und sprang auf die Füße.

»Na, Fettwanst, dachte nicht, dich so bald wiederzusehen! Lust auf ein kleines Kämpfchen?«, sagte er munter.

Der Büttel sah ihn herausfordernd an, und Cunrad fragte sich, was wohl in dem breiten Schädel vorging, als im selben Augenblick ein Messer in dessen Pranke aufblitzte.

»Haltet Euer Maul, Medicus! Haben Euch meine Schläge gestern nicht gereicht? Soll ich Euch auch die andere Wange aufschlitzen?«

Er stieß das Messer nach vorn, die Schneide ritzte das grobe Leinen von Cunrads Jacke auf und spießte sich in seinen linken Oberarm. Er schrie vor Wut und Schmerz auf, zog mit der rechten Hand das Messer aus seinem Arm und stürzte sich auf den Pockennarbigen, der ihm kampfeslustig entgegensah.

»Das lasst Ihr besser, Medicus«, zischte es neben ihm.

Cunrads Kopf schnellte zur Seite. Hanno de Kamp sah ihn an und grinste.

»Ihr solltet Eure Kräfte sammeln für das, was vor Euch liegt«, sagte er ruhig und leckte sich selbstzufrieden die Lippen. Cunrad spürte, wie sich seine Eingeweide zusammenzogen und ihn eine Ahnung beschlich, über die er gestern noch gelacht hatte.

»Ihr werdet doch nicht die Dummheit begehen und das Geschwafel eines der Häscher Eures Schwiegervaters ernst nehmen?«

Hanno strich sich über das Kinn. »Doch, das werde ich, Cunrad. Und Ihr schweigt jetzt besser!« Er straffte den Rücken und räusperte sich. »Im Namen des Hohen Rates der Stadt Nuys verhafte ich Euch. Ihr werdet verdächtigt, den Mord im Münster begangen zu haben. Fesselt ihn!«

Cunrad fühlte Hass auf den versoffenen Kaufmann in sich hochsteigen. Er umschloss die Waffe in seiner Hand, bereit zuzustechen, doch dazu kam es nicht. Jemand riss ihm die Arme auf den Rücken, das Messer fiel auf die Erde, und ein grobes Seil schlang sich um seine Handgelenke.

»Das könnt Ihr nicht machen!«, schrie er, zerrte an den Fesseln, trat um sich, doch es half nichts. Die Arme, die ihn packten, waren stärker und stießen ihn zu Boden. Der Büttel und seine Helfer banden seine Fußgelenke aneinander, zogen ihn hoch und jagten ihn über den Platz.

Er stolperte, fiel, kroch durch den Staub, der um ihn herumwirbelte wie das Gelächter der Häscher. Schließlich warfen sie ihn bäuchlings über den Rücken seines Pferdes. Hanno de Kamp stand mit verschränkten Armen etwas abseits und beobachtete das Spiel. Schließlich hieß er seine Männer aufsitzen und sah ihnen und dem gebündelten Cunrad in ihrer Mitte nach. Dann strich er sich den Staub von seinem kostbaren Reitkleid aus flämischem Brokat und stieg ebenfalls in den Sattel. Doch anders als die Häscher lenkte er sein Pferd gen Süden dem Wald zu.

***

Der Schmetterling breitete seine Flügel aus, glitt mit dem Wind, der vom Fluss her aufzog, über das Weizenfeld hinweg und landete geradewegs auf der Nasenspitze eines Burschen, der am Stamm einer alten Linde lehnte.

»Fort mit dir!« Seine Hand schnitt durch die Luft und schreckte das Tier auf.

»Ist doch nur ein Schmetterling, schau, er fliegt schon weiter.« Das Mädchen legte ihren Kopf wieder an die Schulter des jungen Mannes.

»Gib mir einen Kuss«, lockte er sie. Ihr Mund streifte über seine Wange, verweilte auf seinen Lippen und war augenblicklich verschwunden, als die Zunge des Jungen das hübsche Dreieck zu erobern versuchte.

»Stell dich nicht so an«, brummte er. »Wir sind ganz allein. Vor Sonnenuntergang rechnet die Herrschaft nicht mit uns, komm schon!«

Seine Finger folgten der Wölbung ihres Schlüsselbeins, verweilten in ihrer Halsgrube und glitten dann geschickt hinunter unter den Saum ihres Ausschnitts. Er fühlte ihren Herzschlag, das schnelle Auf und Ab ihres Atems. Er begann, den Hof ihrer Brustwarzen zu umkreisen, legte den Mund auf ihren Hals, saugte ihren Duft ein, drängte seinen Körper ihr entgegen und schrie auf.

Der Schmerz zerriss fast seinen Rücken. Er fuhr herum, ein paar dunkle Augen zwinkerten ihm ermutigend zu, schon glaubte er zu träumen und wollte sich seinem Mädchen wieder zuwenden. Die Freuden der Liebe narrten zuweilen, doch ein zweiter Schmerz durchzuckte ihn, nahm ihm den Atem, die Besinnung, und er sackte in sich zusammen.

Das Mädchen stieß einen Schrei aus, raffte ihre Schürze, stürzte davon, doch die Hände der fünf Söldner, die hinter den Bäumen hervorkamen, waren kräftig und kampferprobt. Jeder von ihnen lechzte nach ein wenig Vergnügen. Sie griffen nach ihr und dem, was sie begehrten.

Etwas später flatterte ein winziger Schatten über das zertrampelte blutige Gras und den geschundenen Leichnam des Mädchens, rastete kurz auf ihrem Bauch, stieg hoch und flog über die fünf Reiter, die der Straße nach Gohr folgten, hinweg ins Himmelbau des Julitages.

6

Clara lächelte dem Schmetterling zu, der sich auf ihre linke Schuhspitze gesetzt hatte, lehnte sich zurück und schloss die Augen. Sie saß auf einer Bank im Schatten der alten Kastanie, die vor dem geduckten Fachwerkhaus stand, in dem sich seit Jahrhunderten das stiftseigene Mühlrad drehte. Sie hatte kaum geschlafen, war früh aufgebrochen, um hier in Erprath den Karren mit Mehlsäcken zu beladen, wahrscheinlich das letzte Mal für lange Zeit. Ihre Gedanken kreisten um den ermordeten Jungen, der, wie sie jetzt wusste, ein Neffe Cunrads war und als Novize der Gemeinschaft von Knechtsteden angehört hatte. Der Anblick seiner Leiche musste Cunrad zugesetzt haben, erklärte seine Schroffheit ihr und dem Bürgermeister gegenüber, aber nicht sein Stillschweigen über seine Beziehung zu ihm.

»Ehrwürdige Mutter!«

Clara fuhr aus ihren Gedanken hoch. Der Schmetterling auf ihrem Fuß flatterte erschrocken davon.

»Ach, Sina, du bist es.« Clara lächelte der Magd des Müllers zu. »Setz dich einen Augenblick zu mir.«

Sina knickste, stellte zwei Becher und einen Krug mit gekühltem Most auf den Tisch und gesellte sich zu Clara.

»Macht er seine Sache gut?« Clara wies mit dem Kopf zum Müller hinüber, der mit seinem Gehilfen ihren Karren mit Mehlsäcken belud.

Sina nickte bedächtig. Sie war fast noch ein Kind gewesen, als sie in den Dienst des früheren Müllermeisters getreten war und den Mühlenbetrieb wie keine Zweite kennengelernt hatte.

»Ich kann nicht über ihn klagen. Zwar ist er mürrisch, und nie kommt ein Dank von ihm, aber er ist genügsam. Isst seinen Brei des Morgens, geht in die Mühle, schlürft seine Suppe zur Nacht und schnarcht, dass die Wände wackeln.«

Sina grinste Clara an und schenkte sich und der Äbtissin einen Becher Most ein.

»Hatte schon Angst, er steigt dir nach, ist ja noch recht jung und so ganz ohne Frau.« Clara ließ den kühlen Apfelwein ihre Kehle hinunterrinnen.

»So einer ist das nicht, Gott sei Dank, aber ein wenig geselliger könnte er schon sein, ist doch recht einsam hier. Der alte Müller hat abends oft die Fiedel hervorgeholt und gespielt.«

Claras Blick schweifte über den in saftiges Grün gebetteten Erftlauf und den lohfarbenen Teppich der Weizenfelder bis hin zum Horizont, an dem die Schemen des nächsten Dorfes in der Hitze flimmerten.

»Ach Sina, einsam ist es hier, aber auch weit. Ich darf gar nicht daran denken, wie es in Nuys sein wird, wenn man die Tore schließt. Die Enge dort ist jetzt schon unerträglich.«

Clara schaute zu ihrem Fuhrwerk. Der Müller und sein Bursche hatten ihre Arbeit beendet. Aus einer Mehlwolke heraus schaute er mit verschränkten Armen zu ihr herüber. Sie dachte an die Flüche, die er ihr an den Kopf geworfen hatte, als sie ihn nach einem Blick in die Rechnungsbücher zur Rede gestellt hatte. Es war offensichtlich gewesen, dass der neue Müller heimlich das Getreide von Bauern mahlte und sich den Lohn in die eigene Tasche steckte. Nur zähneknirschend hatte er ihr Angebot angenommen, seinen Anteil am Erlös aus der Mühle zu halbieren und dafür großzügig über seine heimlichen Zusatzeinnahmen hinwegzusehen. Clara nahm einen letzten Schluck und stand auf.

»Es wird Zeit, aufzubrechen. Wo ist Thies?«

Sina lächelte. »Dort beim Holunder, ehrwürdige Mutter.«

Der Kutscher des Stifts schnarchte, alle viere von sich gestreckt, unter einem Busch am Ufer der Erft. Clara nahm Daumen und Zeigefinger ihrer rechten Hand in den Mund und pfiff.

»Wach auf, Thies, wir fahren! Ich muss schließlich noch zum Kirchenspiel nach Gohr.«

Clara verabschiedete sich von Sina, ging zum Fuhrwerk und stieg auf.

»Wann sehen wir Euch wieder, Äbtissin?« Der Müller sah zu ihr auf und knetete die Krempe seines Hutes.

»Das weiß nur Gott allein. Vielleicht an Michaelis, bis dahin passt gut auf Euch und die Mühle auf. Gottes Segen.«

Das Pferd trottete gemächlichen Schrittes auf Gohr zu. Clara hatte die Augen geschlossen. Der Most war ihr zu Kopf gestiegen, und die Hitze unter ihrem Schleier verstärkte seine einschläfernde Wirkung noch. Das Schlagen der Hufe, das Knarren der Räder und Thies' unverständliches Gebrabbel taten ihr Übriges; Clara nickte ein. Ihr Kopf sackte zur Seite, ihr Körper folgte, ein Ruck, und Claras Kopf prallte nach hinten auf die Mehlsäcke.

»Aua! Was soll das, Thies?«

Sie richtete sich auf, rieb sich den Hinterkopf und schaute den Kutscher verwundert an, doch Thies schenkte ihr keine Beachtung. Sein Blick haftete in der Ferne.

»Da drüben, seht doch, die Felder, Äbtissin.«

Sein Zeigefinger wies auf eine Reihe schlanker Pappeln, die inmitten der Ähren ihre Häupter im Wind wiegten. Die Felder vor Gohr brannten, blutrote Glut fraß sich durch das Korn.

Clara schirmte die Augen gegen die Sonne ab und sah die Reiter. Brennende Fackeln in der Hand, galoppierten sie die Feldränder entlang und nährten das Feuer.

»Gott steh uns bei!« Clara bekreuzigte sich.

»Plünderer, ausländische Söldner. Der Burgunder macht ernst!«, schrie Thies, schnalzte mit der Zunge, zog die Zügel und wollte den Karren wenden, als Clara ihm mit fester Hand Einhalt gebot.

»Was tust du da?«

»Ich wende, wir müssen zurück in die Stadt!«

»Nein, das müssen wir nicht! Ich habe noch einen Besuch zu machen, falls du es vergessen hast, also fahr zu!«

Thies starrte sie an. »Seid Ihr von allen guten Geistern verlassen? Wer weiß, was uns dort erwartet?«

»Fahr zu, Thies.«

»Nein, das werde ich nicht tun.« Der Alte krallte seine Finger um die Zügel. »Und Ihr solltet Vernunft annehmen, Euren Pfaffen könnt Ihr in friedlicheren Zeiten besuchen.«

Clara schaute ihn verärgert an und sprang vom Kutschbock. »Wenn du zu feige bist, Thies, dann laufe ich eben!«

Sie hob ihre Röcke und rannte los. Thies schrie ihr nach, doch sie verschloss die Ohren.

Die ersten Häuser kamen in Sicht, und ihre Vorahnung wurde

grausame Wahrheit. Gohr brannte. Aus den strohbedeckten Dächern züngelten Flammen in den heiteren Himmel, eisgrauer Rauch quoll aus den Fensteröffnungen und Türen. Der Gestank verbrannten Fleischs stieg ihr in die Nase, die verkohlten Kadaver einiger Rinder lagen zwischen brennenden Ställen. Clara hob schützend die Arme vor das Gesicht, als eine aufgebrachte Hühnerschar über sie hinwegflatterte. Der Qualm wurde dichter, biss ihr in die Augen. Sie hielt sich den Saum ihres Schleiers vors Gesicht.

Die erste Leiche lag unter dem Torbogen eines stattlichen Gehöfts. Der Mann war bereits kalt, der Schuss in seiner Brust von tödlicher Genauigkeit gewesen. Clara hastete vorbei an aufgeschlitzten Schweinen und Gänsen mit verdrehten Hälsen, sie stieg über Dung und Kohlköpfe, die aus einem umgerissenen Karren auf die Straße gekullert waren, dessen Fahrer mit klaffendem Kiefer und eingedrückter Stirn unter der Wagenachse lag. Clara lief weiter, getrieben von der Sorge um Pfarrer Eligius, einem alten Freund ihrer Familie. Sie erreichte die Dorfkirche und schlüpfte durch eine schmale Seitentür an der westlichen Längsseite in das kühle Gotteshaus. Ihre Augen gewöhnten sich nur langsam an das Zwielicht, dann atmete sie auf. Die Plünderer hatten die Kirche verschont, nichts fehlte, selbst die kostbare Skulptur der heiligen Odilia stand an ihrem Platz. Eine Gestalt saß in der vordersten Kirchenbank, und ihr Herz tat einen Sprung.

»Eligius!«, rief sie und lief durch den Mittelgang. »Eligius?«

Ihre Kehle brachte nicht mehr als ein raues Flüstern hervor, als sie erkannte, dass der Mann dort vorn nicht mehr lebte. Sein Kopf war auf unnatürliche Weise verrenkt. Man hatte ihm im wahrsten Sinne des Wortes den Hals umgedreht.

Eine Tür flog auf, Clara fuhr herum, starrte auf den Lichtkegel, der aus der Sakristei in die Kirche fiel und in den jetzt der Schatten eines Mannes trat. Unwillkürlich duckte sie sich und kroch in eine der Kirchenbänke.

»Ich hab nichts gehört. Es ist niemand hier!«, hörte sie ihn flüstern, und sie reckte ein wenig den Hals, um besser sehen zu können.

Ein zweiter Mann erschien auf der Türschwelle. Die beiden kamen näher. Die Schritte des ersten trippelten über den Steinboden, während sein Begleiter ihm federnden Fußes folgte. Er war hochgewachsen und trug die schlichte Jagdkleidung des Adels, ein hüftlanges Wams aus geschmirgeltem braunem Leder, grüne Beinkleider und kniehohe Stiefel. An einem breiten Gürtel hing ein Schwert, über seiner Schulter eine Armbrust. Der kleinere Mann war nach höfischer Art gekleidet, doch sein reich bestickter Rock und die zweifarbigen Beinlinge, deren Seiten mit bunten Bändern verziert waren, erinnerten mehr an die Kleidung eines Gecken als an die eines Höflings. Ihre beiden bärtigen Gesichter lagen im Schatten der breiten Krempe ihrer Hüte, die sie ungeachtet des geweihten Raumes aufbehalten hatten.

Der Größere der beiden sah sich witternd um.

»Ich rieche es, hier ist jemand.«

Der Klang seiner Stimme ließ Clara frösteln, Gänsehaut kroch über ihren Rücken. Sie hielt den Atem an und schlang die Arme noch enger um ihren Körper.

»Lasst Euch nicht narren, Herr, es ist nur der Geruch des Weihrauchs«, erwiderte der andere.

»Halt's Maul, meine Nase hat mich noch nie getäuscht.«

Ein Scheppern. Sie verstummten. Der Edelmann machte einen Satz, verschwand im linken Seitenschiff und tauchte Augenblicke später wieder auf, den kopflosen Balg einer Katze auf seiner Schwertspitze.

»Meine Sinne täuschen mich nie, Tölpel.« Er schwang sein Schwert und schmetterte das Tier seinem Begleiter vor die Füße, der mit einem leichten Aufschrei zur Seite sprang und damit dem Blutstrahl auswich, der aus dem Kadaver spritzte.

»Warum tut Ihr das? Ihr wisst doch, dass ich kein Blut sehen kann«, empörte er sich.

Der Edelmann sah ihn für einen Moment schweigend an, dann lachte er auf, wischte die Schwertklinge an seinen Beinlingen ab und steckte sie wieder in die Scheide.

»Ich weiß gar nichts, nur das eine: Ich werde jetzt gehen. Man lässt mich nicht warten! Sag das deinem Freund.«

»Als seinen Freund würde ich mich nicht bezeichnen.«

Die beiden fuhren herum. Ein Mann trat aus dem Chorgestühl,

schmal, klein, einen dünnen blauen Umhang über die linke Schulter geworfen.

»Ihr seid lautloser als eine Katze.« Der Edelmann musterte ihn ohne sichtbare Regung.

»Das bin ich wohl, lautlos und wachsam, sonst wäre es mir am Ende noch wie dieser Kreatur ergangen, und Euer Schwert hätte mich getroffen. Ich wollte Euch auf keinen Fall erschrecken.«

»Seid versichert, Ihr hättet mich nicht erschreckt!«, antwortete der Edelmann barsch und umfuhr mit der Spitze seines Zeigefingers fast zärtlich den Griff seines Schwertes.

»Was ist mit dem Auftrag, den ich Euch erteilt habe?«, fragte der Neuankömmling.

»Ich habe ihn ausgeführt, wie besprochen.«

»Gut, dann berichtet. Doch zuvor eine Frage.« Der Mann wies auf den Toten. »Habt Ihr ihn getötet?«

Der Edelmann schüttelte den Kopf. »Wo denkt Ihr hin? Dafür ist allein mein Begleiter verantwortlich, ihn plagt zuweilen ein heftiger Zorn gegen den Klerus, nicht wahr?«

Er lachte auf und klopfte dem Gecken auf die Schulter, der verlegen mit den Achseln zuckte. Der Neuankömmling maß ihn kurz aus schwarzen Augen, dann wandte er sich wieder an den Edelmann. »Die Anwesenheit eines Toten ist mir unangenehm. Lasst uns an einem anderen Ort besprechen, was notwendig ist.«

Sein Gegenüber nickte. »Wie Ihr wollt. In Gottes freier Natur lässt es sich mitunter besser plaudern als in den Häusern, die man ihm zu Ehren errichtet hat.«

Die Tür zur Sakristei fiel ins Schloss, und kurze Zeit später hörte Clara das Schlagen von Hufen. Mit tauben Gliedern kroch sie aus der Bank, ging zu dem Toten und atmete auf, als sie in ihm nicht den vertrauten Pfarrer erkannte.

»Habe ich mich doch nicht geirrt?«

Der Schlag traf sie unvermittelt. Metall streifte ihren Hals, Blut spritzte ihr aus der Nase; sie wollte es wegwischen, doch ein zweiter Schwerthieb prallte unter ihr Kinn. Sie taumelte zur Seite und fiel auf die blanken Steinstufen vor dem Altar. Über ihr stand der Edelmann mit gezücktem Schwert. Das Feuer eines walnussgroßen Topas funkelte auf, als er ihren Schleier aufritzte und sich der

Schwall ihres messingfarbenen Haares über den Boden ergoss. Seine Schwertspitze fuhr wieder ihren Hals entlang.

»Du hast gelauscht, Weib!«

Sie schüttelte den Kopf.

»Nein?«

Clara nickte. Der Mann lachte auf, durch seinen Vollbart blitzte eine Reihe ebenmäßiger Zähne auf.

»Du lügst! Ein Weib hat mich noch nie foppen können, warum sollte es eine Nonne tun?«

Ein dumpfes Geräusch ließ ihn herumfahren. Der Leichnam war aus der Kirchenbank in den Mittelgang gekippt. Clara nutzte den Augenblick, sprang auf und rannte zur nächstbesten Tür, schlüpfte hindurch und schob den Riegel vor. Schritte bebten ihr durch die Kirche nach, schon trommelten Fäuste gegen das Türblatt. Ein Körper wurde dagegen gewuchtet, Holz splitterte. Sie hatte keine Zeit zu verlieren. Mit einem weiteren Schlag würde ihr Verfolger die Tür aufbrechen, ihr sein Schwert zwischen die Rippen rammen und sie töten. Sie sah sich um. Sie stand inmitten eines kargen Raumes, auf dessen Stirnseite sich eine Fensteröffnung befand, groß genug, um hindurchzuklettern. Sie lief darauf zu, erklomm das Fenstersims, sprang hinaus und landete direkt in den Armen ihres Verfolgers.

»Ich habe doch gesagt, ein Weib foppt mich nicht.«

Clara schlug um sich, trat, biss und kratzte. Er lachte auf, warf sie gegen die Kirchenmauer, legte seine Hände um ihre Kehle und drückte zu. Sie röchelte, in ihrem Kopf tobte die Brandung ihres Blutes. Ihre Gegenwehr erstarb, und sie sank tiefer ins Nichts, bis Stille sie umfing.

***

Cunrad trommelte aus Leibeskräften gegen die Tür, schrie nach den Wächtern, doch von draußen drang kein Laut zu ihm. Er wusste, dass hinter der Tür Alfred, der pockennarbige Büttel, saß, die Füße auf dem Tisch und sich mit einem hämischen Grinsen im Mund herumstochernd. Er hämmerte weiter, doch es half nichts; niemand kam und holte ihn aus diesem feuchten Loch. Er begann zu fluchen, verfluchte Keybisch, Hanno de Kamp, die Büttel, die Ratsherren, die zugestimmt hatten, ihn zu verhaften, die Nuysser, die mit aufgesperrten Mäulern seinen schmachvollen Ritt durch die Stadt zum Windmühlenturm verfolgt hatten, in dem sich seit alters her das Stadtgefängnis befand. Er verwünschte den Bibliothekar von Knechtsteden samt der Schar seiner Glaubensbrüder, Clara, den Klerus im Allgemeinen, alle Heiligen und Gott. Zu guter Letzt fiel ihm nur noch einer ein, der seine Flüche verdient hatte, und das war er selbst.

Er wurde still. Der Teufel höchstselbst musste in die Hirne all derer da draußen gefahren sein, ihn zu verdächtigen, den Mord an seinem Neffen begangen zu haben. Und das nur wegen der kleinen Keilerei auf dem Jakobusmarkt, bei der Kornelius keinen Schaden genommen hatte – oder doch? Hatte womöglich sein Mörder sie beobachtet und ihren Streit zum Anlass genommen, sich bei dem verzweifelten Jungen gut Freund zu machen und gleichzeitig in Cunrad den idealen Verdächtigen zu finden? Möglich wäre es, kurz danach hatte Johann Kornelius mit dem Unbekannten gesehen, dessen Gesicht ebenso im Dunkeln lag wie dieses gottverdammte Gefängnis, in dem er nicht zum ersten Mal saß. Viele Jahre waren seitdem vergangen, die Erinnerungen daran verblasst, nur die lähmende Angst war geblieben, auch heute nur Zuschauer zu sein bei dem Spiel, das andere mit seinem Leben spielten. Was würden sie mit ihm machen? Ihn an den Galgen knöpfen? Ihm ohne viel Aufhebens das Genick brechen und seinen Leichnam rasch verscharren?

Es gab zurzeit Wichtigeres als die Jagd auf einen Mörder. In wenigen Tagen rückte Karl der Kühne an und mit ihm ein Heer von zwanzigtausend Mann, Hilfstruppen und Tross nicht gerechnet. Allein in Italien, in der Lombardei, hatte er an die achttausend Reiter und über fünftausend Fußsoldaten angeworben. Sein Schwager, Englands König Eduard, hatte Karl eine zweitausend Mann starke Kavallerie zur Verfügung gestellt, hinzu kam die ungezählte Schar pikardischer Kriegsknechte, lombardischer Söldner, englischer Bogenschützen und Kontingente niederländischer Stadtmiliz von Flandern bis Geldern. Nuys musste sich wappnen, wenn es diesem Heer die Stirn bieten wollte. Die Stadt hatte in der Vergangenheit die ein oder andere Belagerung siegreich überstanden, aber die Walze, die nun auf sie zurollte, war mächtiger als alles bisherige.

Cunrad lehnte sich gegen die eisenbeschlagene Tür, deren Schloss keinen Zweifel daran ließ, dass er festsaß. Er schaute sich um. Ein schmaler Lichtstreifen drang unter der Tür hindurch und erhellte sein Gefängnis ein wenig. Die Wände ringsum waren feucht, Wasser tropfte an ihnen herab auf das modrig riechende Stroh, das den Lehmboden bedeckte. Eine Ratte kroch vorbei, mit einem kräftigen Tritt beförderte Cunrad das Tier quer durch den Raum. Sie platschte auf den Boden, fiepte laut und verschwand in einer Nische.

Cunrad hockte sich auf den Boden, den Rücken gegen die Mauer gelehnt, und lauschte dem Rauschen des Stadtgrabens, der dicht hinter der Turmmauer floss. Das Licht unterhalb der Tür wurde schwächer. Von ferne hörte er die Glocken des Münsters. Die Nacht brach an, sein Gefängnis verschmolz mit der Dunkelheit und ließ ihn allein in einer schwarzen Ausweglosigkeit. Cunrad versuchte, wach zu bleiben, kämpfte gegen die Müdigkeit, verlor und fiel in einen traumlosen Schlaf.

Ein Fußtritt weckte ihn, Licht blendete seine Augen. Alfred, der Büttel, stand über ihm. Das Talglicht in seiner Hand tänzelte über sein narbiges Gesicht.

»Mitkommen!«

***

Clara schloss die Tür und stellte die Kerze auf ihren Nachttisch. Sie zog ihr Gebände aus und öffnete den Kragen ihrer Tracht. Zögerlich glitten ihre Finger über den schmerzenden Ring, den der Griff des Mannes dort hinterlassen hatte. Sie fühlte wieder seine Hände auf ihrer Haut, seine Finger, die sich um ihren Hals schlossen und zudrückten.

Clara schnappte nach Luft, das Gefühl zu ersticken keimte in ihr, ihr wurde schwindelig. Sie taumelte zum Fenster, riss den Vorhang beiseite und sog die kühle Luft ein, die ihr entgegenfloss. Sie wäre jetzt tot, hätte nicht das plötzliche Erscheinen von Thies und

Pfarrer Eligius den Unbekannten in seinem bestialischen Tun aufgeschreckt und in die Flucht geschlagen. Über ihr Gesicht huschte ein dünnes Lächeln. Thies, der alte Nörgler, hatte sich Sorgen gemacht und sich auf die Suche nach ihr begeben. Dass er dabei Pfarrer Eligius getroffen hatte, der wusste, wo man sie finden würde, war eine göttliche Fügung gewesen und hatten ihr das Leben an einem Tag, an dem so viele Menschen sterben mussten, gerettet. Mehr als zwei Dutzend burgundischer Söldner waren auf ihren Kampfrössern in Gohr eingefallen und hatte mit ihren Lanzen und Schwertern alles abgeschlachtet, was ihnen über den Weg gelaufen war. Einige Dorfbewohner hatten sich in die Wälder flüchten können, doch für die meisten, die auf den Feldern bei der Ernte gewesen waren, hatte es kein Entrinnen gegeben.

Ein Rascheln ließ sie herumfahren, doch es waren nur die Seiten ihres Gebetbuches, in denen der Wind blätterte. Langsam beruhigte sie sich, der Alpdruck war vorüber, der Mann verschwunden und sie zurück in der Geborgenheit des Klosters.

Clara schaute in den mit Sternen bestickten Himmel, der sich über die Stadt und das verbrannte Umland gebreitet hatte. Unter seiner dunkelblauen Decke lagen die rußigen Gerippe der Dörfer und Felder, die Kadaver und Toten, die Gott als Tribut gefordert hatte.

Wind kam auf und klagte sanft um die Mauern des Klosters. Clara ging zur Gebetsbank und kniete nieder. Ihre Lippen zitterten, als sie die ersten Worte des Ave-Maria sprach. Das Gebet entglitt ihr. Sie verstummte und begann zu weinen. Ihre Tränen fielen auf die Buchstaben des Gebetbuches, zogen nasse Spuren über die Tinte, verwischten sie, bis ihr nur noch das Antlitz der Gottesmutter, umkränzt von einer Engelsschar, zulächelte. Die Klosterglocke schlug zwölfmal und hieß einen neuen Tag willkommen.

***

»Ermächtigt durch den Hohen Rat der Stadt, frage ich Euch, Cunrad Tuschenbroich, Medicus der Stadt Nuys: Habt Ihr den Mord im Münster begangen?«

»Ich werde Euch erst Rede und Antwort stehen, wenn Ihr mich vor ein ordentliches Gericht führt.«

Cunrad verschränkte die Arme und grimmte Keybisch an, der, in schwarzen Samt gewandet, die Amtskette mit dem Nuysser Wappen auf der Brust, nicht in die stickige, fensterlose Kammer passte, in die der Büttel Cunrad mitten in der Nacht gebracht hatte. Graue Wände, der Boden aus gestampfter Erde, ein wackliger Tisch, hinter dem Keybisch Platz genommen hatte, und ebensolche Schemel, auf denen zwei weitere Gestalten hockten. Hanno de Kamp und Bruder Angelikus, der Infirmarius des Minoritenklosters an der Oberstraße. Sie musterten ihn missbilligend, der eine aus unter schweren roten Lidern liegenden trüben Augen, der andere aus zwei stählernen Spiegeln, die aus tiefen Höhlen heraus die Welt belauerten.

»Dies ist ein ordentliches Gericht, Cunrad!« Keybisch schlug mit der Faust auf den Tisch. Er schnaubte vor Wut.

»Das bezweifle ich«, erwiderte Cunrad, der, flankiert von zwei Wachposten, mit gefesselten Händen und Füßen vor dem Bürgermeister stand. »Oder wollt Ihr mich glauben machen, dass diese beiden Witzfiguren den Schöffenrat vertreten? Eure in Wein eingelegte Pflaume von Schwiegersohn, der sich in alles einmischt, was ihn nichts angeht, und diese vertrocknete Bohnenstange von Minorit, der schon seit Jahren nach dem Amt des Stadtmedicus trachtet und es gar nicht erwarten kann, mich meiner Stellung zu berauben, oder etwa nicht, Bruder Angelikus?«

Der Mönch presste die Fingerkuppen seiner Hände so fest gegeneinander, dass sie knackten. Er sah zu Keybisch. »Aequo animo audienda sunt imperitorum convicia! Unser Medicus neigt dazu, einem die Worte im Munde zu verdrehen.« Zu Cunrad gewandt sagte er: »Ich bin mit der Aufgabe betraut worden, in diesem unschönen Fall die Geistlichkeit zu vertreten, und tue dies nicht aus Selbstsucht, sondern aus reinem Pflichtgefühl meiner Stadt und meinem Bürgermeister gegenüber!«

»Die Geistlichkeit? Soviel ich weiß, unterliegt das Münster der Verantwortung der Benediktinerinnen und ihrer Äbtissin?«

»Was im Augenblick nichts zur Sache tut!«, ließ sich Keybisch vernehmen.

»Cunrad, es wäre der Angelegenheit dienlich, wenn Ihr schlicht meine Fragen beantwortet. Habt Ihr den Mord begangen, ja oder nein?«

»Nein, verdammt noch mal, das wisst Ihr genauso gut wie ich!«

»Weiß ich das?« Keybisch kratzte sich das Kinn. »Zugegeben, ich hatte zuerst meine Zweifel an Eurer Schuld, doch die Tatsache, dass Ihr verschwiegen habt, den Toten gekannt zu haben, ja verwandt mit ihm zu sein, ließ sie wanken, und Eure Flucht löschte sie vollends.«

»Ich bin nicht geflohen. Ich ritt nach Knechtsteden, um herauszufinden, welche Abscheulichkeit sich dort zugetragen hat.«

»Was sollte in Knechtsteden, einem im ganzen Erzstift für sein vorbildliches klösterliches Leben bekannten Ort, schon Schreckliches geschehen sein?«, warf Angelikus ein und fügte mit einem Lächeln hinzu: »Ihr solltet uns nicht für dumm verkaufen.«

Cunrad blinzelte den Mönch an. »Nun, der Ansicht war ich bis zum Tode meines Neffen auch und wurde schmerzlich eines anderen belehrt. Es mag in Knechtsteden ein mustergültiges Klosterleben stattfinden, die Messen gehalten, der Buße Genüge getan werden, doch könnt Ihr wissen, was des Nachts im Dormitorium und des Tags im Refektorium vor sich geht?«

»Schluss damit, Cunrad.« Keybisch war aufgestanden. »Haltet Euch zurück, wir sind nicht zusammengekommen, um gegen den Klerus zu hetzen.«

»Gewiss nicht, aber zum Teufel! Was gibt unserem gestrengen Minorit das Recht, sich in diese Angelegenheit einzumischen?«

»Bruder Angelikus vertritt die Äbtissin. Sie wurde freigestellt, hat sie doch gestern miterleben müssen, wie Gohr in Schutt und Asche gelegt wurde.«

»Ist ihr etwas geschehen?«

»In Sorge, Medicus? Ich dachte, Ihr und die Äbtissin hegt einen gewissen Groll gegeneinander. Sollte ich mich etwa täuschen?«

»Ihr täuscht Euch nicht, aber als Stadtmedicus obliegt mir die Verantwortung für die Gesundheit jedes Bürgers, ganz gleich, wer er ist und was ich von ihm halte. Doch vergesst meine Frage und sagt mir lieber, wer die Freistellung Claras verfügt hat?«

»Ich, Medicus!«, antwortete Keybisch gewichtig.

»Was maßt Ihr Euch an? Sie untersteht einzig dem Erzstift.«

»So viel, wie es meine Stellung erlaubt, und nun lasst uns weitermachen.«

»Womit? Dieses Verhör ist nichts als eine Posse. Ihr vergeudet Eure Zeit. Bernhardus von Mayen, der Bibliothekar von Knechtsteden, ist vielmehr derjenige, den es zu befragen gilt! Wären Hanno und seine Häscher nicht gekommen, hätte ich die Wahrheit aus ihm schon herausgekitzelt.«

»Herausgeprügelt, meint Ihr wohl, Medicus. Eine andere Sprache als die Eurer Fäuste sprecht Ihr doch nicht!«, gluckste Hanno, schlug die Beine übereinander und begann, mit einem kleinen Messer den Dreck unter seinen Fingernägeln wegzuschaben.

Angelikus warf ihm einen abfälligen Blick zu, stand auf und umrundete Cunrad mit ausholenden Schritten.

»Ihr unterstellt einem Mann vom Zuschnitt eines Bernhardus von Mayen einen Mord?«

»Ja, mir wurden Dinge über ihn zugetragen, die ein paar hässliche Flecken auf sein weißes Habit werfen.«

»Die welcher Art sind?«

»Flecken der Habgier, des Verrates, der Lüge ...«

»Unsinn.«

»Nein, bare Vernunft. Bernhardus floh nach unserem Gespräch förmlich aus der Abtei und jagte einer Gruppe Reiter nach, von denen einer unzweifelhaft Ruprecht von der Pfalz war.«

»Der Erzbischof?«

»Der entmachtete Erzbischof, wenn ich Euch verbessern darf.«

»Weshalb seid Ihr so sicher, den Erzbischof gesehen zu haben?«

»Er trug einen Falken auf dem Arm.«

»Einen Falken, hört, hört. Sind Raubvögel jetzt Insignien der Kirche, Cunrad?«

»Das sind sie nicht, aber Ruprechts Leidenschaft für die Falknerei ist allgemein bekannt. Er war es, und mir stellt sich die Frage, was Bernhardus von Mayen mit ihm verbindet, hat das Domkapitel zu Köln ihm doch die Treue und den Gehorsam aufgekündigt und somit der gesamte Klerus, zu dem Bruder Bernhardus gehört.«

»Ah, unser Medicus will uns glauben machen, der Tod seines Neffen sei Teil einer politischen Ränke gegen das Erzstift. Kommt auf den Boden, Cunrad. Euer Neffe war Novize und ein gewöhnlicher Dieb, nicht mehr.« Hanno schüttelte den Kopf und widmete sich wieder seinen Fingernägeln, ohne weiter auf Cunrad zu achten, der wachsweiß geworden war.

»Haltet das Maul, Hanno«, brauste er auf. »So etwas muss ich mir von einem delirierenden Aasgeier, wie Ihr es seid, nicht anhören. Mein Neffe …«

»Vater!«, unterbrach ihn Hanno und sah Keybisch herausfordernd an. »Merkst du denn nicht, dass der Medicus nur von sich und seiner Schuld ablenken will, indem er Bernhardus von Mayen in den Dreck zieht und mich beschimpft? Meinst du nicht, dass es Wichtigeres zu tun gibt, als diesen Disput weiterzuführen? Der Burgunder ist nicht mehr weit.«

»Misch dich nicht in meine Belange, Hanno!«, polterte Keybisch, fügte dann aber etwas ruhiger hinzu: »Doch du hast recht, wir sollten keine Zeit verlieren. Cunrad, Ihr habt vor aller Augen mit Eurem Neffen auf dem Jakobusmarkt gestritten. Ihn sogar geschlagen.«

»Und ihm später die Kehle durchtrennt? Unsinn!«

»Was spricht dagegen?«

»Ich war zu Hause, Keybisch, als dieses Gräuel geschah. Fragt die scheue Nonne, diese Schwester Ursula. Sie hat an jenem Abend an meine Tür geklopft und mich gebeten, ihr ins Münster zu folgen.«

»Von welchem Ihr womöglich gerade gekommen wart. Die Wege in Nuys sind kurz, vom Münster bis zum Doktorturm ist es nicht weit.«

»Gut gefolgert, aber unter der falschen Voraussetzung, Keybisch. Ich trage keine Schuld.«

»Es ist Euer gutes Recht, Eure Unschuld zu beteuern, helfen wird es Euch dennoch nicht mehr.« Keybisch machte eine kurze Pause und fuhr fort: »Für mich ist der Sachverhalt klar, und ich denke, für die anderen Anwesenden ebenfalls.« Er blickte in die Runde, alle nickten einstimmig.

»Cunrad, ich verurteile Euch des Mordes an dem Novizen Kornelius.«

»Das ist doch lächerlich! Der Junge war in meine Obhut befohlen worden. Ich versprach, mein Leben lang für sein Wohl zu sorgen.«

»Und das tatet Ihr, indem Ihr ihn gegen seinen Willen ins Kloster gabt?«

»Ich habe es seiner Mutter auf dem Sterbebett versprechen müssen. Er hatte eine Begabung, die es zu fördern galt.«

»Vor allem hatte der Junge ein stattliches Erbe, von dem nur ein Bruchteil dem Kloster übergeben wurde, wie Hanno erfahren konnte. Den beachtlichen Rest stecktet Ihr in Eure eigene Tasche, Cunrad.«

»Ich bewahrte es für ihn auf, das wohlhabende Knechtsteden zu bereichern schien mir unangebracht.«

»Hört auf mit Euren Ausflüchten, damit kommt Ihr nicht weiter. Ihr seid in Zorn geraten, als Kornelius zu Euch kam, um sein Erbe einzufordern, und habt ihn umgebracht.«

»Nein! So war es nicht. Kornelius war nach Nuys gekommen, um ein Dokument zurückzubringen, das in seine Hände gefallen war.«

»Ach was, Bernhardus berichtete Hanno bei seiner Befragung, dass der Junge ein Dieb, vermutlich sogar ein Mörder war.«

»Und Ihr glaubt ihm?«

»Ja, das tue ich.«

»Dann befragt ihn noch einmal, Ihr werdet sehen, er wird sich in Widersprüche verstricken. Bernhardus ist ein Lügner.«

»Und tot.« Hanno gähnte.

»Was sagt Ihr da?«, fragte Cunrad heiser.

»Er fiel Plünderern zum Opfer.«

»Wer plündert einen Mönch?«

Hanno zuckte die Achseln. »Was weiß ich? Man fand seinen Leichnam in St. Odilia zu Gohr.«

»In Gohr? War die Äbtissin nicht auch dort?«

»Wollt Ihr jetzt Äbtissin Clara in die Sache verwickeln?« Hanno sah zu seinem Schwiegervater. »Beendet dieses lästige Frage-und-Antwort-Spiel und verurteilt ihn!«

»Nein!«, schallte es von der Tür her, und alle Köpfe fuhren herum. Im Türrahmen stand Johann, wie Keybisch in schwarzen Samt gewandet als Zeichen seiner Mitgliedschaft im Rat der Stadt. Er lüftete sein Barett und trat ein. Keybisch funkelte ihn wütend an.

»Was wollt Ihr?«

Johann deutete eine Verbeugung an. »Meine Herren, werter Bürgermeister, es ist nicht meine Art, Zusammenkünfte, die Ihr einberuft, zu stören, finden sie auch, wie diese, zu nachtschlafender Zeit statt, doch die Dringlichkeit dieses Schreibens«, er warf eine Schriftrolle auf den Tisch, »duldet keinen Aufschub.«

»Was bringt Ihr da?«

»Eine Verfügung des Kölner Domkapitels bezüglich der Verhaftung Cunrads.«

Keybisch griff nach der Schriftrolle, öffnete sie und überflog ihren Inhalt.

»Was schreiben sie, Vater?«, fragte Hanno mit steinerner Miene.

»Das Domkapitel besteht darauf, die Angelegenheit allein der Kirche zu überlassen, da der Mord auf kirchlichem Boden geschehen ist.«

Keybisch war blass geworden, während die Neuigkeit ein leichtes Lächeln um Angelikus' Lippen spielen ließ.

»Nun, Angelikus sitzt ja hier, also hat alles seine Richtigkeit!« Hanno war neben seinen Schwiegervater getreten.

»Das hat es nicht. Das Domkapitel überantwortet Äbtissin Clara den Fall und das Recht, über ihn zu urteilen.«

»Die Äbtissin ist nicht in der Lage, eine Befragung und Verurteilung durchzuführen!«, krächzte Angelikus.

»Das ist sie sehr wohl, verehrter Bruder!«

In der offenen Tür stand Clara, ihre in den weiten Chormantel der Benediktinerinnen gehüllte Gestalt verschmolz mit der Dunkelheit des Ganges hinter ihr. Keybisch blitzte erst sie, dann Johann an.

»Wie viel habt Ihr dem Domkapitel gezahlt, dass es einem Weib zugesteht, Recht zu sprechen?«

»Keinen Gulden. Warum denken Emporkömmlinge, wie Ihr es seid, nur immer so schlecht vom Patriziat?«, fragte Johann ungehalten.

»Weil ich Euch und Eure Machenschaften kenne. Ein Patrizier wäscht die Hand des anderen, gleichgültig, ob er aus Köln oder Nuys kommt. Und sofern ich mich erinnere, entstammen die Mitglieder des Domkapitels doch allesamt dem Kölner Patriziat und Ihr dem unsrigen, nicht wahr?«

Ehe Johann antworten konnte, trat Clara neben ihn und hob ihren Schleier. Ihre grünen Augen loderten angriffslustig.

»Ihr werdet Euch wohl kaum gegen eine Entscheidung der Kölner stellen. Schließlich erwartet Ihr und die Stadt ihre Hilfe in der Person ihres Stiftverwesers Hermann von Hessen samt eines gut ausgebildeten und bewaffneten Heeres, das Nuys vor den Burgundern schützen soll.«

Keybisch klappte den Mund zu und nickte zögerlich. »Das wurde mir versprochen. Ohne Beistand aus Köln ist Nuys verloren und Karl der Kühne binnen Tagen Herrscher über unsere schöne Stadt«, stimmte er ihr zu.

»Was wir doch alle nicht wollen, oder?«

»Gewiss nicht, Äbtissin.«

»Gut, und damit dieser Beistand nicht gefährdet ist, solltet Ihr das Possenspiel hier auf der Stelle beenden und mir den Angeklagten übergeben.«

Keybisch ließ die Schultern sinken. »Es scheint, ich habe keine andere Wahl«, flüsterte er.

»Doch, das hast du!«, schrie Hanno. »Du bist der Erste Bürgermeister und Vorsitzender des Rates. In *deinen* Händen sollte die Entscheidungsgewalt liegen, nicht in denen einer Nonne, die bisher einzig die Last ihres Gebetbuches zu tragen hatten. Die deinen tragen eine ganze Stadt!«

»Herr de Kamp, ich bin Äbtissin des Quirinusklosters, eines über die Stadtgrenzen hinaus beachteten Stiftes. Meine Hände tragen mehr Verantwortung, als die Euren es je taten. Wollt Ihr mir unterstellen, nicht im Stande zu sein, Recht zu sprechen?«, sagte Clara scharf.

Hanno lächelte säuerlich. »Eure Fähigkeiten in allen Ehren, Äbtissin, aber sollten sie sich nicht auf das Verzieren hübscher Altardecken beschränken? Von weiblichen Richtern ist mir nichts bekannt.«

»Dann belehre ich Euch gern eines Besseren und führe das Beispiel einer Richterin an, die Erwähnung findet im alttestamentarischen Buch der Richter.«

Hanno verzog das Gesicht zu einer überheblichen Grimasse. »Klärt mich auf, Äbtissin«, sagte er wegwerfend.

»Debora war eine Richterin.«

Hanno fuhr herum, hinter ihm hatte Cunrad das Wort ergriffen und blickte ihn triumphierend an.

»Sie führte zusammen mit Barak, dem Befehlshaber ihrer Armee, eine nicht unbedeutende Schlacht gegen die Kanaaniter. Ihr Name bedeutet in der Sprache der Juden Biene. Sie lockt mit Honig und tötet mit ihrem Stachel. Nehmt Euch besser in Acht vor ihr.« Cunrad lächelte bitter.

»Unterlasst solcherart Vergleiche, Medicus!« Claras Stimme schnitt durch die stickige Luft. Cunrad zuckte mit den Schultern.

»Ihr wähltet dieses Beispiel, nicht ich.«

»Mein Vergleich galt dem juristischen Aspekt, nicht der Bedeutung des Namens. Aber zu Euch, Hanno. Wie Ihr seht, gibt es seit alters her Richterinnen.«

»Die wie die Biene ihr Gift versprühen!«, antwortete Hanno und grinste anzüglich.

»Ein Gift in der rechten Dosierung hat zuweilen heilende Wirkung.«

Clara funkelte ihn und Cunrad an, der sie mit wachsamen Augen beobachtete, dann wandte sie sich an Keybisch.

»Genug der Auslegungen. Ich habe entschieden, ein Gottesurteil einzuberufen. Und Ihr, Bruder Angelikus«, der Mönch, dessen lange Gestalt auf dem kleinen Schemel zusammengesunken war, schoss bei der Erwähnung seines Namens hoch und sah die Äbtissin aus großen Augen an, die ihm freundlich zunickte, »Ihr stimmt sicherlich mit mir überein, dass einzig durch Gott Licht in dieses Dunkel gebracht werden kann.«

Der Minorit stand auf. »Ehrwürdige Mutter, verzeiht, soviel ich weiß, wurden die Gottesurteile unter Papst Innozenz III. im vierten Laterankonzil anno 1215 verboten. Ihr wollt Euch doch nicht über die Gebote unserer Mutter Kirche hinwegsetzen?«

»Nein, Angelikus, das will ich nicht, aber Ihr müsst mir zustimmen, dass diese Urteile besser waren als der Ruf, den«, sie sah zu Keybisch, »die weltlichen Vertreter des Rechtes über sie verbreiteten.«

Angelikus presste die Lippen aufeinander. »Ihr mögt recht haben, dennoch zweifele ich. Ein Gerichtsurteil des Rates und der Schöffen wäre doch allen dienlicher.«

»Ja, ein ordentliches Strafverfahren wäre es gewiss, aber das, was Ihr hier heimlich abhaltet, hat damit nichts gemein.« Johann war neben Clara getreten. »Die Zeiten verlangen eine rasche Klärung des Mordes. Ein Gerichtsverfahren würde zu lange dauern und die Kräfte der Nuysser zu sehr strapazieren, die diese brauchen, um ihre Stadt vor ihren Feinden zu schützen!«

Angelikus sah Johann für einen Augenblick an. »Ich stimme Euch zu«, sagte er bedächtig, und Clara richtete sich auf.

»Gut, so soll es sein. Zur dritten Stunde wird in der Kapelle unseres Klosters eine Bahrprobe stattfinden. Der Angeklagte wird auf Knien den Verstorbenen umrunden, dabei dessen Namen dreimal rufen und anschließend dessen Wunde berühren. Beginnt der Tote zu bluten oder ist Cunrad nicht in der Lage, ihn beim Namen zu rufen, so ist seine Schuldigkeit bewiesen und das Todesurteil zu vollstrecken. Geschieht dies nicht, ist er ein freier Mann.«

»Clara!«

Die Äbtissin zuckte zusammen und sah zu Cunrad herüber, der außer sich war vor Wut.

»Ihr wollt mich doch nicht allen Ernstes vor aller Welt der Lächerlichkeit preisgeben? Jeder gebildete Mensch weiß, dass ein Toter nicht bluten kann.«

Claras Lippen wurden schmal, zwischen ihren Brauen bildete sich eine schmale Furche. »Umso besser, dann sollte das Ganze ein Kinderspiel für Euch sein, habt Ihr doch nichts zu befürchten.«

Cunrad musterte sie für die Dauer einiger Wimpernschläge und wandte sich dann ab.

»Äbtissin!« Angelikus' dünne Stimme hatte sich erhoben. Clara, die schon bei der Tür war, drehte sich zu ihm um.

»Bruder Angelikus?«

Der Mönch holte tief Luft. »Ich halte das Münster für den geeigneteren Ort, um dieses Gottesurteil durchzuführen.«

Clara sah ihn mit gerunzelter Stirn an. »Warum? Ein öffentliches Urteil würde die Gemüter der Leute nur unnötig aufwiegeln.«

»Das ist Eure Meinung. Ich denke, dass wir es den Nuyssern schuldig sind, schließlich klagen wir nicht irgendjemanden an, zudem stelle ich mich gern zur Verfügung, die Bahrprobe durchzuführen.«

Clara wechselte ein paar Blicke mit Johann, der ihr schließlich zunickte.

»Gut, Bruder Angelikus, dann sei es so.«

7

Nuys, 27. Juli 1474, Tag des heiligen Pantaleon

Die Leiche fand keine Ruhe. Zwei Tage nach den Morden lag sie im Keller der Fleischhalle, wohin man sie wegen der darin herrschenden Kühle gebracht hatte, und wartete auf die Vollstreckung des Gottesurteils. Nur ein dünnes Leinentuch bedeckte den toten Leib, an dem die Verwesung knabberte wie die Ratten an den Abfällen in der Gosse. Die Tür wurde aufgestoßen, ein Mann humpelte in den Raum.

»Was für ein Gestank«, entfuhr es ihm, und er hielt sich den Saum seines Hemdes vor die Nase. Seine Beine waren nackt und blutverkrustet von den Bissen der Flöhe, die mit ihm das Lager teilten, ein Verschlag aus rohen Brettern, Ästen und Lumpen, der wie ein Schmarotzer an der Rückwand der Fleischhalle klebte. Henricus Cobelens, Gehilfe der Knochenhauer, Fleischhacker, Wurster und des Kotzmengers, kratzte sich den Haaransatz, der grau und spärlich unter seiner Haube hervorlugte, humpelte zur Wand, suchte sie mit den Fingern ab, fand den losen Ziegel und zog ihn hervor. Er legte einen Geldbeutel in die Öffnung und schob den Stein zurück.

Henricus näherte sich dem Toten, lüftete das Leichentuch und zog aus seiner Kitteltasche einen mit blutgefüllten Beutel heraus. Mit der Linken spreizte er die Schnittwunde am Hals der Leiche auseinander und presste den Beutel hinein, dann senkte er das Tuch zurück über den Leichnam.

»Die Leiche kann jetzt ins Münster gebracht werden«, rief er und winkte die beiden Stadtwächter herein, die draußen gewartet hatten.

***

Die Julisonne stand über dem Quirinusmünster. Der Vorplatz der Kirche war leer bis auf die Schatten zweier Männer, die einander vor dem Kirchenportal gegenüberstanden. Der eine barfuß, aber dennoch feierlich in violette Seide gewandet, der andere nackt bis auf einen schmalen Lendenschurz. Sein langes rotes Haar war zu einem Zopf gebunden, der Bart geschoren. Aus Augen, die nicht mehr als zwei Schlitze waren, schoss er Eis auf die violette Pracht seines Gegenübers. Angelikus' Gedanken lagen wie ein offenes Buch vor Cunrad. Der Mönch geiferte danach, ihn hängen zu sehen, und schien das Gottesurteil nur als einen lästigen Stolperstein zu sehen, den es schnell zu überwinden galt auf dem Weg zum Richtplatz.

»Seid Ihr bereit?«, hörte er ihn laut und vernehmlich sagen.

Cunrad nickte knapp. Angelikus blähte die Nasenflügel, bekreuzigte sich und öffnete das Portal. Die Menge, die sich im Kirchenschiff versammelt hatte, verstummte. Köpfe fuhren herum. Die Menschen streckten und verrenkten ihre Hälse, um den Angeklagten zu sehen, der hinter Angelikus aus dem gleißenden Sonnenlicht ins Zwielicht trat.

Cunrad hob das Kinn, atmete durch, straffte seinen kräftigen Körper und sah in die Gesichter der Nuysser. Handwerksburschen, Mägde, Knechte und Tagelöhner starrten ihm aus den hinteren Bänken entgegen. Kaufmänner, Advokaten, Zunftmeister, Bürgersfrauen im Sonntagsstaat mit ihren Töchtern und Söhnen, die weiter vorn Platz genommen hatten, wagten verstohlene Blicke. Burschen, die mit baumelnden Beinen auf der Balustrade der Empore über ihm saßen, grinsten und warfen Flintsteine nach ihm. Er hielt den Gaffern stand, bis sie die Lider senkten, sich abwandten und nur die Dreistesten ihn weiter anstierten. Die Stille, die für den Augenblick seines Erscheinens geherrscht hatte, wich einem Flüstern, Raunen, Tuscheln und Kichern.

»Schau dir den Mistkerl an, hab schon immer gesagt, so ein Fuss taugt nichts.«

»Ein Hexer ist das.«

»In Vollmondnächten schneidet er Tote auf.«

»Die Pisse der Huren trinkt er.«

Cunrads Blick glitt durch die vom Rauch der Kerzen und den menschlichen Ausdünstungen getrübte Luft zum Altar, vor dem der Tote aufgebahrt war. Dahinter stand der schwarze samtene Halbkreis der Nuysser Ratsherren. Cunrad machte Johann unter ihnen aus und meinte, ein Lächeln zu erkennen. Er sah Keybisch, der mit vorgerecktem Kinn und hochgezogenen Brauen an ihm vorbeiblickte. Schließlich entdeckte er Clara, die ebenfalls schwarz und feierlich abseits der Stadtobrigkeiten stand, die Hände gefaltet. Sie erwiderte seinen Blick mit regloser Miene.

Für eine Sekunde schloss er die Augen, dann löste er das Haarband, Locken fielen ihm über Schulter und Brust und minderten ein wenig das erniedrigende Gefühl, fast nackt zu sein. Ein Raunen wanderte durch die Bänke, hinter ihm schnaubte Angelikus laut. Cunrad drehte sich zu ihm um, lächelte und machte eine einladende Handbewegung.

»Nach Euch, Bruder Angelikus.«

Der Mönch sah ihn wütend an. »Das Lachen wird Euch noch vergehen! Gott der Gerechte wird Euch lehren, was Demut heißt«, zischte er, ging an ihm vorbei und durchschritt das Kirchenschiff.

Cunrad heftete seinen Blick auf das schwarze Kreuz, das auf Angelikus' Rücken prangte und ihm wie ein Todesengel mit gespreizten Flügeln voranflog, geradewegs in die Hölle. Der Tote erwartete ihn.

Er kniete auf Geheiß Angelikus' nieder, rief dreimal Kornelius' Namen, beteuerte dreimal seine Unschuld, umrundete die Bahre auf Knien, erhob sich, legte Zeige- und Mittelfinger auf den Einschnitt in Kornelius' Kehle, verharrte dort für einen Atemzug und spürte unter seinen Fingerkuppen Nässe. Kalt und rot stieg sie zwischen seinen Fingern hoch und warf ein Netz dunkelroten Blutes über seinen Handrücken. Er erstarrte, sein Blick hastete über die Gesichter der Umstehenden, suchte dort nach einer Antwort auf das Unglaubliche, doch die Mienen der Würdenträger schwiegen. Nur Johanns Züge zeigten Fassungslosigkeit. Heftig schüttelte er den Kopf und sah zu seiner Schwester, doch Clara hatte ihr Gesicht unter ihrem Schleier verborgen. Ein Schrei gellte durch die Kirche, eine der Stiftsdamen, die im Chorgestühl des Altarraumes saßen, war aufgesprungen, das Gesicht von Entsetzen zerrissen.

»Schuldig!«, schrie sie. »Der Herr hat gesprochen, schuldig!«

Ihre Worte prallten gegen die steinernen Mauern und Pfeiler, stiegen hoch, verfingen sich im Gewölbe und hallten auf Cunrad als ein einziges höhnisches Halleluja hinab. *Schuldig!*

»Gott hat sein Urteil gefällt!«, rief Angelikus. »Mit dem Blute des Toten hat er den Mörder entlarvt! Fallt auf die Knie und dankt mit mir dem Herrn für seine Weisheit und Güte.«

Seine Worte rüttelten die benommene Menge auf, die Kirche füllte sich mit Rufen, Schreien und einem Singsang aus Gebeten und Lobpreisungen. Cunrad erwachte aus seiner Versteinerung. Sein Verstand begann zu arbeiten, mit der Nüchternheit des Arztes, der ein unklares Krankheitsbild zu deuten hatte, erfasste er die Lage, bewertete und analysierte sie. Er war zum Opfer einer Intrige geworden, deren Ziel der Beweis seiner angeblichen Schuld war.

Unbändige Wut stieg in ihm auf. Er schnaufte laut. Die Rolle des Opferlamms passte ihm ganz und gar nicht. Wollte er sein Schicksal in eine andere Richtung lenken, musste er das Spiel verstehen, das man mit ihm spielte. Leichen bluten nicht. Woher kam also das Blut? Er betrachtete die durchgeschnittene Kehle. Die Hautlappen der Wunde klafften einen Spalt auseinander, erinnerten an das blutverschmierte Maul eines Raubtieres, das gerade seine Beute verschluckt hatte. Verschluckt? Ein Toter kann nicht mehr schlucken, das brauchte er auch nicht, wenn sein Hals gespalten war.

Cunrad atmete tief durch, mit den Fingern seiner Rechten glitt er in den Schnitt und griff nach dem, was von unbekannter Hand dort hineingesteckt worden war, zog es heraus, besah es sich. Eine Tierblase. Er warf sie zu Boden, Blut spritzte, der blutige Klumpen rutschte über die Steinfliesen auf Angelikus zu, blieb vor ihm liegen und ergoss seinen restlichen Inhalt über die Füße des Mönches. Angelikus starrte darauf, dann schoss sein Blick zu Cunrad. Der Triumph in seinem Gesicht war blanker Wut gewichen.

»Was ermaßt Ihr Euch!«, schrie er.

Cunrad beachtete ihn nicht. »Leute«, rief er den Menschen zu, die aus den Bänken getreten waren und zum Altar drängten. »Jemand hat dem Toten eine mit Blut gefüllte Tierblase in den Schlund gesteckt, deren Haut unter dem Druck meiner Finger wie die eines Weinschlauches platzte. Darum das viele Blut! Nicht Gottes Hand war hier im Spiel, sondern die Hand desjenigen, der diesen jungen Mann gemeuchelt hat und mir die Schuld für seine Tat in die Schuhe zu schieben versucht.«

Unruhe machte sich breit, Augenpaare richteten sich auf Angelikus, der mit bebender Brust dastand und nun langsam die Arme hob.

»Vox sanguinis fratris tui clamat ad me de terra. So sprach Gott zu Kain, der seinen Bruder Abel erschlagen hat, als der Boden sich rot färbte vom Blute des Opfers. Glaubt Cunrad kein Wort! Hier sprach Gott! Weckt nicht seinen Zorn, durch das Blut des Toten hat er zu uns gesprochen und sein Urteil gefällt. Und das lautet schuldig!«

Die Adern an seinem dürren Hals pochten, während sich das Blut immer höher in den Saum seines Gewandes fraß.

»Nein, der Medicus ist unschuldig!«, ertönte eine laute Stimme. Im offenen Portal des Münsters stand ein Soldat, seine Rüstung und der Schild in seiner Hand funkelten golden, über seiner rechten Schulter floss trotz der Hitze ein Umhang aus schimmerndem Hermelin mit roter Verbrämung. Er nahm seinen Helm ab, dunkle Locken kringelten sich keck um eine Tonsur.

»So hatten sich meine Männer und ich den Empfang durch die Nuysser nicht vorgestellt. Versammelt in dieser schönen Kirche, um einen Mann zu richten, dessen Ruf bis nach Köln gedrungen ist. Ein guter Medicus soll er allen Nuyssern sein, ob reich oder arm, ob mit üblem oder gutem Leumund behaftet. Wem hat er schon einmal geholfen?«

Schweigen.

»Na?«, fragte der Mann herausfordernd. »Besitzt keiner den Mut, aufzustehen?«

Ein Flüstern ging durch die Menge, die Ersten standen auf. Cunrad erkannte Hubert, den Schmied vom Viehmarkt, dem er im letzten Winter einen Finger hatte abnehmen müssen. Gertrud, die Weberin, deren Husten sie fast das Leben gekostet hätte. Petrus de Quinheim, den Zweiten Bürgermeister, den immer wieder die Steine in seiner Galle plagten. Ihnen folgten Weitere, bald stand die Hälfte der Anwesenden und schaute zu dem Fremden, der immer noch im Portal der Kirche verharrte.

»Nun, Ihr, denen der Medicus geholfen hat, glaubt Ihr wirklich, dass er eines solchen Frevels fähig ist?«, rief er.

Der dunkle Bass de Quinheims erhob sich. »Wer seid Ihr, uns das zu fragen?«

Der Soldat hob sein Schild. »Graf Hermann von Hessen, Stiftsverweser des Kölner Erzstifts, gekommen, um Euch im Kampf gegen die Burgunder Unterstützung zu bieten.«

Jubel wurde laut, Hermann von Hessen gebot mit erhobener Hand Ruhe. »Ich frage Euch noch einmal: Wer glaubt noch an die Schuld des Medicus?«

»Ich tue es nicht«, sagte Petrus de Quinheim laut und schaute sich um, leise ertönte aus allen Ecken Zustimmung.

Mit erhobenem Schild, ein zufriedenes Lächeln auf dem Gesicht, schritt Hermann von Hessen durch die Reihen, verbeugte sich vor dem Toten und vor Angelikus.

»Werter Bruder, seid meiner Ehrerbietung gewiss und lasst uns gemeinsam dieses Gottesurteil für nichtig erklären!«

Er legte dem Mönch die Hand auf die Schulter. Angelikus' Mund zuckte, sein Adamsapfel sprang auf und ab, bevor er ein gepresstes, kaum hörbares »Ja« ausstieß, zögerlich auf die Knie sank und auf das silberne, mit Rubinen und Saphiren eingefasste Kreuz stierte, das auf der Brust des Grafen prangte und seinen hohen kirchlichen Rang unterstrich. Nach und nach fielen auch Keybisch und die Ratsherren auf die Knie, nur Johann und Clara blieben stehen.

»Speichellecker«, entfuhr es Cunrad, der flankiert von bewaffneten Bütteln dastand, beim Anblick der knienden Obrigkeit. Hermann von Hessen hatte ihn gehört, und ein belustigtes Grinsen flog über sein Gesicht, bevor er sich mit ernster Miene der Wache zuwandte.

»Gebt dem Mann die Freiheit!«, befahl er, dann trat er auf Keybisch zu und reichte ihm die Hand.

»Bürgermeister, ich glaube, Ihr stimmt mir zu, dass wir hier nur unsere Zeit vergeuden. Vor dem Münster stehen meine Männer, zeigt ihnen Eure Dankbarkeit und heißt sie willkommen, und das«, er wandte sich der Menge zu, »im Namen aller Nuysser Bürger.«

Wieder brach Jubel aus, die Menschen fielen sich vor Freude in die Arme. Köln hatte die ersehnte Hilfe geschickt, von der die Nuysser schon geglaubt hatten, sie treffe nie mehr ein.

Cunrad trat aus dem Münster. Der vor einer Stunde noch menschenleere Platz vor der Kirche hatte sich in ein Farbenmeer verwandelt. Bunte Fahnen und Wimpel flatterten über Reitern, Rittern und Fußsoldaten. Schillernde Brustpanzer, glänzende Helme, Schwerter und Schilder buhlten gemeinsam mit prächtig geschmückten Schlachtrössern um die Blicke der Männer, Frauen und Kinder, die am Rande des Platzes die hessische Gesandtschaft bestaunten. Siebzig Ritter, dreihundert Reiter und eintausendfünfhundert Fußsoldaten hatten den Grafen von Hessen begleitet. Das Geschenk der Kölner an den treuen Verbündeten Nuys.

Cunrad drückte sich in den Schatten der Kirchenmauer, ihm war nicht daran gelegen, gesehen zu werden. Der Dreck des Kerkers klebte ebenso fest an ihm wie die Scham, halb nackt zu sein.

»Medicus!«

Er schrak zusammen, aus dem Portal schlüpfte eine schmale Gestalt. Erst auf den zweiten Blick erkannte er Clara. Sie hatte ihren prächtigen Chormantel abgelegt und trug ein schlichtes graues Gewand.

»So bescheiden, Äbtissin?« Cunrad sah an ihr herunter. Clara ignorierte seine Frage und seinen herablassenden Blick.

»Ich muss mit Euch sprechen, Medicus«, sagte sie mit fester Stimme. »Es war nicht in meinem Sinne, dass das Urteil so verlief.«

Cunrad runzelte die Stirn. »Nein? War es nicht Euer Vorschlag gewesen, dieses Possenspiel da drinnen zu veranstalten?«

»Ich sah in dieser Posse, wie Ihr sie nennt, den einzigen Weg, Euch vor Keybischs Machenschaften zu schützen.«

»Oh, diese Bloßstellung meiner selbst vor der ganzen Stadt diente also ausschließlich meinem Schutz?« Cunrad atmete tief durch. »Für wie einfältig haltet Ihr mich? Keybisch hätte niemals das Todesurteil gegen mich verhängt, das wisst Ihr so gut wie ich.«

»Was macht Euch da so sicher?«

»Mein gesunder Menschenverstand.«

Clara tat einen kurzen wütenden Atemzug. »Euer gesunder Menschenverstand ist keinen Groschen wert, habt Ihr bereits vergessen, was er Eurem Neffen eingebracht hat?« Sie ballte die Faust. »Tot ist er, und Ihr wäret es auch, wenn ich die Bahrprobe nicht erwirkt hätte! Sie hat Euch das Leben gerettet.«

»Hermann von Hessen rettete es. Angelikus und die ganze Gemeinde hätten mich vom Münster weg im Namen des Herrn an den Galgen geknöpft, und Ihr hättet zugesehen.«

Cunrad trat auf Clara zu, hielt sie bei den Schultern, sein Gesicht kam dem ihren nahe.

»Ist es Rache, die Euch antreibt, oder Euer verdammter göttlicher Bräutigam?« Mit einem Ruck riss er ihr das Kruzifix vom Hals und hielt es ihr vor die Augen. »Hat er Euch zu dem gemacht, was Ihr heute seid, Äbtissin?«

Claras Hand traf seine Wange mit Wucht. Cunrad taumelte gegen die Mauer, ein jäher Schmerz durchfuhr ihn, der Schnitt an seiner Wange war aufgeplatzt, Blut sickerte über seine Hand. Er sah auf und grinste. »Die Biene fährt ihren Stachel aus?«

»Sie wehrt sich nur gegen Euren Jähzorn!«

Clara ließ ihn stehen und verschwand im Gedränge. Cunrad stieß einen Fluch aus. Dieses gottesfürchtige Weib trieb ihm immer noch die Galle hoch.

In seinem Doktorturm erwartete Cunrad nichts als ein verloschenes Feuer und seine hungrige Katze, die ihn mit hocherhobenem Schwanz und einem freudigen Maunzen begrüßte. Cunrad nahm das Tier auf den Arm, presste kurz sein Gesicht in das dichte graue Fell und streichelte es zärtlich.

»Auch noch nichts gegessen, was?«, sagte er und ging, die Katze an die Schulter gedrückt, zu einer Einlassung in der Wand, wo er hinter einer klapprigen Holztür seine Essensvorräte lagerte. Er fand einen Laib Brot, ein Stück Wurst und einen Krug mit Milch darin. Ein Lächeln legte sich auf seine Lippen. Seine Nachbarin, die Schusterswitwe Mathilde, musste geahnt haben, dass er bald wieder heimkommen würde, und hatte ihm etwas zu essen gebracht.

Cunrad setzte die Katze ab, goss ihr etwas Milch in eine tönerne Schale und fütterte sie mit einem Wurstzipfel. Dann riss er sich selbst ein Stück Brot ab und setzte sich vor den kalten Kamin. Müdigkeit schlich seine Glieder hinauf, und seine Lider wurden schwer. Kurz war er geneigt, sich dem Schlaf hinzugeben, doch dann besann er sich. Er hatte keine Zeit, sich auszuruhen. Die Bahrprobe hatte Fragen aufgeworfen, auf die er alsbald eine Antwort finden sollte, wenn er Kornelius' Mörder finden und nicht noch einmal selbst im Kerker landen wollte.

Gewaschen und in frischen Kleidern trat er kurz danach vor die Tür des Turmes. Seine Schritte führten ihn auf den Marktplatz, auf dem, wie auch auf dem Vorplatz des Münsters, nach der Ankunft der hessischen Gefolgschaft großes Durcheinander herrschte. Cunrad schob sich an einer Gruppe Söldner vorbei, die unter den Blicken einiger Mägde derbe Scherze austauschten. Er rempelte einen Ratsdiener an, der eilfertig umherlief, umrundete die Stadtwachen in großem Bogen und erreichte schließlich die Fleischhalle an der Südseite des Marktes. Er ging an den Fleischbänken vorbei, auf denen frisches Rind- Schweine-, Schafs- und Ochsenfleisch fein säuberlich voneinander getrennt zum Verkauf lag, duckte sich unter den an schweren Haken hängenden Würsten, geräucherten Speckschwarten und Dörrfleischlappen hindurch und gelangte in den hinteren Teil der Halle. Vor einem schmalen, grob gehauenen Tisch blieb er stehen. Der Mann dahinter ließ das Messer sinken, mit dem er gerade ein gräulich glänzendes Stück Pansen zerschnitt, und sah Cunrad mit einem schmalen Lächeln an.

»Gott zum Gruße, Medicus.«

»Gott zum Gruße, Meister.« Cunrad nickte Rutger, dem einzigen Nuysser Kotzmenger, freundlich zu.

»Womit kann ich Euch dienen?«, fragte der.

»Ich brauche eine Auskunft von dir«, antwortete Cunrad und winkte Rutger heran. »Ich wüsste gern, wer heute Morgen eine Tierblase an deinem Stand gekauft hat«

»Warum?«, fragte Rutger misstrauisch zurück.

Cunrad griff in seinen Beutel und zog drei Münzen hervor. »Die sind für dich, wenn du einfach nur meine Frage beantwortest.«

Rutger schielte auf das Geld, dann wischte er sich die Hände an seinem Kittel ab, nahm es und steckte es ein.

»Lasst mich nachdenken. Der Wurster von der Niederstraße kaufte zwei, die Magd des Baders erstand eine, um damit ein Fenster zu bespannen, und ein Mönch kaufte die letzte.«

Cunrad wurde hellhörig. »Ein Mönch? Wie sah er aus?«

»Na, nicht anders als alle frommen Brüder.«

»Wohl beleibt war er und nicht allzu groß«, mischte sich eine grobknochige Frau ein, die bis dahin einen blutigen Holzblock geschrubbt hatte.

Cunrad versuchte, seine Enttäuschung zu verbergen, hatte er doch gehofft, der Mönch wäre Angelikus gewesen.

»Gehörte er vielleicht der Gemeinschaft der Minoriten an?«, fragte er trotzdem weiter.

»Wenn Ihr die mit den grauen Kutten meint, die allzeit barfuß laufen, dann ja, so einer war das.«

»Erinnerst du dich an sein Gesicht?«

Die Frau zuckte mit den Achseln. »Nein, er hatte seine Kapuze zu tief ins Gesicht gezogen, und es war ja auch noch nicht richtig hell zu der frühen Stunde.«

Cunrad strich sich über das Kinn. »Und sonst hat niemand eine Blase gekauft?«

Die Frau tauschte einen flüchtigen Blick mit dem Kotzmenger, der sie grimmig ansah, und schüttelte den Kopf.

»Nein, niemand, Herr«, sagte sie hastig.

Cunrad runzelte die Stirn, dann verabschiedete er sich mit einem Nicken. Hier kam er nicht weiter. Er steuerte bereits den Ausgang der Halle an, als die Frau plötzlich neben ihm auftauchte.

»Kommt«, flüsterte sie und zog ihn am Ärmel fort aus der stickigen Halle und hinaus auf den Markt.

»Nichts für ungut«, flüsterte sie, als sie sich wenig später in einer stinkenden Ecke an der Außenseite der Fleischhalle gegenüberstanden. »Ich darf es Euch eigentlich nicht verraten, aber noch eine Blase hat den Besitzer gewechselt.«

Cunrad hob die Brauen. »Ja?«

»Rutger macht unredliche Geschäfte mit verdorbener Ware«, fuhr sie hinter vorgehaltener Hand fort. »Henricus Cobelenz heißt sein Handlanger, üblicherweise wird er mit Wein und Bier bezahlt, doch heute früh bat er um eine Schweinsblase als Entlohnung für seine gestrige Arbeit. Ich wunderte mich zwar, hegte aber keinen Argwohn. Henricus ist nicht ganz richtig im Kopf, wisst Ihr? Aber als ich hörte, was Euch im Münster widerfahren ist, musste ich an ihn denken«, endete sie.

Henricus war Cunrad nicht unbekannt, er war ein Saufbold, der bei der Fleischhalle hauste, in deren Gewölbekeller bis heute früh Kornelius' Leichnam aufgebahrt worden war. An der nördlichen Wand der Fleischhalle fand er dessen Verschlag. Cunrad ging in die Hocke und hob das schmutzige Ziegenfell hoch, das vor dem Loch hing, das als Eingang diente.

»Henricus, bist du da?«, rief er und spähte ins Dunkel. Nach einer Weile regte sich Leben im Innern. Ein Brabbeln, Zetern, Geifern und Schimpfen war zu hören, schließlich kroch Cunrad ein Haufen schmutziger, stinkender Lumpen entgegen. Ein welkes Gesicht kam zum Vorschein, zwei glasige Augen sahen ihn an.

»Was wollt Ihr, Medicus? Ich bin nicht krank!«, nuschelte Henricus unwirsch aus fast zahnlosem Mund.

»Das sei dahingestellt, Alter. Aber ich bin nicht hier, um mich nach deinem Wohlbefinden zu erkundigen. Hast du vielleicht jüngst eine Blase verloren?«, fragte Cunrad leichthin und grinste.

Henricus kniff wachsam die Augen zusammen. »Was soll die Frage? Zum Scherzen seid Ihr doch gewiss nicht gekommen, und überhaupt, ich habe keine Zeit.« Der Alte wollte wieder zurück in sein Lumpenzelt kriechen, doch Cunrad hielt ihn zurück.

»Und ob du Zeit hast, ich halte dich so lange fest, bis du mir verraten hast, was du mit der Blase angefangen hast, die du dem Kotzmenger abverlangt hast.«

Henricus zuckte zusammen, Speichel hatte sich in seinen Mundwinkeln gesammelt.

»Nichts Unredliches, Medicus. Ganz gewiss nichts Unredliches«, stotterte er.

»Dann kannst du es mir ja verraten, Henricus.«

»Nein, Medicus, es ist ein Geheimnis.«

»So, so, ein Geheimnis. Es hat nicht zufällig etwas mit der Bahrprobe zu tun, die heute stattfand und mich fast an den Galgen gebracht hätte?«, fragte Cunrad aufgebracht. Henricus schüttelte den Kopf und schwieg.

»Zum Donnerwetter noch mal, sperr dein Maul auf, sonst setzt es was!«, schrie Cunrad.

Henricus starrte ihn erschrocken an. »Ich darf es Euch nicht sagen, der Engel hat's verboten!«, krächzte er schließlich, als Cunrads Griff fester wurde.

»Ein Engel? Dir ist ein Himmelsbote erschienen?«, fragte Cunrad ungläubig.

Henricus nickte eifrig. »Ja, Herr, und ich musste ihm schwören, nichts zu verraten.«

Cunrad ließ von Henricus ab. Der Alte war nicht bei klarem Verstand, doch wenn er etwas über den angeblichen Engel erfahren wollte, musste er sich auf sein irres Gerede einlassen.

»Nun, das verstehe ich natürlich, aber verzeih meine Neugierde«, sagte Cunrad etwas freundlicher und sah Henricus in die Augen. »Wie sieht so ein Engel denn aus, mir ist nämlich noch nie einer begegnet?«

Leben kam in Henricus. »Der wird Euch auch nie erscheinen, Medicus«, kicherte er. »Der Engel sagte, Ihr seid böse und müsst zur Hölle fahren als Sühne für den Mord und noch so manches andere.«

»Oh, er meinte also, ich sei schuldig?«

Henricus nickte. »Ja, das sagte er, und er hat von der ewigen Verdammnis gesprochen und was alles Grausames mit Euch geschehen wird und auch mit mir, wenn ich nicht tue, was er verlangt.«

»Was verlangte er?«

»Na, das mit der Blase natürlich!«, antwortete Henricus fast beiläufig, und es schien, als habe er sein Versprechen, Stillschweigen darüber zu wahren, längst vergessen.

»Hat er dir Geld gegeben, dieser Engel?«

Die Augen des alten Mannes weiteten sich. »Woher wisst Ihr das …?«, stammelte er.

»Nun ja, ich glaube, das ist so üblich in Himmelskreisen.«

»Zwei Groschen, Medicus.«

Cunrad atmete scharf aus. Was für eine lächerliche Summe, der Alte war ein vollkommener Narr, und wer immer ihm da als Gottesbote erschienen war, hatte sich diesen Umstand zunutze gemacht.

»Zurück zu meiner eigentlichen Frage: Wie sah er aus, dein Engel?«

Henricus' Augen begannen zu leuchten. »Groß war er und in ein weißes Gewand gehüllt!« Er vollführte mit den Armen eine ausladende Geste.

»Und sein göttliches Antlitz?«

»Ich weiß es nicht, er verbarg es hinter einer Gesichtslarve.«

»Er trug eine Maske?«, stieß Cunrad hervor.

Henricus nickte eilfertig. »Jawohl, das tat er, ganz wie die Gaukler auf den Jahrmärkten.«

»Und die feinen Bürger zu den Narrenfesten«, ergänzte Cunrad und runzelte die Stirn. »Was machte dich denn so sicher, dass ein leibhaftiger Engel vor dir stand, Henricus?«

»Oh, erst glaubte ich es doch auch nicht, aber dann entblößte er seine Brust, und ich sah das Kreuz, das Gott auf seine Haut gemalt hat als Zeichen seiner göttlichen Herkunft.«

Cunrad seufzte, Henricus brachte ihn nicht mehr viel weiter. Alles, was er wusste, war, dass der Mann, der den Frevel im Münster angezettelt hatte, groß war und schlau genug, sich gründlich zu tarnen. Groß? Er sah an seinem Gegenüber hinunter. Ein weiter Begriff für einen Krüppel, wie Henricus einer war.

8

Bram Vlemingh, Braumeister und Wirt des Brauhauses »Zum Falken«, stach ein neues Bierfass an, füllte den Krug in seiner Hand und tat einen kräftigen Schluck. Zufrieden sah er sich in seiner Schankstube um, die zu ebener Erde in einem behäbigen Fachwerkhaus an der Oberstraße lag und gemeinhin der Ort war, wo Kaufleute, Handwerksmeister und der ein oder andere Ratsherr ihre Becher leerten und der guten Küche des Falkenwirts frönten. Die Gäste, die sich um diese Stunde in der Schenke eingefunden hatten, besetzten fast alle Tische im vorderen Teil der Stube, den das sanfte Licht des scheidenden Tages erhellte, während im hinteren dunklen Teil des Raumes ein Mann schweigend vor seinem Hammeleintopf saß und lustlos in gelben Möhren und Fleischbatzen herumstocherte. Cunrad grübelte über die Geschehnisse der letzten Tage und Stunden nach. Den brutalen Mord an seinem Neffen, seinen kläglichen Versuch, durch einen Besuch in Knechtsteden Licht ins Dunkel zu bringen, seine darauf folgende Verhaftung, das Gottesurteil, dessen Verlauf wieder neue Rätsel aufgab, und sein Gespräch mit Henricus.

»Kopf hoch, Cunrad.« Brams angenehmer Bass riss ihn aus seinen Überlegungen, gedankenverloren blickte er auf und in die sanften Augen des Brauers, der ihm seit vielen Jahren ein guter Freund war.

»Ach Bram, leichter gesagt als getan, der heutige Morgen war selbst für einen wie mich zu viel.«

Bram setzte sich zu ihm. »Ja, einfach war es bestimmt nicht, vor aller Augen dieses Spektakel mitzumachen.« Er kratzte sich den flachsblonden Bart und lachte dann plötzlich auf.

»Was belustigt dich so, alter Junge?«, fragte Cunrad.

Bram legte ihm seine kräftige Hand auf die Schulter. »Die Erinnerung an die dummen Gesichter der versammelten Würdenträger, als du die Schweinsblase hervorgezogen und Bruder Angelikus vor die Füße geworfen hast. Geglotzt wie die abgestochenen Kälber haben sie.«

»Den Vergleich mit einem Rindvieh verbiete ich mir, lieber Bram! Obwohl ich zugeben muss, dass auch ich ein wenig verdutzt war.«

Sie schauten auf. Johann stand vor ihnen, gekleidet in einer engen, an Brust und Schultern aufgepolsterten Schecke aus nachtblauem Leinen. Mit am Oberarm gepufften Ärmeln und senfgelben Beinlingen sah er nicht aus wie einer, der den Abend in einem Brauhaus verbringen wollte. Cunrad schmunzelte, und auch unter Brams' Vollbart regte sich Heiterkeit.

»So herausgeputzt, Apotheker, hast du heute noch ein Stelldichein?«, fragte er belustigt.

Johann strich sich über seinen schmalen Oberlippenbart. »Nein, wo denkst du hin. Ich komme gerade vom Schneider, schließlich will ich beim morgigen Festbankett zu Ehren der hessischen Ritterschaft nicht herumlaufen, wie es gewisse andere Bürger zu tun pflegen.«

»Womit du wahrscheinlich mich meinst?«, warf Cunrad mit einem müden Lächeln ein. »Ich mach mir nun einmal nichts aus dem ganzen Tand. Aber setz dich, wenn du schon mal da bist.«

Er zog einen Hocker heran. Johann holte sein mit Hohlsäumen eingefasstes weißes Nasentuch aus der Tasche an seinem Gürtel, breitete es über die Sitzfläche des Hockers und ließ sich darauf nieder.

Bram schaute ihn grimmig an. »Wenn es dir in meinem Wirtshaus nicht sauber genug ist und du Angst hast, dir deine Kleider zu verderben, dann sauf dein Bier anderswo.«

Johann hob die Hände und lächelte beschwichtigend. »Zum Biertrinken bin ich nicht hergekommen.« Er schielte auf Cunrads Schale. »Aber einen Teller von dieser Köstlichkeit könnte auch ich vertragen.«

Bram brummte etwas Unverständliches und wollte aufstehen, doch Cunrad hielt ihn zurück und schob Johann seine Schüssel hin. »Hier, kannst meinen Eintopf essen, ich habe ohnehin keinen Hunger.«

Johann dankte mit einem Kopfnicken, nahm den Löffel, wollte ihn zum Mund führen und hielt inne. Er sah Cunrad an. »Du klingst verstimmt, Cunrad!«

»Dachtest du etwa, mich in heiterer Stimmung anzutreffen?« Cunrads Blick verfinsterte sich. »Heute Morgen schicktest du und deinesgleichen mich noch halb nackt durchs Münster und machtest mich zum Gespött der Leute. Sollte ich das bereits vergessen haben?«

»Natürlich nicht, und eben darum bin ich hier«, entgegnete Johann.

»Du kommst dich entschuldigen?« Cunrad sah ihn ungläubig an.

»Gott bewahre, nein! Die Bahrprobe war eine notwendige Maßnahme, um Keybischs Eifer Einhalt zu gebieten, den Mordfall in aller Schnelle abzuhandeln, dich in aller Heimlichkeit zu verurteilen und an den Galgen zu knöpfen.«

»An denselbigen hätte die Bahrprobe mich doch beinahe auch gebracht«, erwiderte Cunrad laut und ungeachtet der Blicke der anderen Gäste, die plötzlich auf ihn gerichtet waren.

»Ja, nicht auszudenken, was geschehen wäre, hätte Cunrad den Betrug mit der Tierblase nicht entdeckt«, stimmte Bram ihm aufgebracht zu.

»Um Himmels willen, schreit nicht so herum, es muss schließlich nicht jeder hören, was wir reden. Ihr habt ja beide recht, die Bahrprobe hat einen unseligen Verlauf genommen«, flüsterte Johann.

»Den deine Schwester, unsere verehrte Äbtissin, sicherlich genossen hat«, spottete Cunrad.

»Untersteh dich zu denken, sie könnte dahinterstecken«, empörte sich Johann.

»Du befiehlst mir nicht, was ich zu denken habe«, herrschte Cunrad ihn an.

»Reißt euch gefälligst zusammen«, fuhr Bram dazwischen. »Eure Streitereien führen zu nichts als zu böswilligem Geschwätz. Cunrad, dass du einen alten Groll gegen die Äbtissin hegst, ist mir hinlänglich bekannt, aber lass dich nicht von deinen Gefühlen leiten, gebrauche dein Hirn und bring endlich Licht in diese üble Geschichte.«

Johann schlug mit der flachen Hand auf den Tisch. »Mein Reden! Recht hat er, unser Braumeister. Statt dich in Selbstmitleid zu suhlen, solltest du denjenigen aufspüren, der die Ungeheuerlichkeit heute im Münster angezettelt hat, mit der meine Schwester ein für alle Mal nichts zu tun hat.«

»Was ich auch nie behauptet habe, Johann!«

»Nun, sei's drum, lassen wir das. Was gedenkst du zu tun, um den Übeltäter zu finden?«

»Fürwahr, Cunrad, schmiede deine Pläne«, stimmte Bram zu, stand auf und wies in die Schankstube, die sich langsam mit Gästen füllte. »Ich für meinen Teil muss wieder an die Arbeit.« Er nickte ihnen zu und verschwand hinter dem Ausschank.

Cunrad strich sich einige widerspenstige Locken aus der Stirn und grinste Johann unvermittelt an. »Auch wenn du es nicht glaubst, aber ich habe denjenigen bereits gefunden«, sagte er geheimnistuerisch.

»Was!« Johann beugte sich zu ihm vor und sah ihn neugierig an. »Raus mit der Sprache, wer ist es?«

»Ein Engel«, sagte Cunrad ernst.

Johanns Miene verzog sich zu einem säuerlichen Grinsen. »Wie es scheint, ist dir das Bier zu Kopfe gestiegen. Du solltest mich nicht für dumm verkaufen.«

»Das tue ich nicht«, antwortete Cunrad nun ernst und berichtete Johann von seiner Unterredung mit Henricus.

»Ich finde, dein nächstes Ansinnen sollte sein, dieses himmlische Wesen zu suchen. Allzu viele Engel dürfte es in Nuys nicht geben, die zudem ein Hautmal in Form eines Kreuzes haben«, sagte Johann abschließend.

»Engel vielleicht nicht, aber Blender, die die Unwissenheit einfacher Leute zu ihrem eigenen Nutzen missbrauchen, gibt es zuhauf.«

»An wen denkst du?«

»Da fallen mir so einige ein, aber in erster Linie denke ich an einen mageren Mönch. Ihm sollte ich wohl als Erstes einen Besuch abstatten, schließlich wäre ihm der Beweis meiner Schuld recht gelegen gekommen, strebt er doch mein Amt an.«

»Angelikus ist Minorit!«, empörte sich Johann.

»Ja, aber auch von einer Mönchszelle aus kann man sich um die Kranken der Stadt kümmern«, seufzte Cunrad. »Er trachtet nach meinem Titel, Johann, das ist gewiss. Das Gottesurteil hat meinem Leumund geschadet, und wer weiß, was er sich als Nächstes ausdenkt.«

Wenig später gingen Cunrad und Johann den Büchel entlang. Sie hatten es nicht weit bis zum Kloster der Fratres Minores des Franz von Assisi, zu dessen Gemeinschaft Bruder Angelikus gehörte. Es lag im Schatten des Obertores in einem der ältesten Viertel der Stadt. In den Gassen schwangen auch zu dieser Stunde Schneider und Schuster vor ihren Häusern Nadel und Faden, trieben Schmiede den Hammer auf den Amboss, surrten Spinnräder und klapperten Webstühle. Cunrad und Johann bahnten sich einen Weg vorbei an schwatzenden Mägden und einer Gruppe wichtig daherschreitender Kaufleute, wichen einem Karren, beladen mit blauen Stoffballen, aus und standen schließlich vor der Pförtnerklause des Klosters, doch zu ihrem Erstaunen war sie leer.

Unschlüssig sahen sie sich um und entdeckten einen schmalen Durchpass in der Mauer, die das Kloster umfriedete. Sie traten durch ihn hindurch und fanden sich in einem kleinen Innenhof wieder, in dessen Grün sich die Sonnenstrahlen des scheidenden Tages verfangen hatten. Cunrad und Johann strebten nach kurzer Orientierung einer Tür zu, die zu einem niedrigen Gebäude gehörte, das geduckt neben der Klosterkirche lag. Sie klopften, und nach einer Weile wurde ein kleines Fenster geöffnet. Ein Paar wachsamer heller Augen blinzelte ihnen entgegen, dann klappte das Fenster wieder zu, und die Pforte wurde geöffnet. Ein rundlicher Mönch im grauen Habit der Minoriten sah sie aus weit auseinanderliegenden Augen an, zwischen denen eine rot geäderte Knollennase glänzte.

»Bruder Wieland?« Cunrad nickte ihm zu.

Ein Lächeln streifte das volle Mönchsgesicht. »Medicus, was führt Euch in unser bescheidenes Kloster? Wäre einer meiner Mitbrüder krank, so ist er in unserer klösterlichen Krankenstube doch gut versorgt.«

»Das hoffe ich, aber ich und mein Begleiter, der Apotheker, müssen mit einem der Euren sprechen.«

»Kein günstiger Zeitpunkt für einen Besuch. Die Vesper ist vorüber. Die Gemeinschaft nimmt das Abendbrot ein, wenn man die Kargheit in den Schüsseln als solches bezeichnen kann.«

»Hunger?«, fragte Cunrad.

Der Mönch rollte mit den Augen. »Mein treuester Begleiter, Medicus. Das ständige Fasten mag den Geist mancher meiner Brüder stärken, mir jagt es nur die Vorstellung von knusprigem Wildbret und süßem Kuchen in den Kopf. Aber genug davon. Wen wünscht Ihr zu sprechen?«

»Bruder Angelikus.«

»Oh, unseren strengsten Fastenbruder, Ihr habt Glück. Unser Infirmarius verzichtet meist auf die abendliche Mahlzeit, um in der Krankenstube nach dem Rechten zu sehen. Ihr werdet ihn dort antreffen.«

Wieland sah Cunrad schräg an und zwinkerte ihm zu. »Aber seid gewarnt. Bruder Angelikus scheint ein wenig misslaunig zu sein. Und ich glaube, Ihr seid der Letzte, den er heute sehen möchte«, kicherte er.

»Das mag sein, doch auf Bruder Angelikus' Gemütslage Rücksicht zu nehmen, bleibt uns leider nicht die Zeit.«

»Nun, dann tretet ein, ich weise Euch den Weg.«

Wieland ging ihnen schaukelnden Schrittes voraus. Das Innere des Klosters lag im Halbdunkel, durch die Fensterspalten drang nur spärliches Licht, und von der sommerlichen Wärme, die draußen herrschte, war in dem alten Gemäuer nichts zu spüren. Sie folgten dem Pförtner einen schmalen Korridor entlang, an dessen Ende eine Tür lag, gegen die Wieland klopfte. Als auch nach wiederholtem Pochen niemand öffnete, stieß Wieland sie auf.

»Bruder Angelikus?«, rief er einige Male in den dämmrigen Raum, dann winkte er Cunrad und Johann kurz entschlossen herein.

»Unser ehrwürdiger Bruder Infirmarius scheint für einen Augenblick abwesend zu sein. Wenn Ihr hier warten möchtet, ich muss zurück in mein Pförtnerhaus«, erklärte er hastig und eilte davon. Cunrad und Johann sahen einander fragend an.

»Was treibt den guten Wieland plötzlich so an und von uns fort? Schien er mir doch ein redseliger Vertreter seines Standes zu sein«, fragte Johann und wusste offenbar im gleichen Augenblick bereits die Antwort darauf. Er verzog das Gesicht.

Cunrad lachte auf. »Wie ich an deiner Miene erkenne, hast du den Grund für Wielands Flucht bereits erfasst, Johann. Es stinkt erbärmlich in Angelikus' Krankenstube.«

In dem stickigen kleinen Saal hing ein strenger Geruch, der den kranken Mönchen entströmte, die auf Bahren entlang den Wänden lagen. Es roch nach ungewaschenen Körpern, Erbrochenem und Exkrementen. Johann, der sich bereits ein Tuch vor Nase und Mund hielt, ging zu der einzigen Fensteröffnung, riss die davorgespannte gegerbte Tierhaut herunter und sog die frische Luft ein, die ihm entgegenströmte. Cunrad unterdrückte die Übelkeit, die langsam in ihm hochstieg, schritt an den Siechenlagern vorbei und besah sich die Kranken. Sie schienen alle in einem jämmerlichen Zustand zu sein, doch einer von ihnen erregte die besondere Aufmerksamkeit des Medicus.

»Schau dir das einmal an«, rief Cunrad und winkte Johann zu sich. Gemeinsam betrachteten sie den alten Mann, der unter einer schmutzigen, fadenscheinigen Decke dalag. Sein linkes Auge starrte nach oben, sein linker Mundwinkel hing herunter. Speichel floss unablässig auf das Strohkissen, auf dem sein Kopf gebettet war, dessen Haut sich spannte wie rissiges gelbes Pergament.

»Wenn du mich fragst, hat ihn der Schlag getroffen«, flüsterte Johann.

Cunrad hob die Decke hoch, ein teuflischer Gestank schwoll ihnen entgegen. Der Körper des Mönchs war von großen offenen Stellen und eitrigen Schwären bedeckt.

»Er ist gänzlich wund gelegen. Ich kann Bruder Angelikus nicht verstehen.«

»Das verlangt auch niemand«, drang von der offenen Tür zu ihnen herüber. Sie sahen auf.

Angelikus betrat den Raum, durchmaß ihn energisch und packte Cunrad beim Kragen.

»Schert Euch sofort raus und kümmert Euch um die Euch anvertrauten Kranken, dies ist meine Krankenstube, und niemand hat hier ohne meine Erlaubnis einzudringen.«

Cunrad hob beschwichtigend die Arme, was ihm sichtlich

schwerfiel. Am liebsten hätte er Angelikus das spitze Kinn gespalten. Er bemühte sich, seiner Stimme einen ruhigen Ton zu geben. »Lasst bitte von mir ab, Bruder Infirmarius, und mäßigt Euch.«

Angelikus starrte ihn aus seinen Habichtsaugen an, seine Finger krallten sich tiefer in Cunrads Wams. »Ich sagte, raus hier!«

Cunrad hielt dem Blick stand und machte sich mit einer harschen Bewegung von ihm los.

»Nicht, bevor wir eine Erklärung für das hier bekommen haben.« Er hob noch einmal die Decke an, die über den wund gelegenen Körper gebreitet war. »Warum wäscht ihn niemand und versorgt seine Wunden?«

»Weil Wasser nur Schaden anrichtet in seinem Zustand. Es bildet üble Dämpfe, an denen er ersticken könnte.«

»Was für ein Unsinn!« Cunrad maß den Mönchen mit Verachtung und bemerkte erst jetzt den pickeligen Novizen, der neben Angelikus getreten war und ihn mit offenem Mund angaffte.

»Glotz nicht, Junge, sondern lauf und hol warmes Wasser, Wein und frische Laken«, befahl er ihm.

Der Novize rührte sich nicht vom Fleck.

»Was ist? Bist du taub?«, fuhr Cunrad ihn an.

»Aber der Bruder Infirmarius hat doch verboten …«, stotterte er.

Cunrad unterbrach ihn. »Der Bruder Infirmarius hat wahrscheinlich noch nie in seinem eigenen Dreck gelegen, und jetzt los, tu, was ich dir aufgetragen habe!«

Der Junge schluckte und schaute zu Angelikus, der vor Wut kochte, ihm aber durch ein Zeichen zu verstehen gab, zu verschwinden. Flugs war er durch die Tür.

Cunrad trat auf Angelikus zu. »Und nun zu Euch, Mönch.« Er zog den Minderen Bruder am Ausschnitt seiner Kutte näher. »Ihr werdet mir jetzt verdammt noch mal sagen, warum Ihr diesen Mann, der sicherlich einer Eurer Mitbrüder ist, hier verrecken lasst wie ein Tier?«

»Das werde ich nicht, Ketzer!«, zischte der Mönch, und ein Schwall seines fischig stinkenden Atems traf Cunrad. Er schleuderte Angelikus von sich. Der Mönch strauchelte, fiel rücklings gegen die Wand und kam am Boden zu liegen. Aus seiner aufgesprungenen Lippe rann Blut und sammelte sich in der Grube seines Kinns. Johann, der bis dahin schweigend dagestanden hatte, warf Cunrad einen strengen Blick zu.

»Dass du aber auch immer gleich zuhauen musst«, sagte er mit einem winzigen Schalk in der Stimme. Er schüttelte den Kopf, beugte sich über den Mönch und half dem schlotternden Angelikus auf die Beine. Der wischte sich mit dem Handrücken das Blut ab und sah erst Johann und dann Cunrad an.

»Was wollt Ihr? Ein Besuch meiner Krankenstube ist doch augenscheinlich nicht der Grund Eures Kommens?«, nuschelte er durch seine geplatzten Lippen.

Cunrad verschränkte die Arme. »Wie scharfsinnig Ihr doch zuweilen sein könnt! Nein, dass wir Einblick in Eure stümperhaften medizinischen Behandlungsweisen nehmen konnten, verdanken wir dem Zufall, und dafür sind wir äußerst dankbar. Kaum zu glauben, dass Euer Abt so einen Saustall duldet. Ich denke, mein Begleiter, der Ratsherr und Apotheker Johann von Kotthausen, wird mit ihm reden müssen und zudem den Stadtoberen von dem kläglichen Zustand der Kranken berichten, die hier darben müssen.« Er sah Johann an, der zustimmend nickte.

»Gewiss, gleich morgen in der Früh werde ich einige Besuche machen.«

Angelikus schaute ihn aus kalten Augen an. »Untersteht Euch, Euch in meine Belange zu mischen, und jetzt macht, dass Ihr fortkommt.«

»Nicht so hitzig, Bruder Angelikus, kommen wir zum eigentlichen Grund unseres Erscheinens. Wir wollen uns mit Euch über die Bahrprobe und ihr blutiges Ende unterhalten.«

»Sie ist zu Euren Gunsten ausgefallen. Was gibt es darüber noch zu reden?«

»Euer Tonfall verrät, dass Ihr darüber nicht sonderlich erfreut seid.«

»Es steht mir nicht an, das Urteil des frommen Grafen in Frage zu stellen. Ich bin ein einfacher Diener der Kirche und habe mich Hermann von Hessen als Stiftsverweser von Köln zu beugen.«

»Fein aufgesagt, Bruder Angelikus.« Johann zog eine Braue hoch. »Aber diese zur Schau gestellte Demut mag andere blenden, uns täuscht sie nicht. Wie tief gekränkt müsst Ihr sein, dass trotz Eurer Mühe, dem Gottesurteil den rechten Verlauf zu geben, es eine so unerwartete Wende nahm? Was hätte Cunrads Aburteilung für Euch nicht alles bedeutet? Respekt, Reputation, Geltung. Zu schade, dass derjenige, dem Ihr das Amt des Stadtmedicus missgönnt, sich wieder der Freiheit erfreut.«

Die Adern an Angelikus' Schläfe traten hervor, man sah förmlich, wie es im Gehirn des Mönchs brodelte. Er blitzte sie aus stählernen Augen an.

»Ihr irrt, wenn Ihr glaubt, ich hätte in die Geschicke des Herrn eingegriffen und dem Toten diese Blase zugeführt.«

»Oh, das tatet Ihr gewisslich nicht. Ihr gabt lediglich den Auftrag dazu und fandet in Henricus ein williges Opfer, das bereit war, für ein paar Münzen diese Drecksarbeit zu machen.«

»Unsinn, Medicus, die Anwendung solcher Mittel liegt mir fern. Sagt mir doch mein Gottvertrauen, dass der Herr zur rechten Zeit den Schuldigen seiner Strafe zuführen wird.«

Cunrad hatte sich aufgerichtet. »Den Ihr in mir seht, nicht wahr?«

»Mir steht, wie gesagt, kein Urteil zu.«

Ein atemloses Keuchen unterbrach sie. Cunrad sah besorgt zu dem alten Mann, doch der tat keine Regung. Neben sich hörte er Angelikus auflachen.

»Mit Eurem heilkundigen Wissen scheint es ja nicht weit her zu sein, könnt Ihr offenbar noch nicht einmal das Keuchen eines Jünglings von dem eines dahinsiechenden Greises unterscheiden.«

Cunrad blickte zur Tür. Der Novize war zurück, stand schwitzend da, einen Wassereimer in der einen Hand, einen Korb mit frischen Tüchern und einem Krug Wein in der anderen.

Cunrad winkte ihn zu sich. »Hilf mir, den Mann zu versorgen.«

Der Junge trat näher, setzte Eimer und Korb ab, als Angelikus' Rechte jäh über seine Wange fuhr und er aufjaulte.

»Untersteh dich, ihm zur Hand zu gehen. Ich bin dein Lehrmeister, vergiss das nicht. Und Ihr solltet endlich verschwinden.« Er sah Cunrad kalt an.

»Das werden wir gewiss, aber erst wenn wir den Mann gut versorgt wissen.«

»Tut, was Ihr nicht lassen könnt, aber wenn Ihr meint, mein Novize würde Euch helfen, dann irrt Ihr. Mir scheint, der Apotheker in Eurer Begleitung, der zwar mehr einem eitlen Pfau gleicht als einem Mann der Wissenschaft, wird sehr wohl in der Lage sein, Euch zur Seite zu stehen.« Er nickte den beiden Männern zu und schritt, den Jungen beim Ohr gepackt, hinaus.

Cunrad und Johann sahen einander an, dann wandten sie sich dem Kranken zu.

Der Himmel hatte sich rot verfärbt, als sie das Kloster verließen und die Oberstraße hinauf zum Markt gingen.

Johann rieb mit der Faust über die Flecken am Saum seines rechten Ärmels. »Eine Schande, die Waschung des Alten hat mein Gewand unrettbar beschmutzt, da hätte ich mein Geld auch gleich zum Fenster hinauswerfen können«, brummte er.

Cunrad streifte ihn mit einem abfälligen Blick. »Kann es sein, dass sich zu deiner offenkundigen Eitelkeit jetzt auch noch Geiz gesellt?«

»Sparsamkeit, Cunrad. Eine Tugend, die jedem Manne gut zu Gesicht steht, der es zu einem gewissen Wohlstand bringen will«, verbesserte ihn Johann.

»Du hast eine ganze Truhe voller Gulden in deinem Keller, ein Menschenleben reicht nicht, um sie auszugeben, warum solltest du sparen?«, lachte Cunrad und schlug ihm auf die Schulter, dann wurde er ernst. »Zurück zu unserem Aufenthalt bei den Minoriten. Hat er uns weitergebracht?«

»Wie man es nimmt. Der Zustand der Krankenstube wird sich hoffentlich durch unsere Einmischung bessern, was allerdings den Zustand unserer Erkundigungen angeht, so sind wir nicht viel schlauer«, antwortete Johann.

»Ich fürchte, du hast recht. Wir brauchen einen Beweis, dass Angelikus der geheimnisvolle Engel war. Am liebsten hätte ich ihm die Kutte aufgerissen, um zu sehen, ob er ein Mal auf der Brust hat«, sagte Cunrad mit grimmigem Grinsen.

»Cunrad, so weit kommt es noch, dass du dich an Männern heiligen Standes vergreifst, und überhaupt, wer sagt uns denn, dass dieses Hautmal echt war und nicht nur aufgemalt wurde?«

Cunrad nickte anerkennend. »Stimmt, darüber habe ich noch nicht nachgedacht. Aber trotzdem, sprach nicht aus Angelikus' ganzem wütendem Gebaren uns gegenüber die bloße Angst, dass wir seinen unlauteren Umtrieben auf die Schliche kommen?«

Johann kniff die Augen zusammen. »Welche Umtriebe meinst du genau?«, fragte er.

Cunrad war stehen geblieben. »Wenn es einen Zusammenhang gibt zwischen dem Mord an Kornelius und dem Frevel an mir, dann sollten wir den Gedanken nicht gleich verwerfen, dass Angelikus der Mörder ist. Schließlich scheint ein wichtiges Dokument eng mit der grausamen Tat an Kornelius verknüpft zu sein, und Angelikus ist des Lesens mächtig, kein unwichtiger Gesichtspunkt.«

»Auch Reinhard Keybisch und Hanno de Kamp besitzen diese Fähigkeit. Was ist mit ihnen?«, erwiderte Johann.

»Keybisch ist listig, zuzutrauen wäre es ihm, aber würde unser Bürgermeister so ein Wagnis eingehen, nur um mich als Mörder dastehen zu lassen? So groß ist unsere gegenseitige Abneigung auch wieder nicht«, warf Cunrad ein.

Johann nickte. »Nein, du hast recht, und was Hanno angeht, besitzt der überhaupt noch so was wie ein Hirn in seinem hohlen Schädel?«

Die beiden Männer lachten auf und gingen weiter.

9

Abendrot fiel warm auf die Stadt, breitete sich in den langsam stiller werdenden Gassen und Plätzen aus, färbte das Pflaster vor den Bürgerhäusern in lichtes Grau, sprenkelte sich über das Grün der Linden und glühte rot in der Lache aus Lauge, die vor dem Eingang des geduckten Hauses schwamm, das auf dem Hof des Quirinusstifts stand. Warmer Dampf säuselte durch die Luken der stickigen Waschstube, schwoll hinaus und empor in die abendliche Sommerheiterkeit. Ghela strich über den Stapel frisch gewaschener und geplätteter Laken und warf ein paar Groschen in die hölzerne Schale neben der Tür.

»Habt Dank für Eure Mühe«, sagte sie zu der jungen Nonne, die mit den Armen in einem Zuber mit heißer Lauge steckte und ein Leinentuch kräftig durchwalkte. Ihr Gesicht war puterrot von der Hitze, die die Waschküche erfüllte. Die dunklen Haare, die unter der verrutschten Haube hervorlugten, klebten ihr an der Stirn.

Sie lächelte Ghela an. »Glaubt mir, ich hätte nie gedacht, dass das Walken und Kneten von Wäsche mir Freude machen würde, und als Äbtissin Clara mich ins Waschhaus abkommandierte, kam so mancher Fluch über meine Lippen.«

»Die du hoffentlich alle bereust, Ursula!« Clara stand in der Tür und blinzelte ihr freundlich zu. »Arbeit ist das beste Mittel, die Kümmernisse des Lebens zu vergessen.«

»Ja, ehrwürdige Mutter.« Das Mädchen nickte verlegen.

»Aber auch nicht das Einzige! Schwester Hilde hat einen leckeren Pflaumenkuchen gebacken und besteht darauf, dass du ihn kostest. Also fort mit dir, bevor dir deine Mitschwestern zuvorkommen!«

»Aber ich bin nicht fertig, die Wäsche muss erst noch aufgehängt werden.«

»Das erledigen ich und meine Nichte für dich, und nun spute dich.«

Ursula klappte den Mund auf und sah Clara mit großen Augen an. »Aber das geht doch nicht, ehrwürdige Mutter, Ihr könnt doch nicht ...«

»Was ich kann, bestimme noch immer ich allein, Ursula. Und jetzt eile dich.«

Die junge Schwester knickste hastig und war im nächsten Augenblick durch die Tür verschwunden. Clara ging auf Ghela zu und streckte die Arme aus.

»Ich freue mich, dich zu sehen, mein Kind.«

Sie umarmten einander, dann sah Ghela sie fragend an. »Was führt dich hierher, Tante? Bist du jetzt auch für die Wäsche der Gemeinschaft zuständig?«

Claras Blick wurde ernst. »Nein, das bin ich nicht. Ich habe mit dir zu reden, Ghela.«

Sie weiß von mir und Lorenz, schoss es Ghela durch den Kopf, das ist der Grund für ihr überraschendes Erscheinen hier. Hastig griff sie nach dem Wäscheturm.

»Ich habe keine Zeit, Tante!«, sagte sie schroff und wollte davon, doch Claras Hand hielt sie zurück.

»Du bleibst!«, sagte sie bestimmt, nahm ihr die Wäsche aus dem Arm und wuchtete sie zurück auf den Tisch.

Ghela stemmte die Hände in die Hüften. »Was soll das? Du hast kein Recht, mir etwas zu befehlen. Du bist nur meine Tante, nicht meine Mutter!«

»Doch, das habe ich. Seit dem Tod deiner Eltern sind Johann und ich für dich verantwortlich, und deshalb hast du mir jetzt Rede und Antwort zu stehen und mir zu erklären, was es mit diesem Gaukler auf sich hat, mit dem man dich, wenn man dem Tratsch glauben kann, auf dem Jakobusmarkt gesehen hat!«

»Ich bin dir keine Erklärung schuldig, die du ohnehin nicht verstehen würdest. Du bist eine Nonne, Tante Clara.«

»Und deshalb von Einfalt durchdrungen?«

»Was gewisse Dinge betrifft, ja!«

»Liebesdinge?«

»Unter anderem, schließlich hast du dir einen himmlischen Bräutigam erwählt, der dich noch nicht einmal in die Arme schließen kann.«

»Was dieser Gaukler augenscheinlich kann!«

»Ja!«

»Schämen solltest du dich, einem Spielmann nachzulaufen. Du machst dich zum Gespött der Leute!«

»Was allein meine Sache ist.«

»Und die deiner Familie.«

Sie musterten einander für Augenblicke, plötzlich entspannten sich Claras Züge.

»Komm, lass uns draußen die Wäsche aufhängen und unsere erhitzten Gemüter ein wenig abkühlen«, sagte sie in versöhnlichem Ton und hob einen Henkelkorb hoch. Zögernd tat es Ghela ihr gleich und folgte ihr nach draußen. Auf dem Hof begannen sie, die nasse Wäsche an einem aus Balken und Stricken gezimmerten Gerüst aufzuhängen.

»Man redet über dich, Ghela, auch wenn du das nicht gern hörst«, sagte Clara, während sie ein weißes Hemd über einen der gespannten Stricke warf und glatt zog.

»Man redet auch über dich, Tante!«, gab Ghela zurück. »Du ohrfeigtest den halb nackten Medicus vor aller Augen!«

»Das tat ich aus gutem Grund!«

»Und der wäre?«

Clara lief rot an. »Das reicht, Ghela. Ich bin dir keine Begründung schuldig!« Geschäftig nahm sie ein weiteres Wäschestück und hing es über die Leine.

Plötzlich begann Ghela zu lachen. »Ach, lass uns nicht streiten, Tante Clara! Ich glaube, unser beider Ruf ist schon angeschlagen genug. Die Tante ohrfeigt den Stadtmedicus, und die Nichte tanzt mit einem Spielmann. Die Nuysser zerreißen sich sowieso schon die Mäuler über uns.«

»Das tun sie gewiss, aber dank meiner Stellung wird man mir die kleine Züchtigung des Medicus nachsehen. Ob man dir allerdings den schlechten Umgang verzeiht, bezweifle ich. Einen anständigen Ehemann für dich zu finden könnte schwierig werden.«

»Ich brauche keinen Ehemann.«

»Du kannst nicht ewig bei Johann leben.«

»Warum nicht? Ich versauere lieber zwischen Tinkturen und Salben und sehe mir Johanns alberne Zaubereien an, als mich dem Joch der Ehe zu unterwerfen.«

»Warum sollte die Ehe eine Bürde für dich sein? Einen fürsorglichen liebenden Gatten an seiner Seite zu wissen scheint mir erstrebenswert für eine junge Frau, wie du es bist.«

»So erstrebenswert, dass du lieber den Schleier nahmst, als eine Ehe einzugehen?«

»Ich hatte keine andere Wahl.«

»Johann sagt, du hattest viele Freier.«

»Er übertreibt.«

»Und der Richtige war nicht unter ihnen?«, bohrte Ghela weiter.

Clara sah den Wolkenbergen nach, die über den blauen Himmel zogen. »Einem von ihnen war ich versprochen, doch er starb.«

»Er starb! War er alt?«

Clara schüttelte den Kopf. »Nein, Ghela, das war er nicht.«

»Warum starb er dann?«

»Er war des Lebens überdrüssig und griff in Gottes Schöpfungsordnung ein.«

Ghela schlug sich die Hand vor den Mund. »Du meinst, er ging freiwillig aus dem Leben?«

Clara nickte. »So etwas geschieht, Ghela, das Leben legt seine Fallstricke aus, und der Mensch stolpert, fällt und bricht sich das Bein, den Arm und, wenn seine Kraft nicht reicht, das Genick.«

»Eine Kraft, die er nicht hatte?«

»Nein, Falk besaß sie nicht mehr. Doch lass uns aufhören, in den dunklen Winkeln meiner Vergangenheit zu stöbern. Es lenkt nur ab von dem Hühnchen, das ich mit dir zu rupfen habe.«

»Wenn du damit bezweckst, mir Lorenz zu verleiden, so kannst du dir die Mühe sparen. Ich denke gar nicht daran, mein Herz in eine Mördergrube zu verwandeln.«

»Ein Herz, das diesem Lorenz gehört?«

Ghela nickte.

»Komm, mein Kind.« Clara zog das Mädchen zu einer Bank, die vor dem Waschhaus stand. Eine schwarze Katze, die in der späten Sonne döste, blinzelte sie verschlafen an. Clara nahm das Tier auf den Schoß, kraulte ihm den Rücken und hieß Ghela, sich zu setzen.

»Erzähl mir von deinem Gaukler.«

Ghela zögerte, doch als Clara ihr aufmunternd zunickte, begann sie, ihr von ihrem Kennenlernen zu berichten, dem lauen Sommerabend in der Tanzlaube und ihren heimlichen Treffen.

»Du verrätst Johann nichts?«, fragte sie, nachdem sie geendet hatte.

Clara schüttelte den Kopf. »Gewiss nicht, obwohl Johann es früher oder später erfahren wird und du dich schon einmal für das Donnerwetter wappnen solltest, das er veranstalten wird.«

»Lass ihn donnern. Jedes Gewitter zieht vorüber und hinterlässt einen reinigenden Regen.«

»Wenn du dich da nicht täuschst«, flüsterte Clara.

Ghela sah sie fragend an. »Was hast du? So trüb kenne ich dich nicht.«

»Nichts, mein Kind, die letzten Tage waren anstrengend, ich bin ein wenig müde.«

Ghela drückte ihre Hand. »Es ist die Plünderung von Gohr, die dir nicht aus dem Kopf geht, nicht wahr? Johann sagt, du hättest am eigenen Leib erfahren müssen, wie es ist, Aug in Aug dem Feind gegenüberzustehen.«

Clara nickte. »Ja, Ghela, der Schrecken steckt mir immer noch in den Gliedern.« Sie zögerte und fügte dann leise hinzu: »Aber es ist nicht nur das. Der schreckliche Mord«, sie schluckte, »und das Gottesurteil gehen mir nicht aus dem Sinn, und ich frage mich, ob ich die richtige Entscheidung getroffen habe.«

»Cunrad ist nicht gut auf dich zu sprechen.«

»Oh, das ist mir herzlich gleichgültig. Ich habe sein Bestes gewollt, doch die Entwicklung des Ganzen zu einem Akt schierer Täuschung macht mir Sorge.«

»Wer, vermutest du, steckt hinter diesem blutigen Betrug?«

»Wenn ich das wüsste. Cunrad ist nicht jedermanns Freund, seine Zunge spitz wie eine Lanze, er hat Feinde, Neider.«

»Bruder Angelikus?«

Clara runzelte die Stirn. »Jetzt fang du nicht auch noch damit an, den Klerus zu verdächtigen. Johann und Cunrad tun es schon zur Genüge und posaunen ihre Meinung allzu laut heraus.«

Schritte näherten sich, weckten die Katze auf Claras Schoß, die ihren Unmut über diese Ruhestörung mit einem beleidigten Maunzen kundtat und davonsprang. Ein hochaufgeschossener Bursche kam über den Hof zu ihnen. Das blonde Haar stand ihm in widerspenstigen Strähnen vom Kopf, sein Gesicht war rußverschmiert. Er begrüßte die beiden Frauen mit einem Bückling.

Ghela musterte den Jungen, Heiterkeit beschlich sie, und sie prustete los. Mattes, der sich als Laufbursche für das Kloster ein paar Groschen verdiente, zog die Mundwinkel nach unten, während Ghela gluckste: »Mattes, du siehst aus wie die Mohren im heißen Land!«

Auf den eben noch missgestimmten Zügen des Jungen zeigte sich ein breites Grinsen.

»Heiß is dat wohl beim Frieder in der Werkstatt, und wenn dem Hohlkopp ein Nagel zwischen die Stampfen der Pulvermaschine kommt und dat janze Zeuch explodiert, dann werden alle zu Mohren, verehrte Jungfrau.«

Mattes zwinkerte Ghela zu, dann sah er Clara an. »Ihr habt Arbeit für mich, Äbtissin?«

»Ja, du solltest Ghela die Wäsche nach Hause tragen, aber so, wie du aussiehst, kann ich dich nicht gebrauchen, Mattes!«, schmunzelte sie.

»Dem lässt sich abhelfen. Wartet nur, ich komm gleich zurück, sauber wie der Pastor am Sonntag«, erwiderte er, war im selben Augenblick im Waschhaus verschwunden und kam wenig später in einem sauberen Hemd und mit geschrubbtem Hals, Gesicht und Händen zurück. Ghelas Wäsche trug er auf dem Arm.

»Zu Euren Diensten.«

Die Frauen lächelten und standen auf. Clara nahm Ghelas Hand und drückte sie fest.

»Ghela, ich gebe dir einen letzten Rat: Suche nach der Liebe unter deinesgleichen. Es bringt böses Blut, hält man sich nicht an die Regeln, die uns die Gesellschaft auferlegt. Ich weiß, wovon ich spreche«, flüsterte sie und küsste ihrer Nichte die Stirn.

Ghela folgte Mattes über den Hof durch die Klosterpforte und hinaus auf die Straße. Ohne sich weiter um den Jungen und den Wäscheturm, mit dem er sichtlich zu kämpfen hatte, zu kümmern, lief sie über den Münsterplatz und zur Niederstraße. Die Abendluft strich warm über ihre Wangen. Sie streckte ihr Gesicht dem Himmel entgegen, raffte die Röcke und begann zu tänzeln. Sollte Clara ihr düsteres Weltbild behalten, das ihrige strahlte und lachte ihr aus zweifarbigen Augen entgegen.

»Lorenz«, flüsterte sie. Erst zwei Tage waren seit ihrer ersten

Begegnung vergangen, und schon meinte sie, ohne ihn nicht mehr leben zu können. Würde er wie gestern im Verborgenen auf sie warten? Ihr auflauern, sie weg von dem Treiben der Straße in die Stille ziehen und ihr geschützt vor neugierigen Blicken einen Kuss rauben?

Sie sah sich um, Mattes folgte ihr in einiger Entfernung, die gewaschene Last nahm seine ganze Aufmerksamkeit in Anspruch, sonst war die Straße leer. Aus den Fenstern der Häuser, deren Schatten länger wurden, drang das Klappern von Töpfen und Pfannen, von lachenden Kindern und streitenden Eheleuten. Bald würde die Abendsuppe sie an die Tische rufen und Stille einkehren.

Ghela lief vorbei an einer bröckeligen Mauer, als eine Hand nach ihr griff und sie durch einen Mauerbogen in den Schatten einer mächtigen Linde zog. Warmer Atem und ein Hauch von Sandelholz streiften sie. Ein Mund legte sich an ihre Wange, flüsterte Worte, die ihr einen Schauer über den Rücken jagten.

»Ich warte auf dich am Rhein, bei der Weide wie gestern«, schloss der zärtliche Wortschwall.

»Ich weiß nicht, ob ich kommen kann. Mein Onkel …«

Ein Kuss unterbrach sie. »Ich warte auf dich.«

Ein kalter Luftzug, und er war fort. Für einen Moment lauschte Ghela dem Wind, dann lief sie Lorenz nach, erreichte die Straße und blieb wie versteinert stehen. Ein hochgewachsener Mann hatte Lorenz gepackt und hielt ihm einen kurzen Dolch unters Kinn. Sie schrie auf, der Mann fuhr herum, blitzte sie an.

»Gehört er zu Euch?«, zischte er und musterte Ghela von oben bis unten. Wut stieg in ihr auf. Was nahm sich der Kerl heraus? Sie verschränkte die Arme vor der Brust.

»Glotzt mich gefälligst nicht so an, Ihr hohlköpfiger Esel, und lasst meinen Begleiter sofort los, er hat Euch nichts getan!«, rief sie.

Der Mann kniff die Augen zusammen. »Für eine Jungfrau von Stand, die Ihr wohl seid, habt Ihr ein außerordentlich derbes Mundwerk. Erlaubt mir, Euch nach Eurem Namen zu fragen.«

»Mein Name geht Euch einen feuchten Kehricht an. Lasst Lorenz los!«

»Ah, Lorenz heißt der Dieb.«

»Er ist kein Dieb.«

»Nein?«, antwortete der Fremde belustigt. »Was ist er dann? Euer Schatz?«

»Untersteht Euch!«

»Nun, zu welchem Zwecke trefft Ihr Euren Lorenz denn sonst hinter Mauern und in aller Heimlichkeit?«

Ein Aufstöhnen beendete den Satz. Lorenz hatte dem Mann sein Knie in den Unterleib gestoßen, worauf der ihn augenblicklich losließ und sich krümmte.

»Das für den Dieb, edler Herr.« Lorenz' Rechte schnellte vor und hieb zu. »Und das für den Blick, mit dem Ihr mein Mädchen beleidigt habt.«

Er rannte zu Ghela, nahm sie bei der Hand, und sie liefen, ohne sich noch einmal umzublicken, davon. Mattes, der das ganze Schauspiel aus einiger Entfernung beobachtet hatte, kam zögerlich näher und beäugte den Fremden.

»Jeht es Euch wieder jut, Herr?«, fragte er.

Der Mann rieb sich die Wange. Mattes glaubte schon, er hätte ihn nicht gehört, als der Mann schließlich den Blick hob.

»Danke, mein Junge, es geht schon wieder.« Er blickte die Straße hinunter und dem ungleichen Paar nach, dessen Schatten langsam kleiner wurde, dann begann er laut zu lachen. »Die Nuysser scheinen ein schlagfertiges Volk zu sein.« Er zwinkerte Mattes zu. »Verrätst du mir den Namen der Jungfrau?«

Der Junge sah ihn schräg an. »Verzeiht, aber Ihr seid fremd hier. Ich weiß nicht, ob es recht ist, ihn Euch zu sagen.«

Der Mann lächelte freundlich. »Nun, das verstehe ich.« Er steckte Mattes einen Pfennig zu. »Der ist für dich und deine Loyalität der Jungfrau gegenüber.«

Er klopfte ihm auf die Schulter und wandte sich zum Gehen. Der Wind verfing sich in seinem Umhang, ließ den Blick auf den Rücken seiner Jacke und den doppelköpfigen Adler frei, der, gepaart mit dem Kölner Wappen, darauf prangte.

»Ein Ritter des Hessen«, stammelte Mattes kaum hörbar. Er betrachtete den Pfennig in seiner Hand, den er für seine Loyalität bekommen hatte. Was immer das auch war, er wollte sich die Münze ehrlich verdienen. Er vergaß die Wäsche und eilte dem Soldaten nach.

10

Die Äste der Weide neigten sich vom Ufer hinab ins Wasser, ihre dünnen Zweige küssten das schimmernde Band des Rheins. Mondlicht und eine leichte Brise spielten in ihrem silbrigen Blattwerk und verfingen sich in den Flammen eines Feuers, das am Flussufer die Nacht erhellte. Lorenz kauerte mit angewinkelten Beinen auf einem breiten Ast und schnitzte an einem Stück Treibholz, während sein Blick auf dem Wasser ruhte. Er wartete seit einer Ewigkeit auf Ghela, und allmählich beschlich ihn die Angst, sie würde nicht mehr kommen und er sie nie wiedersehen. Vielleicht hatten sie die Schläge, die er dem Mann verpasst hatte, verschreckt? Oder ihr Onkel hatte sie eingesperrt.

Er seufzte. Eine aussichtslose Liebe war ihm in dieser Stadt begegnet. Ein Mädchen von Stand, für das der rechte Bräutigam sicherlich schon gefunden war. Keine guten Aussichten für jemanden wie ihn, einen Spielmann und Fahrenden, dem ein anständiger Bürger noch nicht einmal die Hand reichte und der zu allem Übel morgen die Stadt verlassen musste, weil Ghelas Onkel die Stadtwachen auf ihn angesetzt hatte. Die hätten ihn schon heute aus der Stadt geworfen, wäre er ihnen nicht im letzten Moment entwischt. Aber was sollte es, er musste sich ohnehin früher oder später seiner Gauklertruppe anschließen, die rheinaufwärts in der Feste Zons die wachsende Schar der ausländischen Truppen unterhielt, die auf das Eintreffen Karls des Kühnen warteten. Mit dem Soldatenvolk waren gute Geschäfte zu machen und seine Taschen derzeit mehr als leer. In Nuys stand keinem mehr der Sinn nach Gaukelei. Die Menschen hingen ihren bangen Gedanken nach, und das nicht zu Unrecht.

Das Feuer zu seinen Füßen schien genauso müde und traurig zu sein wie er. Lorenz warf das Treibholz in die Strömung, steckte sein Messer ein, sprang vom Baum und begann, mit den Füßen Sand auf die Glut zu schieben. Es hatte keinen Sinn, länger zu warten.

»Lösch das Feuer nicht.«

Eine Hand berührte seine Schulter, und sanfter Veilchenduft umwehte ihn. Er drehte sich um und umschlang die schmale Figur des Mädchens, das aus dem Schatten der Stadtmauer getreten war.

»Ich dachte schon, du kommst nicht mehr«, flüsterte er, küsste sie auf den Mund, hob sie hoch und wirbelte sie herum. Ihre Locken umtanzten sein Gesicht und kitzelten seine Nase. Er nieste und ließ sich in den weichen Sand fallen, Ghela fest im Arm. Sie lachte, küsste seine Nasenspitze und rollte sich neben ihn. Auf einen Ellbogen gestützt, fuhr sie mit dem Zeigefinger seine Wange hinab.

»Was macht dein Kinn?«, fragte sie leise.

»Nur eine kleine Schramme, ich glaube, der Kerl hat es nicht wirklich ernst gemeint.«

»Zum Spaß hält man niemandem einen Dolch an den Hals.«

»In seinen Kreisen ist man da nicht so zimperlich, Ghela.«

»Was meinst du damit?«

Lorenz setzte sich auf. »Na, er war ein Mann aus der Gefolgschaft des hessischen Grafen!«

Ghela strich sich das Haar aus der Stirn, eine Furche hatte sich zwischen ihren Brauen gebildet. »Ein Soldat, sagst du?«

»Ja und wahrscheinlich sogar ein Ritter. Sein überhebliches Gesicht erinnerte mich sofort an die Großtuer, denen ich zuweilen an den Höfen der Grafen und Herzöge begegne. Ich gerate aber auch immer an die Richtigen«, stöhnte er.

Ghela lächelte plötzlich schelmisch. »Wenn du mich damit meinst«, sie legte ihren Kopf an seine Schulter, »kann ich dir nur zustimmen.«

Lorenz nahm sie in die Arme. Sie schmiegte sich an ihn und widersetzte sich nicht, als er seinen Umhang aufband, ihn auf der Erde ausbreitete und sie sanft, aber bestimmt nach unten zog, während das kränkelnde Feuer zu ihren Füßen noch einmal auflebte.

Lorenz erwachte aus leichtem Schlaf, von fern krähte ein Hahn, er blinzelte in die Dämmerung, ein schmaler blassrosa Streifen zog von jenseits des Flusses herauf. Bald würde es tagen, ihm blieb nicht mehr viel Zeit. Er drehte den Kopf und betrachtete Ghela, die, eingewickelt in seinen samtenen Umhang, neben ihm schlief. Er lauschte ihrem Atem, strich zärtlich über ihr Haar und küsste ihre Stirn. Dann stand er auf, ging zum Fluss, setzte sich und zog die Beine vor die Brust. Der Tag des Abschieds war gekommen. Das Beste war, auf der Stelle ohne ein Abschiedswort zu verschwinden, wie er es für gewöhnlich tat, um allen Verbindlichkeiten aus dem Weg zu gehen, die eine Liebelei meist mit sich brachte. Doch bei Ghela war es etwas anderes. Sie hatte ihm das Herz geraubt, und er fürchtete, es so bald nicht wieder zurückzubekommen. Wie gern würde er bleiben, aber er musste vernünftig sein, sie hatten keine Zukunft. Er würde Ghela einen richtigen Lumpen und Herzensbrecher vorspielen, verschwinden und sie in der Überzeugung zurücklassen, dass er keine vergossene Träne wert sei. Er atmete schwer, allein der Gedanke, sie so zu verlassen, zog ihm das Herz zusammen, aber es gab keinen anderen Ausweg.

»Welche düsteren Gedanken lassen dich so ernst blicken?«

Lorenz zuckte zusammen, neben ihm kniete Ghela. Unter ihren vom Schlaf noch schweren Lidern lächelte sie ihn an. Er schluckte, stand auf, peitschte einen Flintstein über das sich kräuselnde Wasser und schaute sie an. »Ich muss fort.«

Ihr Atem stockte, und ihr Körper versteifte sich. Langsam stand sie auf. »Warum dieser Sinneswandel?«, fragte sie mit brüchiger Stimme. »Erst gestern haben wir noch darüber nachgesonnen, wie du es anstellen kannst, hier in der Stadt Arbeit und Brot zu finden. Bedenke, mein Onkel ist ein einflussreicher Bürger, er wird dir helfen.«

»Mir helfen?« Lorenz lachte auf. »Dein Onkel wird mich wegsperren, mir womöglich noch das Verbrechen andichten, das im Münster geschehen ist, nur um mich von dir fernzuhalten!«

»Wie kannst du so etwas sagen, nie würde er das tun! Johann ist der ehrlichste und gerechteste Mensch, den ich kenne!«

»Was macht dich da so sicher?«, fragte Lorenz in beißendem Ton.

»Er liebt mich und wird meinem Glück nicht im Wege stehen«, sagte sie trotzig.

»Nein, wenn dieses Glück in Gestalt eines Edelmannes oder Kaufmanns daherkommt, gewiss nicht, aber wohl, wenn ein Habenichts wie ich um dich buhlt.«

Für einen Augenblick sahen sie einander schweigend in die Augen.

»Lorenz«, begann Ghela in versöhnlichem Ton und strich zaghaft über seinen Arm, »lass uns nicht streiten. Es wird alles gut, hab Vertrauen!«

Er wich zurück, jede weitere Berührung von ihr würde seinen Entschluss fortzugehen ins Wanken bringen, doch um ihretwillen musste er standhaft bleiben. »Nein, das wird es nicht, ich muss gehen«, sagte er tonlos.

»Willst du denn auf ewig in einem Karren durch die Lande ziehen und Possen reißen?«

»Warum nicht?«

»Gestern sprachst du noch anders!«, sagte Ghela entrüstet.

»Was scheren mich meine Worte von gestern, Mädchen, sie sind heute keinen Pfennig mehr wert«, antwortete Lorenz mit einer wegwerfenden Geste.

»Und all die Liebesschwüre, die du mir zugeflüstert hast?«

Lorenz zuckte mit den Schultern.

In Ghelas Augen blitzte ein wütendes Funkeln auf. »Unsere Liebe ist dir nur ein Zucken deiner mageren Schultern wert?«, schrie sie.

»Was hast du anderes erwartet? Ich habe von dir gekostet und ziehe nun weiter, wo eine andere Blume mich aus ihrem Kelch trinken lässt.«

Ghelas Blick hatte sich verdunkelt, sie war blass vor Wut und kämpfte mit den Tränen. »Nun, wenn das so ist«, sagte sie mit bemüht fester Stimme, »dann sieh das als meinen Abschiedskuss.« Sie versetzte ihm einen Schlag gegen die Wange.

Lorenz taumelte, verlor das Gleichgewicht und fiel mit lautem Klatschen rücklings in den Rhein. Die Wellen schlugen über ihm zusammen, er schluckte Wasser, strampelte wütend und ruderte mit den Armen. Endlich fassten seine Füße Halt auf dem glitschigen Flussgrund, und er kam prustend und nach Luft schnappend hoch.

»Ghela!«, keuchte er.

Das Mädchen stand, die Hände in die Hüften gestemmt, am Ufer und sah ihn spöttisch an. »Wir Nuysserinnen sind wehrhafte

Weiber. Wenn du geglaubt hast, ich würde deinetwegen in Tränen zerfließen, so hast du dich getäuscht. Und nun hau ab und schau zu, ob die Liebchen, die dort draußen angeblich so sehnsüchtig auf dich warten, einen nassen Straßenköter wie dich überhaupt wollen. Ich für meinen Teil lehne dankend ab. Lebe wohl, Gaukler«

Sie machte auf dem Absatz kehrt und rannte davon. Lorenz sah ihr nach. Das Spiel war aus, er würde sie nie wieder sehen.

11

Nuys, 28. Juli. 1474, Tag des heiligen Beatus

Johann prostete seinem Gegenüber zu. »In schlechten Zeiten sollte man das Feiern nicht vergessen, ehrenwerte Jungfrau.«

Schwester Agnes, die auf der anderen Seite der Tafel saß, nippte an ihrem Wein und stellte den zinnernen Pokal ab. Über die reich gedeckte Tafel hinweg reichte sie ihm die Hand.

»Man sagt, Ihr wäret ein vortrefflicher Tänzer, Herr von Kotthausen. Auch wenn es sich für eine Stiftsdame nicht geziemt.« Sie machte eine kurze Pause und schlug die Lider nieder. »Wollt Ihr mir die Ehre erweisen und mich zum Tanze führen?«

»Mit Vergnügen, Schwester Agnes.« Johann lächelte, wollte sich erheben und zögerte. »Verzeiht meine Dreistigkeit, aber ist es Euch denn möglich zu tanzen mit …«

Röte schoss über sein Gesicht, als er mit dem Finger vage unter den Tisch zeigte. Agnes lächelte, als sie verstand.

»Aber ja, meinen steifen Fuß vergesse ich beim Klang der Musik. In meiner Jugend am Hofe des Grafen von Geldern habe ich gern und viel getanzt.«

»Nun, worauf warten wir dann noch.« Johann stand auf und verbeugte sich.

Das Fest zu Ehren Hermann von Hessens und seiner Ritterschaft war auf dem Höhepunkt. Es wurde getanzt und gelacht, gegessen und getrunken. Die Halle im Rathaus an der Krämergasse, wo sonst der Rat der Stadt tagte und Gericht gehalten wurde, war zu diesem Anlass feierlich herausgeputzt worden. Von der Kassettendecke aus dunklem Eichenholz flatterten rot-weiße Girlanden in dem leichten Wind, der vom Innenhof des Rathauses durch die offenen Mauerschlitze wehte. Die Nuysser und Kölner Stadtfahnen bedeckten die Wände und bildeten den prächtigen Hintergrund für die hufeisenförmige Tafel, auf der im Schein hoher sechsarmiger Leuchter geschliffene Glaskaraffen mit dunkelrotem Wein, glänzende Platten mit duftenden Kuchen und silberne Schalen, gefüllt mit samtgelben Aprikosen und Pfirsichen, den Gaumen lockten. Auf einer Empore am anderen Ende des Raumes spielten die Stadtpfeifer mit Zinken, Flöten und Lauten zum Tanz auf.

Cunrad stand an eine der Säulen gelehnt und fragte sich, warum er hier war. Gestern noch hatte er halb nackt die Schmach der Bahrprobe erdulden müssen, und heute befand er sich unter den Ehrengästen, die zum Empfang der hessischen Gesandtschaft geladen waren. Man grüßte, plauderte Belanglosigkeiten und scherzte mit ihm, als hätte es nie einen Verdacht gegen ihn gegeben. Hermann von Hessen hatte seine schützende Hand über ihn gelegt und dafür gesorgt, dass kein Zweifel an seiner Unschuld mehr laut wurde. Cunrad fragte sich, um welchen Preis er das getan hatte.

Er schaute über die Tanzenden hinweg zur Tafel, an deren Stirnseite Hermann von Hessen saß, flankiert von Reinhard Keybisch und Petrus de Quinheim, den beiden Bürgermeistern der Stadt. Rechts von Keybisch hatte die Äbtissin Platz genommen. Die Augen der Männer hingen an ihrem Mund und streiften über die Wölbungen ihres Körpers, die sich unter ihrem kobaltblauen Samtkleid trefflich hervorhoben, für das sie zu diesem Anlass ihre Ordenstracht abgelegt hatte. Ein Privileg der Stiftsdamen, die zwar als Benediktinerinnen klaren Regeln unterworfen waren, sich jedoch vorbehielten, der Welt nicht ganz den Rücken zu kehren und jederzeit das Kloster gegen ein Bürgerhaus oder eine Burg tauschen zu können. Viele der Frauen nutzten jede Gelegenheit, um sich herauszuputzen, hofften insgeheim, von einem Mann gefreit und aus dem Stift weggeheiratet zu werden. Clara gehörte nicht zu ihnen, obwohl das mit Perlen bestickte Kleid und der goldene Hauch ihres Schleiers, unter dem ihr rotblondes Haar schimmerte, auf etwas anderes schließen ließen.

Wie gefällig dieses Weib doch sein konnte, wenn sie nur wollte, dachte Cunrad. Gedankenverloren strich er sich über die Wange. Dann hielt er einen Diener am Ärmel fest und griff nach einem mit Rotwein gefüllten Pokal, leerte ihn in einem Zug, nahm einen weiteren, trank auch ihn aus, ohne ihn abzusetzen. Er wollte ein drittes Mal zulangen, als sich eine Hand auf seinen Arm legte.

»Cunrad!« Ghela schaute ihn mit zur Seite geneigtem Kopf an.

Aus ihren schräg gestellten grünen Augen schimmerte ein kleiner Tadel. »Wenn Ihr so weitermacht, werdet Ihr Euch binnen kürzester Zeit in einen torkelnden, grölenden Rüpel verwandeln und Eurem Ruf, ein Schläger und Saufbold zu sein, einmal mehr gerecht werden.«

»Spart Euch Eure Anwürfe, Ghela! Ich trinke, wann es mir passt, und heute passt es mir ausgezeichnet. Und was meinen Ruf angeht, so kann mir jeder der ehrenwerten Herrschaften hier den Buckel runterrutschen.«

Er sah noch einmal zu den am Tisch Versammelten, wo in diesem Augenblick Pokale gegeneinanderstießen und Lachen laut wurde. Ghela folgte seinem Blick.

»Im Gegensatz zu Euch scheint den hessischen Herrschaften das Fest zu gefallen.« Sie musterte ihn und krauste die Stirn. »Welche Laus ist Euch über die Leber gelaufen, Cunrad?«

»Eine mit zwei Beinen und einem Kruzifix auf der Brust.«

»Bruder Angelikus?«

»Nein, die Laus sitzt dort drüben und macht Hermann von Hessen schöne Augen.«

Ghela biss sich auf die Lippen. »Clara.«

»Dieselbige.«

Ghela kicherte. »Ihre Laune scheint ebenso glänzend zu sein wie ihre Erscheinung.« Sie sah an Cunrad herunter. »Was man von Euch nicht behaupten kann. Wenigstens Euren Gelehrtenmantel hättet Ihr anziehen können.«

»Was gefällt Euch an meiner Joppe nicht, Mädchen? Sie ist seit Jahren mein treuer Begleiter!«

»Das glaub ich gern, so alt, wie sie ist, und gestopft an den Ellbogen und Taschen. Es mutet an, als trüget Ihr sie absichtlich, um aller Welt zu zeigen, dass es Euch einen Dreck kümmert, was man von Euch denkt.«

»Richtig, mein Kind, unser Medicus versucht bei jeder Gelegenheit zu beweisen, dass ihm weder an Clara noch an Amtswürden gelegen ist.« Johann trat neben Ghela und musterte Cunrad mit hochgezogener rechter Braue. »Dass du dieses kindische Gehabe nicht ablegst, Cunrad. Ein Mann in deinem Alter muss doch keinem mehr etwas beweisen!«

»Das sieht man ja an dir. Herausgeputzt wie ein Gockel bist du. Es scheint fast, als seist du auf Brautschau.« Cunrad schaute sich um. »Sind ja genug hübsche Weiber da, nur sind die meisten von ihnen entweder verheiratet oder sparen sich«, er wies zur Decke, »für den da oben auf.«

»Du verübelst Clara die Ohrfeige noch immer?« Johann nahm einen Schluck und sah Cunrad über den Rand seines Pokals an. »Wenn ich deinen Gesichtsausdruck richtig deute, leidest du auch heute noch unter der Wucht ihres Zorns.«

»Du phantasierst, Johann.« Cunrad wandte sich an Ghela. »Seit unserer Jugend nörgelt Euer Onkel an mir herum, und ich frage mich ernsthaft, warum er überhaupt Umgang mit mir pflegt.«

»Weil Ihr ihm mit Eurer Nörgelei in keiner Weise nachsteht und er genauso kindisch ist wie Ihr.« Sie stützte die Hände in ihre Taille. »Manchmal wähne ich mich bereits älter als Ihr beiden zusammen, und jetzt lasst das Streiten.«

»Sie hat recht, Cunrad, genug von Geschichten, die schon älter als der Abend sind. Wir ändern einander nicht mehr«, sagte Johann und prostete einem hessischen Edelmann zu, der umringt von Stiftsdamen in ihrer Nähe stand.

»Ihr stimmt mir sicherlich zu, Graf von Berghem?«, rief er ihm zu.

Der Mann nickte, verbeugte sich vor der Schar seiner Verehrerinnen und kam zu ihnen herüber. Seine Augen streiften Ghelas Gesicht. Sie blickte rasch zu Boden.

»Ganz und gar, Herr von Kotthausen. Nichts könnte diesem schönen Abend abträglicher sein, als alten Groll zu hegen.« Er nahm Ghelas Hand und küsste sie, bevor das Mädchen sie fortziehen konnte. »Ich vermute, Ihr seid die Nichte unseres verehrten Apothekers?«

»Jawohl, das ist meine Ghela!«, sagte Johann stolz und legte ihr den Arm um die Schulter.

Der Graf verbeugte sich. »Es ist mir eine Ehre, Eure Bekanntschaft zu machen, Jungfrau Ghela, die ich mit Eurer Erlaubnis hoffentlich noch vertiefen darf. Euer Onkel war so großzügig, mir für die Zeit der Belagerung Quartier in seinem Haus zu gewähren.«

Ghela sah Johann an. Ihre Augen verrieten ihr Befremden, und die Furche zwischen ihren Brauen machte deutlich, dass sie alles andere als begeistert war über den überraschenden Gast.

Johann tätschelte ihre Schulter. »Ja, mein Kind, auch wir werden unseren Teil dazu beitragen, dass sich unsere hessischen Beschützer wohl in unserer schönen Stadt fühlen.«

»Das werden wir und ich im Besonderen, dank der Gesellschaft von Euch und Eurer bezaubernden Nichte.« Der Graf lächelte.

»Dass Ihr Euch da nicht täuscht.« Ghela hatte das Kinn gereckt und sah ihn herablassend an. »Mein Onkel liebt die Alchemie und das Experiment. An manchen Abenden stinkt es fürchterlich bei uns. Es knallt, scheppert und zischt so laut, dass man vor Angst, das Haus könnte augenblicklich in die Luft gehen, kein Auge zutut. Wenn Ihr meinen Rat hören wollt, sucht Euch eine andere Unterkunft.«

»Nun übertreib nicht, Kind, so viel laboriere ich nicht, und das bisschen Schwefel wird einen Ritter kaum belästigen.«

»Nein, gewiss nicht. Meiner Nase ist der Geruch ebenso vertraut wie meiner Hand das Schwert.« Der Graf sah Ghela an. »Aber zu meinem Bedauern scheint es, dass Ihr wenig erfreut darüber seid, einen Fremden in Eurem Haus zu wissen. Seid unbesorgt, Euer Wohlbefinden liegt mir am Herzen, ich werde mir umgehend eine andere Bleibe suchen.«

»Was ich Euch untersage, Graf«, sagte Johann laut und warf Ghela einen bösen Blick zu. »Meine Nichte ist ein ungestümes Kind.«

»Kratzbürstig scheint mir hier der treffendere Ausdruck.« Cunrad hüstelte und grinste.

»Nenn es, wie du willst, Cunrad.« Johann wandte sich wieder an Graf von Berghem. »Sie meint nicht, was sie sagt, und gleich morgen wird sie Euch ein paar ihrer vorzüglichen Knappkuchen backen, damit Ihr Euch vergewissern könnt, dass es in meinem Hause zuweilen auch nach Honig, Zimt und Ingwer duftet.«

»Jungfrau Ghela, Ihr backt diese Köstlichkeit? Erst im Frühjahr beim Empfang des Kaisers in Köln durfte ich sie probieren.«

»Ich zweifle, dass es die meinen waren. Es gibt weitaus bessere Knappkuchenbäcker in Nuys, als ich es bin.«

»Untertreibe nicht, mein Kind, in meiner Apotheke verkaufe

ich sie häufiger als manch andere Spezerei. Die Leute fragen nach ihnen, haben sie doch auch eine heilende Wirkung.«

»Die erst zu beweisen wäre! Vielen meiner Patienten stoßen sie sauer auf«, merkte Cunrad an.

»Nur wenn sie zu viel davon genascht haben.« Johanns Gesicht hatte einen sauertöpfischen Ausdruck angenommen, als er Cunrad musterte und sich dann an den Grafen wandte. »Ich vergaß, Euch unseren Stadtmedicus vorzustellen, der ständig und immer seinen gelehrten Senf dazugeben muss.«

»Jawohl. Ich kann dir nicht nur Honig ums Maul schmieren und damit deine Selbstüberschätzung füttern.«

»Ihr hört, unser Medicus ist um keine Antwort verlegen.«

Graf von Berghem grinste. »Ihr Nuysser scheint ja in bester Eintracht miteinander zu leben.« Dann wurde er ernst. »Ihr seid also der Medicus, der das Gottesurteil über sich ergehen lassen musste?«

»Erinnert mich nicht daran«, seufzte Cunrad, lächelte aber dann. »Cunrad Tuschenbroich, Stadtmedicus zu Nuys.«

»Arnold von Berghem. Ritter unter Hermann von Hessen.«

Sie reichten einander die Hände. Der Edelmann strich eine Strähne seines langen schwarzen Haares aus der Stirn. Eine tiefe Narbe erstreckte sich über sein ebenmäßiges, fein geschnittenes Gesicht. Sie reichte von der rechten Schläfe über die Wange bis hin zu seinem Kinn. Im Kerzenlicht trat sie scharf hervor. Cunrad betastete unwillkürlich den Schnitt auf seiner Wange. Der Graf beobachtete ihn und schmunzelte, als lese er Cunrads Gedanken.

»Ich denke, der Schnitt wird mildere Spuren auf Eurem Gesicht hinterlassen, als der meine es getan hat.«

»Woher habt Ihr ihn?«

»Eine Erinnerung aus meiner Jugendzeit, Medicus.«

Cunrad musterte ihn mit gerunzelter Stirn. »Ich hoffe, Ihr habt es demjenigen, der sie Euch beigebracht hat, ordentlich zurückgezahlt?«

»Das habe ich. Früher oder später bekommt jeder, was er verdient.« Arnold von Berghem presste die Lippen aufeinander. »Aber was ist mit Euch? Habt Ihr noch eine Rechnung offen?«

Cunrad nickte unbehaglich und suchte nach Worten. In dem Augenblick hoben die Musikanten wieder zu spielen an und ersparten ihm eine Erklärung. Arnold von Berghem wandte sich an Ghela.

»Gewährt Ihr mir diesen Tanz?«, fragte er mit rauer Stimme.

Ghela schlug die Augen nieder. »Ich mache mir nichts aus Vergnügungen dieser Art. Sie entsprechen nicht meiner ernsthaften Natur.«

Johanns Brauen schossen hoch. »Zier dich nicht, Ghela! Du tanzt für dein Leben gern. Der Tanz wird die Launen vertreiben, die dich den ganzen Tag schon plagen und deinem hübschen Antlitz so gar nicht zu Gesichte stehen. Gewähre dem Grafen die Ehre und halte ihn nicht zum Narren!«

Ghela riss die Augen auf, Röte schoss ihr ins Gesicht. Arnold von Berghem schmunzelte.

»Wenn Eure Nichte die Gesellschaft von Narren und dergleichen bevorzugt, lasse ich mich gern zu einem solchen machen.«

Ghela blitzte ihn an, dann streckte sie ihm die Hand entgegen. »Lasst uns tanzen, bevor Ihr noch ins Debattieren über Narren und Ähnliches verfallt.«

Cunrad sah ihnen nach. In ihrem grünen Samtkleid, das in der Taille von einem breiten, mit roten Blüten bestickten Gürtel gehalten wurde, und dem kunstvoll in dicken Zöpfen hochgesteckten lohfarbenen Haar wirkte Ghela an diesem Abend reifer und auch ein wenig ernster als sonst, was der Mann an ihrer Seite mit wohlwollendem Blick zu bemerken schien. Cunrad sah Johann an, der an seinem Wein nippte, ein triumphierendes Lächeln auf den Lippen.

»Du willst die beiden verkuppeln, stimmt's?«, raunte er ihm zu.

Johann tat verdutzt. »Du schließt schnelle Schlüsse. Ich habe Ghela lediglich zur Höflichkeit gemahnt. Ein Tanz mit dem Grafen ist noch kein Eheversprechen.«

»Er passt nicht zu Ghela.«

»Warum nicht?«

»Er scheint mir ein sehr ernster junger Mann. Ghela lacht gern.«

»Das heißt nicht, dass sie sich einem Gaukler an den Hals werfen soll.«

»Du weißt davon.«

»Ich betreibe die einzige Apotheke der Stadt, Cunrad. Ich höre mir nicht nur die Leiden der Leute an, sondern auch ihr Geschwätz.«

»Und welches Vögelchen zwitscherte von Ghela und diesem Lorenz?«

»Als Vögelchen würde ich sie nicht bezeichnen, mehr schon als Krähe. Gerlinde Keybisch, das holde Weib unseres Bürgermeisters.«

»Und du tatest nichts eiliger, als den Gaukler aus der Stadt zu werfen, nehme ich an?«

Johann hüstelte. »Er ging freiwillig.«

»Unter deinem wohlmeinenden Blick?«

»Denk, was du willst, er ist fort, und ich hoffe, Graf von Berghem wird ihn Ghela bald vergessen machen.«

Sie schwiegen eine Weile und sahen den Tanzenden zu. Schließlich drückte Cunrad seinen Becher in Johanns Hand.

»Viel Spaß noch, alter Bursche, du sagtest ja, es disputiert sich ausgezeichnet mit dem Hessen.« Er deutete mit dem Kinn auf Arnold von Berghem, der mit Ghela am Arm auf sie zukam. Das Mädchen blickte starr vor sich hin. »Ich glaube, Ghela hat der Tanz nicht gefallen.« Cunrad klopfte Johann auf die Schulter. »Es scheint mir, dass deine Rechnung nicht aufgeht.« Er eilte davon.

»Hundsfott!«, zischte Johann ihm nach.

Mit jedem Schritt, den Cunrad die steinerne breit geschwungene Treppe hinunterstieg, die von der Halle im ersten Stockwerk zum breiten Portal des Rathauses führte, verloren sich der Klang der Musik, das Stimmengewirr aus dem Festsaal und seine Wut auf Clara. Traurigkeit beschlich ihn. Mit einem tiefen Atemzug versuchte er, sie wegzuatmen, als sich Stimmen unter den Hall seiner Stiefel legten. Er hielt inne. Gedämpfte Worte, getragen von der Hast der Heimlichkeit, wisperten durch das nur spärlich beleuchtete Treppenhaus zu ihm herauf. Lautlos einen Schritt vor den anderen setzend, schlich er die Treppe hinunter. Auf der letzten Stufe blieb er stehen und lauschte. Ein Flüstern drang aus einer angelehnten Tür, die in den Gewölbekeller des Rathauses und hinab in das reiche Weinlager der Nuysser Ratsherren führte.

»Er ist weg.«

»Das kann nicht sein!«

»Wenn ich es doch sage.«

»Wer um alles in der Welt soll an den Schlüssel gekommen sein, du trägst ihn am Leibe!«

»Das ist es ja! Ich zermartere mir den Kopf, aber es will mir keine Lösung einfallen. Wie steht es mit dir? Hast du den deinigen?«

»Hängt an meinem Gürtel.«

Metall rasselte.

»Gut.«

»Du musst es den anderen sagen.«

»Und wie stehe ich dann da?«

»Es geht hier nicht nur um dich, es geht um unser aller Sicherheit.«

»Ich weiß, worum es geht, du Tölpel, und deshalb brauche ich deine Hilfe.«

»Du verlangst Unmögliches.«

»Na, na, nun übertreibe nicht. Ich weiß, dass du der richtige Mann bist, diese Aufgabe zu meistern, und außerdem schuldest du mir noch einen Gefallen!«

Licht drang von draußen ins Treppenhaus. Eine Gruppe lachender Soldaten, begleitet von ein paar Fackelträgern, stürmte herein und an Cunrad vorbei die Treppe hinauf. Kurz versperrten sie den Blick auf die Kellertür. Als sie ihn wieder freigaben, schwang das Türblatt im Windzug, und Cunrad sah den beiden Gestalten nach, die in diesem Moment das Rathaus verließen und auf die Krämergasse traten. Der Schein einer Pechfackel, die einer der beiden in der Hand hielt, flackerte über dessen Gesicht, und Cunrad erkannte Reinhard Keybisch, der jetzt eilig davonstrebte, begleitet von einem gedrungenen Schatten, der neben ihm hertrippelte, sichtlich bemüht, Schritt mit dem Bürgermeister zu halten. Cunrad eilte ihnen nach, doch ein weiterer Schwall Uniformierter hielt ihn auf, und als er auf die Gasse trat, hatte die Dunkelheit die beiden Männer bereits verschluckt.

Den Bürgermeister hatte er eindeutig erkannt, doch wer war sein Begleiter gewesen? Cunrad ging im Kopf die Reihen der Ratsherren, Schöffen und der Vierundzwanziger, die Gemeindevertreter aus den sechs Kirchenspielen der Stadt durch, doch der Schatten könnte mindestens einem Dutzend von ihnen übergestreift werden.

Musik strich aus den offenen Fenstern über ihm durch die Gasse. Er lauschte kurz der Melodie, dann wandte er sich nach links.

Die Klänge verhallten mit jedem seiner Schritte mehr, bis sie schließlich der Wind erstickte, der ihm an der Ecke zum Markt entgegenheulte. Ein fernes Dröhnen. Cunrad blieb stehen und horchte. Trommeln! Sein Blick schwirrte über den einsamen Markt, suchte nach Bestätigung seiner Wahrnehmung oder der Täuschung seiner Sinne.

Der Platz war leer, über den Bretterbuden der Marktbesteller lag die Dunkelheit, wie eine träge schwarze Katze. Ein Schrei! Cunrad lief über den Markt, bog um die Ecke in die Oberstraße und prallte gegen den Rücken einer Frau. Sie fuhr herum, starrte ihn für einen Augenblick an, dann schwang sie den Arm und zeigte die Straße hinab.

»Sie kommen!«, stammelte sie und klammerte sich an Cunrads Ärmel.

Der Eimer in ihrer Hand kippte, warme Nässe floss über seine Beinlinge. Der scharfe Geruch von Urin stieg hoch. Die Frau hatte nur ihren Nachttopf leeren wollen und war vor ihrer Tür dem Schrecken begegnet, vor dessen Kommen sie alle gebangt hatten. Über ihren Kopf hinweg sah Cunrad zum Obertor. Hinter den Schattenrissen seiner vier Turmzinnen saugte sich Licht in den Nachthimmel, tauchte ihn und die bleiche Sichel des Mondes in eitriges Gelb.

Der Burgunder stand vor der Stadt.

»Wird Gott uns beistehen?«, wimmerte es durch das schrille Tönen der Hörner hindurch, die sich jetzt vom Münster erhoben. Die Frau sah ihn mit schreckensbleicher Miene an.

»Er wird, gute Frau, er wird. Betet für uns!«

»Und wenn das nichts nützt?«

»Helft an den Mauern, die Stadt zu verteidigen. Nuys hat nicht nur starke Männer, sondern ebenso tatkräftige Weiber, die sich zu wehren wissen.«

Er rang sich ein zuversichtliches Lächeln ab, ließ die Frau stehen und eilte weiter. Um ihn wuchs die Zahl der Menschen, die aus den

Häusern entlang der Straße strömten und die Stimme erhoben. Er beachtete sie nicht. Sein Ziel vor Augen lief er weiter, erreichte als einer der Ersten das Stadttor und trat durch eine schmale Tür an seiner rechten Seite. Er gelangte in den inneren Ring der Stadtmauer und folgte einem feuchten Gang, den einige Öllampen schwach beleuchteten. Über sich vernahm er Schritte und sah hoch. Durch eine vergitterte Öffnung in der Decke drang das unruhige Licht von Fackeln und gab den Schatten Gestalt, die auf dem oberen Wehrgang hin und her huschten.

Cunrad kletterte eine schmale Strickleiter hoch. Auf dem Wehrgang liefen Wachposten und Soldaten, Befehle zischend, durch die Dunkelheit. Bogenschützen standen, die Sehnen ihrer Bögen gespannt, an den Schießscharten. Cunrad stahl sich an einer Gruppe Männer vorbei, die ihn grimmig musterten, erreichte die Mauerkrone und sah über sie hinweg. Die ersten burgundischen Truppen hatten die Wiesen vor der Stadt erreicht. Vereinzelte Lagerfeuer züngelten, Wimpel flatterten im Wind. Vom Horizont schob sich eine Wolke aus Eisen und Staub auf Nuys zu. Pferde schnaubten, Schwerter klirrten, Gesang wogte heran. Es war der Kampfgesang der Lombarden und Pikarden.

Cunrad sah die etwa dreißig Fuß hohe Mauer hinab. Die Erdwälle, die zwischen den beiden Stadtgräben ein zusätzliches Hindernis bildeten, waren zur Mannshöhe angewachsen und so schmal in der Krone, dass niemand auf ihnen stehen konnte. Die Gräben selbst, gespeist von Erft und Krur, waren von einer stattlichen Breite und tief genug, ein Pferd darin versinken zu lassen, während ihre Ufer sumpfig und damit kaum passierbar waren. Nuys war gewappnet.

Aus dem Inneren der Stadt schlugen Hufe hart auf das Pflaster, tönten Hörner, rasselten Ketten, knirschte Holz. Soldaten warfen sich gegen das Obertor. Seine Flügel schwangen auf, und die Kavallerie der hessischen Truppe stürmte aus der Stadt. Cunrad erkannte einige der Ritter, die eben noch an der festlichen Tafel gescherzt und gegessen hatten. Ihre Gesichter unter den hochgeschobenen Visieren waren steinern und entschlossen, in diesem ersten Zusammenprall der mächtigen burgundischen Armee die Stirn zu bieten. Auf der Brüstung drängten sich immer mehr Menschen.

Wachen schrien gegen die Menge an, versuchten, sie zurückzudrängen, vergeblich. Mit angehaltenem Atem beobachteten die Nuysser die Reiter und die ihnen nacheilenden Fußknechte, bis die Dunkelheit sie verschlang.

Angeführt von Hermann von Hessen, donnerten die hessische und die Nuysser Reiterei auf die anrückenden burgundischen Söldner zu, dicht gefolgt von den Fußsoldaten, die Schilder vor der Brust und mit nach vorn gerichteten Speeren zu eisernen Kampfreihen formiert. Graf Hermann von Hessen jagte mit seinem geharnischten Pferd auf die überraschten burgundischen Kriegsknechte zu. Aus ihrer Mitte heraus preschte ihr Anführer im blitzenden Kettenhemd auf seinem Ross nach vorn und stellte sich, ein mächtiges Schwert vor sich schwingend, dem hessischen Grafen entgegen.

So standen sie einander gegenüber: Hermann von Hessen und Nikolaus de Campo Bossa, ein neapolitanischer Graf und Condiettiere im Dienste Karls des Kühnen, maßen sich mit hartem Blick. Die Schlacht um Nuys begann. Im Schein unzähliger Pechfackeln stiegen das Kampfgebrüll, das Rasseln der Kettenhemden und das Stakkato eiserner Schwertklingen hoch in den sternenbesprenkelten Himmel. Als die Dämmerung aufzog, lag nicht nur der Anführer der burgundischen Truppe am Boden, sondern auch etliche seiner Männer, die in dieser Nacht mit ihm den Kampf verloren hatten.

12

Nuys, 29. Juli 1474, Tag der heiligen Martha

Die Sonne kroch aus dem Horizont. Ein Schleier aus Ruß und verbrannter Erde tanzte über den Kadavern von Pferden und Soldaten und färbte das keimende Morgenlicht in totes Grau. Ein Mann, die Brust bedeckt von einem schimmernden Harnisch mit dem Kreuz des heiligen Andreas, schritt zwischen ihnen hindurch, drehte die auf dem Bauch liegenden Toten mit seiner Schwertspitze um, sah ihnen in die Augen. Sein knochiges Gesicht zeigte Wut und Unerschrockenheit. Er steckte sein Schwert mit der gepanzerten rechten Hand in die Scheide. Mit den Fingern seiner Linken umschloss er den goldenen Anhänger, der an einer breitgliedrigen Kette auf seiner Brust lag: das Goldene Vlies, Zeichen des Ritterordens, dessen Souverän er war und den sein Vater anno 1430 zu Ehren des Erlösers, der Jungfrau Maria und des heiligen Andreas, zum Schutz der heiligen Kirche und zur Bewahrung der Ehre des Rittertums gestiftet hatte. Diese Ehre war in der letzten Nacht befleckt worden, und es war an ihm, sie wiederherzustellen. Mit zusammengepressten Lippen wandte er den Blick der Stadt zu. Seine dunkelgrauen Augen glitten über die Mauern, Türme und Tore, scharfe Falten durchschnitten seine Miene und die breite Stirn. Er griff nach den Zügeln seines Pferdes, saß auf und preschte davon, beflankt von zwei Bannerträgern. Das Wappen Burgunds flatterte im Wind. Karl der Kühne hatte die Stadt erreicht.

***

In Nuys spottete man der Burgunder. Der erste Ausfall gegen die heranziehenden Truppen war geglückt, Kriegsbeute gemacht worden. Die Männer, die sich zur sechsten Stunde im Saal des Rathauses versammelten, trugen zwar den Schmutz des Kampfes in ihren Gesichtern, aber in ihren müden Augen lag auch der Stolz des erlangten Sieges. Ihr Hauptmann lief unruhig vor ihnen auf und ab, immer wieder sah er zur Tür.

»Wo steckt er?«, stieß er hervor. In seinen sonst so gutmütig blickenden Augen blitzte der Zorn. Hermann von Hessen war es nicht gewohnt zu warten, schon gar nicht in einer so dringlichen Angelegenheit.

»Verzeiht mein verspätetes Erscheinen, Exzellenz.«

Reinhard Keybisch trat ein. Er sah gehetzt aus, der Schatten eines Bartes zog sich über Wangen und Kinn, die Augen lagen in tiefen Höhlen. Unter seinem Arm klemmten einige Papierrollen. Der hessische Graf nickte ihm wortlos zu und wies auf den blanken Eichentisch. Keybisch folgte seiner Aufforderung, legte die Papiere auf den Tisch und entrollte sie.

»Ich hoffe, sie nutzen Euch, und Ihr …«

Hermann von Hessens Hand wischte durch die Luft und ließ Keybisch den Satz nicht beenden. Er trat an den Tisch, kniff die Augen zusammen, starrte für ein paar Wimpernschläge auf die Zeichnungen. Seine Züge entspannten sich. Er winkte die Männer zu sich, die bei der Tür gewartet hatten, Ritter des Hessen, aber auch der Hauptmann der Nuysser Stadtwache, Dietrich von Elben.

»Seht Euch die Pläne genau an. Sie sind mehr wert als eine Tonne Kanonenpulver«, sagte er zu ihnen und blickte dann Keybisch an. »Ich danke Euch, Bürgermeister. Und nun brauchen wir Euch nicht mehr. Ihr könnt gehen.«

Keybisch starrte ihn mit offenem Mund an. »Ihr vergesst, dass ich einer der Bürgermeister bin und die Stadt besser kenne als jeder andere«, sagte er schließlich.

»Oh, seid gewiss, ich bin mir Eurer Stellung sehr bewusst. Dennoch dürft Ihr Euch entfernen.«

»Wenn meine Verspätung Euch verärgert hat und Grund ist, mich aus den Gesprächen auszuschließen, so kann ich sie Euch erklären.«

Hermann straffte sich. »Spart Euch die Erklärungen, Ihr könnt Euch zurückziehen.«

»Aber das ist ausgeschlossen, schließlich …«

»… seid Ihr, wie ich sehr wohl weiß, der Bürgermeister, Ihr wiederholt Euch. Draußen wartet bereits der Zweite Bürgermeister, Petrus de Quinheim. Leistet ihm Gesellschaft, ich werde Euch rufen lassen, wenn ich es für nötig halte.«

Vor der Tür sah sich Keybisch im dunklen Rathausflur um, ihm stand der Schweiß auf der Stirn. Rausgeschmissen hatte man ihn, der eignen Amtsstube verwiesen! Er entdeckte Petrus de Quinheim, der mit verschränkten Armen an einem der spitzgiebeligen Fenster lehnte, die sich zum Innenhof des Gebäudes öffneten, und ihm mit gleichgültigem Gesichtsausdruck entgegensah.

»Du hast den Grafen verärgert, Reinhard!«, bemerkte er tonlos.

»Er hat *mich* verärgert, Petrus. Wie geht er mit uns um? Nur weil ich mich verspätet habe, verweigert er mir den Respekt, den ich verdiene?«

De Quinheim lachte auf. »Vielleicht riecht er den Frevel und geizt deshalb mit seinem Respekt?«

»Rede du mir nicht von Frevel, du steckst genauso in der Sache wie ich!«

»Die einzige Schuld, die mich trifft, ist die Mitwisserschaft, Reinhard, sonst nichts.«

»Was genauso schlimm ist«, herrschte Keybisch ihn an.

De Quinheim faltete die Hände. »Beten wir zu Gott, dass aus alldem nichts Schlimmeres erwächst.«

Ein Schauer ließ Keybisch frösteln. Er musste auf der Hut sein. Dem frömmelnden Petrus war es zuzutrauen, dass er alles verriet.

Die Tür sprang auf, und einer der Gefolgsleute des hessischen Grafen trat heraus. Groß und schlank, mit schwarzem Haar und einem Gesicht, das man als schön bezeichnen konnte, vergaß man die Narbe, die seine Wange gleich einem lodernden Feuerstrich durchzog. Er trat auf Keybisch zu und legte ihm die Hand auf die Schulter.

»Grämt Euch nicht. Der Graf ist nicht nachtragend und hat den Ärger über Eure Verspätung wahrscheinlich gleich vergessen.«

»Es war wirklich nicht meine Schuld!«

»Lasst gut sein, wie gesagt, der Graf trägt niemandem lange etwas nach. Vergesst nicht, er ist ein Mann der Kirche.«

»Nun, lassen wir das, aber sagt, sind die Pläne dem Grafen denn von Nutzen?«

»Warum sollten sie es nicht sein, Bürgermeister?«

»Sie sind vielleicht schon zu abgegriffen.«

»Die Karten sind in einem ausgezeichneten Zustand. Wenn ich es nicht besser wüsste, würde ich meinen, sie seien erst gestern gezeichnet worden.«

»Bei Gott, das wurden sie nicht! Sie stammen aus der Herrschaftszeit Friedrich des Ersten!«, beeilte sich Keybisch. »Damals, als die Spuren unserer römischen Vergangenheit noch offen zutage lagen, hat man sie auf Pergament gebannt und seitdem in der Amtstruhe im Rathaus verwahrt, unter den strengen Augen der jeweiligen Bürgermeister.«

»Dann gilt der Dank Euch und all den Stadtoberen, die bislang die Geschicke von Nuys lenkten.« Der Ritter machte eine leichte Verbeugung. »Herr de Quinheim!«, sagte er dann mit Blick zu Petrus, der hochfuhr. »Auch Euch den Dank der Hessen für Eure gute Arbeit!«

De Quinheim sah ihn verwirrt an, und Röte schoss ihm ins Gesicht. »Dankt nicht mir, sondern Bürgermeister Keybisch und Meister Bleihoff«, sagte er knapp.

Der Soldat runzelte für einen Augenblick die Stirn, wandte sich an Keybisch und lächelte ihm verschwörerisch zu. »Der Zweite Bürgermeister scheint mir nicht ganz bei der Sache zu sein. Warum nimmt er meinen Dank nicht an? Aber sei's drum«, er wurde wieder ernst, »sagt mir lieber, wo ich Stadtbaumeister Bleihoff finde. Der Graf befahl mir, ihn herbeizuschaffen.«

»Jelis Bleihoff, was ... was will der Graf von ihm?«, stotterte Keybisch.

»Das weiß ich nicht, wo also finde ich ihn?«

»Er wird nicht abkömmlich sein, schließlich muss noch viel am Mauerwerk ausgebessert werden.«

»Es scheint mir, als wolltet Ihr uns den Baumeister vorenthalten.«

»Nein, das nicht, aber er wird gebraucht. Lasst mich an seiner statt dem Grafen die Pläne erklären.«

»Genug der Einwände, Bürgermeister. Der Stadtbaumeister wird kaum selbst die Kelle schwingen und somit abkömmlicher sein als jeder einfache Maurer. Wo finde ich ihn?«

»Ich hole ihn!« Keybisch wollte davoneilen, doch der Ritter hielt ihn zurück.

»Nein, habt Dank, das erledige ich, Befehl ist Befehl!«

»Aber Ihr wisst nicht, wo Ihr ihn findet, Ihr seid fremd in der Stadt!«, rief Keybisch ihm nach, doch der Mann hörte ihn nicht mehr.

13

»Der Herr schrie aus Macht mit großer Stimme und sprach: Sie ist gefallen, sie ist gefallen, Babylon, die Große, und eine Behausung der Teufel geworden und ein Behältnis aller unreinen Geister und ein Behältnis aller unreinen und verhassten Vögel. Denn von dem Wein des Zorns ihrer Hurerei haben alle Heiden getrunken, und die Könige auf Erden haben mit ihr Hurerei getrieben, und die Kaufleute auf Erden sind reich geworden von ihrer großen Wollust. Und so, sage ich Euch, wird es Nuys und seinen Bürgern ergehen, diese Stadt ist ebenso sündig wie Babylon. Gottes Zorn ist über sie gekommen, er trägt die Farben Burgunds, steht vor den Mauern mit Kanonen und Rammböcken, Katapulten und Schleudern. Sie wird unter ihnen erzittern, ihr Pflaster beben vom Kampfgetümmel der burgundischen Kriegsknechte und dem Schreien und Flehen der von ihnen niedergestreckten Nuysser!«

Bruder Angelikus' Worte jagten durch die Kapelle. Seine Stimme echote von den kahlen Wänden über die Köpfe der Zuhörer, einem guten Dutzend besonders strenger und wohlhabender Christen, die sich in dem Kirchlein im Schatten des Obertors versammelt hatten, um seiner Abendpredigt zu folgen. Angelikus, der Tage zuvor die Demütigung hatte ertragen müssen, die Unschuld Cunrad Tuschenbroichs einzugestehen, hatte ihr Mitgefühl. Sie alle sahen in dem Stadtmedicus einen undurchschaubaren Eigenbrötler, der, wann immer sich ihm die Gelegenheit bot, gotteslästerliche Äußerungen tat, für die er allein schon an den Galgen gehörte.

Angelikus, Erretter ihrer sündigen Leiber, zeigte mit dem Finger auf jeden Einzelnen, während die Augen seines Begleiters, eines Minderen Bruders wie er selbst, habichtgleich ihre Gesichter erforschte.

Jelis Bleihoff senkte den Kopf, als sein Blick ihn traf. War es möglich, dass dieser Mönch seine innersten Gedanken erriet? Den Betrug, den er begangen hatte, roch wie der Wolf den Angstschweiß eines Opfers? Und weiß Gott, er hatte geschwitzt. Der Graf samt seiner Ritterschaft hatten ihm mit ihren bohrenden Fragen über unterirdische Gänge, Verliese, Tunnel und Keller den Schweiß aus sämtlichen Poren getrieben, doch er hatte ihnen standgehalten, und am Ende hatte Hermann von Hessen ihm auf die Schulter geklopft und ihm gedankt. Er war noch einmal davongekommen, doch wie lange würde er die Kraft haben, falsches Zeugnis abzulegen?

Angelikus' Worte peitschten auf ihn ein, droschen auf sein schlechtes Gewissen. Verstohlen schielte er zu seinem Banknachbarn. Petrus de Quinheims Miene verriet nichts. Keine Regung seines Geistes oder Herzens durchbrach das schmale Gesicht des Zweiten Bürgermeisters. Sein Profil, kantig und fahl, schien wie aus Stein gemeißelt. Fürchtete Petrus etwa nichts? War nicht auch er wie Jelis in den Pfuhl gezogen worden, den Keybischs Feigheit ihnen bereitet hatte? Der Stadtbaumeister bedeckte sein Gesicht mit den Händen und begann zu beten. Er hörte nicht, wie Angelikus' Worte verhallten, ein Raunen den Raum erfüllte, wieder erstarb und schließlich Stille einkehrte. Erst die Hand auf seiner Schulter weckte ihn aus seiner Andacht.

Die Kapelle hatte sich gelehrt, de Quinheim war ebenso fort wie die anderen Gläubigen. Er war allein mit den beiden Mönchen. Das breite Gesicht des Jüngeren schwebte zu ihm herunter, lächelte mild.

»Ihr solltet Eure Seele erleichtern und beichten«, flüsterte er und vollführte eine einladende Geste zum Beichtstuhl hin. Bleihoff folgte ihr dankbar.

Die Nacht dämmerte bereits heran, als Bleihoff die Oberstraße hinaufhastete und rechts in die Brückstraße einbog. Die Beichte hatte sein Herz von schwerer Last befreit. Streng war Bruder Thomas, so der Name des Mönches, mit ihm und seinen Sünden ins Gericht gegangen, und er hatte schon befürchtet, über die Maßen Buße tun zu müssen, doch zu seinem Erstaunen hatte er ihm nur drei Vaterunser, drei Ave-Maria und eine Spende für die Armen auferlegt, die er an sich genommen hatte, um sie selbst an die Bedürftigen weiterzugeben. Bleihoff tastete nach dem Ablassbrief, den Bruder Angelikus ihm für ein paar Münzen ausgestellt hatte. Schwarz auf weiß stand dort geschrieben, dass er frei von Sünden war und sein Herz rein wie das eines Neugeborenen.

So leichtfüßig, wie es sein massiger Körper zuließ, folgte er der Straße hinauf zum Markt und grüßte einen der Wachmänner, der auf der Mauerkrone die sich mehrende Zahl der Belagerer jenseits der Stadtwälle ausspähte. Bleihoff bog in die Rheinstraße ein und damit in die Sackgasse seines irdischen Daseins. Die Hände, die ihn griffen, kannten ihr Ziel, schnell und unbarmherzig zogen sie ihn fort von der Straße in den Schatten, pressten sich in den fleischigen Ring seines Halses, quetschten, bis sie Sehnen und Knochen fanden, und drückten zu.

Bleihoff röchelte, schnappte nach Luft. Die Hände entzogen sie ihm. Seine Sinne entglitten, er hechelte ihnen nach, doch mit dem Knacken seiner Halswirbel verloren sie sich ins Nichts, und sein lebloser Körper sank zu Boden.

Thomas lief vorbei an den schwarzen Mäulern der Lagerhäuser die Brückstraße entlang. Mittlerweile war es dunkel und kein Mensch zu sehen. Die Speicherhallen der Nuysser waren zu einer einzigen Ansammlung aus verriegelten Toren und leeren Fensterhöhlen verkommen. Es gab nichts mehr zu kaufen und verkaufen, zu tauschen und stehlen. Niemand war mehr da zu feilschen um den Preis eines Fuder Weins, einer Elle Tuchs oder eines Malter Hafers. Kein Flame konnte mehr über den Tisch, keinem Fischkopf die Heringe aus der Tasche gezogen werden. Die Tore der Stadt waren verrammelt, die Handelsstraßen verödet und der Fluss vor der Stadtmauer so weit weg wie die Meere des Südens.

Viele Kaufleute hatten die Stadt rechtzeitig verlassen, um sich in Köln, Aachen oder dem dürftigen Flecken Düsseldorf niederzulassen. Glück für Thomas. In den leeren Lagerhäusern lebte es sich ruhig und vor allem unbehelligt. Er hatte wenig Lust, alte Bekanntschaften aufzufrischen, wie zum Beispiel die mit Cunrad Tuschenbroich. Der Medicus war ein Mann, der nichts vergaß, weder Gesichter noch die Geschichten, die mit ihnen verbunden waren. Cunrads Groll auf ihn war groß und der Medicus in seinem Zorn unberechenbar. Entdeckte er ihn, er würde Thomas eigenhändig aus der Stadt jagen, ihn über die Mauer werfen, damit die Burgunder ihn ausweideten.

Thomas spuckte aus, diesen Gefallen würde er ihm nicht tun. Solange Angelikus ihn mit allem versorgte, was er brauchte, ließ es sich hier leben, und das auf einträgliche Weise. Er rieb sich die staubigen Hände. Jelis Bleihoff, diese feiste Memme, hatte gebeichtet und mit einem Schwall seines stinkenden Atems Thomas' Ohr mit Dingen beglückt, die sein Herz hatten höherschlagen lassen. Thomas roch Geld, und um das zu bekommen, brauchte er Angelikus.

Er erreichte das alte Speicherhaus, in dem er sich sein vorläufiges Zuhause eingerichtet hatte. Das Tor war angelehnt und kreischte quietschend auf, als er hindurchschlüpfte. Er schloss es, durchmaß den angrenzenden Hof und betrat das Gebäude. Über die Leiter, die hinauf auf den Dachboden führte, gelangte er zu seinem Lager zwischen staubigen Säcken, Kisten und Truhen.

Das Geräusch von Peitschenschlägen ließ ihn innehalten.

Er lauschte einige Augenblicke, dann stieg er weiter nach oben. Angelikus kniete vor dem gekreuzigten Christus und schwang eine vierschwänzige Peitsche mal über die rechte, mal über die linke Schulter.

»Befreie mich von Blutschuld, du Gott meines Heiles«, murmelte er. »Dann lerne ich Abtrünniger deine Wege.« Wieder schwang er den Riemen. Blut lief ihm den Rücken hinab.

Thomas würgte. Der Anblick der blutigen Geißelspuren löste Übelkeit in ihm aus. War Angelikus' klösterliche Zelle nicht der geeignetere Ort für diese Selbstkasteiung als dieses staubige Lagerhaus? Mehr und mehr widerte Angelikus ihn an, aber er brauchte ihn. Seine Predigten füllten die Bänke der Kirchen und Kapellen, in denen er auf die Kanzel stieg. Er prophezeite Schrecken, Verdammnis, ewiges Sieden in der Hölle und mahnte, den Dämonen zu widerstehen, die in jedem Schluck Wein, jedem fetten Schweinebraten, jedem wollüstigen Gedanken lauerten. Angelikus fütterte die Seelen der Menschen mit Angst, und sie füllten seine vergebenden und segenspendenden Hände mit Münzen. Thomas räusperte sich, und die Geißel hörte auf zu tanzen. Angelikus wandte sich um und lächelte.

»Thomas, welch Freude, dich zu sehen. Wo hast du nur gesteckt, ohne ein Wort bist du verschwunden, nachdem du diesem bußfertigen Baumeister die Beichte abgenommen hast.«

Thomas schmunzelte, das würde er ihm bestimmt nicht sagen. »Nun ja, Angelikus, sagen wir es so: Ich hatte zu tun.«

Angelikus runzelte die Stirn und musterte ihn. »Was hattest du zu tun, dass du so schmutzig daherkommst? Falls ich dich erinnern darf, hast du deinen Mantel gegen die Kutte der Minderen Brüder eingetauscht, der du eine gewisse Achtung entgegenbringen solltest. Sie zu beflecken kommt einem Frevel gleich.«

Thomas schaute an sich hinunter, Angelikus hatte recht. Hastig klopfte er den Dreck und Staub darauf fort. »Zufrieden?«

»Mit deinem Habit, ja, aber nicht mit deiner Antwort auf meine Frage. Wir haben eine Abmachung, an die du dich genauso zu halten hast, wie ich es tue, und zu dieser Abmachung gehört Offenheit!«

»Ich für meinen Teil habe nichts zu verbergen, Angelikus. Wie es um deine Aufrichtigkeit steht, davon singt deine Geißel ihr eigenes Lied. Es scheint mir, du gebrauchst sie allzu oft. Was plagt dich so, dass du zu diesem Mittel greifst?«

Der Mönch zuckte zusammen, sein Atem stockte. Für einen kurzen Augenblick schwieg er, dann sah er Thomas in die Augen.

»Schweig, auch dir täten ein paar Hiebe gut. Glaube mir, sie reinigen den Geist.«

»Wie wahr, doch lassen wir das. Vielmehr gilt mein Interesse deinem Gewissen. Wie steht es darum, wenn man es mit ein paar Münzen füttert?«

Angelikus' Augen funkelten auf, und Thomas kostete für einen Moment seine Macht über den Mönch aus, der die Nasenflügel blähte, als wittere er den Geruch des Geldes bereits.

»Mein Gewissen, Thomas? Ich glaube, es soeben verloren zu haben.«

»Das ist schön. Also leg die Geißel weg und hör zu.«

14

Nuys, 30. Juli 1474, Tag der heiligen Beatrix

Der Hahn hatte sein erstes Krächzen in die morgendliche Luft geschickt, als eine Gruppe halbwüchsiger Jungen, einen Stoffball zwischen ihren Füßen hin und her schießend, durch die Rheinstraße lief. Sie waren auf dem Weg zu Frieders Pulvermühle, wo sie in Arbeit und Brot standen und von früh bis spät Schwefel, Holzkohle und Salpeter mahlten und zu Schwarzpulver machten, mit dem die Geschütze und Büchsen der Verteidiger gefüttert wurden. Die Jungen schwatzten und scherzten, nur Mattes, der Laufbursche des Quirinusstifts, der sich einen zusätzlichen Groschen durchs Pulvermachen verdiente, trottete lustlos neben ihnen her. Er hatte die ganze Nacht auf der Mauer bei seinem Vater, einem Wachmann, gehockt und dabei die Ströme feindlicher Krieger beobachtet, die ohne Unterlass vor die Stadt zogen. Es mussten Tausende sein, die dort ihre bunt bewimpelten Zelte aufschlugen, Wagenburgen errichteten und Katapulte, Rammböcke, Kanonen und hölzerne Türme auf Rädern heranschafften.

Sein Vater hatte ihm die Stellung der Truppen aufgezeigt. Die burgundischen Truppen lagen im Süden zwischen Erftmündung, Obertor und Zolltor, die Söldner aus Flandern, Brüssel und Geldern besetzten den Westen zwischen Hamtor und Niedertor, und die Lombarden und Pikarden hatten den Norden vor dem Rheintor eingenommen. Von seinem Hauptquartier aus, dem von den Augustinern verlassenen Oberkloster, hatte Karl der Kühne einen Ring um die Stadt geschlossen, der größer war als alles je Dagewesene. Mattes hatte die Angst beschlichen, ob Nuys dieser Macht standhalten würde. Konnte die Stadtmauer die Bollwerke des Feindes abwehren?

Schweigend ging er hinter den anderen her, während sein Blick die Stadtmauer streifte, die, einen Steinwurf entfernt, rechts von ihm emporragte. Seine Augen erblickten die vielen brüchigen Stellen und Löcher im Mauerwerk, die es immer noch zu flicken gab.

Plötzlich blieb er wie angewurzelt stehen, in einem der schwarzen Löcher schimmerte etwas Helles. Er kniff die Augen zusammen, es schien, als schaute es ihn an. Unsinn, Mattes schüttelte seinen struppigen Kopf, ging weiter, schielte dann doch noch einmal zu dem Loch und begann zu schreien.

***

Cunrad schloss dem Toten die Augen, drehte sich zu dem keuchenden und würgenden Jungen um, der gebeugt, die Hände auf die Oberschenkel gestützt, dastand und auf die Lache seines eigenen Erbrochenen starrte. Schweißnasse Haarsträhnen fielen ihm in die Stirn.

»Es war gut, dass du mich gerufen hast, Mattes, obwohl ich dem Baumeister leider nicht mehr helfen konnte.«

Der Junge zog die Schultern hoch. »Woher sollte ich wissen, dass er mausetot ist?«

»Hast wohl noch keine Leiche gesehen, was?«

»Doch, Medicus«, Mattes machte eine wegwerfende Handbewegung, »jede Menge schon, aber keine wie die da. Was hat man mit ihm jemacht?«

Cunrad sah zu dem Toten. Eingemauert bis zur Brust in einem unfertigen Stück des Stadtwalles, zeigte Jelis Bleihoff der Welt nur noch sein bläulich verfärbtes Gesicht. Die Zunge hing ihm über die wie zu einem Lächeln verzogenen violetten Lippen, und rußig schwarze Linien schlängelten sich auf seiner Stirn.

Johann, den Cunrad von einem der verschreckten Gehilfen des Pulvermachers hatte herbeiholen lassen, trat zu ihnen und zog eines seiner weißen Nasentücher aus der Jackentasche. Er schwang es vor Mattes' Nase, steckte es in dessen ausgebeulte Hosentasche, fuchtelte dramatisch mit den Armen und zog das Tuch hinter dessen Ohr wieder hervor.

Mit einem Augenzwinkern ließ er den Jungen stehen und ging zu Bleihoff. Er tupfte mit dem Tuch rosafarbenen Schaum aus dessen Mundwinkel, ging zurück zu Mattes und hielt es ihm vors Gesicht, das in diesem Augenblick auch den letzten Rest Farbe verlor.

»Der Schaum ist ebenso ein Hinweis auf die Todesart wie die Augäpfel, in denen das Blut geradewegs geplatzt ist, so rot, wie sie sind. Er wurde erwürgt, mein Junge.«

Mattes starrte Johann an und schluckte.

»Das reicht.« Cunrad, der die beiden beobachtet hatte, legte den Arm um Mattes' Schultern und blinzelte Johann an. »Nicht jedem ist an deinen wissenschaftlichen Ergüssen gelegen, auch wenn du sie in diese albernen Zaubereien packst, die nun wirklich nicht hierhergehören. Der Stadtbaumeister ist tot, wie du eben selbst festgestellt hast.«

»Genau, und damit wohl der Letzte, den mein kleiner Spaß gestört haben könnte.«

Die Burschen und die wenigen Schaulustigen, die sich zu dieser frühen Stunde eingefunden hatten, lachten nun und zollten Johann leisen Beifall.

»Siehst du, den Zuspruch des Volkes habe ich bereits«, sagte er mit einer Verbeugung zu den Umstehenden, dann erstarb das Lächeln auf seinem Gesicht, und er wurde ernst. »Der Knabe sollte sich, ebenso wie wir alle, an Anblicke wie diesen gewöhnen. Wer weiß, was noch geschehen wird, wenn man jetzt schon beginnt, die Löcher in der Stadtmauer mit Leichen zu stopfen.«

Ein Schwarm Möwen zog lachend über sie hinweg. Cunrad nickte und wandte sich an Mattes. »Lauf nach Hause!«, sagte er zu ihm, was der Junge sich nicht zweimal sagen ließ und davonstob.

Cunrad sah in die Reihen der Schaulustigen. »Und ihr schert euch nach Hause oder an die Arbeit. Jelis Bleihoff ist tot, das zu wissen sollte fürs Erste genügen.«

Die Leute zerstreuten sich schweigend. Cunrad ging zu dem eingemauerten Bleihoff und winkte Johann zu sich. »Hast du das Brandmal gesehen? Täusche ich mich oder hat es Ähnlichkeit mit dem auf Kornelius' Brust?«

»Nein, du täuschst dich nicht, nur seine Zeichnung ist um einiges besser.« Johann rieb sich das glatt geschorene Kinn, ein Hauch von Rosenwasser stieg in die Luft. »Ich muss sagen, der Mörder hat gute Arbeit geleistet.«

»Lass den Spott und weihe mich in deine Erkenntnisse ein.«

»Erkenntnisse welcher Art, Cunrad?«

»Die von dir offenbar gewonnen wurden«, sagte Cunrad ungeduldig.

Johann räusperte sich, strich sich eine Strähne seines schütteren schwarzen Haares aus der Stirn, als ein plötzliches Lächeln über sein Gesicht tanzte.

»Da bist du ja!«, rief er der dunklen Gestalt entgegen, die über die Rheinstraße auf sie zukam. Cunrad verdrehte die Augen. Clara hatte ihm gerade noch gefehlt.

»Was will deine Schwester hier?«, zischte er Johann zu, doch der ging bereits mit ausgebreiteten Armen auf Clara zu und begrüßte sie.

»Du hast mich rufen lassen? Jelis Bleihoff ist tot?«

»Ja, erwürgt und eingemauert. Sieh selbst.«

Johann wies zur Mauer. Clara sah die Leiche, wurde blass und bekreuzigte sich, bevor sie begann, den Toten eingehend zu betrachten.

»Er sieht schrecklich aus.«

»Nun ja, das stimmt, doch hat man sich an den Anblick gewöhnt, liegt in einer derart zugerichteten Leiche ein gewisser Reiz.« Johann hüstelte.

»Johann, in der Mauer steckt keiner der Maulwürfe, die du früher aufgeschnitten hast! Ein Menschenleben wurde auf grausame Weise ausgelöscht«, empörte sich Clara. Sie sah zu Cunrad. »Und überhaupt, die Untersuchung der Leiche obliegt doch wohl unserem Medicus und nicht dir, oder wird ihm etwa wieder schlecht?«

Cunrad kniff die Augen zusammen. »Am frühen Morgen schon so giftig, Äbtissin?«, sagte er und wandte sich an Johann. »Nun sag schon, was macht sie hier?«

»Genau, Johann, warum schicktest du nach mir?« Clara hatte ihn gehört und schmunzelte. Johann rieb sich die Hände.

»Es geht um das Brandmal, diesmal ist es von recht ordentlicher Beschaffenheit, und ich dachte, dass du es dir ansehen solltest, ob es …«

Clara hörte ihm schon nicht mehr zu, ging noch einmal zu Bleihoffs Leiche und betrachtete eingehend dessen Stirn. »Ich kann mich täuschen, doch es sieht aus wie ein Wappen mit einem geschwungenen Band und drei stilisierten Lilien. Aber irgendetwas daran mutet seltsam an. Wenn ich nur wüsste, was …«

Die gellende Stimme eines Gassenjungen unterbrach ihre Grübeleien: »Schnell, Medicus, der Bürgermeister schickt nach Euch!« Der Junge kam keuchend vor Cunrad zu stehen. »Mit dem Petrus de Quinheim stimmt was nicht!«

Der Zweite Bürgermeister Petrus de Quinheim bot einen nicht minder grausamen Anblick als Jelis Bleihoff. Die in eleganten Beinlingen steckenden Beine gekreuzt, die Hände im Schoß seines seidigen Rockes gefaltet, saß er in einem Lehnstuhl beim Kamin, als erwarte er einen Gast auf ein Plauderstündchen. Der war auch gekommen, doch geplaudert hatte er mit Petrus nicht. Vielmehr hatte er ihn an seinen Stuhl gefesselt und ihn dann mit einem papierenen Mahl aus Abhandlungen, Vorschriften und Kontrakten vollgestopft, deren Reste nun aus seinem totenstarren Mund hervorquollen.

»An der eigenen Gelehrtheit erstickt, der gute Mann«, stellte Johann fest und trat näher. Mit dem Zeigefinger tippte er auf die Stirn des Bürgermeisters. »Das gleiche Brandmal wie beim Stadtbaumeister. Unser Mörder scheint tüchtig unter den Nuyssern aufzuräumen. Zwei Tote binnen weniger Stunden! Wenn das so weitergeht …«

»Der Stadtbaumeister?«, stammelte Keybisch, der im hinteren Teil des großen Zimmers an Petrus de Quinheims Schreibtisch saß und einen Bund Schlüssel in der Hand hielt, dem bis jetzt seine ganze Aufmerksamkeit gegolten hatte.

Johann schenkte dem Bürgermeister einen kurzen Blick, wobei er die rechte Braue hochzog. »Oh, ich vergaß. Ihr wisst es ja noch nicht.«

Keybisch erhob sich langsam und kam auf ihn zu. »Was weiß ich nicht?«, flüsterte er heiser.

»Nun, wir haben einen zweiten oder besser gesagt einen ersten Toten, denn man fand ihn vor diesem hier, was natürlich nichts darüber aussagt, ob er zuerst ermordet wurde und ob der Täter ein und derselbe ist. Erwiesen ist lediglich, dass beide auf die gleiche Art und Weise umgebracht wurden. Erstickt oder erwürgt, das macht medizinisch keinen Unterschied. Beiden ist die Luft abgedrückt worden.«

»Johann!«, unterbrach Cunrad die Auslassungen seines Begleiters und sah Keybisch an. »Mattes von der Moehlengasse hat Jelis Bleihoff tot an der Stadtmauer, vielmehr in derselbigen gefunden. Wir kommen gerade von dort.«

Der Schlüsselbund in Keybischs Hand fiel klirrend zu Boden. »Bleihoff tot …!« Seine Stimme brach.

»Ja, richtig erkannt. Man hat ihn erwürgt, gebrandmarkt und eingemauert!«

Keybisch sank zitternd auf einen Stuhl, sein Gesicht hatte alle Farbe verloren.

»Dass Bleihoffs Tod Euch nahegeht, ist nur verständlich, wir alle sind betroffen von den Ereignissen, aber Ihr solltet doch Haltung bewahren, wie es Euer Bürgermeisteramt verlangt!«, sagte Cunrad in die Stille hinein, die sich in das Zimmer geschlichen hatte, und hob die heruntergefallenen Schlüssel vom Boden auf.

»Nichts als Paragrafen, Dekrete …«, hörte er Johann sagen, der begonnen hatte, den Mund des Toten von der erstickenden Last zu befreien.

Cunrad runzelte die Stirn. »Was machst du da?«

»Nun, ich sichte Papiere«, antwortete Johann, ohne seine Tätigkeit zu unterbrechen.

»Zu welchem Zweck?«

Johann hielt inne, musterte Cunrad für einen Augenblick.

»Das fragst du noch?« Er schüttelte den Kopf. »Cunrad, Cunrad, diese Frage müsstest du dir wirklich selbst beantworten können. Soll uns noch einmal ein wichtiges Dokument abhandenkommen durch …«, er machte eine kleine Pause und fuhr dann fort, »die Dummheit oder besser gesagt die Engstirnigkeit eines gewissen Medicus? Aber …«, er seufzte, »ich glaube, in Petrus' Rachen steckt nichts, das auch nur einen Lichtstrahl auf diese grausame Tat wirft. Oder einen Schatten auf den vortrefflichen Leumund Petrus de Quinheims.«

Cunrad zog die Brauen zusammen, spielte gedankenverloren mit den Schlüsseln in seiner Hand und hielt plötzlich inne. Die Erkenntnis durchzuckte ihn wie ein Blitz. Der Schatten, der Keybisch am Abend des Festes begleitet hatte, war Jelis Bleihoff gewesen. Er drehte sich zu Keybisch um.

»Welche Heimlichkeit verband Euch mit Baumeister Bleihoff?«, fragte er geradeheraus.

Der Bürgermeister fuhr zusammen, sah auf, schluckte und streckte den Rücken durch. »Keine, Medicus«, erwiderte er tonlos.

»Ihr lügt! Ich habe Euch gesehen.« Cunrad trat um den Schreibtisch herum und blieb dicht vor Keybisch stehen. »Auf dem festlichen Empfang der Hessen. Ihr und Bleihoff hattet eine Unterredung. Ihr erinnert Euch gewiss an den zugigen Kellereingang, in dem diese stattfand? Was hattet Ihr an diesem ungewöhnlichen Ort zu besprechen?«

»Ihr belauscht die Gespräche anderer, Cunrad? Und brüstet Euch damit?«

»Ich war zufällig Zeuge dieser Unterhaltung.«

»Um Euch zu beruhigen, es stimmt. Ich hatte eine Unterredung mit Jelis, und dass diese auf dem Treppenabsatz zum Weinkeller stattfand, hatte seinen Grund. Wir waren uns uneinig, welchen Tropfen wir dem Grafen von Hessen kredenzen sollten.«

»Ah, es ging um Wein!« Cunrad lachte.

»Ja, ich war für einen spritzigen Weißen aus den Weinbergen des Mainzer Erzbischofs, Jelis für einen Roten von der Ahr.«

»Wollt Ihr mich für dumm verkaufen?« Über Cunrads Lachen legten sich Spott und Missbilligung.

»Nein, das liegt mir ganz und gar fern!« Keybisch war aufgestanden. »Aber ich denke, diese Auskunft sollte Euch genügen. Ihr überschreitet Eure Befugnisse, Medicus, und es ist nur meiner Gutmütigkeit zu verdanken, dass ich mich auf diese unsinnigen Fragen überhaupt eingelassen habe. Eure Anwesenheit als Arzt ist augenscheinlich nicht vonnöten, für Petrus kommt jede Hilfe zu spät. Ich danke Euch.«

Keybisch nickte den beiden Männern zu, ging zur Tür und machte eine einladende Handbewegung nach draußen. »Meine Herren!«

Beide ignorierten ihn; stattdessen trat Cunrad auf ihn zu. »Was hattet Ihr mit Jelis Bleihoff zu bereden?«

»Ich sagte es bereits!«, antwortete Keybisch scharf.

»Ihr lügt, Bürgermeister! Es ging nicht um Wein, Ihr schient in arger Bedrängnis gewesen zu sein, aus der Euch Jelis heraushelfen sollte.«

»Mitnichten!«

Keybisch wollte an Cunrad vorbei, doch der stellte sich ihm in den Weg.

»Kommt, spielt mit offenen Karten! Wenn Ihr etwas zu sagen habt, und ich denke, das habt Ihr, dann tut es.«

»Ich habe nichts zu sagen! Was plustert Ihr Euch auf? Die Aufklärung der Morde ist einzig und allein Sache der Stadtbüttel und meiner Wenigkeit. Warum habe ich nur nach Euch schicken lassen? Ich hätte wissen müssen, dass Ihr Eure Nase viel zu tief in Dinge stecken würdet, die Euch nichts angehen.«

»Sie gehen mich sehr wohl etwas an. Diese Morde stehen mit dem im Münster in Zusammenhang, für den Ihr mir die Schuld gabt.«

»Das tun sie nicht. Der Mord an dem Bengel, der Euer Neffe war, hat nichts mit diesen hier zu tun. Zwei angesehene Bürger und Ratsherren unserer Stadt starben und kein Herumtreiber.«

Keybisch reckte das spitze Kinn. Cunrad sah ihn kurz an, schluckte seinen Groll hinunter, ging hinüber zu Petrus de Quinheim und deutete auf dessen Stirn.

»Dieses Brandmal, Keybisch, haben alle Gemeuchelten gemein.«

»Zufall!«

»Zufall? Dass ich nicht lache! Denkt Ihr das wirklich?«

»Warum nicht?«

»Viel scheint Euch ja nicht an der Aufklärung der Morde gelegen zu sein«, mischte sich Johann nun ein.

»Was erlaubt Ihr Euch? Nichts liegt mir mehr am Herzen, als denjenigen zu ergreifen, der diese Gräuel begangen hat. Doch vergesst nicht, dass ich als Bürgermeister nicht nur diese eine Sorge habe. Der Burgunder liegt vor der Stadt, sein Heer wächst von Tag zu Tag. Das erste Gefecht konnten wir für uns gewinnen, doch jetzt droht er die Inseln im Rhein einzunehmen und uns damit eines bedeutsamen Außenpostens zu berauben! Dieser Feind ist unberechenbar, meine Herren.«

»Und genau darum solltet Ihr Euren Arsch bewegen und zu mir herüberkommen!«, schrie Cunrad.

Johann hüstelte und streifte ihn mit einem strafenden Blick.

»Kommt rüber, Keybisch!«, wiederholte Cunrad. »Von der Tür aus kann man die burgundische Lilie nicht sehen, die Petrus ins Fleisch gebrannt worden ist!«

Keybisch wurde kreidebleich, kam aber zögernd näher. Kurz traf sein Blick das Brandmal, dann wandte er sich ab.

»Der Teufel allein weiß, was Ihr in diesem Wirrwarr aus rußiger Haut zu erkennen glaubt, ich sehe nichts!«, sagte er knapp.

»Dann werde ich Euch dabei helfen, etwas zu sehen!«

Cunrad stieß den Bürgermeister vor den Toten und drückte seinen Kopf so weit nach unten, dass seine Nasenspitze fast die Stirn der Leiche berührte. »Schaut hin!«

»Genug! Lasst mich los!«

»Erst, wenn Ihr mir sagt, was Ihr seht!«

»Nichts!«

Cunrads Griff wurde fester, Keybisch zappelte, seine Nasenspitze traf Petrus' Stirn. Er stöhnte auf. »Erkennt Ihr immer noch nichts?«

»Hört auf, ich sehe sie ja!«

»Wen seht Ihr?«

»Diese verdammte Lilie!«

Cunrad ließ von ihm ab. Keybisch torkelte, fing sich und tupfte sich den Schweiß aus dem Gesicht. Er funkelte Cunrad an.

»Das macht Ihr nicht noch einmal mit mir!«

»Gewiss nicht, wenn Ihr Euch dem Offensichtlichen stellt und zugebt, dass die Morde von ein und derselben Hand begangen wurden!«

»Das denkt Ihr! Ich habe meine Zweifel.«

»Warum sperrt Ihr Euch? Deckt Ihr den Mörder?«

»Ich? Das wird ja immer schöner! Man sollte Euch Euer loses Mundwerk stopfen!«

»Wie das von Petrus?«, warf Johann ein.

Keybischs Gesicht glühte vor Zorn. »Was mischt Ihr Euch ein!«, schrie er. »Von einem Ratsherrn hätte ich mehr Loyalität seinem Bürgermeister gegenüber erwartet.«

»Die ich ihm auch entgegenbrächte, wenn diese Stimme in meinem Ohr nicht ständig tönen würde, auf der Hut vor Euch zu sein. Was treibt Euch zu solchem Zorn? Ein Mangel an Aufrichtigkeit?«

»Ich, der ich seit Jahren Stadtvater von Nuys bin und die Geschicke der Stadt nach bestem Wissen und Gewissen führe, soll, wenn ich Euch recht verstehe, etwas mit diesen Morden zu tun haben?«

Johann machte eine schlichtende Handbewegung. »So weit zu gehen steht uns fern. Wir alle wissen um Eure Verdienste für die Stadt. Es erstaunt nur, dass Euch die burgundische Lilie nicht beunruhigt, die auf Petrus' Stirn erblüht ist!«

»Der Mörder will uns in die Irre führen. Er legt eine falsche Fährte aus. Das ist alles. Cunrad, Euer Neffe war in einen Diebstahl verstrickt und musste deshalb sein Leben lassen. Jelis und Petrus starben aus Gründen, die wir bisher nicht kennen. Es gibt keinen Zusammenhang zwischen den Taten!«

»Das sehe ich anders! Ich denke, dass die Lilie und die Papiere, die mein Neffe besaß, eine Rolle in dieser Sache spielen, und glaubt mir, ich werde herausfinden, inwieweit Jelis und Petrus damit zu tun hatten.«

Keybisch kniff die Augen zusammen. »Das lasst Ihr gefälligst bleiben. Die Büttel werden sich um alles Weitere kümmern. Es wird Zeit für mich!« Er drehte sich um und strebte zur Tür.

»Noch eine Frage, Bürgermeister«, rief ihm Cunrad nach und hielt den Schlüsselbund hoch. »Vermisst Ihr einen Eurer Schlüssel?«

Keybisch, der fast schon draußen war, rasselte mit den Schlüsseln an seinem Gürtel und antwortete, ohne sich umzusehen: »Langsam beginnen mich Eure Mutmaßungen und Verdächtigungen zu belustigen. Sie nehmen groteske Ausmaße an. Wohin soll das noch führen, Cunrad? Zurück in den Turm?«

Er verschwand aus ihrem Blickfeld.

»Unser Bürgermeister ist eine verdammt harte Nuss.« Johann sah Keybisch nach.

»Die zu knacken mir allmählich Vergnügen bereitet«, fügte Cunrad hinzu.

»Na, dann pass auf, dass du dir an ihr nicht die Zähne ausbeißt. Es scheint, als schwebe die Kerkerhaft immer noch über deinem Haupt. Aber bitte kläre mich auf. Von welchem Schlüssel sprachst du gerade?«

Cunrad kratzte sich das stoppelige Kinn und zuckte mit den Schultern. »Es ist nur eine Vermutung. Ich meine mich zu erinnern, dass Jelis und Keybisch über einen Schlüssel sprachen.«

»Der in welches Schloss passt?«

»Keine Ahnung. Wie gesagt, es ist nur eine Vermutung.«

Cunrad betrachtete die Schlüssel in seiner Hand, dann legte er sie weg.

Johann sah ihn von der Seite an, während seine Rechte in die Tasche seines Umhangs griff.

»Suchst du etwas?« Cunrad beäugte ihn neugierig.

»Ja.« Johann sah auf und grinste. »Hier habe ich es schon.« Er zog eine schmale Phiole hervor, entkorkte sie und hielt sie Cunrad hin. »Wacholderessenz gegen üble Gerüche«, sagte er mit einem Blick auf Petrus de Quinheim. »Oder findest du nicht, dass er allmählich zu stinken beginnt?«

Cunrad erwiderte nichts. Er ging zum Schreibtisch, auf dem Pergamentrollen, Briefbögen, Siegel und Gänsekiele wirr durcheinanderlagen.

»Ich frage mich, wer diese Unordnung angerichtet hat. Petrus' Gast oder unser guter Bürgermeister?«, sagte er mehr zu sich selbst als zu Johann, der zum Fenster getreten war und es öffnete. Warme Morgenluft wehte herein und raschelte durch die Seiten einer aufgeschlagenen Bibel, die auf einem schmalen, hohen Pult neben dem Fenster lag. Johann strich mit der Hand über die Seiten und las.

»Und ein starker Engel hob einen großen Stein auf wie einen Mühlstein, warf ihn ins Meer und sprach: ›Also wird mit einem Sturm verworfen die große Stadt Babylon und nicht mehr gefunden werden.‹ – Die apokalyptischen Ergüsse des Johannes. Nicht jedermanns Sache, wenn du mich fragst. Petrus scheint ein gottesfürchtiger Mann gewesen zu sein.«

»Wenn das Sammeln von Ablässen«, Cunrad zeigte auf einen Stapel von Papieren, »ein Zeichen von Gottesfurcht ist, stimme ich dir zu. Seine Angst vor dem Fegefeuer muss die Säckel der Pfaffen gut gefüllt haben.«

»Petrus sah man häufiger in der Kirche als in seiner Amtsstube, und auch Jelis stand ihm in Frömmigkeit in nichts nach.«

»Und dennoch war er ein übler Schinder, ließ seine Leute schuften, bis der Kalkstaub ihre Lungen zuklebte und sie nichts mehr erflehten als einen Platz im Armengrab. Das nenn ich gottlos und nicht fromm.«

»Nun übertreib mal nicht, Cunrad, obwohl er kein Meister Wolbero war, der unser schönes Münster erbaute, verdankt die Stadt Jelis Bleihoff doch ein paar schöne Bauten. Zudem war er ein großzügiger Gönner der Kirche, wie Clara mir berichtete.«

»Glaubst du, ein paar Gulden kauften ihn von all diesen Freveln frei? Hat Clara dir Weihwasser zu trinken gegeben, damit du solch törichte Gedanken verlauten lässt?«

»Gott bewahre, das tat ich nicht!«

Sie fuhren herum. Clara stand im Türrahmen und sah Cunrad herausfordernd an. »Auch wenn Ihr es nicht glauben werdet, aber ich halte nichts von der Kirchensitte, sich die Absolution der Gläubigen mit Münzen bezahlen zu lassen.«

»Doch Spenden nehmt auch Ihr gern an.«

Sie beachtete Cunrad nicht weiter und trat ein, den Blick auf den Leichnam geheftet. »Hat man ihn auch erwürgt?«

»Nein, er wurde erstickt.«

Johann wollte sie schon zu Petrus' Leiche führen, doch Clara machte eine abwehrende Bewegung. »Zwei Tote an einem Tag sind zu viel für mich.« Sie wandte sich ab. »Wurde er gebrandmarkt?«

»Ja«, antwortete Cunrad knapp.

Clara trat auf ihn zu. »Hier.« Sie reichte ihm ein Papier. »Den fand ich bei Jelis Bleihoffs Leiche, nachdem die Maurer ihn aus dem Mörtel geschält hatten.«

Johann, der näher getreten war, pfiff durch die Zähne. »Einen Augenblick, ich muss Euch etwas zeigen!«

Er ging zu dem Stapel Schriftstücke, die er aus de Quinheims Rachen gezogen hatte, wühlte darin herum und kam mit einem schmierigen Zettel zurück, den er Clara und Cunrad vor die Nase hielt.

»Hier, was sagt ihr jetzt? Noch ein Ablassbrief.« Die Blicke der beiden wanderten von dem Ablassbrief in Cunrads Hand zu dem, den Johann ihnen hinhielt.

»Zwei Tote, zwei Ablässe, verfasst von ein und derselben Hand«, sagte Cunrad in fast ehrfürchtigem Ton und sah Johann an.

»Du sagst es!«, antwortete dieser triumphierend.

Clara schaute ihren Bruder missbilligend an. »Du besitzt hoffentlich nicht die Unverfrorenheit, einen Geistlichen des Mordes zu verdächtigen?«

Johann zuckte mit der Schulter. »Warum nicht?«, sagte er und sah Cunrad an, der bestätigend nickte.

Clara blitzte die beiden wütend an. »Ihr versündigt Euch, aber Euch aufzuhalten ist wahrscheinlich zwecklos, wie ich an Euren Gesichtern ablesen kann. Geht und fühlt dem Klerus auf den faulen Zahn, der sich Eurer Überzeugung nach wohl im Mund eines jeden frommen Bruders verbirgt!«, sagte sie spitz.

Johann nickte. »Sei gewiss, das werden wir. Bruder Angelikus wird sich sicherlich über einen weiteren Besuch von uns freuen.«

»Ihr vergeudet Eure Zeit«, merkte Clara an und strebte zur Tür.

Cunrad hielt sie zurück. »Ihr glaubt nicht, dass Angelikus oder ein anderer Geistlicher hinter all diesen Grausamkeiten steckt oder in gewissem Maße in sie verstrickt ist?«

Sie sah ihn missbilligend an. »Was ich glaube, ist ohne Belang, stellt Ihr es ja doch in Frage.«

Sie erreichte die Tür und drehte sich noch einmal um. »Johann, du batest mich um Hilfe, was das Brandmal betrifft. Viel kann ich nicht dazu sagen, aber es ist eindeutig ein Wappen, das mir bekannt vorkommt. Noch konnte ich allerdings seine genaue Herkunft nicht bestimmen, irgendetwas stimmt daran nicht.«

Johann nickte. »Aber was? Sicher ist bis jetzt allein, dass eindeutig das Abbild der burgundischen Lilie darauf zu erkennen ist, doch hat sie die Bedeutung, die wir ihr zuzumessen geneigt sind, oder soll sie uns nur in die Irre führen?«

»Und von den Umtrieben kirchlicher Würdenträger ablenken?« Clara lachte bitter, ließ den Schleier über ihr Gesicht gleiten und ging.

15

»Lasst mich mit ihm allein, ich will Abschied nehmen«, sagte Reinhard Keybisch laut und so eindringlich, dass keiner der Umstehenden Widerspruch wagte und sich das Totenzimmer rasch leerte.

Jelis' Leichnam lag staubig und grau auf dem Tisch, der eilig ins Empfangszimmer des Bleihoff'schen Hauses am Klockhammer geschafft worden war, um den fülligen Stadtbaumeister aufzubahren. Unentschlossen stand Keybisch zwischen Tisch, Totem und der Tür zur Eingangshalle. Er musste sie abschließen, wenn er die Leiche unbehelligt durchsuchen wollte. Die Gefahr, dass jemand hereinkam, war zu groß und würde nur unerwünschte Fragen und Mutmaßungen aufwerfen. Hinter der Tür rauschten gedämpfte Stimmen, unterbrochen von den Höhen und Tiefen einer Litanei.

Die Weiber beten, und die Männer reden über mich, dachte Keybisch, aber daran war nichts mehr zu ändern. Er ging zur Tür und schob mit einem Ruck den Riegel vor. Stille. Keybisch sah die erschrockenen Blicke vor seinem inneren Auge. Warum schließt er sich ein?, fragten sie. Er hielt den Atem so lange an, bis das wieder einsetzende Gemurmel seine Anspannung löste, dann ging er hinüber zu Jelis. Ohne dem Baumeister ins Gesicht zu sehen, fingerte er nach dessen Jackentaschen, fand zwischen Sand, Kies und klebrigem Kalk Kohlestücke, Zettel, Schnüre, ein Kruzifix und ein paar Münzen. Jelis' Schlüsselbund fand er nicht.

Hastig stopfte er die Dinge zurück an ihren Platz, ging zur Tür und öffnete sie. Neugier schlug ihm entgegen. Er zähmte sie mit ernster Miene, wischte sich eine Träne aus dem Augenwinkel, schritt mit ausgebreiteten Armen auf Jelis' Witwe zu. Sprach die üblichen Floskeln, strich dem Jüngsten der Bleihoff'schen Kinder über den Haarschopf, wechselte ein paar Worte mit Zunftmeistern, Handwerkern, Nachbarn, nahm einen Schluck aus einem ihm dargebotenen Becher und verließ das Haus.

Ein schüchternes Totenglöckchen bimmelte vom nahe gelegenen Kloster Marienberg. Seit der Belagerung hatten die Glocken auf Befehl des Hessen zu schweigen, doch zwei tote Ratsherren waren Grund genug, sich über diese Order hinwegzusetzen und den Verstorbenen ein wenig Ehre zu erweisen, auch wenn ihr Tod weniger ehrenvoll war als grausam. Grausam, das Wort ließ die Hitze in Keybisch hochsteigen. Der Mörder, der durch die Nuysser Gassen schlich, verfolgte erbarmungslos sein Ziel. Keybisch zerrte am Kragen seines Umhangs, schnappte nach Luft und ging zitternd in die Knie.

»Ist Euch nicht gut, Bürgermeister?«

Das Gesicht mit der eckigen Stirn und den dunkelbraunen Augen, das sich zu ihm niederbeugte, gehörte Bram Vlemingh.

»Es geht schon wieder, danke, Bram!«

Keybisch richtete sich auf und tupfte sich mit dem Saumzipfel den Schweiß von der Oberlippe.

»Soll ich Euch das glauben? Ihr seht nicht gut aus!«, erwiderte der Braumeister, sah Keybisch eindringlich an und fuhr dann fort: »Zwei Morde in einer Nacht und nicht die Spur vom Täter, mir würden die Arschbacken zittern, wäre ich an Eurer Stelle.«

»Nun, das seid Ihr nicht, und deshalb solltet Ihr Euch keine unnötigen Sorgen machen. Ich tue es auch nicht«, antwortete Keybisch und wollte weiter.

»Die mache ich mir aber, Bürgermeister.« Bram hielt ihn mit dem Griff seiner kräftigen Rechten zurück und baute seine wuchtige Gestalt vor ihm auf. Der Brauer war ein großer Mann, massig, ohne schwammig zu wirken, wie es Brauern oft eigen war, die die Gesellschaft ihrer Fässer der menschlichen vorzogen. Seine sonst so sanften Augen unter breiten blonden Brauen und schmalen Lidern funkelten dunkel.

»Erst stirbt ein Novize aus Knechtsteden, der zudem der Neffe unseres Medicus ist, und jetzt zwei von uns. Erklärt Euch.«

Keybisch traten wieder Schweißperlen zwischen die Haare seines gestutzten Oberlippenbartes. »Es gibt nichts zu erklären. Es besteht kein Zusammenhang, Bram.«

»Das sehe ich anders, Bürgermeister. Jelis und Petrus waren nicht nur Ratsherren, sie gehörten wie ich zum ›Bund der Sechs‹, und wenn Ihr darin eine Verbindung zu den Geschehnissen der letzten Nacht seht, habt Ihr verdammt noch mal die Pflicht, mich und die anderen zu warnen.«

»Ich versichere Euch, nichts deutet darauf hin, dass jemand den Bund zerstören will. Ihr solltet Euch nicht das Hirn zermartern, sondern Jelis' Witwe einen Besuch abstatten, jetzt, wo sie endlich frei ist und Ihr sie nicht mehr heimlich umwerben müsst.«

Bram wölbte seine breite Brust, und sein Blick sagte, dass ihm diese Antwort nur fürs Erste genügen würde. »Eure Zunge ist schärfer als ein burgundischer Schwertstreich, doch für heute sind wir wohl quitt.«

Keybisch eilte über den Klockhammer hinunter zur Oberstraße. Dort zwang er seine Schritte zur Langsamkeit. Ein durch die Stadt hetzender Bürgermeister würde für noch mehr Gerede sorgen, als sein Verhalten in Jelis' Haus es schon getan hatte.

Das Rathaus in der Krämergasse gegenüber der schmalen, hochstrebenden Liebfrauenkirche lag verlassen in der Julisonne, zwei Wächter schnarchten vor der weit offenen Tür. Keybisch trat ungesehen ein, hastete die Treppe hinauf und den Flur entlang und befand sich Augenblicke später vor seinem Amtszimmer. Mit zitternden Händen drückte er die Türklinke herunter und trat ein.

Die Truhe stand unverrückt in der Nische neben dem Fenster, doch er sah sogleich, dass zwei ihrer sechs Schubladen offen standen. Er ging näher, kniete sich auf den Boden und zog die beiden Laden ganz heraus. Sie waren leer. Er zog die Schlüssel heraus, die in ihren Schlüssellöchern steckten, und betrachtete sie in seiner flach ausgestreckten Hand. Es waren die Schlüssel, die gestern noch an den Gürteln von Jelis und Petrus gehangen hatten. Der Mörder hatte sie ihnen gestohlen, war in die Amtsstube gedrungen, hatte die Truhe geöffnet und sich ihres Inhalts bemächtigt, und das nicht zum ersten Mal.

Auch ihm war zu Beginn des Sommers sein Truhenschlüssel gestohlen und die entsprechende Lade geleert worden. Wem um alles in der Welt lag an dem Besitz von Urkunden, Verträgen, Pachten, die ausschließlich die Stadt betrafen?

Keybisch raufte sich die Haare. Plötzlich begann er zu lachen, und sein Körper bebte vor Erleichterung. Er lebte. Aus irgendeinem Grund hatte der Mörder ihn verschont, ihn nicht niedergemetzelt wie Jelis und Petrus. Doch was war mit den restlichen der vormals sechs Schlüsselträger? Schwebten sie in Gefahr?

Sein Lachen erstarb. Brams' Gesicht tauchte vor ihm auf, seine eindringlichen Augen, seine Fragen. Augenscheinlich ahnte der Braumeister etwas, doch es war zu spät, seine Fragen zu beantworten und ihn zu warnen, zu viel stand auf dem Spiel.

Schwerfällig fiel Keybisch in seinen Lehnstuhl und barg das Gesicht in den Händen. Holz knarrte. Er fuhr hoch, sah zur Tür, und seine Hand schlug ein Kreuzzeichen.

16

Bruder Wieland lief den Kreuzgang entlang und rieb sich die Reste seines Mittagsmahls vom Kinn. Er ärgerte sich über den neuen Küchenmeister. Der Stümper war noch nicht einmal im Stande, einen schmackhaften Eintopf aus den fetten Hühnern zu kochen, die eine Witwe zur Vermehrung ihres Seelenheils ihnen gespendet hatte. Eine fade Knochenbrühe hatte der Koch seinen Ordensbrüdern vorgesetzt, in der dunkle Brocken schwammen, die augenscheinlich zu den Verdauungsorganen des Huhns gehört hatten.

»Wird sich wieder allein am Fleisch gütlich getan haben, der elende Schlot«, murmelte er und schloss die Tür zu seiner Pförtnerzelle auf. Ein schmaler Tisch und zwei Stühle standen vor dem Fenster, aus dem er einen guten Blick auf die Oberstraße und somit auf das Geschehen hatte, das sich außerhalb der Mauern des Klosters der Fratres Minores abspielte. Wieland setzte sich und goss sich einen ordentlichen Schluck Rotwein ein. Wenn er schon nichts Gutes zu essen bekam, so sollte doch wenigstens ein feiner Tropfen seinen geschundenen Gaumen trösten. Er öffnete die Läden und schaute hinaus.

Das Treiben auf der Straße unterschied sich kaum von der Geschäftigkeit, die vor der Belagerung geherrscht hatte. Einzig in den Mienen der Vorbeigehenden spiegelten sich die Sorgen wider, die auf den Gemütern der Nuysser lasteten, seit die Tore der Stadt verriegelt und verrammelt waren. Doch was half das Trübsinnblasen, die alltäglichen Verrichtungen mussten gemacht werden, Belagerung hin oder her.

Mägde eilten, schwere Körbe mit Äpfeln und Birnen auf die Hüften gestemmt, die Straße entlang. Bettler krochen im Rinnstein. Stolze Bürgersfrauen trippelten auf ihren Unterschuhen aus Holz vorbei. Die satten Farben ihrer Kleider stachen grell zwischen dem dumpfen Braun und Grau der in grobes Sackleinen gekleideten einfachen Leute hervor. Eine Gruppe Ratsherren in schweren Mänteln stand vor einer Schenke, ein Mönch, der grauen Kutte nach ein Minderer Bruder, den Bruder Wieland zu seinem Erstaunen nicht kannte, schlenderte vorbei, rempelte einen von ihnen an, tat einen tiefen Kratzfuß, stammelte eine Entschuldigung und eilte davon. Die Männer beachteten ihn nicht weiter und verschwanden in dem Brauhaus, wo ein Mahl und ein Krug dunklen Biers warteten.

Einige Zeit später bemerkte Wieland denselben Minderen Bruder, wie er gegen eine Hauswand gelehnt gelangweilt auf einem Grashalm kaute und mit der Rechten einen prallen Geldbeutel in die Höhe warf. Bruder Wieland sprang empört auf. So weit war es also schon gekommen, dass die Diebe gewandet als Ordensbruder ihrem unehrenhaften Broterwerb nachgingen. Er musste den dreisten Verbrecher stellen.

Eilig lief er zur Tür und öffnete sie, doch als er vor die Pforte trat, hatte jemand anderes sich den Kerl bereits vorgeknöpft. Bruder Angelikus stand mit dem Rücken zu Wieland und redete mit dem Lump. Der Pförtner nickte zufrieden, Angelikus war ein strenger Knecht des Herrn, seine Zunge scharf wie die Schwerter der Erzengel, er würde dem Mann die Hand bereits mit Worten abhacken, bevor es der Henker mit seinem Beil tat.

Wieland machte kehrt. An der Pforte drehte er sich noch einmal um und musste mit Erstaunen feststellen, dass Angelikus dem Burschen einen Arm um die Schultern gelegt hatte und gerade dabei war, mit ihm in einem schmalen Durchgang zu verschwinden. Wieland schüttelte den Kopf. Was hatte Angelikus mit Taugenichtsen und Tagedieben zu schaffen? Hätte er den Dieb doch besser selbst zur Rede gestellt, ihm ordentlich eins aufs Maul gegeben und dann vielleicht von dem bestohlenen Ratsherrn eine Belohnung in Form einer großen Scheibe Speck mit Bohnen bekommen. Nach der Vesper würde er Angelikus nach dem Kerl befragen, jetzt galt es, erst einmal den Weinkrug zu leeren und sich einen erquicklichen Mittagsschlaf zu gönnen.

»Wacht auf, Bruder Wieland!« Der Pförtner fuhr hoch; die Hand, die ihn so unsanft aus dem Schlaf gerüttelt hatte, gehörte Cunrad, der mit zerzaustem Haar und müdem Blick auf ihn herabsah.

»Ihr schon wieder!«, brummte Wieland und rieb sich die Augen.

»Nicht so unwirsch, Bruder Pförtner, die neunte Stunde ist bereits vorbei, und wir dachten nicht, Euch in tiefem Schlummer anzutreffen.«

»Nichts für ungut, Medicus! Träumte ich doch gerade vom Paradiese.«

Cunrad lachte. »Schon wieder Hunger?«

Der Mönch nickte und machte eine wegwerfende Handbewegung. Dann stand er auf, strich seine verschlissene Kutte glatt und sah Cunrad an. Aber was kann ich für Euch tun?«, fragte er.

»Wir würden gern noch einmal mit Bruder Angelikus reden«, schallte es von der Tür, durch die Johann gerade in den niedrigen Raum trat und sein federgeschmücktes Barett abnahm. Cunrad nickte zustimmend.

»Wenn Ihr die Freundlichkeit besitzen würdet, ihm unseren Besuch zu melden?«

Wieland machte ein missmutiges Gesicht. »Euer letztes Erscheinen hat für einige Aufregung gesorgt, insbesondere bei Bruder Angelikus.«

»Nicht zu Unrecht, Bruder Wieland, aber seid versichert, wir wollen lediglich kurz mit ihm sprechen, und das in aller Freundlichkeit!«, antwortete Johann mit jovialem Lächeln.

»Nun gut, ich werde nachsehen, ob er da ist. Setzt Euch, es wird eine Weile dauern, bis ich zurück bin. Meine Hüfte scheint heute einen ihrer schlechten Tage zu haben.« Wieland verzog das Gesicht und humpelte davon.

Johann sah sich in dem Raum um, der selbst an einem schönen Sommertag zu Recht den Namen Zelle trug. Es roch feucht und ein wenig sauer, nur durch die Fensteröffnung fiel spärlich Licht auf den grauen Steinboden und den grob gezimmerten Tisch und die Stühle. Er fuhr mit der Fingerkuppe über die Tischplatte und blies den Staub fort.

»Ich bleibe lieber stehen. Schon diesem Mönch haftet ein muffiger Geruch am Leibe, aber der Gestank in diesem Loch übertrifft den seinen hundertfach«, sagte er mit gerümpfter Nase. »Diese Minoriten scheinen den Begriff der Bescheidenheit auch auf ihre Sauberkeit auszudehnen.«

Cunrad erwiderte nichts und setzte sich.

Nach einer Ewigkeit kehrte Wieland keuchend zurück.

»Er ist nicht da, ich habe überall nachgesehen, er scheint von seinem Ausgang noch nicht zurückgekehrt zu sein.«

»Ihr seid der Pförtner der Gemeinschaft, wacht Ihr denn nicht über Eure Schäfchen, und überhaupt, ist es Euch Minderen Brüdern denn erlaubt, das Kloster zu verlassen, wann es Euch beliebt?«

»Ach, wisst Ihr, seit dieser gottverdammten Belagerung …« Wieland biss sich auf die Lippen und schlug das Kreuzzeichen. »Verzeiht, also seitdem der Burgunder vor den Toren lauert, ist von unserem Klosterleben jede Beschaulichkeit, Einkehr und Zurückgezogenheit gewichen. Wie in einem Hühnerstall geht es zu. Die Brüder kommen und gehen, die einen tun Dienst an den Wehrgängen und Türmen, die anderen schnitzen Pfeile und gießen Kanonenkugeln.«

»Und wieder andere sprechen dem Weine zu.« Johann nahm den Krug, der unter dem Tisch gestanden hatte, und hielt ihn mit der Öffnung nach unten. »Der ist jedenfalls leer, obgleich es noch recht früh am Tage ist.« Er zog eine Braue hoch und maß den Mönch.

Wieland schrumpfte unter seinem Blick und errötete. »Nun ja, das stimmt, aber Bruder Angelikus meinte, zur Linderung meiner Hüftschmerzen dürfte ich ihn anwenden, als Medizin sozusagen.«

»Ihr Mönche seid um keine Ausrede verlegen, kommt man Euch auf die Schliche. Wein ist nur in Maßen Medizin, Bruder Wieland. Und als solches würde ich einen Krug nicht bezeichnen.«

»Na, nun urteile nicht so streng über Bruder Wieland«, sagte Cunrad und lächelte dem Pförtner zu. »Er gönnt sich halt den ein oder anderen Tropfen. Wie heißt es bei den Predigern: ›So gehe hin und iss dein Brot mit Freunden, trink deinen Wein mit gutem Mut; denn dein Werk gefällt Gott.‹ Trinkt, wenn es Euch danach ist, Bruder Wieland. Wenn ich Euch allerdings einen Rat geben darf, so sagt Bruder Angelikus, er soll Euch eine Salbe aus Beinwell, bittersüßem Nachtschatten und Dachsfett anrühren, sie hilft besser gegen die Schmerzen als Rebensaft.«

»Und wenn Ihr auch den Rat eines Apothekers hören wollt: Esst Sellerie, der heilt von innen«, ergänzte Johann.

Wieland nickte beschämt. Cunrad räusperte sich und besann sich wieder auf den Grund ihres Besuches.

»Ihr wisst also nicht, wo Angelikus zu finden ist?«

Der Pförtner seufzte. »Nein, ich weiß es nicht. In den letzten Tagen predigt er mehrmals am Tag in der Stadt.«

»Angelikus predigt?«

»Oh ja, die Visionen des Johannes und die der anderen Propheten, mit ihrem Gerede vom Strafgericht Gottes, der Hölle und dem ewigen Fegefeuer. Angst und bange wird einem beim Zuhören. Wie ich vernahm, erfreut er sich einer wachsenden Anhängerschaft, die er glauben macht, dass ihr sündiges Treiben der Grund dafür ist, dass der Burgunder angerückt ist.« Wieland lachte bitter. »Als ob! Hörte ich doch jüngst, dass einer der Vertrauten des Burgunders unser abgesetzter Erzbischof Ruprecht ist. Es würde mich nicht wundern, wenn der die Belagerung aus bloßer Rache am Domkapitel mit angezettelt hat, das ihn damals des Amtes enthob und an seiner statt Hermann von Hessen einsetzte. Politik ist ein dreckiges Geschäft, ein jeder will nur daran verdienen.«

Johann nickte ihm anerkennend zu. »Bruder Wieland, Ihr versetzt mich in Erstaunen. Ich dachte nicht, einen so scharfsinnigen Geist vor mir zu haben.«

»Nun übertreibt nicht, ich sage nur das, was auf der Hand liegt, und ehrlich gesagt wundere ich mich über die Dummheit all der Nuysser, die Angelikus hinterherblöken wie die Schafe dem Hirten.«

»Wo predigt dieser Hirte?«

»In der Marienkapelle neben dem Obertor oder in der Sebastianuskirche, was weiß ich?«

»Er predigt nicht in Eurem schönen Gotteshaus?«

Wieland lächelte und senkte die Stimme. »Nein, das tut er nicht. Unser Bruder Abt hat es ihm verboten.«

»Warum?«

»Er hat, wie mir zugetragen wurde, einen *Mitstreiter* im Glauben an seiner Seite, der sich Bruder Thomas nennt und unserem Abt ein Dorn im Auge zu sein scheint. Warum auch immer, er …« Plötzlich hielt Wieland inne und schlug sich eine Hand vor den Mund.

Cunrad kniff die Augen zusammen. »Was ist, Bruder, hattet Ihr eine Erscheinung?«

»Nein, das nicht, aber ...«, Wieland senkte die Stimme, »eine Begebenheit ist mir in den Sinn gekommen. Erst heute nach der Vesper sah ich Angelikus mit einem Mann, der zwar wie wir die graue Kutte trug, aber in unserem Kloster nicht beheimatet ist und ...«, er machte eine Pause, um seinen Worten Gewichtigkeit zu verleihen, »ein Dieb ist!«

»Ein Dieb?«, fragte Johann neugierig. Wieland berichtete ihnen von seiner Beobachtung.

»Nun denn, Bruder Wieland, habt Dank für Eure Offenheit. Wie es scheint, gibt Angelikus uns immer neue Rätsel auf.« Johann sah Cunrad an. »Ich denke, wir sollten jetzt gehen.«

Cunrad nickte, stand auf und wollte zur Tür, hielt jedoch inne und sah Wieland mit forschendem Blick an. »Bruder Thomas nennt sich dieser Mitstreiter im Glauben?«, fragte er.

Wieland nickte. »Ja, so war sein Name.«

»Thomas«, wiederholte Cunrad nachdenklich.

Johann und Wieland sahen ihn neugierig an.

»Kennt Ihr ihn?«, fragte der Mönch.

Cunrad schüttelte den Kopf. »Ungläubige Thomasse gibt es viele. Der, an den ich bei dem Namen denke, wird es kaum wagen, nach Nuys zurückzukehren.«

»Warum?«, wollte Johann wissen.

Cunrad winkte ab. »Eine alte und unerfreuliche Geschichte, über die man besser schweigt.«

»Du zitierst die Bibel, Cunrad. Ermutigst Trinker wie diesen Mönch noch in der Ausübung ihrer Laster und verschweigst offenbar wieder einmal etwas, sehe ich das richtig?«

Sie waren auf die Straße getreten.

»Was die Bibel betrifft, so darf ich dich daran erinnern, dass ich wie du die Lateinschule besucht habe, wo täglich die Heilige Schrift auf dem Pult lag. Und was Wieland angeht: Er ist einer der ärmeren Brüder, wahrscheinlich hat ihn die Not ins Kloster getrieben und nicht die Berufung. Was würdest du tun, säßest du tagaus, tagein in diesem Kämmerlein?«

Johann zuckte die Schulter.

»Siehst du«, sagte Cunrad. »Es urteilt sich leicht, wenn man in einem schmucken Haus am Markt wohnt und den Weingenuss Lebensart nennt.«

»Ich bitte dich, Cunrad. Du tust so, als betreibe ich die Sauferei als Ausdruck der Schöngeisterei.«

»Tust du das denn nicht?«

»Nun ja, zuweilen vielleicht, aber davon ein anderes Mal. Was hat es mit diesem Thomas auf sich?«

»Das beantworte ich dir zu gegebener Zeit. Wer weiß, ob es sich um den Thomas handelt, an den ich denke.« Cunrad sah Johann an. »Fürs Erste sollten wir den Schreiber des Ablasses ausfindig machen. Vielleicht hat Angelikus ihn verfasst, schließlich ist er unter die Prediger gegangen.«

»Angelikus soll mit Ablässen handeln? Komm, Cunrad, wir mögen den Kerl nicht, aber dass er sich als Mönch an anderen bereichert, scheint mir abwegig.«

»Vielleicht stillt das Verteilen von Ablässen seinen Hunger nach der Anerkennung, die seinem Können auf medizinischem Gebiet bisher verwehrt geblieben ist.«

»Und das zu Recht, Quacksalber wie er gehören eingesperrt.«

Sie gingen weiter hinauf zum Markt, als Johann plötzlich stehen blieb und Cunrad in einen Hauseingang zog.

»Schau mal, wer da kommt!«, flüsterte er.

Bruder Angelikus eilte die Straße hinauf geradewegs auf sie zu, den Kopf tief unter seiner Kapuze verborgen. Er schien sie nicht zu bemerken. Johann und Cunrad verständigten sich mit einem kurzen Blick, und als Angelikus auf ihrer Höhe war, stellten sie sich ihm in den Weg. Cunrad zog ihm die Kapuze vom Kopf, der blanke Schädel des Mönchs glänzte in der Sonne.

»Ist Euch nicht heiß in dieser Verhüllung?«

»Wenn Ihr damit mein Habit meint, nein«, antwortete Angelikus und zog die Kapuze wieder auf. »Was wollt Ihr?«, krächzte er.

»Ihr wart lange weg, Bruder Angelikus. Im Kloster vermisste man Euch bereits. Wo habt Ihr gesteckt?«

Angelikus musterte ihn scharf. »Schnüffelt Ihr mir etwa nach? Hat es Euch nicht gereicht, mich bei meinem Abt anzuschwärzen und mir die Stadtobrigkeit auf den Hals zu jagen?«

Cunrad rieb sich das Kinn. »Die Missstände in Eurer Krankenstube aufzudecken war nicht der eigentliche Grund unseres letzten Besuchs, das wisst Ihr genau.«

»Wenn Ihr mich schon wieder über die Geschehnisse im Münster befragen wollt, so Gottes Gruß, ich muss weiter.«

Angelikus strebte fort, doch Cunrad trat ihm in den Weg.

»Zurück zu meiner Frage. Wo kommt Ihr her?«

»Auch wenn es Euch nichts angeht, von einem Besuch auf dem Klockhammer. Ich war bei Jelis Bleihoffs Witwe. Man schickte nach mir, weil man den Stadtmedicus nicht in seinem Türmchen angetroffen hatte. Was die Frage aufwirft, wo Ihr wart, immerhin wurden zwei Männer umgebracht.«

»Lasst Eure Spekulationen, Mönch, sie sind unhaltbar.«

Cunrad zog die Ablassbriefe unter seinem Überrock hervor und hielt sie Angelikus hin. »Den einen fanden wir in Jelis Bleihoffs' Wams, und den anderen entfernte ich aus Petrus de Quinheims' Mund. Sie stammen aus ein und derselben Feder, und wir fragen uns, ob Ihr sie nicht gegen einen kleinen Obolus gespitzt habt?«

»Welch infame Unterstellung! Ich handle nicht mit solcherlei Sündenerlassen!«, erwiderte Angelikus, und ein leichtes Beben lag über seiner Stimme.

»Wer dann?«

»Das weiß ich beim besten Willen nicht. Wie Ihr wisst, wimmelt die Stadt von Klerikern.«

»Von denen keiner so eifrig in die sündigen Wunden der Nuysser sticht, dass sie aufjaulen und nach Erlösung hecheln, wie Ihr und Euer Mitstreiter Bruder Thomas«, bemerkte Cunrad schneidend.

»Bruder Thomas? Woher wisst Ihr von ihm?« Angelikus' Lippen waren schmal geworden.

»Das ist hier nicht von Belang. Schreibt er oder Ihr die Ablässe und verkauft sie an die reuigen Sünder?« Cunrad blickte den Mönch kalt an. »Oder seid Ihr oder er am Ende der göttliche Richter, der diese reumütigen Seelen ins Jenseits beförderte? Schließlich, so vermute ich, gehörten Jelis und Petrus zu Eurer Anhängerschaft.«

»Ihr vergeudet meine Zeit. Gott ist unser aller Richter, ich nur sein Diener.« Angelikus drängte an ihnen vorbei, doch Johann hielt ihn zurück.

»Und wie steht es mit Eurem Gefährten, Bruder Thomas? Spielt er gern den Richter, und war er der Kuttenträger, mit dem man Euch heute auf der Oberstraße sah?«

Angelikus reckte sein knochiges Kinn und funkelte Johann an. »Das geht Euch nichts an«, sagte er spitz.

»Ihr verbergt etwas, aber nicht mehr lange, denn was immer es auch ist, wir finden es!«, schleuderte ihm Cunrad entgegen.

»Nehmt den Mund nicht zu voll, Medicus. Findet, was immer Ihr begehrt, aber beherrscht bei dieser Suche Eure Zunge, sie könnte Euch sonst abgeschnitten werden.«

»Spart Euch die Ratschläge und seid versichert, wir beide sind noch nicht miteinander fertig«, zischte Cunrad.

Der Mönch lächelte. »Nein, Medicus, das sind wir gewiss noch nicht.«

Er ließ sie stehen. Die beiden sahen ihm nach, bis er zu einem schmalen Schattenstrich schmolz und endgültig aus ihrem Blickfeld verschwand.

»Du bist zu weit gegangen, Cunrad. Angelikus könnte dir gefährlich werden.«

»Damit ist zu rechnen. Lass ihn seine Krallen ausfahren, ich werde sie ihm schon stutzen.«

Sie setzten ihren Weg fort. Als sie am Wirtshaus »Zum Falken« vorbeikamen, blieben sie stehen und schauten einander an.

»Heben wir einen auf Angelikus' Wohl?«, fragte Cunrad.

Johann lachte. »Heben wir einen!«

»Schon wieder durstig?«, dröhnte Bram ihnen entgegen, als sie durch die offene Tür eintraten.

»Und du wieder in der Schankstube? Solltest du nicht eher am Sudkessel stehen und deinen Brauknechten über die Schulter sehen?«, rief Johann.

»Gewiss, aber abgesehen davon, dass mein Schankknecht am Hamtor patrouilliert und meine Magd wieder einmal krank zu Bette liegt«, er verdrehte die Augen und zeigte die steile Stiege hinauf, die zu den Kammern des Gesindes führte, »komme ich hier auf andere Gedanken. Ständig grüble ich darüber nach, warum Jelis und Petrus sterben mussten.«

»Du weißt von den Morden?«

»Ja, ich komme just von einem Besuch bei Jelis' Witwe. Es ist ein Trauerspiel, sie verlassen mit den fünf Kindern zu sehen.«

»Na, dieser Zustand wird wohl nicht allzu lange anhalten, oder?« Cunrad zwinkerte Bram zu, dessen Gesicht von einer leichten Röte überzogen wurde.

»Cunrad, der Zeitpunkt ist kaum dazu geschaffen, über solche Dinge zu sprechen«, bemerkte Johann mit strenger Miene.

»Das stimmt, also lassen wir das und denken stattdessen darüber nach, warum zwei angesehene Bürger gemeuchelt wurden.«

»Fürwahr!« Bram seufzte, machte dann aber eine einladende Armbewegung. »Kommt erst einmal herein und setzt Euch.«

In der Schankstube waren einige Tische besetzt. Ein Feuer loderte im Kamin und umzüngelte einen kupfernen Kessel, aus dem der Duft von saurem Kohl und geräucherten Würsten strömte.

»Das riecht verteufelt lecker, Bram. Bring uns zwei Schalen und einen Krug Bier.«

Sie setzten sich an einen Tisch beim Feuer, denn trotz der sommerlichen Hitze war es in dem alten Haus mit seinen zwei Fuß breiten Wänden kühl und ein wenig feucht.

»Angelikus ist glatt wie die Innereien in den Eimern von Rutger, dem Kotzmenger«, sagte Johann und nahm ihren ursprünglichen Gesprächsgegenstand wieder auf.

»Und seine Machenschaften sind ebenso verschlungen und verstrickt«, fügte Cunrad hinzu.

»Na dann, lasst es euch schmecken!« Bram schob ihnen zwei Schalen mit dampfendem Kohl, Becher und einen Krug mit verdünntem Bier hin. »Sprecht Ihr über den Minoriten mit der Hakennase?«

Johann nickte. »Du müsstest ihm eben noch in Jelis Bleihoffs Haus begegnet sein.«

Bram schüttelte den Kopf. »Kann mich nicht erinnern, den Barfüßer dort getroffen zu haben.« Er rieb sich den Bart. »Waren aber auch viele Leute da, sogar unser Bürgermeister.«

»Keybisch?«

Bram nickte.

»Deshalb hatte er es vorhin so eilig, von Petrus' Leichnam wegzukommen«, bemerkte Johann und runzelte die Stirn.

Cunrad sah zu Bram. »Der Bürgermeister war also bei Jelis, aber den Minoriten hast du dort nicht gesehen?«

»Nein, unseren Bürgermeister traf ich vor dem Bleihoff'schen Haus, und was Angelikus betrifft, so sah ich ihn das letzte Mal in meiner Wirtsstube.«

»Angelikus gibt sich Ausschweifungen hin?« Cunrad lachte auf. »Komm schon, Bram, hör auf, uns zu veräppeln!«

Der Brauer machte ein missmutiges Gesicht. »Was denkst du von mir, nach Scherzen steht mir heute weiß Gott nicht der Sinn. Angelikus ist in den letzten Tagen wirklich des Öfteren hier aufgetaucht, zusammen mit diesem anderen Barfüßer. Am Feuer hockten sie, redeten vom Sündenfall der Menschheit und dem Zorn Gottes, dass einem angst und bange werden konnte. Ich versteh nichts von diesen Dingen, aber eines weiß ich gewiss, sie sollten von der Kanzel gepredigt und nicht in meinem Wirtshaus herausposaunt werden. Als gestern sein Begleiter wieder damit anfing, meinen Gästen mit frommen Reden das Bier zu versauern, hätte ich ihm am liebsten das breite Maul gestopft, hab's dann aber erst einmal gelassen. Aber wenn sie weiterhin ihren Durst im Kloster stillen und hier nur einen Becher leeren und dabei meine Gäste vergraulen, werfe ich sie bei nächster Gelegenheit raus. Als hätten wir nicht schon im Diesseits Kummer genug, müssen die uns auch noch das Jenseits vermiesen.«

Cunrad sah Bram mit gerunzelter Stirn an. »Du wolltest ihm das breite Maul stopfen?«

Der Wirt zuckte die Schultern. »Schau nicht so ernst, Cunrad. Ja, das wollte ich, was ist daran so schlimm? Bist doch selber schnell mit deinen Fäusten dabei.«

Cunrad hüstelte. »Erinnere mich nicht daran und sag mir lieber, wie Angelikus' Begleiter aussieht.«

»Diese grauen Mönche sehen für mich alle gleich aus. Der allerdings hat das Gesicht so mit Sommersprossen besprenkelt, dass einem ganz schwindelig wird, und zudem ein so breites Maul, dass ich ihn glatt zu den Fröschen in meinem Garten setzen könnte. Da würde er mit seinem frommen Gequake wenigstens niemanden belästigen.«

»Nennt er sich Bruder Thomas?«

Bram kratzte sich den Kopf und nickte. »So heißt er wohl, warum?«

»Ach nichts, Bram. Ich dachte nur an jemanden, den ich vor langen Jahren gekannt und in keiner guten Erinnerung habe«, antwortete Cunrad nachdenklich und starrte auf die Tischplatte. Einer der anderen Gäste rief nach Bram, und der Wirt machte sich wieder an die Arbeit.

Schweigend begannen sie zu essen, jeder in seine eigenen Gedanken versunken. Plötzlich legte Johann seinen Löffel beiseite.

»Wir müssten eigentlich nichts anderes tun, als hier hocken zu bleiben und auf die beiden zu warten. Mein kleiner Zeh sagt mir, dass hier etwas faul ist.«

»Und mit den Morden zusammenhängt?«

»Warum nicht? Vielleicht ist das Brandmal mit der burgundischen Lilie tatsächlich nur eine Finte, und etwas ganz anderes steckt dahinter.«

Ein Krachen schreckte sie auf. Ein Fettwanst mit aufgedunsenem Gesicht war an einem der Nachbartische so jäh aufgesprungen, dass sein Stuhl zu Boden kippte. Mit der Faust schlug er auf den Tisch, Krüge schepperten, Bier schwappte über.

»Wenn du denkst, mich betrügen zu können, dann hast du dich kräftig geschnitten. Drei Sechsen bei jedem Wurf, dass ich nicht lache! Gib sofort die gezinkten Würfel her«, schrie er, packte mit seiner rechten Pranke einen der Mitspieler am Kragen und zerrte ihn hoch.

Johann und Cunrad tauschten einen kurzen Blick, kein Geringerer als Hanno de Kamp, des Bürgermeisters Schwiegersohn, zappelte im festen Griff des Dicken wie ein Fisch am Angelhaken.

»Lasst von mir ab, und zwar augenblicklich. Ich habe das Spiel gewonnen, dabei bleibt es!«, kreischte Hanno und begann, den Dicken mit Fußtritten zu traktieren.

Der Mann lachte auf. »Du willst wohl ein Tänzchen mit mir wagen?«, fragte er spöttisch und fügte dann barsch hinzu: »Rück mein Geld und die Würfel raus, du Esel, sonst setzt es was!«

»Nein!«, japste Hanno.

Der Mann grinste verächtlich, dann riss er ihm mit einer raschen Handbewegung die Tasche vom Gürtel. »Na, dann hol ich's mir eben selbst«, gluckste er und ließ Hanno los, sodass er rücklings zu Boden fiel.

»Finger weg von meinem Hab und Gut!«, schrie er, doch der Dicke sah ihn nur kurz an und leerte dann mit genüsslichem Grinsen den Beutel über dem Tisch aus. Als lediglich ein paar Groschen und ein versiegeltes Schreiben herausfielen, verzog er wütend das Gesicht.

»Wo ist der Rest?«, schrie er und blickte sich nach Hanno um, der sich wieder hochgerappelt hatte und gerade das Schreiben einstecken wollte. Der Dicke entriss ihm das Papier.

»Nicht so schnell!«, schnaubte er und brach das Siegel mit seinen speckigen Fingern.

Hanno wurde wachsweiß. »Um Gottes willen, was habt Ihr getan? Gebt das Schriftstück sofort her«, rief er.

»Halt's Maul!«, fuhr ihn der Dicke an und entrollte das Papier, während er mit seinen Ellbogen Hannos Bemühungen abwehrte, ihm es zu entreißen. Mit gewichtiger Miene betrachtete er die eng beschriebene Seite und ließ sie schließlich zu Boden segeln, von wo Hanno sie eilig aufhob. »Nur wertloses Gekritzel, keinen Pfennig wert«, brummte er.

Einige Männer lachten grölend.

»Spiel dich nicht so auf, Wilhelm. Du kannst doch gar nicht lesen. Trink lieber einen mit uns!«, rief jemand und schob ihm einen vollen Krug hin.

Der Dicke, dessen Gesichtszüge sich augenblicklich entspannten, hob den Bierkrug und leerte ihn gierig. Hanno wollte die Gelegenheit nutzen, um sich aus dem Staub zu machen, was der Dicke jedoch aus den Augenwinkeln beobachtete.

»Du meinst wohl, dich ungestraft davonschleichen zu können? Da hast du, was du verdienst«, rief er, knallte den Krug auf den Tisch und ließ seine geballte Faust auf Hannos Nase und Kinn krachen. Hanno jaulte auf vor Schmerz, taumelte durch die Schankstube und erreichte die Tür, wo ihn ein grinsender Bram Vlemingh erwartete.

»Ihr habt vergessen, die Zeche zu bezahlen!«, sagte er und tippte mit dem Zeigefinger gegen eine Wölbung unter Hannos Wams.

»Untersteht Euch, mich anzufassen, Brauer«, herrschte Hanno ihn an, zog dann aber schweigend einen Beutel unter seinem Wams hervor, drückte Bram eine Münze in die Hand und war durch die Tür verschwunden.

Bram sah auf die Münze und begann schallend zu lachen. »Der feine Herr hat sich verguckt und statt eines Albus einen fetten rheinischen Gulden springen lassen!«, rief er.

»Die Hälfte gehört mir«, geiferte der Dicke hinter ihm.

Bram beachtete ihn nicht und sah in die Runde. »Wie steht's mit einem Becherchen zum Wohle des großzügigen Spenders?«, fragte er.

Ein Johlen war die Antwort. Cunrad und Johann sahen einander an und grinsten.

17

Hanno de Kamp stolperte über einen Eimer Seifenlauge. Die Brühe ergoss sich auf seine aus feinem Kalbsleder gefertigten Schnabelschuhe mit der Goldtresse. Er rutschte aus, das Schuhwerk war mehr für die eleganten Schritte höfischer Tänze geeignet als für einen Gang über das glitschige Pflaster der Stadt. Er rappelte sich auf und torkelte in eine schmale Seitengasse, die neben dem »Falken« zum Hinterhof der Gastwirtschaft führte. Scharfer Uringeruch stieg aus dem Geschmier unter seinen Füßen zu ihm auf. Er stand inmitten der Kloake der Wirtsstube, in der die Zecher des Nachts Erleichterung suchten und fanden. Hanno sah hoch, über ihm neigten sich die Wände der Fachwerkhäuser beängstigend nah zueinander. Der Durchgang glich einem Tunnel, der gleich einzustürzen drohte.

Wenn er es doch täte, dachte er, und alles ein Ende hätte, sein Hunger auf die Weiber, den Wein, das Würfeln, das Kartenspiel, das Knurren seines Weibes und das seiner Gläubiger. Welch herrliche Vorstellung, doch leider ohne jede Aussicht auf Verwirklichung. Seine Begierden würden weiter sein Geld fressen und ihn schleichend vernichten. Das doppelte Spiel, das er trieb, warf zwar ein ordentliches Sümmchen ab, aber seitdem dieses Mönchsgekröpfe von seinem Tun Wind bekommen hatte und sich sein Schweigen teuer bezahlen ließ, genügte es nicht mehr, um alle mit Münzen füttern zu können, in deren Schuld er stand. Sein Auftraggeber war geizig und scharfsichtig wie der Falke auf seiner Hand. Er hatte zur Jagd gerufen, und Hanno war seinem Ruf gefolgt. Es gab kein Zurück mehr, wollte er nicht zur Beute werden.

Er griff in seinen Lederbeutel und zog das Geld hervor, das man ihm im Voraus gezahlt hatte. Als die Münzen durch seine Finger glitten, hielt er inne, dann warf er sie wütend in den Dreck. Er hatte dem Braumeister in seiner Eile statt eines Albus einen vollen rheinischen Gulden gegeben! Damit hätte er die Huren von der Gebranntgasse einen ganzen Tag und eine ganze Nacht sein Eigen nennen können.

Hanno atmete trotz des Gestanks tief ein und klaubte, als er sich beruhigt hatte, die Münzen wieder aus dem Schmutz. Er öffnete die Lasche seiner Tasche und holte das Schreiben heraus. Misslaunig sah er auf das erbrochene Siegel, es würde ein schlechtes Licht auf ihn werfen, aber daran war nun nichts mehr zu ändern. Er musste das Schriftstück an den vereinbarten Ort bringen, so oder so. Er hatte einen Auftrag, den es zu erfüllen galt. Ein Glück, dass der Fettwanst nicht des Lesens mächtig gewesen war und keinen der anderen Gäste gebeten hatte, es ihm vorzulesen – nicht auszudenken, was geschehen wäre, hätten es diese Schnüffler Cunrad Tuschenbroich und Johann von Kotthausen zwischen die Finger gekriegt.

Über einen gewundenen Pfad, der sich zwischen Hinterhöfen und Gärten hindurchschlängelte, erreichte Hanno den Marktplatz, querte ihn und fand sich wenig später im Münster wieder. Die Abendmesse war vorüber. Weihrauchschwaden und der Qualm gelöschter Kerzen zogen durch die sonnengesprenkelte Luft, die sich in den schmalen Fenstern des Gotteshauses brach. Eine gute Zahl an Kirchgängern kniete noch in den Bänken und betete.

Hanno tauchte den Finger in das Weihwasserbecken neben dem Portal, bekreuzigte sich und warf eine Münze und das Schriftstück in den Opferstock, einen hölzernen Kasten, der an der Wand des rechten Seitenschiffs hing. Er kniete nieder, faltete die Hände und gab vor zu beten. Die Augen fest auf den Opferstock gerichtet, lauerte er auf den Spitzel, der früher oder später kommen musste, um das Schreiben zu holen. Er war die Rolle des stummen und blinden Boten satt. Wer war der Mann, dessen Identität so streng geheim gehalten wurde, dass Hanno hatte schwören müssen, nichts zu unternehmen, um sie aufzudecken? Doch was bedeutete schon ein Schwur in diesen Zeiten? Nichts. Der Unbekannte musste ein Gesicht bekommen, Gestalt annehmen und ihm, wenn er es geschickt anstellte, sein Stillschweigen über sein verbotenes Tun bezahlen.

Das Münster leerte sich. Die Menschen verabschiedeten sich mit einem Knicks, einem Kniefall oder einem kurzen Nicken vor dem gekreuzigten Christus. Einige lenkten ihren Weg zum Opferstock, Münzen klimperten. Hanno besah sich jeden genau, doch es waren beinahe nur Weiber und Alte, und die wenigen Männer unter ihnen trugen allesamt die Gesichter lauterer Handwerksmeister und Kaufmänner, von denen keiner der Gesuchte sein konnte. Schritte hallten und verstummten hinter dem Scheppern des Portals. Ein halbes Dutzend Stiftsdamen lief geschäftig durch die Reihen, scheuchte die Taugenichtse auf, die in den Bänken schnarchten, und half den Alten und Hilflosen auf die Beine.

Er erkannte Ursula, die junge Chordame mit den aufgeworfenen Lippen und dem kleinen Grübchen im Kinn, die ihm schon beim Stiftsfest aufgefallen war. Er pfiff leise durch die Zähne. Sie schrak hoch und sah ihn aus großen Augen an. Er zwinkerte ihr zu, sie errötete und senkte den Blick, um gleich darauf mit einem schelmischen Blick wieder zu ihm hinzusehen. Er lächelte, zuerst in Ursulas Gesicht und dann in das der Custorin Schwester Agnes, die wie aus dem Nichts neben ihr aufgetaucht war, ihn mit Durchdringlichkeit maß und das Mädchen fortzog.

»Elender Schürzenjäger«, sabberte es neben ihm.

Er drehte den Kopf. Ein zahnloser Mund klappte zu, zuckte, öffnete sich erneut. Speichelfäden spannen sich zwischen dünnen Lippen, eine Zunge schlug schwerfällig Worte. Er verdrehte die Augen. Neben ihm hockte die Großmutter seines Weibes und lauerte.

»Bring mich nach Hause«, krächzte sie.

Er sah sie an, hörte das Geräusch von Münzen, und seine Augen hasteten wieder zum Opferstock. Doch es war nur die Custorin des Münsters. Den Rücken ihm zugewandt, kniete sie vor dem hölzernen Kasten und leerte ihn. Enttäuscht sah Hanno zu Boden, als er plötzlich Schritte vernahm und eines hochgewachsenen teuer gekleideten Mannes gewahr wurde, der in diesem Augenblick die Kirche verließ. Das Kirchenportal schlug hinter ihm zu.

Hanno sprang auf und hastete ihm nach. Vielleicht war das der Mann, auf den er gewartet hatte. Er musste ihn einholen und zur Rede stellen.

»Hanno, komm zurück und bring mich heim. Du kannst ein fast blindes Weib doch nicht hier hocken lassen!«, krähte ihm die Alte nach. Er achtete nicht auf sie und schoss aus der Kirche.

»Kommt, ich helfe Euch.«

Agnes war neben die alte Frau getreten und hielt ihr den Arm hin. »Ich bringe Euch heim. Aber sagt, was trieb Hanno dazu, das Haus unseres Herrn so eilig und auf so rüpelhafte Weise zu verlassen?«

Die alte Keybisch rappelte sich mühsam hoch und stützte sich auf Agnes' Arm.

»Ein falsches Spiel.«

18

Das Bier in den Krügen war genauso trüb wie ihre Stimmung. Nachdem die erhellende Wirkung des Alkohols nachgelassen hatte, saßen Cunrad und Johann einander gegenüber und grübelten darüber, was am Ende aus dem erwachsen würde, was mit Kornelius' Ermordung seinen Anfang genommen hatte und sich in der letzten Nacht mit dem Tod von Jelis und Petrus fortgesetzt zu haben schien.

»Dieser mordende Teufel sät den Samen der Angst unter den Nuyssern. Nicht auszudenken, was daraus keimen wird, wenn wir ihn nicht zu fassen kriegen.«

»Verdruss und Misstrauen werden um sich greifen, gepaart mit dem Verlangen, diese peinigenden Gefühle durch Lustbarkeiten aller Art zu vergessen.«

»Du glaubst, die Nuysser werden sich Ausschweifungen hingeben? Nie und nimmer.«

»Doch, Johann, das werden sie. In Zeiten des Krieges und anderer Unbilden ist es der menschlichen Natur eigen, diesen entfliehen zu wollen und Trost zu suchen in weltlichen Vergnügungen oder in der absoluten Hingabe zu Gott. Ein Umstand, der dem Teufel, der in dieser Stadt umhergeht, dienen wird, den Plan zu verwirklichen, den er hegt.«

»Und den wir nicht kennen. Oder hast du etwa den Hauch einer Ahnung?«

Cunrad zuckte mit den Achseln.

Der Abend war bereits weit fortgeschritten, als sich die beiden auf dem Markt trennten. Tief in Gedanken ging Cunrad den Platz hinunter, zwei Nachtwächter trabten auf dem Rücken ihrer Pferde an ihm vorbei. Er sah ihnen nach. Müde, in zusammengekrümmter Haltung, ritten sie vorbei an dem aufgestellten Rad und dem Galgen, die seit Beginn der Belagerung die Nuysser abschrecken und zur Ordnung mahnen sollten. Cunrad schüttelte den Kopf, den Mörder schien der Anblick nicht zu ängstigen, geschweige denn seine Mordlust zu dämpfen.

Ein lauter Ruf ließ ihn zusammenfahren, und er blinzelte in die Nacht hinein. Er erkannte die Schemen eines Mannes, der entlang der Häuserreihen vor den Wachen davonlief, die ihm mit ihren Gäulen nachpreschten, seine Spur jedoch verloren, als er in einem schmalen Durchstieg zwischen zwei stattlichen Fachwerkhäusern verschwand. Cunrad brauchte nicht lange, um zu begreifen, wer da soeben vor den Berittenen getürmt war, und ehe er sich's versah, rannte er dem vermummten Mann nach, dessen Kutte ihn verraten hatte. Vorbei an Büschen, Hecken und schiefen Schuppen, lief der Mönch durch die Gärten der Häuser, die den Markt säumten, kroch schließlich durch ein Loch in einer Hecke und verschwand. Cunrad folgte ihm, zwängte sich ebenfalls durchs Gestrüpp und fand sich auf der Hymgasse wieder, die südlich des Markts verlief und zum Portus gehörte, der Kaufmannssiedlung, die sich von der Oberstraße bis zum Flussufer erstreckte. Sein Blick wanderte über die Straße hinweg zu den Rückfronten zweier Lagerhäuser, und im letzten Augenblick sah er den Mann durch ein Loch verschwinden, das in der Außenmauer des einen klaffte.

Cunrad setzte ihm nach, stieg über bröckelndes Gestein und fand sich in der undurchdringlichen Schwärze eines großen Raumes wieder. Schritte hallten, Holz quietschte. Cunrad versuchte auszumachen, woher die Geräusche kamen, aber es gelang ihm nicht.

Als plötzlich ein matter Lichtschein durch die lose verlegten Bohlen der Decke zu ihm hinunterdrang, nahm seine Umgebung Konturen an. Er stand in einer weiten Halle, die bis auf ein paar gestapelte Kisten und eine Schar aufgeschreckter Ratten leer war. Über ihm tappten Schritte. Cunrad legte den Kopf in den Nacken und sah hoch. Ein Schatten bewegte sich im fahlen Licht einer Kerze im Stockwerk über ihm, augenscheinlich hatte der Mann nicht bemerkt, dass Cunrad ihm gefolgt war, und wiegte sich in Sicherheit.

Behutsamen Schrittes durchquerte Cunrad die Halle und erreichte eine Leiter, die nach oben führte. Als er den Fuß auf die unterste Sprosse setzte, ächzte sie leise, und er hielt inne. Als nichts geschah, kletterte er hinauf, um Augenblicke später durch die Luke über den Dachboden, der sich über ihm mit schwerem Gebälk öffnete, hinwegzuspähen. Der Mann stand mit dem Rücken zu ihm und beugte sich über eine Truhe. Münzen klimperten, begleitet von einem monotonen Flüstern.

Als Cunrad sicher war, dass er ihn nicht bemerkt hatte, nahm er die letzten Sprossen, schlich sich an ihn heran und legte ihm die Hand auf die Schulter. Der Mann fuhr herum, stieß einen erstickten Schrei aus, als er Cunrads angesichtig wurde, und wich zurück.

Cunrad grinste gallig in das verdutzte Gesicht von Bruder Thomas.

»Was willst du?«, stieß Thomas wütend hervor.

»Mit dir sprechen«, gab Cunrad zurück.

»Dafür ist dies wohl nicht der rechte Zeitpunkt. Es ist mitten in der Nacht.«

»Ja und? Dir scheint die Finsternis doch ein so treuer Gefährte zu sein, dass du in ihrem Schutz durch die Gassen der Stadt schleichst.«

Cunrads Blick verließ Thomas und streifte über den Dachboden. Loses Stroh und eine wollene Decke dienten dem Mönch anscheinend als Lager, zwei Balken, zum Kreuz vernagelt, lehnten in einer Ecke, davor lagen eine dreischwänzige Peitsche und ein abgegriffenes Stundenbuch. Ein paar Holzzuber standen auf dem Boden und fingen das Wasser auf, das unablässig durch das mit fauligen Holzschindeln gedeckte Dach heruntertropfte.

»Gar keine so üble Behausung, sieht man von den Löchern im Dach und dem Taubendreck ab«, bemerkte er. »Hat Angelikus dir das Plätzchen zugewiesen, nachdem der Abt des Minoritenklosters sich geweigert hat, dich zu beherbergen?«

Thomas zuckte bei der Erwähnung seines Mitstreiters zusammen und schob das Kinn vor. »Das geht dich nichts an.«

Cunrad bückte sich nach einem Gulden in der Truhe und rollte ihn zwischen den Fingern. »Du scheinst einträgliche Geschäfte zu machen«, sagte er ruhig und blickte Thomas an.

»Was dagegen?«, gab der zurück und nahm ihm hastig das Geldstück ab.

Cunrad hob abwehrend die Arme. »Na, na, keine Angst. Ich nehme dir dein dreckiges Geld schon nicht weg. Woher hast du es?«

»Das hat dich nicht zu kümmern.«

»Mich vielleicht nicht, aber vielleicht die beiden Wachen, vor denen du eben geflohen bist, legen sie doch derzeit ein besonders Augenmerk darauf, jeden Dieb zu stellen und aufs Rad zu spannen.«

Thomas runzelte unwillig die Brauen. »Ich stehle nicht!«

»Oh doch, das tust du, man sah dich, wie du vor einer Schenke einen Ratsherrn von der Last seines Geldbeutels befreitest.«

»Eine gehässige Lüge, wie ich sie von dir nicht anders erwartet habe«, gab Thomas zurück.

»Warum sollte ich dir etwas unterstellen, das nicht der Wahrheit entspricht, wie beispielsweise der Umstand, dass du mit Ablässen handelst.« Papier knisterte in Cunrads Hand, als er ein Blatt hervorzog und es Thomas vor die Nase hielt. »Du verfasst diese Erlasse und verschacherst sie an reuige Sünder, die willig sind, sich ihr Seelenheil zu erkaufen, wie zum Beispiel Jelis Bleihoff und Petrus de Quinheim, die nun jedoch leider tot sind. Und ich frage mich, inwieweit du Anteil an diesem Umstand hast.«

»Ich soll etwas mit dem Tod der beiden zu tun haben?«, schnaubte Thomas. »Das ist eine haltlose Unterstellung. Ich nahm dem Stadtbaumeister die Beichte ab. Dass er danach ermordet wurde, war reiner Zufall, und auch mit Petrus de Quinheims Tod habe ich nichts zu schaffen.«

»Wirklich nicht? Soweit ich mich erinnere, ist dir die Sprache der Gewalt nicht fremd. Warum solltest du sie nicht gesprochen haben, als die beiden dich nicht angemessen für das Geschmier bezahlt haben, das sich Ablass nennt?«, fragte Cunrad, und Herausforderung lag in seiner Stimme.

»Beherrsche deine Zunge, Cunrad, und verunglimpfe nicht das Sakrament der Buße, das Bruder Angelikus oder ich gerne bereit sind, auch dir zu spenden«, erwiderte Thomas kalt. »Natürlich ohne etwas dafür zu verlangen«, fügte er mit einem milden Lächeln hinzu

»So selbstlos, Thomas? Sollte ich wirklich so dumm sein, dir das abzunehmen angesichts der Münzen, die du in dieser Truhe hortest und die du sicherlich nicht nur erbettelt hast?«

»Es steht dir frei zu denken, was immer du willst, solange du damit nicht Unschuldigen den guten Leumund raubst, und jetzt, so denke ich, solltest du gehen«, gab Thomas glattzüngig zurück.

»Gehen werde ich erst, wenn ich eine Antwort von dir habe. Ich frage dich noch einmal: In welcher Beziehung standest du zu den Ermordeten, und woher stammt das Geld in dieser Truhe?« Cunrad hatte die Arme vor der Brust verschränkt und sah Thomas an, der ihn mitleidig belächelte.

»Ich bedauere und fürchte, dir beide Antworten schuldig bleiben zu müssen.«

»Wenn es dir lieber ist, sie den Bütteln oder dem Bürgermeister zu beantworten, nur zu. Es bedarf, wie ich schon sagte, keiner großen Erklärung, sie dir auf den Hals zu jagen«, erwiderte Cunrad.

»Du willst mir drohen? Lächerlich. Du überschätzt deinen Einfluss. Ich genieße Schutz, der schwerer wiegt als deine Anwürfe gegen mich.« Thomas grinste selbstgefällig.

»Wer sollte dir schon Schutz gewähren? Angelikus vielleicht? Dein Mitstreiter ist ein Pfuscher, was mittlerweile wohl hinlänglich bekannt sein sollte. Sein Nimbus hat Schaden genommen, wie auch sein Einfluss.«

»Verließe ich mich nur auf ihn, so könntest du recht haben, aber das tue ich nicht. Es gibt weitaus einflussreichere Personen als ihn.«

Cunrad fuhr ein Schauer über den Rücken, welche Ränke hatte der Mönch gesponnen, dass er sich seiner so sicher war? Er sah Thomas eindringlich an. »Halte dich nicht für klüger, als du bist, Thomas. Ich werde Mittel und Wege finden, um das Geheimnis zu lüften, das du und Angelikus wahrt und von dem ich jetzt bereits weiß, dass es nach Geld und Niedertracht stinkt.«

»Dann wünsche ich dir bis dahin Gottes Segen, den er dir sicherlich erteilen wird, nachdem du Buße getan hast, indem du das hier empfängst.« Thomas zog die rechte Hand hinter dem Rücken hervor und ließ die dreischwänzige Peitsche auf Cunrad niederfahren, der unwillkürlich einen Satz zur Seite machte, doch zu spät. Die Lederriemen schnitten in seinen Oberarm und brannten sich in sein Fleisch.

»Das war erst der Buße Anfang, Cunrad«, lachte Thomas, schwang erneuert die Geißel und peitschte sie auf ihn zu. Doch dieses Mal war Cunrad vorbereitet, und statt ihr auszuweichen, warf er sich mit einem lauten Aufschrei dem Mönch entgegen. Thomas strauchelte unter der Wucht des Aufpralls ihrer beider Körper und stürzte zu Boden. Cunrad war über ihm und packte ihn am Handgelenk, die Peitsche fiel zu Boden. Cunrad griff nach ihr. Thomas nutzte diesen Augenblick, stemmte sich gegen ihn und versetzte ihm einen Tritt mit dem Knie. Cunrad zuckte zusammen, und Thomas schlängelte sich unter ihm hinweg, sprang auf die Füße, stürzte auf eine Fensteröffnung zu und kletterte nach draußen.

Cunrad hastete ihm nach und fluchte laut, als er tatenlos zusehen musste, wie Thomas behände das morsche Dach des Lagerhauses hinaufkletterte, den First erreichte und im stäubenden Dunst des Nieselregens verschwand.

19

Nuys, 2. August 1474, Tag des heiligen Eusebius

Ghela stand in der Offizin der Apotheke und schaute ihrem Onkel über die Schulter. Johann liebte es, sie in die Geheimnisse seiner Arbeit einzuweisen, ihr zu zeigen, wie man Kräuter, Samen, Früchte und Mineralien abwog, zu Pulver zerstieß, siedete oder destillierte. Ghela jedoch trat von einem Fuß auf den anderen, sie langweilte sich, und zudem fürchtete sie sich vor den Spinnen, die in den Ecken und an der Decke der Werkstatt lauerten.

»Schau, wie leicht sich die Kantharidenkäfer zerstoßen lassen, beste Qualität aus Spanien. Reiche mir doch bitte das Terpentin«, sagte Johann und schnippte mit dem Finger. Ghela holte eine dickbäuchige Flasche von einem Holzbrett an der Wand und reichte sie ihrem Onkel, der an einem breiten Tisch in der Mitte des Raumes saß. Beißender Geruch stieg auf, als er die Flüssigkeit aus der Flasche in die zerstoßenen Käfer tropfen ließ. Ghela zog die Nase kraus und hielt sich die Hand vors Gesicht.

»Dass es immer gleich stinken muss, wenn du diese klebrigen Pampen anmischst!«, meckerte sie.

Johann drehte sich zu ihr um und musterte sie mit hochgezogenen Brauen. »Deine Wortwahl lässt zu wünschen übrig, mein Kind. Arzneien dienen zur Linderung von Leiden und zur Genesung der Kranken. Nimm den Kantharidenkäfer, auch landläufig Spanische Fliege genannt. Vermischt man das aus ihm gewonnene Pulver mit Olivenöl, Wachs und Terpentin und stellt daraus ein Pflaster her, so hat dieses eine ausleitende, reinigende Wirkung auf die Körpersäfte.«

Ghela konnte ein Gähnen nicht unterdrücken, und Johann verdrehte die Augen.

»Aber was bemühe ich mich, dir etwas naturwissenschaftliche Bildung angedeihen zu lassen. Du bist eben ganz die Tochter deines Vaters, der sich nur auf dem Rücken seines Pferdes und in Gesellschaft von Bauernlümmeln wohlfühlte.«

»Du übertreibst, Onkel, mein Vater mochte von einfacher Gesinnung gewesen sein und an einem schönen Ausritt mehr Gefallen gefunden haben als an der Lektüre von Aristoteles und Albertus Magnus. Doch dieser Umstand gibt dir nicht das Recht, ihn immer wieder schlecht zu machen und mich als einfältig zu bezeichnen. Die Naturwissenschaften reizen mich sehr wohl, wenn sie sich nicht gerade um stinkende Käfer drehen!« Ghela sah Johann beleidigt an. »Und überhaupt, was nützt mir pharmazeutisches Wissen, wenn ich als Frau nie davon Gebrauch machen kann.« Sie legte den Kopf schief. »Es sei denn, ich würde deine Nachfolge antreten, gefallen würde es mir ja schon.«

»Gott bewahre, ein Weib in meiner Apotheke, das wäre ja noch schöner. Schlag dir diese Grillen aus dem Kopf. Ich glaube ernsthaft, es ist an der Zeit, dass dir ein Ehemann deinen eigenwilligen Kopf zurechtrückt.«

»Einen Ehemann, den du mir aussuchst?«, sagte Ghela trotzig.

Johann nickte energisch. »So ist es Brauch.«

»Brauch hin oder her, ich werde keinen der Freier erhören, die du mir ins Haus schleppst. Bisher waren es allesamt alte vertrocknete Böcke, die nur Zahlen und Paragrafen im Kopf hatten und sich bloß ihre zahnlosen Münder nach meinem Vermögen und meiner Jugend leckten. Da bleib ich lieber Jungfrau.«

Johann schüttelte den Kopf und sah sie mahnend an. »Ghela! Der Älteste unter ihnen stand in seinem vierzigsten Lebensjahr und hatte sehr wohl noch Zähne im Mund, wenn auch, ich gebe es zu, nicht allzu ansehnliche. Also mäßige dich und unterlasse es, wie ein Bierkutscher mit mir zu schimpfen.«

»Ich und mich mäßigen? Hast du letzthin nicht wortlos zugesehen, wie der alte Wilhelm Hege mich tätschelte? Das welke Fleisch hängt ihm über seinen Gürtel, wahrscheinlich macht er sich ernsthafte Hoffnung auf mich, und mein werter Onkel bestärkt ihn auch noch darin, indem er ihn mindestens einmal im Monat zum Sonntagsmahl lädt.« Ghela lachte bitter auf. »Ich werde nie in meinem Leben heiraten, Onkel, wie oft soll ich dir das noch sagen?«

»Ach was, ob du heiratest oder nicht, entscheide immer noch ich, und wer weiß? Vielleicht habe ich den passenden Ehemann für dich bereits gefunden.«

Ghela riss die Augen auf. »Wen?«

Johann ignorierte ihre Frage und wandte sich wieder den Käfern zu.

»Ich habe dich etwas gefragt!«, sagte Ghela jetzt mit schneidender Stimme, doch Johann schwieg beharrlich.

In Ghela stieg eine Ahnung hoch, welchen Freier ihr Onkel im Auge hatte. Sie stemmte die Arme in die Hüfte. »Untersteh dich, Onkel, auch nur einen Gedanken daran zu verschwenden, mich an den erstbesten Ritter zu verhökern. Graf Arnold von Berghem ist eitel und hochnäsig, eben ein rechtes Großmaul. Bevor der mich kriegt, gehe ich lieber ins Kloster wie Clara!«

»Was ich dir streng untersage! Soll das Geschlecht der von Kotthausen denn ganz aussterben? Du heiratest, und jetzt schweig still«, fuhr ihr Johann über den Mund und begann, Bienenwachs in einem Tiegel zu schmelzen.

Ghela sah ihn entsetzt an. Johann meinte es ernst, ein Wort von Arnold, und sie wäre die seine. Sie schickte ein kurzes Stoßgebet zur Heiligen Jungfrau, dass Arnold keinen Gefallen an ihr fände, aber ihr Gefühl sagte ihr, dass beten nicht mehr viel nutzte. Auch wenn Arnold von Berghem nach dem Fest zu Ehren der hessischen Ritterschaft sich trotz der Proteste Johanns eine andere Unterkunft gesucht hatte, war er an den darauffolgenden Abenden immer auf einen kleinen Plausch bei Johann vorbeigekommen, und Ghela hatte die Blicke sehr wohl bemerkt, die er ihr zugeworfen hatte.

»Und was den Ritter betrifft«, fügte Johann nach einer Weile des Schweigens hinzu, »so entbehrt deine Meinung über ihn jeder Grundlage. Arnold von Berghem ist ein kluger, gebildeter und äußerst bescheidener Mann mit ausgezeichneten Umgangsformen. Buhlte er um dich, so wäre das ein großes Glück für uns alle«, sagte Johann und ließ das flüssige Wachs aus dem Tiegel in die Käfermasse tropfen.

Ghelas Magen krampfte sich zusammen, das Schlucken fiel ihr schwer, und sie spürte, wie Tränen in ihren Augen hochstiegen. »Ein Glück für dich vielleicht, für mich wäre es die Hölle auf Erden!«, schluchzte sie, stürzte zur Tür hinaus in die Apotheke, durchquerte sie und lief nach draußen in die Dunkelheit. Weinend rannte sie den dunklen Saum der Häuserreihen entlang, die den Markt umstanden, und fand sich schließlich vor der Pforte in der Stadtmauer wieder, durch die sie noch vor wenigen Tagen zu ihrem Stelldichein mit Lorenz am Rheinufer geschlüpft war.

Ihre Hände griffen nach dem Türriegel und versuchten, ihn zurückzuschieben, doch er gab nicht nach. Das Tor war verschlossen, was hatte sie anderes erwartet? Verzweifelt pochte sie mit den Fäusten gegen das grobe Holz, vergeblich. Sie war eingesperrt in dieser Stadt. Die Welt dahinter war ebenso unerreichbar für sie wie Lorenz, den sie so schrecklich vermisste, obwohl er sich einfach davongemacht hatte und sie offensichtlich nicht liebte. Der kurze Augenblick des Glücks, den er ihr beschert hatte, war vorübergezogen wie eine fedrige Wolke am blauen Sommerhimmel. Nun stand sie da und wusste nicht, was werden sollte.

Ghela lehnte sich mit dem Rücken gegen die Pforte, streckte ihr Gesicht dem Himmel entgegen und tat ein paar tiefe Atemzüge. Nach einer Weile verebbte der Tränenstrom, und sie wurde ruhiger. Sie lauschte in die Stille. Die Stadt schlief bereits, nur das leichte Säuseln des Flusses war zu hören, und mit einem Mal wurde sie sich ihrer Leichtfertigkeit bewusst, allein in dieser vollkommenen Dunkelheit zu stehen, keinen Steinwurf von der Stelle entfernt, wo man Jelis Bleihoffs Leiche eingemauert gefunden hatte. Angst kroch in ihr hoch, sie fröstelte und rieb sich die Arme. Es war Zeit, nach Hause zu gehen, auch wenn der Gedanke an Johann und seine aberwitzigen Heiratspläne ihr nicht behagten.

»Ganz ohne Begleitung, Liebchen?«, wisperte es durch die Nacht.

Ghela fuhr zusammen. Kalte Finger strichen ihren Hals hinab, und ein Arm legte sich um ihre Taille. Sie drehte den Kopf. Hanno de Kamp stand dicht neben ihr, ein anzügliches Grinsen auf dem Gesicht. Sie konnte seinen Weinatem riechen, er war sturzbetrunken.

»Hanno, was fällt Euch ein, lasst Eure Hände gefälligst bei Euch!«, sagte Ghela energisch.

Hannos trüber Blick erhellte sich, als er sie erkannte. »Ach, sieh an, unseres verehrten Apothekers Nichte. So allein heute?«, lallte er und schnalzte mit der Zunge. Ghela zuckte zusammen und versuchte, sich aus seinem Griff zu befreien, was Hanno veranlasste, noch näher an sie heranzurücken.

»Ich hab's gern, wenn sich die Weiber ein bisschen zieren, das erhöht den Reiz«, kicherte er und nahm ihr Kinn in die Hand. »Na, gib Hanno einen Kuss!«

Tiefer Abscheu wallte in Ghela hoch, und sie spuckte ihm ins Gesicht. Der Kaufmann kreischte auf und torkelte rückwärts.

»Was fällt dir ein, Spielmannshure«, geiferte er und packte sie. Seine Finger zerrten ihr Brusttuch auseinander und langten in ihren Ausschnitt. »Na, das nenn ich mal einen Glücksgriff, bist ein saftiges Weib«, gluckste er.

Ghela schrie auf und stieß ihm im nächsten Augenblick ihr Knie in die Lenden. Hanno heulte auf, ließ von ihr ab, und sie rannte los.

Sie lief den Klockhammer hoch und bog rechts in die Rheinstraße ein. Über ihre Schulter hinweg sah sie Hanno. Er hatte sich ebenfalls in Bewegung gesetzt und stolperte ihr nach. Ghela rannte, ihre Haube verrutschte, sie riss sie sich vom Kopf und lief mit wehenden Haaren weiter. Verzweifelt schaute sie sich nach einem Schlupfwinkel um, doch rechts von ihr erhob sich die Stadtmauer, und links sah sie nichts als verrammelte Fensterläden und Türen.

»Heilige Jungfrau, hilf mir!«, stieß sie hervor und spürte im gleichen Moment, wie sich eine Hand auf ihre Schulter legte.

»Bleib stehen, Weib!«, polterte eine herrische Stimme. Sie wurde herumgerissen und stand einem Soldaten in glänzender Rüstung gegenüber. Er schob das Visier seine Helmes hoch und musterte sie mürrisch aus grauen Augen. Ghela blieb der Atem weg, als sie ihr Gegenüber erkannte.

Auch Arnold von Berghem war das Erstaunen über die unverhoffte Begegnung mit ihr anzusehen. Hastig ließ er sie los.

»Jungfrau Ghela«, sagte er leise und verbeugte sich. »Ich ahnte nicht, dass Ihr das seid. Verzeiht meinen derben Ton.«

Ghela setzte rasch ihre Haube auf und senkte den Blick. »Graf von Berghem.«

»Warum seid Ihr so in Eile?«, fragte er mit gerunzelter Stirn.

»Wisst Ihr …« Ghela suchte nach Worten und schaute dabei die Straße hinunter. Keine Spur war mehr von dem betrunkenen Kaufmann zu sehen. Beruhigt wandte sie sich wieder an Arnold.

»Ich floh vor einem Hund«, erklärte sie atemlos.

»Einem Hund?«, wiederholte Arnold erstaunt.

»Ja, einem rechten Kläffer, der mir hinterherjagte und es sicherlich auf meine Wade abgesehen hatte.«

»Ich hätte sein Gebell vernehmen müssen, der heutige Abend ist ungewöhnlich ruhig«, bemerkte Arnold mit belustigtem Unterton, und Ghela fühlte das Blut in ihr Gesicht wallen. Sie war keine gute Lügnerin, aber eher wollte sie sich die Zunge abbeißen, als Arnold von ihrer unangenehmen Begegnung mit Hanno zu erzählen.

»Nun, vielleicht sind Eure Ohren nicht mehr so gut, wie Ihr denkt. Der Hund ist jedenfalls weg, und ich sollte mich eilen, nach Hause zu kommen«, beeilte sie sich zu sagen.

»Ich geleite Euch, es ist weiß Gott nicht die rechte Zeit für eine Jungfrau, allein durch die Gassen zu wandern, und ich frage mich ernsthaft, was Euch zu so später Stunde aus dem Haus getrieben hat.« Arnold lächelte milde und bot ihr seinen Arm.

Ghela sah zu Boden. Wenn Arnold von Berghem wüsste, dass er der Gegenstand des Streites zwischen Johann und ihr gewesen war, der sie aus dem Haus getrieben hatte, würde er sich wahrscheinlich in Selbstzufriedenheit aalen. Sie legte die Hand auf seinen Arm, als im selben Augenblick Gesang von jenseits der Mauer zu ihnen herüberdrang.

»Was um Himmels willen ist das?«, fragte sie.

Arnold horchte in die Dunkelheit. »Es sind die Lombarden, sie schmettern Kampflieder. Kein gutes Zeichen, wahrscheinlich rüsten sie zum Angriff.« Er hatte den Satz kaum beendet, als ein Feuerhagel über die Stadtmauer hinweg auf sie zuschoss. Arnold griff nach Ghelas Hand und hastete mit ihr auf den Wall zu, während rechts und links von ihnen brennende Pfeile auf die Gasse prasselten.

Ghela krallte sich ängstlich an ihn, während er sie weiterzog, bis sie im Windschatten der Mauer keuchend zu stehen kamen.

»Keine Angst, Jungfrau Ghela. So dicht bei der Mauer erreichen die Pfeile Euch nicht, hier seid Ihr in Sicherheit.«

Sie nickte zögerlich, drückte sich gegen die kalten Steine und sah sich um. Von allen Seiten strömten bewaffnete Männer heran und eilten hoch auf die Brüstung. Arnold sah ihnen nach und dann zu Ghela.

»Ihr seht, ich muss zu meinen Kameraden, die Lombarden sind kriegserprobt, jeder Mann wird gebraucht«, rief er ihr unter dem sich verstärkendem Lärm der einfallenden Geschütze und dem tobenden Geschrei beiderseits der Mauer zu.

»Nein, lasst mich nicht allein, ich komme mit Euch«, flehte Ghela.

Arnold nahm sie bei den Schultern und blickte sie eindringlich an. »Auf der Brüstung ist es zu gefährlich, glaubt mir. Bewegt Euch nicht vom Fleck, ich komme so schnell als möglich zurück.«

Ghela wagte nicht, ihm zu widersprechen. Sie nickte stumm, und er verschwand. Ghela kauerte sich auf den Boden, zog die Knie an und barg ihren Kopf zwischen den Händen. Über ihr dröhnten Geschütze, wurden Befehle geschrien. Mehrmals erkannte sie Arnolds Stimme und musste sich eingestehen, dass es sie beruhigte, ihn dort oben zu wissen. Aus den Häuserreihen ihr gegenüber kamen Menschen gelaufen, schleppten Eimer herbei und eilten, die Feuer zu löschen, die entlang der Straße hochschossen.

Ghela sah ihnen und eilenden Soldaten atemlos zu, die an ihr vorbeirannten, bewaffnet mit Armbrüsten und Schwertern. Vergessen waren mit einem Mal der widerliche Kaufmann und die Trübsal, die seit Tagen auf ihr lastete. Der Burgunder hatte heute mit dem ersten glühenden Pfeil ein Gesicht bekommen. Ghela fühlte deutlich die übermächtige Gefahr, die ihnen allen drohte. Es war keine Zeit, um über eigene Befindlichkeiten nachzusinnen. Kurzerhand stand sie auf und reihte sich in eine Menschenkette ein, die sich gebildet hatte. Hände griffen ineinander und reichten Eimer mit Wasser, Fäkalien und stinkenden Abfällen über die Straße hinweg, die steilen Treppen der Stadtmauer hinauf zur Mauerkrone, wo die Verteidiger der Stadt sie über die Häupter der angreifenden Krieger gossen. Rechts und links von Ghela schlugen Steine und Tonkrüge ein, gefüllt mit siedend heißem Öl. Davon unbeirrt machte sie weiter, verlor jedwedes Gefühl für die Zeit, bis wie aus dem Nichts Arnold vor ihr stand. Blanke Wut lag auf seinen feinen Zügen.

»Ich sagte, Ihr sollt bei der Mauer auf mich warten!«, schrie er.

»Und zusehen, wie andere die Stadt verteidigen?«, gab sie trotzig zurück und reichte einen Wassereimer an ihren Vordermann weiter.

»Ja, verdammt noch mal, niemand widersetzt sich meinen Befehlen und jetzt kommt mit«, brüllte er, packte sie beim Handgelenk und zog sie fort, bis sie eine Gasse erreichten, die weit genug von den Tumulten auf der Rheinstraße entfernt war; Arnold blieb stehen.

»Es war töricht, Euch in eine solche Gefahr zu begeben.«

Ghela strich sich das strähnige Haar aus dem Gesicht, ihre Haube hatte sie längst verloren. »Ich habe meine Heimatstadt verteidigt, Graf von Berghem.« Sie sah ihn herausfordernd an. »Was ist daran töricht?«

Arnold atmete tief durch, auf seinem Gesicht lag die Erschöpfung in dunklen Schatten. »Nichts, verzeiht mir mein barsches Verhalten. Ich sorgte mich um Euch. Vier meiner Kameraden starben bereits im Pfeilregen, einem Mann aus der Bürgerwehr wurde der Arm abgerissen, als er sich eines Eindringlings erwehrte, der, die Axt schwingend, über eine Strickleiter die Mauer hochgeklettert kam. Zudem sind Unzählige verletzt worden, darunter Frauen und Kinder.«

Ghela sah ihn betroffen an. »Das ist furchtbar, ich dachte nicht …« Sie brach ab, und ihre Augen füllten sich mit Tränen.

»Ich wollte Euch keine Angst machen, aber diese Belagerung ist kein Spiel, Ghela, der Kampf um die Stadt bitterer Ernst. Versprecht mir, Euch von den Kämpfen fernzuhalten. Der Gedanke, dass Euch etwas geschehen könnte, ist mir unerträglich«, sagte Arnold mit rauer Stimme.

Ghela schluckte ihre Tränen hinunter und blickte zu ihm auf, für eine kurze Weile sahen sie einander schweigend an, dann räusperte sich Ghela.

»Ich verspreche Euch, auf mich aufzupassen und Euch keinen Kummer zu bereiten. Und nun bringt mich heim, Arnold. Es ist schon spät.« Mit einem kleinen Lächeln reichte sie ihm ihre Hand, die seine Rechte fest umschloss.

»Ihr wisst nicht, was Eure Worte mir bedeuten«, erwiderte er leise.

20

Nuys, 3. August 1474, Tag der heiligen Lydia

Es war bereits später Abend, als Johann an Cunrads Tür pochte und den Medicus aus dem Schlaf riss.

»Ich zieh ihm das Fell über die Ohren, und du kommst mit!«, donnerte er dem verdutzt dreinblickenden Cunrad entgegen, der, ein Öllicht in der Hand, in der Tür stand und einen mehr als zerzausten Eindruck machte.

»Wem?«, fragte er.

»Hanno de Kamp natürlich. Wem sonst?«, antwortete Johann, als würde das alles erklären.

»Welches Hühnchen hast du mit ihm zu rupfen?«, fragte Cunrad, noch immer verständnislos.

»Ein verdammt großes«, antwortete Johann und fügte ungeduldig hinzu: »Kommst du nun endlich?«

»Sag schon, was hat er angestellt, dass du erwägst, ihm Gewalt anzutun«, fragte Cunrad, als sie über den Markt hasteten. Er hatte Mühe, mit dem Apotheker Schritt zu halten. »Hast du etwa neue Erkenntnisse, was die Morde angeht?«

Johann wedelte ungeduldig mit der Hand. »Nein, der räudige Hund hat sich an meiner Ghela vergriffen.«

»Was sagst du da?«

»Ja, du hast ganz richtig gehört. Ghela hat es mir heute nach dem Nachtmahl anvertraut«, keuchte Johann, der langsam aus der Puste kam. »In der letzten Nacht hat er ihr bei der Stadtmauer aufgelauert und sich ihr auf unziemliche Art und Weise genähert. Ghela gelang nur mit Mühe die Flucht.«

»Was um Himmels willen treibt deine Nichte bei Dunkelheit allein in der Stadt?«

»Sie …« Johann stockte und winkte ab. »Das tut nichts zur Sache.«

Cunrad sah ihn schräg an. »Hattet ihr Streit?«

»Nur einen winzig kleinen«, antwortete Johann kleinlaut.

Cunrad gab sich fürs Erste mit der Antwort zufrieden, obwohl er nicht glaubte, dass Ghela wegen einer Geringfügigkeit weggerannt war. Da steckte mehr dahinter, aber was immer es auch war, Johanns Miene verriet, dass er es bereute.

Außer Atem erreichten sie das Haus des Bürgermeisters an der Niederstraße, in dem auch Hanno de Kamp und sein Eheweib lebten. Der schmale vierstöckige Fachwerkbau mit einem ausladenden Erker im ersten Stockwerk und zierlichen Türmchen an den Ecken lag im Dunkeln. Seine Bewohner schliefen offenbar, doch das hielt Johann nicht davon ab, mit der Faust kräftig gegen die reich geschnitzte Eingangstür zu schlagen, bis nach einer geraumen Weile ein heller Streifen hinter den Butzenscheiben aufflackerte und ihnen eine verschlafene Magd die Tür öffnete.

Sie knickste erschrocken, als das Licht ihres Kienspans über das wutverzerrte und vom Laufen gerötete Gesicht des Apothekers glitt.

»Gott steh uns bei! Ist schon wieder einer abgemurkst worden?«, stotterte sie.

»Nein. Wir müssen unverzüglich den jungen Herrn sprechen.«

»Der ist doch noch gar nicht …« Sie schlug sich die Hand vor den Mund und sagte dann hastig: »Der schläft bestimmt schon.«

»Das ist mir herzlich gleichgültig, melde uns.«

Die junge Frau nickte gehorsam, bat sie in die Diele und geleitete sie von dort in Hannos zu ebener Erde liegendes Kontor. Zwei blank polierte Scherenstühle und eine Truhe waren neben einem großen Eichentisch, der als Schreibtisch diente, die einzige Ausstattung in dem verlassen wirkenden Raum.

»Warum hast du mich eigentlich hierhin mitgeschleppt? Du scheinst mir doch Manns genug, deine Angelegenheiten selbst in die Hand nehmen zu können.«

»Sicherlich, aber bisher hab ich bei Streitereien nur von meinem Hirn Gebrauch gemacht, nie von meinen Fäusten wie du.«

»Wenn du glaubst, ich verdresche den Kerl für dich, hast du dich gründlich geirrt! Das musst du schon selber erledigen.«

»Was muss er erledigen?«, fragte eine dunkle Stimme. Reinhard Keybisch stand an der Türschwelle. Sie sahen den Bürgermeister erstaunt an, der mit einem blauen, mit safrangelber Tresse gesäumten Hausmantel bekleidet war und nun auf sie zutrat.

»Wir hatten nach Eurem Schwiegersohn schicken lassen!«, sagte Johann förmlich.

»Ich weiß, aber unsere Magd erschien es ratsamer, mich zu wecken, denn um diese Stunde weilt mein Schwiegersohn selten zu Hause. Was wollt Ihr so dringend von ihm, dass Ihr zu nachtschlafender Zeit hierherkommt? Seid Ihr wieder in Mordsachen unterwegs und verdächtigt zur Abwechslung einmal meinen Schwiegersohn?«

»Hanno hat sich auf unanständige Weise meiner Nichte genähert. Wir sind hier, um ihn zur Rede zu stellen«, entgegnete Johann.

Keybisch, der seinen Arm auf den Kaminsims gestützt hatte, winkte ab. »Gemach, gemach, Johann, soviel ich weiß, ist Eure Nichte ein recht unstetes Ding, das nicht sonderlich wählerisch ist, wenn es um Herzensdinge geht. Vergnügte sie sich doch just mit einem Spielmann. Wahrscheinlich hat sie sich meinem Schwiegersohn auf dieselbe freizügige Weise dargeboten und wurde abgewiesen. Nun rächt sie sich, indem sie bösartige Unterstellungen in die Welt setzt«, sagte Keybisch herablassend.

»Werdet nicht unverschämt, Bürgermeister. Ghela ist eine tugendhafte Jungfrau, um die selbst Ritter buhlen. Ich lege meine Hand für sie ins Feuer«, fuhr Johann auf.

»Geht es um die Metze, die Eure Nichte ist«, gluckste es in dem Augenblick aus dem Flur. Hanno de Kamp lehnte am Treppengeländer und grinste Johann durch die offene Tür an. Mit wenigen Schritten war der Apotheker bei ihm.

»Nehmt das sofort zurück!«, schrie er.

Hanno strich sich durchs Haar. »Warum? Wie soll man Weiber, die sich wie Ghela des Nachts allein in der Stadt herumtreiben, denn sonst nennen?«

Er hatte den Satz gerade beendet, als Johanns Faust auf ihn zuschnellte. Hanno wich zur Seite aus, Johann traf ins Leere, verlor das Gleichgewicht und stolperte. Hanno lachte schallend.

»Na, es scheint mir, als bedürfen Eure Fertigkeiten auf diesem Gebiete noch der Verbesserung. Hier, ich zeig Euch, wie's geht.«

Er rammte Johann den Ellbogen in den Leib. Der Apotheker rang nach Luft, als Hanno einen weiteren Stoß nachsetzte. Johann krümmte sich und fiel zu Boden.

Hanno keckerte schadenfroh und sah Cunrad zu spät, der aus dem Dunkel hervorgesprungen kam und ihm mit der Rechten einen kräftigen Hieb gegen die Wange verpasste. Hanno strauchelte, prallte rücklings gegen das Treppengeländer und fing, ehe er sichs versah, einen zweiten Schlag ein. Blut sickerte aus einer Platzwunde an seiner Schläfe. Hasserfüllt sah er Cunrad an.

»Ah, unser Medicus gibt sich heute auch die Ehre. Ein Jammer, dass dieser hessische Hauptmann Euch vor dem Galgen gerettet hat und Ihr jetzt nicht am Strick baumelt.«

»Hanno, schweig. Du weißt ja nicht mehr, was du sagst«, mischte sich Keybisch ein.

»Du willst mir den Mund verbieten, Vater?«, herrschte Hanno ihn an. »Hast du nicht auch gehofft, dass der Henker Cunrad aufknöpft? Gerätst du doch oft genug mit ihm aneinander!«

»Nur weil wir verschiedener Meinung sind, heißt das nicht, dass ich ihm den Tod wünsche«, ereiferte sich Keybisch.

»Was ich Euch sogar glaube, Bürgermeister«, warf Cunrad ein und wandte sich wieder an Hanno. »Aber zurück zu Euch. Weil Ihr gerade so redselig seid und frank zugebt, dass Ihr mir den Tod gewünscht habt, verratet Ihr mir doch sicher auch, wer hinter der Schweinerei mit der Blase steckt.«

»Ihr geht zu weit, Cunrad. Statt haltlose Verleumdungen auszusprechen, solltet Ihr vielmehr Euren Freund Bram Vlemingh ins Kreuzverhör nehmen, dem Jelis' Tod doch mehr als gelegen kommt, schließlich hat er seit Langem ein Auge auf dessen Weib geworfen«, mischte sich Keybisch erneut ein.

Cunrads Miene verfinsterte sich. »Wollt Ihr schon wieder einen unbescholtenen Bürger der Stadt in den Dreck ziehen und bösartige Gerüchte streuen? Eure Glaubwürdigkeit hat bereits gelitten, wollt Ihr sie am Ende ganz verlieren und womöglich ohne Amt und Würden dastehen?«, polterte er.

»Ihr droht mir, nur weil ich ausspreche, was hinter vorgehaltener Hand geredet wird?« Keybisch war wachsweiß geworden, seine Lippen zitterten, und er hielt sich die rechte Brust. Cunrads

Zorn verflog, besorgt sah er den Bürgermeister an, dessen Körpersäfte seit einigen Jahren im Ungleichgewicht waren.

»Ist Euch nicht wohl, Bürgermeister?«, fragte er und wurde im selben Augenblick zur Seite gerissen, als Hanno ihn mit der Schulter rammte und an ihm vorbei auf die Haustür zustürzte.

Johann, der den Schlagabtausch zwischen den drei Männern bisher schweigend verfolgt hatte, stellte sich ihm in den Weg. Hanno wich zur Seite und stolperte, als Johanns Faust ihm in den Nacken schoss.

»Denkt nicht, dass ich den Grund meines Besuches vergessen habe! Der ist für Euer anstößiges Verhalten meiner Nichte gegenüber und der für Eure schmutzigen Äußerungen!« Ein weiterer Hieb traf Hanno zwischen die Schulterblätter. Er jaulte auf, fuhr zu Johann herum und sah ihn mit wutverzerrter Miene an.

»Noch nicht einmal im eigenen Haus ist man vor Euch elendem Schnüfflerpack sicher!«, brüllte er und verschwand durch die Tür.

»Cunrad, wie habe ich das gemacht?«, fragte Johann sichtlich stolz und rieb sich die Hand, doch Cunrad antwortete ihm nicht. Er hatte sich über Keybisch gebeugt, der zusammengekauert auf der Treppe saß und nach Luft rang.

»Glaubt mir«, sagte der Bürgermeister matt, »ich verfluche mich jeden Tag dafür, dass ich diesem Lumpen meine Tochter zur Frau gegeben habe.«

»Und warum stellt Ihr Euch immer wieder auf seine Seite?«, fragte Cunrad ruhig, während er Keybischs Hand nahm, um seinen Puls zu fühlen.

»Ich tue es für meine Tochter. Sybille liebt ihn und trägt sein Kind unter dem Herzen. Doch Gott möge mir verzeihen, nicht nur einmal habe ich mir gewünscht, er würde von seinen nächtlichen Streifzügen nicht mehr wiederkommen und sie zur Witwe machen.«

21

Vor den Toren von Nuys, 4. August 1474, Tag der heiligen Sigrada

Der Falke hatte seine Schwingen in den warmen Wind gebreitet, der vom Rhein herüberwehte. Zarte Wolken zogen über den Himmel, den die sinkende Sonne rosa hauchte. Der Falke spähte hinab auf den bunten Jahrmarkt, der sich entlang der Straße nach Köln vor den Nuysser Stadtmauern erstreckte. Rufe, Lachen, Geschrei und Gesang drangen aus den bunt beflaggten Zelten, Buden und Hütten. Barbiere, Quacksalber, Tuchhändler, Schmiede, Schankwirte und Spielleute boten lauthals ihre Dienste an. Der Herzog von Burgund zahlte seinen Männern einen ordentlichen Sold, es wurde getrunken, gegessen, gespielt und geprasst. Man verdiente gut an den Söldnern und Rittern und ihrem Hang, sich den Ausschweifungen eines Lebens hinzugeben, das nicht nach Schwefel, Schweiß und Blut roch und vom Tod auf den nahen Schlachtfeldern erzählte. Der Falke stieg höher und höher, bis die laute Welt unter ihm verstummte.

»Wer trinkt, ist König«, rief ein lombardischer Söldner mit schwerer Zunge.

Hanno leerte seinen Becher in einem Zug. Eine Schankmagd kam eilig herbei und wollte roten Burgunderwein nachfüllen, der hier bei Tag und Nacht floss, doch Hanno winkte ab. Er steckte ihr eine Münze in den üppigen Ausschnitt, nickte dem Söldner und dem Gaukler zu, mit denen er unter dem Schatten eines Baldachins getrunken und gespielt hatte, und trat hinaus in den beginnenden Abend. Es fiel ihm nicht auf, dass sich der Gaukler ebenfalls erhoben hatte und ihm folgte.

Es war stickig in dem bunten Gewirr der Buden. Hanno klebte der Schweiß am Rücken, als er das Oberkloster erreicht hatte, in dessen Garten Karl der Kühne und seine Gefolgschaft residierten. Die goldenen Standarten und Banner auf den Dächern der Prunkzelte leuchteten in der Abendsonne, die zwischen den alten Ulmen und Kastanienbäumen des Klostergartens ihr sattes Licht ausgoss. Die Glocken der Klosterkirche kündigten die Vesper an. Für Hanno wurde es Zeit, den Mann zu treffen, der ihn erwartete, um ihm das Schreiben zu übergeben, das er heute früh aus dem Opferstock des Münsters gefischt hatte. Immer noch war ihm der Verfasser der Nachrichten unbekannt, der Versuch, ihm im Münster aufzulauern, war kläglich gescheitert. Der vermeintliche Späher, dem er nachgejagt war, hatte sich als der Stadtschreiber Christianus Wierstraet entpuppt, der bereits seit vielen Jahren der Stadt diente.

Immer noch spielte Hanno den Boten, der Nachrichten in den Opferstock legte und ebensolche in dem hölzernen Kasten fand, ohne zu wissen, wer auf Nuysser Seite die Botschaften entgegennahm. Aber im Augenblick gab er sich damit zufrieden; seit seiner unangenehmen Begegnung mit Cunrad und Johann beäugte ihn sein Schwiegervater misstrauischer als je zuvor, doch Gott sei Dank hinderte ihn sein krankes Herz daran, jeden seiner Schritte zu überwachen.

Hanno schaute zum Empfangszelt Karls des Kühnen. Das Andreaskreuz auf dem herzoglichen Wimpel glänzte silbern. Ein Schauer lief ihm über den Rücken angesichts der Pracht, mittels der der Herzog seine Macht demonstrierte.

Er trat durch das schmale Tor in der Mauer, die den Klostergarten umgab. Ein Stück weit folgte er einem breiten Weg. Auf einer Wiese übten sich Knappen mit Holzschwertern im Kampfe; im Schatten alter Eichen grasten Pferde. Eine Gruppe junger Adliger vergnügte sich mit Pfeil und Bogen und schoss auf die runzeligen Stämme der Bäume. Knechte hockten im Gras und putzten Schilder und Schwerter. Überall standen Kisten mit Lanzen, Harnischen und Helmen. Hanno war nicht zum ersten Mal hier und bahnte sich zielstrebig einen Weg durch das Gewirr. Schließlich erreichte er einen Hof, in dessen Mitte sich eine viereckige, von Seilen umzäunte Fläche befand, auf der ein mit ledernen Beinlingen und blattgrüner Jacke bekleideter Mann stand, der ihm bereits entgegensah.

»Tretet näher, Kaufmann, gleich habe ich Zeit für Euch. Erlaubt mir nur, zuerst diesen Ausreißer einzufangen.«

Er zeigte zum Himmel, wo der winzige Schatten eines Falken

seine Kreise zog. Der Mann schickte einen schrillen Pfiff zu ihm hinauf und wedelte dabei mit einem Mauskadaver. Der Vogel sank langsam tiefer und schoss schließlich zu ihnen herunter. Seine Schwingen streiften Hannos Hinterkopf, er schrak zusammen, taumelte und fiel in den Staub. Der Vogel landete auf der behandschuhten Hand seines Herrn, krächzte schadenfroh und verschlang die Maus mit einem Bissen.

»Ich dachte nicht, dass man Euch so schnell zu Fall bringt«, lachte der Mann und streckte Hanno seine Linke hin. Mühselig kam Hanno hoch und rieb sich die aufgeschürfte Kopfhaut.

»Grämt Euch nicht, Herr de Kamp«, sagte der Mann. »Ich habe an Armen und Händen so viele Narben, dass ich sie gar nicht mehr zählen kann.« Er strich dem schneeweißen Falkenweibchen auf seinem Arm liebevoll, fast zärtlich über den gezackten Schnabel. »Ihr habt eine Nachricht für mich?«, sagte er plötzlich ernst.

Hanno sah sich um. Sie waren allein, er, Erzbischof Ruprecht und sein gottverdammter Falke.

»Euer Bischöfliche Gnaden.« Hanno verbeugte sich und überreichte ihm den Umschlag. Der Erzbischof erbrach das Siegel, überflog die Zeilen und starrte schweigend auf das Papier.

»Schlechte Nachrichten?«

Ruprecht sah Hanno an, seine topasfarbenen Augen glitzerten. »Nun, wie man es nimmt. Wie heißt es so schön: Wer mit dem Teufel essen will, muss einen langen Löffel haben, der meine war wohl zu kurz.«

»Wie meint Ihr das?«

»So, wie ich es sagte«, antwortete Ruprecht knapp, griff in das Federkleid des Vogels und riss ihm eine Feder heraus. Der Falke schrie auf, schnappte nach ihm; Ruprecht schwang seinen Arm und schleuderte den Vogel in die Luft. Er hielt Hanno die Feder hin. »Schmückt Euren Hut damit und entfernt Euch.«

»Ihr habt keine neue Mitteilung, die ich überbringen soll?«

»Nein, Kaufmann. Keine, die des geschriebenen Wortes bedarf. Gottes Geleit.«

Der Falke kreischte, sein Körper war nur noch ein grauer Fleck vor dem sich verdunkelnden Himmel. Hanno schickte ihm einen bösen Blick hinauf, steckte die Feder an sein Barett und eilte, dicht an der steinernen Umfassung des Klosters entlang, davon. Er war bedacht darauf, dass ihm niemand folgte und erfuhr, dass es eine Verbindung in die belagerte Stadt gab. Er selbst gab sich im Lager als Weinhändler aus Kleve aus, und das sollte so bleiben.

Er kroch durch das dichte Grün zweier Holunderbüsche und erreichte die bröcklige Ruine einer vertrockneten Zisterne, unter der versteckt der unterirdische Gang lag, der in das Innere der Stadt führte. Er klappte die hölzerne Luke hoch und war wenige Augenblicke später verschwunden. Das Raunen des nahen Flusses übertönte das erneute Klappern der Luke, als sein Verfolger wie ein Schatten nach ihm in den Gang eintauchte.

22

Er saß auf einem Baum unweit der Stadtmauer, des Wartens müde. Sein Rücken schmerzte unter der ungewohnten Haltung, die er eingenommen hatte. Üblicherweise pflegte er nicht des Nachts auf dem knorrigen Ast eines Pflaumenbaums zu sitzen.

Das Wetter änderte seine Farbe, Blitze zuckten vom Himmel hinab, streckten ihre Finger in das schiefergraue Wasser des Rheins, Donner grollte. Noch war das Gewitter weit genug entfernt, doch wenn der, auf den er wartete, nicht gleich käme, würde er am Stamm dieses Baumes hinabklettern und verschwinden. Er pflückte eine Pflaume, zerdrückte sie in der Hand, ihr Saft rann seine Hand entlang. Er leckte ihn ab, und ein unbändiger Hunger begann in ihm zu nagen, der noch in dieser Nacht nach Befriedigung verlangte. Er zwang sich zur Geduld.

Ein plötzliches Geräusch ließ ihn aufhorchen. Stein kratzte über Stein, Metall schepperte. Er legte sich bäuchlings auf den Ast und schaute nach unten auf das Loch, das sich in der Mitte des Hofes auftat. Der modrige Gestank des Stadtgrabens stieg zu ihm hoch, er spannte die Muskeln an und schaute dem Mann entgegen, der durch die Öffnung hervorgekrochen kam. Er sah die leuchtend weiße Feder an dessen Kopfbedeckung und sprang.

***

Ein Schwall frischer Luft fegte Lorenz entgegen, als er den Stein zur Seite schob. Er atmete gierig und lauschte. Wind säuselte, von ferne grollte Donner heran, ansonsten war es still, weder Mensch noch Tier waren zu hören im Dunkel der Nacht. Hanno de Kamp, dem er unbemerkt gefolgt war, war bereits in der Nacht verschwunden. Im Lager hatte er ihn auf den ersten Blick wiedererkannt, diesen mit allen Wassern gewaschenen Halsabschneider und Betrüger aus bester Nuysser Familie. Bei einem Krug Wein waren sie ins Gespräch gekommen. Hanno hatte zu schwafeln begonnen über Gott, den Wein, das Essen, sein Weib, über den Kaiser, den abgesetzten Erzbischof und Karl den Kühnen. Lorenz hatte ihm schweigend zugehört und einen weiteren Krug bestellt. Schließlich hatte er ihn gefragt, woher er so viel über all die wichtigen Leute wusste. In dem Augenblick hatte Hannos vom Wein befeuerter Geltungsdrang seinen Verstand überrollt, und er hatte ihn ins Vertrauen gezogen. Lorenz war klar geworden, dass er dem Kerl nur folgen musste, um nach Nuys und damit zu Ghela zu gelangen.

Er hatte sich an Hannos Fersen geheftet und war ihm bis in diesen nach Moder stinkenden, jahrhundertealten Schlauch, der Nuys mit dem »extra muros« liegenden Oberkloster verband, gefolgt. Unglücklicherweise hatte er die Spur irgendwann verloren. Nicht, dass er auf Hannos Gesellschaft sonderlich erpicht gewesen war, das nicht, die Pechfackel des Kaufmannes aber hatte er vermisst, als seine Füße mit einigen unangenehmen Zeitgenossen Bekanntschaft machten, die auf dem Grund des Gangs krabbelten, krochen, schlichen oder tot dalagen. Er hatte sich durch die Schwärze getastet, bis seine Hände die eisernen Bügel einer Stiege gefunden hatten und er hochgeklettert war, um der schmierigen Unterwelt zu entkommen.

Lorenz richtete sich auf. Schwärze lag schwer auf den Mauern rund um ihn, die zusammen mit einer Handvoll verkommener Schuppen eine Art Innenhof bildeten. Kisten, Fässer, Säcke, Krüge und Eimer formten bizarre Gebirgsketten aus Holz, Ton, Eisen und Jute. Der Geruch von vergorenem Wein, Hühnerdreck und feuchtem Getreide lag in der Luft. Blätter raschelten. Er sah auf. Die Krone eines großen Obstbaumes ächzte über ihm im Wind. Im gleichen Moment trat der Mond hinter einer Wolke hervor, die Dunkelheit schrumpfte, milchiges Licht wehte durch die Zweige hindurch und beleuchtete das Gesicht in ihrer Mitte. Blätterschatten huschten über einen zu einem grausigen Lächeln verzerrten Mund und ein Paar weit aufgerissener Augen und verloren sich in einer weißen Falkenfeder. An einen Ast gebunden, schwang Hanno de Kamps aufgeknöpfter Leichnam im Wind.

Lorenz schluckte beim Anblick des Kaufmanns und bei dem Gedanken, was mit ihm geschehe würde, wenn einer der Nachtwächter, die stündlich durch die Stadt patrouillierten, ihn hier fände. Wollte er sich keinen Ärger einhandeln, musste er schleunigst verschwinden.

Sein Blick ging über die Mauern hinweg. Ein Meer von Giebeln,

Strohdächern, Kirchturmspitzen und Glockentürmen umringte ihn; kein Hinweis sagte ihm, wo genau er sich befand. Er kannte sich nicht gut genug in Nuys aus, um seinen Standort zu bestimmen. Ein Berg aus Säcken ragte vor ihm auf, lud ihn ein, über ihn hinwegzuklettern, um die dahinterliegende Mauer zu erklimmen. Lorenz setzte an, rannte auf den Berg zu, wollte ihn erstürmen und stolperte über etwas großes Schwarzes. Er fiel, grober Stein zerriss seine Hose, schabte die Haut seiner Knie, Schenkel und Hände auf. Sein Kopf prallte gegen ein Karrenrad. Er griff in die Speichen, bekam sie zu packen, zog sich hoch, blickte zurück und sah die eben noch am Boden liegende Schwärze, die jetzt auf zwei Beinen auf ihn zurannte. Ehe Lorenz begriff, setzte die Schwärze zum Sprung an und flog auf ihn zu.

Lorenz' Gedanken glichen den Blitzen, die vom Rhein her zuckten. Hanno hing im Pflaumenbaum, er hatte seine Leiche entdeckt und zugleich offenbar den dazugehörenden Mörder, der gerade im Begriff war, ihn, den unerwarteten Zeugen, zu überwältigen und ebenso zu meucheln wie den Kaufmann. Doch den Gefallen wollte Lorenz ihm nicht tun.

Er schwang sich unter die Ladefläche des Wagens, rollte darunter hinweg, kam auf die Beine und hechtete noch einmal auf den Säckeberg zu. Hinter ihm trommelten die Schritte seines Verfolgers auf das Pflaster, holten auf, Metall klirrte, der Kerl hatte sein Schwert gezogen. Lorenz hörte ihn keuchen, lauter und lauter. Er hielt jäh inne, drehte sich auf dem Absatz um. Sein Verfolger konnte seinen Lauf nicht mehr verlangsamen, breitete die Arme aus, um ihn zu umfangen und niederzureißen, doch Lorenz sprang zur Seite, und der Mann fiel ins Leere.

Lorenz stürmte die Säcke hinauf, erreichte die Mauer und sprang.

Eine Gasse. Er folgte ihrem Verlauf, duckte sich immer wieder in die Schatten der Erker, die sich wie krumme Weiber zur Straße hinunterbeugten. Er lief vorbei an Gärten, Misthaufen und morschen Ställen, gelangte tiefer und tiefer in die Stadt hinein, Kirchen, Brunnen, Bürgerhäuser rasten an ihm vorbei, und erst als er sicher war, nicht mehr verfolgt zu werden, blieb er keuchend stehen. Sein Herz dröhnte in seinen Ohren, seine Lunge krampfte. Er hielt sich an einer Mauerecke fest und sah sich um.

Wo sollte er nun hin?

23

Nuys, 6. August 1474, Tag des heiligen Sixtus

»Sie haben die Rheininsel Waid!«

Der Schrei des Wächters gellte durch die vor Hitze flirrende Luft, die über der Stadt lag. Wenig später sammelten sich erste Soldaten und Bürger vor der Cranenpforte, einem Tor in der Stadtmauer, das hinaus zum Hafenkai und zum Rhein führte. Mit jedem Ton der Hörner, der warnend von den Stadtwachen auf den Mauern ausgestoßen wurde, wuchs die Zahl der Kampfwilligen. Bald standen Hunderte in der Mittagshitze. Schwerter, Schilder, Speere und Streitäxte wurden unter den unbewaffneten Bürgern verteilt. Die Soldaten legten letzte Hand an ihre Kettenhemden, Harnische und Helme. Hermann von Hessens Stimme schwang über die Menge und mahnte zur Besonnenheit. Einige lauschten seinen Worten aufmerksam, doch von den meisten blieben sie ungehört. Aufgeregt und mit derben Scherzen die Angst überspielend, stürzten die Männer zur Pforte hinaus auf den Kai.

Die ersten Boote und Flöße füllten sich mit Soldaten, glitten in die Strömung des Flusses und den Rhein hinab. Die Nächsten sprangen ihnen nach und wateten, das Wasser bis zum Hals, auf die Inseln und die Belagerer zu. Eine schwarze Masse kampfhungriger Gegner, flankiert von den Bannern Burgunds, erwartete sie dort, um sie niederzustrecken und ihren Sieg zu besiegeln. Sie sollten sich täuschen.

Das Gefecht dauerte den ganzen Tag. Von den Mauern der Stadt peitschten Steine und Eisen auf die Insel und die Belagerer. Vom Fluss aus eröffneten die Nuysser das Feuer aus den leichteren Geschützen. Erbarmungslos donnerten die Salven der Artillerie, und das Gebrüll der Männer gegen den Feind rückte näher und kämpfte den Widerstand der lombardischen und pikardischen Söldner immer weiter nieder.

Mehr als zweihundert Mann fanden eingekesselt im Rhein den

Tod. Mit dem ausgehenden Tageslicht legte sich grauer Pulvernebel über die Köpfe der Letzten der Burgunder, die sich noch nicht geschlagen geben wollten und sich durch den Rhein kämpften. Ruß schmierte in ihren Augen und Nasenlöchern, nahm ihnen die Sicht. Ihre Füße saugten sich in den Sumpf des Flussgrundes. Die zähen Finger der im Wasser verborgenen Pflanzen griffen nach ihnen, umschlangen ihre Glieder und hielten sie zurück. Kanonenkugeln durchstießen die Wasseroberfläche dicht neben ihnen. Der Rhein explodierte um sie herum, grollte in hohen Wellen den Fremden in seinem Bett, entzog ihnen den Boden. Sie taumelten, kämpften gegen die Kraft der Strömung, die sich mit einem Brausen erhob und sie fortspülte. Ein Stöhnen würgte sich aus ihren Kehlen, Rheinwasser gurgelte in ihren Schlünden, rauschte in ihren Ohren und füllte ihre Lungen, bis sie in der Tiefe versanken. Burgund hatte den Kampf um die Insel Waid verloren, bevor der Abend anbrach.

***

Der Bug der Barkasse zerschnitt das Wasser, schob tote Leiber beiseite. Wellen warfen sich gegen den Schiffsrumpf, trugen auf ihren Kuppen Lachen von Blut und rußigem Öl. Reste des Kampfes, der um die Insel Waid getobt und viele Opfer gefordert hatte. Lombarden, Pikarden und Engländer waren entweder unter dem Geschützhagel und dem Pfeilregen der Nuysser gefallen oder zum Opfer der Untiefen und Strömungen geworden, die im Fluss auf sie gelauert hatten.

Gewitterwolken verdunkelten den Himmel, feuchte Stille drückte auf die sechs Männer in dem schmalen Boot. Mit jedem Ruderschlag wuchs ihre Erschöpfung und machte den Bildern Platz, die die Schlacht in ihre Köpfe gebrannt hatte. Nur ihr Anführer vorn am Bug schien noch Kraft zu haben, spähte aufmerksam über das Wasser und suchte nach Überlebenden. Auf ihrer ersten und zweiten Fahrt hatten sie ein paar Kameraden, aber auch einige Lombarden und Pikarden verletzt aus dem Wasser ziehen können. Jetzt, auf der dritten, schien sich nirgendwo mehr Leben zu regen. Die Inseln Waid und Werth, auf denen die ärgsten Kämpfe stattgefunden hatten, kamen näher.

»Lasst uns die Inseln absuchen«, rief der Mann am Bug.

»Da ist doch keiner mehr, Cunrad«, antwortete Bram Vlemingh und ließ das Ruder sinken.

Cunrad sah zu ihm. »Du magst recht haben. Bram, aber sicher wissen wir es nicht. Bevor es dunkel ist, sollten wir auch hier nach Überlebenden suchen.«

Der Brauer schüttelte den Kopf. »Drei tote Nuysser, fünfzig Verletzte, darunter eine Handvoll Lombarden, was willst du jetzt auch noch die Toten des Feindes aus dem Fluss fischen oder 'ne schuppige Jungfrau?«

Die Männer im Boot lachten müde.

»Kein schlechter Einfall, Bram. Wir könnten sie uns teilen!«, gab Cunrad zurück.

Bram winkte ab. »Lass gut sein, Cunrad. Ich hab nichts übrig für fischige Weiber mit einem Schwanz statt einem warmen Schoß.«

»Der am Klockhammer auf dich wartet«, schallte es hinter seinem breiten Kreuz. Bram drehte sich um und musterte Johann, der schmächtig und schwitzend hinter ihm saß.

»Geht dich das etwas an?«, grollte er.

»Nein, Bram, das weniger, aber der arme Jelis ist keine zwei Wochen unter der Erde, und schon wärmt ein anderer die Kuhle in seinem Bett.« Johann grinste.

»Warum hast du diese Kröte von Apotheker mitgenommen?«, rief Bram über die Schulter hinweg Cunrad zu.

»Damit er dir ordentlich was quakt und du dich nicht weiterhin wie ein liebestoller Kater aufführst!«

»Das ist doch allein meine Sache!«

»Wie man's nimmt, Keybisch spricht Verdächtigungen aus, die dich in den Turm bringen könnten«, gab Johann zurück.

»Dass er aller Welt erzählt, ich könnte Jelis ermordet haben, ist mir nicht unbekannt. Es mir zu beweisen aber ist nicht möglich. Flickte ich doch in jener Nacht einen Sudkessel mit meinem Knecht. Schwer vorstellbar, dass ich in einer kurzen Pause mal eben den Jelis eingemauert habe. Ich verstehe mich auf das Rühren der Maische, nicht auf das von Mörtel. Keybisch soll sein Maul zuklappen und lieber nach seinem Schwiegersohn suchen, der seit Tagen verschwunden ist.«

»Hanno ist verschwunden?«, fragte Cunrad und runzelte die Stirn.

»Ja doch, er kam vor zwei Tagen des Nachts nicht heim. Sein Weib hat gestern alle Wirtshäuser nach ihm abgesucht und war auch bei mir, allerdings vergeblich.«

»Und du hast keine Ahnung, wo er stecken kann? In deiner Schenke wird doch über alles und jeden getratscht«, sagte Cunrad.

Bram grinste breit. »Wissen tue ich es nicht, wo unser lieber Hanno steckt, aber dass er gern bei den Nuysser Hübschlerinnen vorbeischaut, ist ein offenes Geheimnis. Wenn du mich fragst, sollte Keybischs Tochter dort mal nach ihm suchen.«

»Die Hurenhäuser sind wohl kaum ein geeigneter Ort für ein ehrbares Weib wie Sybille. Den Gang sollte ihr Vater besser für sie tun.«

»Fürwahr, aber augenscheinlich liegt ihm nicht allzu viel an seinem Schwiegersohn. Heute jedenfalls stand er auf der Mauer und spornte seine getreuen Bürger an, tapfer das Schwert zu schwingen.«

Cunrad und Johann wechselten einen kurzen Blick, während Bram sich über die Stirn wischte und wieder zu rudern begann. Sie erreichten die Waid. Behände sprang Cunrad ans Ufer. Er wartete nicht, bis die anderen das Boot an Land gezogen hatten, sondern folgte dem Pfad inseleinwärts, wo er weitere Verletzte vermutete.

Wind kam auf, stob über den Boden, fegte ihm Sandkörner in die Augen und nahm ihm mit der aufkommenden Dunkelheit die Sicht. Er tappte weiter, stolperte, fiel. Jemand griff nach ihm. Finger zerrten ihm den Kopf in den Nacken. Über ihm stand ein Schatten vor dem zuckenden Himmel.

Ein Blitz durchstieß das Dunkel. Licht sprang über ein schwarzes Gesicht. Ein Messer blitzte auf, Metall legte sich auf seine Kehle.

Cunrad hielt den Atem an und stemmte sich mit aller Kraft gegen den Angreifer, rammte ihm sein Knie zwischen die Lenden. Der Mann jaulte und bäumte sich auf, das Messer fiel zu Boden. Cunrad tastete danach, fand es, umfasste das kalte Eisen, rollte zur Seite und sprang auf. Der Mann lag, die Arme vor den Leib gepresst, auf dem Boden und stöhnte.

»Bastard!«, schrie Cunrad und stürzte sich auf ihn.

»Lass ihn. Siehst du denn nicht, dass er verletzt ist?«

Cunrad fuhr hoch. Durch das Gewirr seiner Haare erkannte er Bram, ein Schwert in der Hand. Er beachtete ihn nicht, wandte sich der Gestalt am Boden zu, setzte an, ihm das Messer in die Brust zu rammen, als ein Schwerthieb ihn traf und umwarf.

»Komm zu dir, Cunrad! Willst du einen Wehrlosen töten?« Bram stieß ihn vor den Mann, und Cunrad sah, dass der Brauer recht hatte. Eine tiefe Wunde klaffte in der Schulter des schwarzhäutigen Angreifers, Blut lief in einem stetigen Fluss über seinen Oberkörper. Ohne nachzudenken, zog Cunrad ein einigermaßen sauberes Tuch aus seiner Hosentasche und presste es auf die Wunde. Der Mann wehrte sich, trat und wand sich, bäumte sich immer wieder auf, bis ihn ein heftiger Faustschlag erneut zu Boden schickte.

Bram rieb sich die Rechte. »So bald wird der nicht mehr wach.«

Cunrad nickte schweigend und verband den Bewusstlosen notdürftig. Gemeinsam schleppten sie ihn zum Boot und legten ihn hinein.

»Wird Zeit, dass wir ihn in die Stadt schaffen. Einen Mohr haben die wenigsten Nuysser schon einmal zu sehen bekommen«, rief Bram, nachdem die anderen zum Boot zurückgekehrt waren, ohne Überlebende gefunden zu haben. Kurz darauf glitt die Barkasse zurück in die Brandung.

Ein kräftiger Wind peitschte Regen in ihre Gesichter. Sie stemmten die Ruder gegen die Strömung, die sie flussabwärts trieb und somit weg von der Stadt. Wellen klatschten gegen den Schiffsrumpf, der Bug schoss nach oben. Das Boot krängte, neigte sich nach links. Bram warf sich in die entgegengesetzte Richtung und brachte es zurück in die Waagerechte.

»Was zum Teufel ist da eben gegen den Rumpf geschlagen?« Er kroch zur Brüstung und beugte sich darüber. »Hier schwimmt ein Weinfass!«, rief er.

»Leer oder voll?«, fragte einer der Männer.

»Voll, wenn ihr mich fragt! Ich brauche ein Seil, oder soll uns diese süffige Kriegsbeute durch die Lappen gehen?«

Die Männer lachten und brachten nicht nur einen schwarzen

Kriegsgefangenen nach Nuys zurück, sondern auch die Vorfreude auf ein Fass blutroten Burgunderweins.

***

Cunrad trat hinaus auf die Straße. Das Licht seiner Fackel beleuchtete nur schwach den Boden unter seinen Füßen, der vom Regen schlammig war und schwarz glänzte. Er sah hoch, über ihm wölbte sich das Firmament in seiner ganzen Pracht. Auf dem lichten Band, das den Himmel durchzog, glitt mit ausgebreiteten Flügeln das Sternbild des Schwans dahin, flankiert von Herkules im Westen und Pegasus im Osten. Er sog die Nachtluft ein, und der Geruch von Blut, verbranntem Fleisch, Schweiß und Erbrochenem in seiner Nase verflüchtigte sich langsam. Hinter ihm brodelte es. Menschen weinten, schrien, jammerten. Das Hospital »Zum Heiligen Geist«, vor dessen Pforte er stand, war erfüllt vom Durcheinander, das die Schlacht um die Inseln hinterlassen hatte. In den letzten Stunden hatte er Stich- und Brandwunden versorgt, Knochen gerade gerückt und gemeinsam mit dem Bader von der Neugasse einem Soldaten das Bein über dem Knie abgenommen.

Die Nacht trug die Farbe des scheidenden Sommers; obwohl die Luft bereits feucht war, war sie immer noch warm und duftete nach frisch gemähtem Heu. In der Ferne sangen einige späte Zecher. Nuys feierte seinen Sieg.

Cunrad ging die wenigen Stufen hinunter, die auf die Gasthausgasse führten. Sein letzter Patient wartete, der Mohr am Schandpfahl auf dem Markt. Entgegen seiner Bitte, die Schulter des Mannes im Hospital versorgen zu dürfen, hatten die Stadtwachen den Schwarzen an den Pfahl gefesselt, als eine lebende Trophäe des siegreichen Streiches der Nuysser über die Belagerer.

Cunrad musste an das Weinfass denken, das sie aus dem Rhein gefischt und nach Nuys gebracht hatten. Er war von der Barkasse sofort ins Hospital geeilt, während die anderen sich des Fasses angenommen hatten. Wahrscheinlich saßen sie jetzt im »Falken« und leerten es ohne ihn. Schöne Freunde hatte er. Cunrad kratzte sich am Kinn. Wenn er sich beeilte, konnte er noch auf einen Becher zu ihnen stoßen.

Auf dem Markt war die Gestalt des Schwarzen nicht mehr als ein dunkler Streifen in grauer Nacht. Cunrad trat auf ihn zu. Er hatte Essig, Honig und ein sauberes Tuch dabei, um die Wunde zu versorgen, und eine kleine Flasche Mohnsaft, um die Schmerzen, die der Mann sicherlich hatte, zu ertränken.

»Der Teufel steckt in dem drin«, wisperte es durch die Dunkelheit.

Cunrad schrak zusammen, sah sich um und erblickte Henricus Cobelens, der ihm sein spitzes Kinn entgegenstreckte, den zahnlosen Mund öffnete und seine Zunge hervorschnellen ließ.

»Was treibst du dich hier rum, Henricus? Troll dich in deinen Verschlag«, schnauzte Cunrad. Der Alte hatte ihm noch gefehlt.

Henricus kicherte. »Sind unruhige Zeiten, Medicus. Hatte es mir ja bereits bei der Fleischhalle gemütlich gemacht, bis die Wachen diesen Teufel gebracht haben und ich nicht mehr schlafen konnte. Der Ruß des Höllenfeuers klebt an dem Kerl. Er hat den Toten in das Fass gezaubert, glaubt mir.«

»Was faselst du da, Alter? Du hast Erscheinungen, erst Engel und jetzt Tote in Fässern, du solltest nicht so viel saufen und …« Cunrad verstummte, ein Gedanke durchfuhr ihn. Er packte Henricus am Handgelenk. »Was sagst du da? Ein Fass mit einem Toten?«

»Ja, im ›Falken‹ haben sie saufen wollen, dachten, fette Kriegsbeute gemacht zu haben, doch beim Fassanschlag stieß ihr Bolzen statt auf Wein auf den Arsch einer Leiche«, feixte Henricus.

Cunrad starrte ihn an, dann ließ er das Handgelenk des Alten los und eilte davon. Henricus stolperte ihm nach.

Beim Betreten des Wirtshauses schlugen ihnen Stille und schaler Biergeruch entgegen. Vereinzelte Talglichter brannten an den leeren Tischen. Mit wenigen Schritten durchmaß Cunrad die Stube, noch immer dicht gefolgt von Henricus. In der angrenzenden Küche hockte Lene, Brams Magd, zusammengesunken auf einem Schemel neben dem rußigen Kaminloch. Erschrocken sah sie auf und rieb sich die verweinten Augen.

»Sie haben Hanno gefunden«, schniefte sie. »Er war ein Schuft, aber das hat er nicht verdient! Schwappte in einem Fass wie sein Wein.«

»Wo ist er?«

Die Magd wies zu einer Luke im Boden, die in den Keller führte. »Ihr könnt ihm nicht mehr helfen, Medicus. Hanno ist toter als tot, darauf mein Wort.«

Cunrad stieg die Leiter hinunter. Unten angekommen, bückte er sich. Die Decke des Kellers hing tief herab, und unter ihrem Gewicht schienen die schweren Balken, die sie stützten, fast zusammenzubrechen. Öllampen flackerten über die bloßen Wände und meißelten die Gesichter der Männer in Stein, die in einer Nische auf einer Bank hockten. Bram der Brauer, Johann, Wilhelm der Bootsbauer aus der Rheinstraße und zwei Fischer aus seiner Nachbarschaft sahen aus wie welche, denen Gevatter Tod kräftig auf die Füße getreten war, als sie mit einem Schluck auf das Leben anstoßen wollten und stattdessen eine Leiche fanden.

Cunrad ging zu dem Toten, hockte sich hin und schob die derbe Wolldecke beiseite, die sie über den nackten Leichnam gebreitet hatten. Hannos Gesicht war aufgedunsen, seine Züge bläulich verquollen; ein Strick hing um seinen Hals, fauliger Geruch entströmte seinem aufgetriebenen Leib.

Mit bebenden Fingern strich Cunrad ihm das dunkelblonde Haar aus der Stirn und sah das Brandmal. Der vierte Tote innerhalb weniger Wochen, erdrosselt, gebrandmarkt, in ein Fass gesteckt und in den Fluss geworfen worden. Der Bestie, die ihnen diese Grausamkeiten darreichte, mangelte es nicht an Phantasie, ihren Botschaften die rechte Aufmerksamkeit zu verschaffen.

»Sagt, Medicus, können Engel sterben?«

Henricus holte ihn aus seinen Gedanken, Cunrad hatte den Alten ganz vergessen. Sein Gesicht war dicht vor dem seinen. Seine Haut, die gelb war wie vergilbtes Pergament, glänzte vor Tränen.

»Nein, Henricus, warum?«, antwortete Cunrad.

Der Alte wies mit zitternder Hand auf Hannos Leiche, und Cunrad begriff. Auf Hannos rechter Brust prangte das Mal, das Henricus auf der Haut des angeblichen Engels gesehen hatte. Mit der Hand fuhr er darüber und sah Henricus an.

»Es ist ein schnödes Muttermal in Form eines Kreuzes. Hanno de Kamp ist dir in jener Nacht als Engel verkleidet erschienen, um dich für seine Zwecke auszunutzen.«

»Und jetzt liegt er tot da.«Henricus schluchzte auf, und Cunrad klopfte ihm auf die magere Schulter. Der alte Mann tat ihm leid, wahrscheinlich hatte er zum ersten Mal in seinem armseligen Dasein das Gefühl gehabt, mehr wert zu sein als der Abfall, den man mit Füßen trat. Cunrad bedeckte den Leichnam, ging zu Johann hinüber und hockte sich neben ihn auf eine hölzerne Bank. Der Apotheker hatte den Kopf in den Händen vergraben.

»Du hast das Mal gesehen, nicht wahr?«, fragte Cunrad. Johann blickte auf, unter seinen Augen lagen tiefe Schatten.

»Ja, das habe ich. Hanno war also der geheimnisvolle Engel«, sagte er gepresst und knetete seine Hände.

Cunrads Brauen zogen sich zusammen, und er sah Johann düster an. »Das scheint dich ja nicht im Mindesten zu überraschen. Er ist also der Mann, der die Bahrprobe missbraucht hat, um mich an den Galgen zu bringen, und vielleicht auch die Bestie, die wir seit Wochen suchen?«

»Nein, Cunrad. Hanno war kein Mörder«, antwortete Johann ruhig.

»Was ist in dich gefahren, dass du so etwas behauptest? Hanno war ein Schwein, oder hast du vergessen, wie er sich Ghela gegenüber verhalten hat?«, brauste Cunrad auf.

»Ich habe nichts vergessen, aber ein unflätiges Benehmen macht noch lange niemanden zum Mörder«, sagte Johann jetzt lauter und sah Bram Vlemingh an.

»Ich glaube, es ist an der Zeit, dass du Cunrad aufklärst«, forderte er den Brauer auf.

Bram nickte, sah Cunrad an und sagte mit Blick auf den Leichnam: »Komm, Cunrad, in der Wirtsstube redet es sich besser.«

Eine einzelne Kerze spendete ihnen ein karges Licht, als sie sich kurz darauf zu dritt an einen Tisch in den dunklen Schankraum setzten. Bram starrte für einen Augenblick in die Flamme und schien nach Worten zu suchen, schließlich benetzte er die Lippen und begann zu sprechen.

»Auch ich bin überzeugt, dass Hanno mit dem Mord an Kornelius nichts zu tun hat«, erklärte er.

»Was macht dich da so sicher?« Cunrads Tonfall hatte an Schärfe zugenommen angesichts der Geheimniskrämerei von Johann und

Bram. »Ich wiederhole mich nur ungern, aber Hanno hat alles darangesetzt, mir die Sache anzuhängen, für mich ein eindeutiges Indiz seiner Schuld«, zischte er, beugte sich über den Tisch und blickte Bram eindringlich an.

Der Brauer hob beschwichtigend die Hände. »Das weiß ich alles, und ich will Hanno weiß Gott nicht in Schutz nehmen, ich mochte ihn genauso wenig wie du, aber er hatte auch ein Amt inne.«

»Er war Schöffe, na und?«, spottete Cunrad.

»Ja, aber nicht nur. Er bekleidete ein weiteres wichtiges Amt«, gab Bram bedächtig zurück.

»Welches?«, fragte Cunrad.

Bram hielt den Atem an. »Er war Schlüsselträger, wie auch Jelis und Petrus es waren«, stieß er schließlich hervor und lehnte sich zurück.

»Schlüsselträger?« Cunrad krauste die Stirn. »Von diesem Posten habe ich noch nie gehört. Klär mich auf, Bram.«

Der Brauer stand auf, ging zum Kamin und stocherte in der kalten Asche herum. »Im Rathaus, besser gesagt in Bürgermeister Keybischs Amtsstube steht eine Truhe, darin verwahrt die Stadt Siegel, Urkunden, Verträge, eben alles, was von Wichtigkeit für Nuys ist«, begann er. »Sie hat sechs Schubladen und passend dazu sechs Schlüssel, die wiederum von sechs Schlüsselträgern verwahrt werden.«

Cunrad zuckte mit den Schultern. »Schön und gut, aber hättest du vielleicht die Güte, endlich zum Kern deiner Erläuterungen zu kommen.«

»Das werde ich«, sagte Bram ernst. »Obwohl ich es eigentlich nicht darf, denn die ganze Sache unterliegt strengster Geheimhaltung, zumindest besteht unser verehrter Bürgermeister darauf, der sich, wie es scheint, einen Dreck um uns schert. Kein Sterbenswörtchen hat er bisher über die Zusammenhänge verlauten lassen, obwohl doch alles so klar auf der Hand liegt.«

»Du redest in Rätseln. Was liegt so klar auf der Hand und wird von Keybisch verschwiegen? So rede doch endlich!«, forderte Cunrad ungeduldig.

»Soll ich es ihm erklären?«, fragte Johann und sah Bram an.

Der nickte stumm, und Johann begann Cunrad einzuweihen. »Wie schon erwähnt, es gibt sechs Schlüsselträger, ihre Namen werden vom Bürgermeister unter Verschluss gehalten und waren auch mir nicht bekannt, bis der grausige Fund von Hannos Leiche vorhin Brams Zunge löste. Er schüttete mir sein banges Herz aus und äußerte einen Verdacht, der mich und wohl auch dich mehr als beunruhigen wird, sollte er sich bestätigen. Er betrifft die Schlüsselträger. Zwei von ihnen stammen aus den Reihen der Schöffen, das waren Jelis und Hanno, zwei aus dem Kreis der Ratsherren, das sind beziehungsweise waren Keybisch und de Quinheim, und schließlich zwei aus den Reihen der ›Vierundzwanziger‹, also den Vertretern der sechs Stadtquartiere der Stadt, das sind Bram und, du wirst es nicht glauben, meine Schwester«, schloss er.

»Clara?« Cunrad riss die Brauen hoch.

Johann nickte. »Du hast richtig gehört, Cunrad. Meine fromme Schwester gehört auch zu dem erlauchten Kreis.«

Cunrads gerötetes Gesicht wurde fahl, als er begriff. »Sechs Schlüssel, sechs Schlüsselträger, drei davon tot und die anderen«, er schluckte, »nach deinem Dafürhalten schon im Visier des Mörders.«

Johann nickte, und Bram, der den Kaminhaken weggelegt und sich wieder zu ihnen gesetzt hatte, ergriff das Wort. »Wenn denn meine Theorie stimmt, dass der Mörder es auf die Papiere in der Truhe abgesehen hat und, um an sie zu gelangen, die Schlüsselträger nacheinander umbringt.«

»Eine beängstigende Vorstellung, aber …« Cunrad hielt inne und fuhr sich durchs Haar. »Woher kennt er die Namen der Träger, wenn sie so geheim gehalten werden und selbst Johann, der Ratsherr ist, zum Patriziat gehört und auch sonst seine Ohren überall hat, nicht bekannt waren?«, fragte er.

»Ich bitte dich, Cunrad, ganz so neugierig, wie du mich darstellst, bin ich nun wirklich nicht, und ehrlich gesagt war es mir bis jetzt recht gleichgültig, wer die Schlüssel verwahrt«, empörte sich Johann, fuhr dann aber ruhiger fort: »Ich denke, es gibt Mittel und Wege, die Namen zu erfahren, wenn man mit den entsprechenden Leuten Umgang pflegt. Nicht alle sind so verschwiegen wie Bram und unser Bürgermeister, denk nur an Hanno, beim Weine trällerte er bekanntlich vortrefflich.«

»Ja, du magst recht haben, doch ich habe noch einen Einwand gegen die Theorie, dass der Mörder unter den Schlüsselträgern umhergeht«, warf Cunrad ein.

Bram und Johann sahen ihn neugierig an. »Und der wäre?«, fragten sie im Chor.

»Kornelius' Tod. Wie passt er ins Bild? Mein Neffe war nur ein einfacher Novize.«

Johann legte den Zeigefinger an die Lippen und überlegte kurz. »Er trug ein Dokument bei sich, dessen Inhalt von Wichtigkeit war und wohlmöglich aus ebenjener Truhe stammte, die im Rathaus steht. Sind damit deine Zweifel ausgeräumt?«, fragte er und lehnte sich zurück.

»Ja, fürs Erste schon, wenn man davon ausgeht, dass es um die Dokumente geht und nicht um die Amtsinhaber«, antwortete Cunrad nachdenklich.

»Gut, dann sollten wir überlegen, was wir unternehmen können, um zu verhindern, dass ein weiterer Mord geschieht«, bemerkte Johann.

»Genau!«, meldete sich Bram zu Wort. »Törichterweise hänge ich nämlich an meinem Leben, von dem ich leider annehme, dass es dank des umtriebigen Mörders ebenso am seidenen Faden hängt wie das der Äbtissin.«

»Du vergisst den Bürgermeister, er ist der Dritte in eurem Bunde.«

»Ach der, ich möchte nicht wissen, wie tief der selbst in der Sache steckt.«

»Er wird wohl kaum seinen Schwiegersohn umgebracht haben, Bram«, wandte Johann ein.

»Warum nicht? Hat er nicht erst vor ein paar Tagen zugegeben, ihm manches Mal den Tod gewünscht zu haben?«, warf Cunrad ein.

Johann lachte bitter auf. »Hunde, die bellen, beißen gemeinhin nicht. Er hatte es nur so dahergesagt. Wenn alle tot wären, deren Ende du dir im Laufe deines Lebens gewünscht hast, säße ich bestimmt nicht mehr hier, sondern schmorte in der Hölle!« Er setzte ein schelmisches Lächeln auf. »Aber abgesehen davon sollten wir Keybisch verständigen, schließlich haben wir ein paar Fragen an ihn, und außerdem liegt der Mann seiner Tochter da unten.«

Bram nickte. »Du hast recht. Ich werde einen meiner Siederknechte nach ihm schicken lassen.«

Cunrad sprang plötzlich von seinem Hocker auf. »Und ich mache, dass ich fortkomme. Wenn der Bürgermeister erst einmal anfängt zu ermitteln und den Rat seines blitzgescheiten Büttels sucht, sollte ich, so hat mich die Erfahrung gelehrt, besser nicht zugegen sein.«

24

Nuys, 7. August 1474, Tag der heiligen Afra

Clara sah zum Fenster hinaus, hinter dem der Regen die Bäume und Büsche des Klostergartens mit glänzendem Grün überzog. Der Morgen graute, doch noch atmete das Kloster die Stille der scheidenden Nacht. Ihre Gedanken gingen zurück zu der Zeit, als diese Stille sie fast um den Verstand gebracht und gemeinsam mit dem Gleichmaß der Gebete, Messen und Mahlzeiten, dem Schweigen, Frieren und Arbeiten ihre Seele gemartert hatte. Ihr Vater hatte sie in diesen Käfig aus frommer Abgeschiedenheit gesteckt, sie weggesperrt, weil sie sich seinem Willen nicht hatte beugen wollen. Sie hatte ihn dafür gehasst, und er war mit dem Wissen um diesen Hass gestorben. Zu spät hatte sie verstanden, was ihn zu dem Schritt bewogen hatte, seine einzige Tochter in ein Kloster zu geben. Zu spät, um ihm zu danken, dass er sie bewahrt hatte vor den Kasteiungen des Ehelebens. Dem unentrinnbaren Rhythmus des Empfangens und Gebärens, dem sich eine verheiratete Frau zu beugen hatte. Im Kloster war sie zu einem unabhängigen Menschen geworden, nur selbst gewählten Pflichten und Versprechen unterworfen, um der göttlichen Kraft zu begegnen, der sie ihr Leben gewidmet hatte.

Ihr Blick fiel auf das Antlitz der geschnitzten Madonna auf ihrem Schreibpult. Maria lächelte ihr zu, und Clara erwiderte dieses Lächeln, als ein Pochen an der Tür sie aufschreckte und im nächsten Augenblick Cunrads hochgewachsene Gestalt den Türrahmen füllte.

Clara sah ihn erstaunt an. »Was wollt Ihr um diese ungewöhnliche Stunde von mir?«, fragte sie vorwurfsvoll.

»Mit dir sprechen!«

Clara zuckte zusammen, als sie das vertraute Du vernahm. Cunrad kam auf sie zu, nass bis auf die Knochen und vollkommen außer Atem.

»Was sollte es zwischen uns zu besprechen geben?«, erwiderte sie kühl und trat hinter ihr Pult. »Wenn Ihr Euch setzen wollt, bitte!« Sie wies auf einen Schemel.

»Ich will mich nicht setzen, Clara.« Cunrad umrundete das Pult und blieb dicht vor ihr stehen. Tropfen liefen ihm über das erhitzte Gesicht, die Adern an seinem Hals waren angeschwollen und pulsierten im schnellen Takt seines Herzens. Sie fühlte seine Erregung.

»Hanno de Kamp ist tot!«, keuchte er.

Clara spürte, wie sie erbleichte. »Wurde ... auch er ermordet?«, fragte sie zögerlich

»Ja, er wurde stranguliert, wahrscheinlich hat ihn sein Mörder an einen Baum geknüpft«, erklärte Cunrad.

Unvermittelt schnürte sich Clara die Kehle zu, und sie griff sich an ihren von einem Tuch bedeckten Hals.

»Clara?«, fragte Cunrad. »Was ist mit dir?«

Sie errötete und ließ rasch die Hände sinken. »Nichts«, beeilte sie sich, doch zu spät. Cunrads Blick verriet, dass er ihr nicht glaubte, seine Augen drängten nach einer Erklärung, und bevor sie ihn abwehren konnte, hatte er ihr das Tuch heruntergerissen.

Sie wich zurück und versuchte vergeblich, den Ring aus verblassten Blutergüssen zu verbergen, den die Hände des unbekannten Mannes in Gohr dort hinterlassen hatte, aber Cunrad hatte ihn bereits gesehen.

»Um Himmels willen, Clara, wer war das?«, fragte er atemlos, streckte den Arm nach ihr aus und berührte mit den Fingerspitzen behutsam ihren Hals. Sie erschauderte, trat einen Schritt zurück und drehte ihm den Rücken zu, damit er nicht sah, dass sie mit den Tränen kämpfte, die die Erinnerung an die Ereignisse in Gohr ihr in die Augen trieb.

»Geht bitte«, sagte sie leise. Doch statt ihrer Bitte nachzukommen, legte er seine Hand auf ihre Schulter und drehte sie sanft zu sich herum.

»Sag mir, was geschehen ist«, bat er voller Mitgefühl, und der Klang seiner wohlbekannten Stimme brach den Widerstand in ihrem Innersten. Sie begann zu weinen und wehrte sich nicht, als er sie an sich zog und ihren Kopf auf seiner Brust bettete. Unter seinem Hemd schlug sein Herz kräftig, und sie lauschte seinem beruhigenden Takt.

»Es ist in Gohr geschehen«, flüsterte sie in das Schweigen hinein.

»Während der Plünderung?«, fragte er heiser.

»Ja, einen Tag nach Kornelius' Ermordung«, sagte sie und begann, den Kopf immer noch an seine Brust gelehnt, von der unheimlichen Begegnung an jenem Julitag in der Pfarrkirche zu berichten.

Als sie geendet hatte, verharrte sie noch eine Weile stumm in seiner Umarmung, bis das Läuten der Klosterglocke mahnend an ihr Ohr drang und sie sich ihres sündhaften Verhaltens bewusst wurde, das einzig aus einem kurzen Moment der Schwäche erwachsen war. Jäh löste sie sich von Cunrad. Er zuckte zusammen wie ein Schlafender, den man unsanft aus seinen Träumen geweckt hatte. Sie sahen einander an, und über beider Gesichter senkte sich Scham.

»Verzeih, ich hätte dir nicht zu nahetreten dürfen. Es war ein Fehler«, sagte er ernst, und die Vertrautheit zwischen ihnen erstarb.

»Ja, das war es wohl«, antwortete sie, straffte den Rücken und griff nach dem Tuch, das Cunrad immer noch in der Hand hielt. Einen Wimpernschlag lang berührten sich ihre Finger und trafen sich ihre Augen, dann nahm Clara das Tuch und legte es an. Cunrad räusperte sich.

»Glaubst du, dass der Mann aus Gohr und der Mörder, der in Nuys umgeht, ein und derselbe sind?«, fragte er.

»Möglich ist es. Der Überfall fand wie gesagt einen Tag nach Kornelius' Ermordung statt. Einer der Männer hatte einen Auftrag ausgeführt, der von solcher Brisanz war, dass er mir nach dem Leben trachtete, als er mich in der Kirche entdeckte und es damit eine unerwartete Mitwisserin gab«, antwortete Clara.

»Oder weil er in dir die Äbtissin des Quirinusstifts erkannt hatte?«

Clara zuckte mit den Schultern und ging zum Fenster. »Möglich, im Gegensatz zu dem seinen lag mein Gesicht offen. Seines lag unter der breiten Krempe seines Hutes verborgen, weshalb ich mich nur seines dichten Vollbarts entsinnen kann.«

»Ein Merkmal, dessen man sich leicht entledigen kann.«

»Ja, und ich fürchte, ohne den Bart würde ich ihn nicht wiedererkennen.«

»Wenn er derselbe ist, der in Nuys sein Unwesen treibt, dann schwebst du weiterhin in Gefahr. Der Mörder geht unter den Schlüsselträgern um«, sagte Cunrad.

Clara drehte sich zu ihm um. »Du weißt von den Schlüsselträgern?«, fragte sie.

Cunrad nickte und berichtete ihr von Brams Verdächtigungen.

»Der Brauer hat in einem Punkt recht«, sagte sie, als er geendet hatte. »Es wurden tatsächlich Papiere aus der Truhe gestohlen. Ich konnte mich selbst davon überzeugen, als ich Keybisch nach den Morden an Jelis und Petrus in seiner Amtsstube überraschte und er vor zwei leeren Schubladen hockte«, sagte sie ruhig.

»Du hast von den Diebstählen gewusst und nichts gesagt?«, fragte Cunrad entsetzt.

Clara machte eine abwehrende Geste. »Ich wollte es ja, aber Keybisch drohte mir mit der Kündigung einiger wichtiger Abkommen, die zwischen der Stadt und dem Stift bestehen, sollte ich etwas darüber verlauten lassen. Mir waren die Hände gebunden, und ich schwieg.«

Cunrad starrte sie fassungslos an. »Aber von dem Augenblick an hast du doch gewusst, dass dein und das Leben der übrigen Schlüsselträger in Gefahr ist. Clara, verstehst du denn nicht, dass irgendwo da draußen diese Bestie lauert, um dich zu töten und an diesen gottverdammten Schlüssel zu kommen!«

»Cunrad, niemand wird mich töten. Ich bin überzeugt, dass hinter den Morden mehr steckt als die Jagd nach den Schlüsseln und dem Inhalt der Truhe. Es muss eine Verbindung zwischen dem Mörder und seinen Opfern geben. In ihr ist der Auslöser für die Gräuel zu suchen.«

Cunrad sah sie ungläubig an und sie fuhr fort.

»Ihr könnt mir glauben, dass ich mir den Kopf darüber zerbreche. Wenn ich auch leider bis jetzt zu keiner schlüssigen Erklärung gekommen bin, doch irgendein dunkles Geheimnis müssen die Toten und ihr Mörder gemeinsam haben.«

»Clara, du kannst dich täuschen und bereits im Visier dieses Teufels sein.«

»Selbst wenn es so sein sollte, gibt es für mich keinen sichereren Ort als das Quirinuskloster.«

»Glaubst du ernsthaft, dass, bloß weil in jeder Kammer ein Kreuz hängt und die Luft schwer von Frömmigkeit ist, dir hier nichts geschehen kann?«

»Nein, obwohl ich auf Gottes schützende Hand vertraue, verlasse ich mich in diesem Fall zum einen auf diejenigen, mit denen ich die Gemeinschaft in diesem Kloster teile, und zum andern auf seine hohen Mauern, die das Eindringen eines Fremden schier unmöglich machen.«

»Clara, du irrst, du bist nur an einem Ort sicher.«

Clara versteifte sich. »Und der wäre?«

Cunrad errötete. »An meiner Seite, das hast du doch gewiss ebenso wie ich vorhin gespürt«, flüsterte er.

Claras Augen wurden dunkel vor Zorn, weniger über Cunrads törichtes Ansinnen als über ihre eigene Unzulänglichkeit, ihr Inneres vor ihm verborgen zu halten.

»Was erdreistet Ihr Euch? Denkt Ihr wirklich, ich würde mein Leben in Eure Hände geben? Ich habe Euch einmal vertraut und es bitter bereut!«

»Clara, das alles liegt lange zurück.« In Cunrads Augen flackerte Flehen. Clara ignorierte es und setzte eine steinerne Miene auf.

»Ihr solltet besser gehen, doch bevor Ihr das tut, möchte ich Euch noch etwas zurückgeben.« Sie ging zu ihrem Schreibpult, öffnete eine Lade und holte den Dolch hervor, den sie nach den Morden im Münster an sich genommen hatte.

»Ich nehme an, er gehört Euch«, sagte sie tonlos und reichte ihn Cunrad.

Zögernd nahm er ihn an sich und sah ihr in die Augen. »Du hast gewusst, dass es mein Dolch ist?«

Sie nickte. »Soweit ich mich erinnere, war er eine Trophäe aus einem der Wettkämpfe, die Ihr mit einem jungen Adeligen ausfochtet.«

»Ja, es war im Frühjahr 1460. Ich gewann ihn bei einem Schwertkampf und lief danach gleich zu dir, um ihn dir zu zeigen. Du hast ihn genommen, unsere Fingerkuppen angeritzt, sie aneinandergepresst, bis sich unser Blut mischte zur Besiegelung unserer Liebe. Schmecken auch diese Erinnerungen bitter, Clara?«

»Ja, Cunrad, das tun sie.« Sie ging an ihm vorbei und öffnete die Tür.

Cunrad verstand. Es gab nichts mehr zu sagen.

25

Nuys, 8. August 1474, Tag des heiligen Cyriakus

Am Tage von Hanno de Kamps Beerdigung hatten sich die einfachen Bürger der Stadt vor dem Haus des Bürgermeisters auf der Niederstraße versammelt, in dem der Leichnam aufgebahrt worden war, während im Haus die geladenen Trauergäste, Freunde und Verwandte auf den Beginn der Zeremonie warteten. Bürgermeister Keybisch öffnete eines der Fenster im ersten Stockwerk. Er trug seine Amtstracht, die goldene Ehrenkette des Rates prangte auf seinem schwarzen Mantel. Man sah ihm an, dass ihn die letzten Tage Kraft und Beherrschung gekostet hatten, sein Gesicht war grau wie auch sein Haar, das über Nacht seinen satten braunen Ton verloren hatte.

»Nuysser Bürger! Ihr seht mich tief erschüttert über das Ableben meines Schwiegersohnes. Er war ein Kind unserer Stadt, Mitglied des Rates und ein Kaufmann, den man über die Grenzen der Stadt schätzte.«

Ein Raunen ging durch die Menge, doch Keybischs Stimme tötete es im Keim.

»Viele von Euch arbeiteten für ihn, zu anständigem Lohn, wie ich guten Gewissens sagen kann. Ich bitte Euch im Namen seines Angedenkens, begleitet seinen letzten Gang mit der Ehrerbietung, die er verdient.«

Die Leute senkten die Köpfe. Keiner von ihnen wagte in diesem Augenblick, seine Gedanken laut auszusprechen, die alles andere als wohlmeinend mit dem Toten waren. Keybisch verschwand vom Fenster; im selben Augenblick öffnete sich die mit einem schwarzen Tuch verhangene Haustür, und der Leichenzug verließ das Haus. Hannos offener Sarg wurde von vier Ratsherren getragen, alle in schwarzen Samt gekleidet. Ihnen folgte ein Dutzend Pfarrer, Geistliche, Mönche und Ministranten. Prozessionskreuze streckten sich gegen den blauen Himmel, Kerzen brannten gegen das Sonnenlicht, und Weihrauchfässer fegten in gleichmütigem Takt die Gerüche fort, die ein Toter im August zu verströmen pflegte.

Dicht hinter dem Sarg ging Sybille, Hannos Witwe, am Arm ihrer Mutter Gerlinde. Gestützt von einer der Stiftsdamen, humpelte ihnen Keybischs Mutter hinterher. Darauf folgten weitere Stiftsdamen, begleitet von den barfüßigen Klarissinnen in ihrem grauen Habit; Stirn, Wangen und Hals fest umrahmt von einem leinenen weißen Brustschleier. Die Schar der Bürger, die das Ende des Trauerzugs bildete, bemühte sich um Anteilnahme. Die Männer gingen mit gesenktem Kopf, und selbst die einfachen Frauen hatten ihre Häupter verhüllt.

Cunrad reihte sich in den Zug und hing seinen Gedanken nach. Die bösen Vorahnungen, die ihn nach Hannos Tod beschlichen hatten, waren nicht eingetroffen. Keine neuen Verdächtigungen waren gegen ihn ausgesprochen worden. Es war still um ihn geblieben, während es in den Gassen flüsterte und tuschelte, Hannos Name von Mund zu Mund wehte, die Köpfe mit immer neuen Gerüchten speiste und die Flamme des Argwohns gegen den Toten und seine Familie schürte. Hanno hatte Schulden gemacht, beim Spiel verloren, in den Wirtshäusern geprasst, Schneider, Schuster, Goldschmiede geprellt. Viele seiner Gläubiger hatten an Keybischs Tür geklopft, von ihm die Schulden des Schwiegersohnes eingefordert, und Keybisch hatte bezahlt, um seiner Tochter und ihres ungeborenen Kindes willen.

Keybisch? Wo war er überhaupt? Cunrad sah unruhig über die Menge hinweg. Seit dem Schwächeanfall in jener Nacht, als sie unangekündigt in seinem Haus erschienen waren, um Hanno zu stellen, ging es dem Bürgermeister schlecht. Hannos Tod hatte seinen Zustand noch verschlimmert. Keybischs Herz war schwach, war es immer schon gewesen und durch die Aufregung gehörig aus dem Takt geraten. Ungeachtet seiner Abneigung gegen den Bürgermeister war Cunrad als Medicus an dessen Wohl gelegen, und als er ihn weder zwischen den schwankenden Kreuzen in der vordersten Reihe noch an der Seite seiner Tochter erblickte, machte er kehrt und eilte zurück zum Haus. Er hastete die breite Treppe hinauf zum Schlafzimmer des Bürgermeisters, wohin ihn schon so mancher Krankenbesuch geführt hatte, und öffnete die Tür.

Keybisch kauerte in einem Lehnstuhl, hielt sich die Brust und schien sein Kommen nicht zu bemerken. Sein Blick war auf einen anderen Besucher gerichtet. Cunrad zuckte zusammen, starrte den Mann an, ihre Blicke trafen sich.

Für Augenblicke herrschte Stille, dann schoss der Mann auf, seine Faust schnellte vor und traf Cunrads Nase. Er wankte, der Mann rannte an ihm vorbei, doch Cunrad war schneller. Er krallte ihm die Hand in den Oberarm und hielt ihn zurück.

»Thomas?«

Der andere sagte nichts, seine kobaltblauen Augen klirrten vor Kälte und Verachtung. »Lass mich los«, presste er hervor.

Cunrad grub seine Finger tiefer in dessen Fleisch, der Mönch unterdrückte ein Stöhnen.

»Wo zum Teufel hast du dich die ganze Zeit versteckt?«, zischte Cunrad.

Thomas verzog die Lippen zu einem zynischen Grinsen und schwieg.

»Lasst ihn los, Cunrad!« Keybischs brüchige Stimme stolperte zu ihnen herüber. Cunrad sah ihn aus den Augenwinkeln an.

»Wisst Ihr, wer dieser Mönch ist?«

Das blasse Gesicht des Bürgermeisters zuckte eine Bejahung.

»Und Ihr wollt wirklich, dass ich ihn loslasse, anstatt ihn in den Kerker zu schaffen, wo er hingehört?«

»Ja, Cunrad, darum bitte ich Euch«, antwortete Keybisch schwach, und Cunrad wurde klar, wie ernst es um den Bürgermeister stand.

Widerwillig ließ er Thomas los, der Mönch stieß ihn zur Seite und eilte zur Tür. An ihrer Schwelle blieb er stehen und drehte sich noch einmal um. Er musterte Cunrad mit Herablassung.

»Hab ich dir nicht gesagt, dass du keine Handhabe gegen mich hast? Du und dein Einfluss zählen weniger als der Dreck, der zwischen meinen Zehen steckt. Merke dir das, Cunrad!«, spuckte er aus und war im nächsten Moment verschwunden.

Cunrad stand für einen Augenblick reglos da, dann wandte er sich an den Bürgermeister. »Warum lasst Ihr ihn entkommen? Ihr wisst doch wohl davon, dass die Stadt vor Eurer Amtszeit einen lebenslangen Bann über ihn gelegt hat.«

»Ja, ich weiß.«

»Er hat seinerzeit den Tod eines Mädchens verschuldet.«

»Was nie bewiesen worden ist, und außerdem war sie eine Hure.«

»War ihr Leben deshalb weniger wert als das unserige?«

Keybisch zuckte mit den Schultern. »Das sind alte Geschichten. Lassen wir sie ruhen.«

»Niemals werde ich das tun, schließlich hat diese alte Geschichte noch ein weiteres Menschenleben gekostet.«

»Eine üble Sache, gewiss, aber jetzt ist weiß Gott nicht der richtige Zeitpunkt, sie noch einmal zu beurteilen. Und was Thomas angeht, so sind mir die Hände gebunden.«

»Warum? Welchen Strick hat er Euch gedreht?«

»Einen aus seinem Wissen um Hanno.«

»Das da wäre?«

»Hanno stand im Dienste des Burgunders«, sagte Keybisch mit bebender Brust.

»Was?« Cunrad schnappte nach Luft.

Keybisch nickte matt.

»Und Thomas erpresst Euch?«

»Ja, erst erpresste er Hanno, und jetzt bezahle ich sein Stillschweigen.«

»Ihr habt also die Truhe in seiner Behausung mit Münzen gefüllt.«

»Mir blieb nichts anderes übrig.«

»Was sagt Euch, dass Thomas dieses Versprechen hält? Er ist falsch und raffgierig!«

»Nun, ich stillte seine Gier mit einer gewissen Summe, machte ihm aber auch deutlich, dass es nur eines Winks von mir bedarf, um ihn in den Kerker oder gar in den Stadtgraben zu werfen.«

»Was genau weiß er über Hanno?«

»Das, was ich Euch bereits sagte. Hanno verdingte sich bei den Burgundern, wechselte die Lager wie andere Leute das Hemd. Meine Mutter brachte mich vor ein paar Tagen darauf. Sie ist zwar alt und gebrechlich und behauptet, halb blind zu sein, tatsächlich aber sieht sie besser als wir alle zusammen. Sie war Zeuge, als Hanno im Münster eine geheime Botschaft in den Opferstock legte.«

»An wen?«

»An jemanden, der schlau genug war, unerkannt zu bleiben.«

»Es gibt also einen burgundischen Späher in der Stadt.«

»Ja, und Hanno war sein Bote.«

»Habt Ihr ihn zur Rede gestellt?«

»Ich wollte, doch Gevatter Tod kam mir zuvor.«

Cunrad fuhr sich durch die Haare und setzte sich auf Keybischs Bettstatt. »Wie hat Hanno es angestellt, aus der Stadt zu kommen? Alle Wege sind verriegelt und verrammelt.«

»Nicht alle, Cunrad. Es gibt Schächte und Gänge, die längst in Vergessenheit geraten sind, aber dennoch existieren und von der Stadt nach draußen führen und umgekehrt.«

»Und Hanno wusste von ihnen.«

Keybisch sah an Cunrad vorbei zum Fenster hinaus. »So war es«, sagte er schließlich, während seine Finger die Stuhllehnen umkrampften.

»Ihr verschweigt mir etwas! Woher kannte Hanno diese unterirdischen Gänge?«

Keybisch presste die Lippen aufeinander. »Ich nehme an, dass er die entsprechenden Pläne aus der Amtstruhe genommen hat. Ich selbst entdeckte ihr Fehlen erst, als Hermann von Hessen nach ihnen fragte. Ich dachte nicht, dass sie noch einmal von Wichtigkeit sein könnten.«

»Hermann wollte sie einsehen?«, fragte Cunrad.

»Ja, am Morgen nach dem ersten Ausfall gegen die Burgunder«, antwortete Keybisch.

»Und was tatet Ihr?«, bohrte Cunrad weiter.

Keybisch senkte für einen Augenblick die Lider. »Ich habe sie gefälscht«, gab er leise zu.

»Und Jelis hat Euch dabei geholfen«, schoss Cunrad ins Blaue.

»Ja, er und Petrus de Quinheim, beide kannten sich bestens mit den geheimen Gängen aus.« Keybisch sah Cunrad an und hob die Stimme: »Doch dieser Esel hatte nichts Besseres zu tun, als all das Bruder Thomas zu beichten, der damit ein weiteres Mittel in der Hand hielt, an mein Geld zu kommen.«

»Er weiß auch davon! Wird es nicht langsam Zeit, die Karten auf den Tisch zu legen? Wenn Karl der Kühne sein Wissen um diese Geheimgänge nutzt, sind wir verloren.«

»Die Gänge sind nicht dafür gemacht, eine Streitkraft in die Stadt zu lassen. Ein Mann vom Zuschnitt Karls des Kühnen, dem die Ritterehre noch etwas gilt, wird sich zudem nicht wie ein Maulwurf durch die Erde wühlen, ein solch hinterhältiges Gebaren verbietet sich für einen der größten Feldherrn unserer Zeit. Trotzdem lässt mich dieser Gedanke keine Nacht mehr schlafen, und als ich von Hannos Verrat erfuhr, wurde mir auf einmal alles klar. Seine häufigen Besuche in Knechtsteden unter dem Vorwand des Weinhandels dienten allein dazu, mit Bernhardus von Mayen zusammenzutreffen, einem engen Freund des abgesetzten Erzbischofs Ruprecht.«

»Ruprecht, dem das Domkapitel und auch der Kaiser Treue und Gehorsam aufgekündigt haben, nachdem er sie durch außerordentliche Steuerforderungen provozierte und, um diese zu erpressen, 1471 Zons besetzte, den Pfandbesitz des Domkapitels.«

»Ebenjener, der kurz darauf versuchte, Nuys unter seine Herrschaft zu bringen.«

»Was gründlich fehlschlug, weil die Nuysser seine Späher enttarnten und hinrichteten.«

»Ein glorreiches Kapitel unserer Stadtgeschichte.«

»Dem hoffentlich ein weiteres von gleicher Güte folgen wird, wenn es ihm auch dieses Mal misslingt, unsere Stadt einzunehmen.«

»Er hat einen starken Verbündeten.«

»Und nutzt dessen Streben, sein Reich entlang dem Rhein zu erweitern, zur Wiederherstellung seiner verlorenen Ansprüche an das kölnische Erzstift.«

»So ist es. Deshalb suchte er in Nuys nach jemandem, der für ihn die Augen aufhielt, einen Verrat gegen das eigene Lager wagte und ihm Pläne besorgte, die den Burgundern Einblicke in die strategische Lage der Stadt geben.«

»Pläne, die Hanno Bernhardus zuschusterte und die Kornelius in die Hände fielen und wegen derer er getötet wurde.«

»Richtig.«

»Von Hanno?«

»Ich glaube es nicht. Mein Schwiegersohn war ein Taugenichts, einen Mord aber traue ich ihm nicht zu, zumal auch er gemeuchelt wurde. Etwas muss vorgefallen sein, das Ruprecht so erzürnte, dass er Hanno den Strick um den Hals legte.«

»Den der burgundische Späher zuzog wie bei den anderen Schlüsselträgern Jelis und Petrus«, fügte Cunrad hinzu und sah den Bürgermeister an, der seine Verblüffung nicht verhehlen konnte.

»Ihr wisst von den Schlüsseln?«, stammelte er.

»Ja, und auch von den Diebstählen«, bestätigte Cunrad.

»Bram hat es Euch gesagt, nicht wahr? Er hat die ganze Zeit einen Verdacht gehegt, ich wusste es«, erwiderte Keybisch und schüttelte den Kopf. »Wenn das alles bekannt wird, bin ich verloren. Wie soll ich mein Gesicht vor dem hessischen Grafen wahren?«

»Das hat Zeit. In erster Linie geht es jetzt darum, das Leben der verbliebenen Schlüsselträger zu schützen, von denen Ihr selbst einer seid, und endlich den Mörder zu finden«, sagte Cunrad und stand auf. »Aber zuerst werde ich mich um Euer krankes Herz kümmern.«

Er öffnete den Beutel an seinem Gürtel, holte einen durchsichtigen Stein hervor und drückte ihn Keybisch in die Hand. »Haltet Euch an dem Bergkristall fest, während ich meine Tasche hole, damit ich Euch zur Ader lassen kann. Der Stein mindert den Druck in Eurer Brust und läutert die Gedanken. Ich denke, beides könnte Euch guttun.«

26

Ghela erreichte den Trauerzug mit hämmerndem Herzen und erhitzten Wangen. Sie blieb stehen und rang um Atem. Das wogende Meer der Trauernden zog an ihr vorbei; sie reckte den Kopf und suchte nach Johann. Ihr Onkel würde schimpfen, weil sie sich verspätet hatte.

Ghela straffte sich. Mittlerweile waren die Ratsherren und die geladenen Trauergäste an ihr vorbeigezogen, und sie musste sich eingestehen, dass sie Johann verpasst hatte. Ihr blieb nichts anderes übrig, als sich in den Strom der einfachen Bürger einzureihen und mit ihnen dem Sarg zu folgen. Sie gesellte sich zu einer Gruppe schlicht gekleideter Frauen, die sie kurz musterten und dann in leiser Unterhaltung vertieft weitergingen. Sie bogen vom Marktplatz in die Krämergasse ein. Ghela sah hoch in den sich verdunkelnden Himmel. Eine Schar Schwalben schoss um die Kirchturmspitzen des Münsters, bald würde es wieder zu regnen beginnen. Sie zog sich ihr Schultertuch über den Kopf und ging weiter, als jemand ihre Hand ergriff und sie von der Menge fortzog.

»Was soll das!«, rief Ghela empört und stolperte der mit einem Kittel aus Rupfen gekleideten Gestalt hinterher, die sie fest am Handgelenk gepackt hatte und mit ihr über den Münsterplatz und weiter in die angrenzende Gasse rannte. An der Ecke zur Rheinstraße stießen sie mit einer Gruppe Schwestern vom Orden des heiligen Augustinus zusammen, die kreischend auseinanderstoben.

Der Zusammenprall mit den Nonnen hatte ihrem Entführer die Kappe vom Kopf gerissen, und Ghelas Herzschlag kam aus dem Takt.

»Lorenz!«, stieß sie hervor und versteifte sich. Er drehte sich im Lauf und zwinkerte ihr zu.

»Ja, ich bin's, und jetzt bock nicht wie ein Esel und komm!«

Er zog sie weiter, bis sie sich schließlich verschwitzt und außer Atem inmitten einer Obstwiese gegenüberstanden. Für einen Augenblick sahen sie einander schweigend an, dann zog Lorenz sie an sich und küsste sie. Ghela entzog sich ihm energisch und verschränkte die Arme. Er sah sie schräg aus seinen zweifarbigen Augen an.

»Du bist böse auf mich, stimmt's?«, sagte er.

»Was hast du anderes erwartet, Gaukler?«, sagte sie trotzig.

»Einen weiteren Kuss?«, antwortete er neckend.

»Lass das Scherzen und sag mir lieber, warum du so plötzlich wieder auftauchst.«

»Ich hatte Sehnsucht nach dir, meine Schöne«, antwortete er.

»Das soll ich dir glauben?« Ghela reckte das Kinn. »Wo warst du überhaupt?«

Lorenz grinste, doch statt zu antworten, lief er zu einem der Apfelbäume, die verstreut auf der Wiese standen, sprang hoch, fasste den untersten Ast, nahm Schwung und saß just darauf. Er lächelte schelmisch und kletterte weiter nach oben. Ghela sah seine schmale Gestalt mehr und mehr im Grün verschwinden. Was für ein alberner Kerl Lorenz doch war, dachte sie. Ein kleines Lächeln umspielte ihren Mund, verschwand jedoch gleich darauf wieder. Sie sollte sofort gehen, doch statt diesen Gedanken in die Tat umzusetzen und auf dem Absatz kehrtzumachen, verfing sich ihr Blick in dem Augenpaar, das sie jetzt durch die Blätter der Baumkrone hindurch anlächelte.

»Du brichst dir noch den Hals!«, rief sie.

»Keine Angst. Hier, fang!«, gab Lorenz zurück.

Ein Apfel fiel vor ihre Füße. Sie hob ihn auf und wiegte ihn gedankenverloren in den Händen, während sie Lorenz beobachtete, der mit geschmeidigen Bewegungen das Astwerk durchkletterte und schließlich zu ihr heruntersprang.

»Komm!« Er reichte ihr die Hand, doch Ghela verbarg die Arme hinter dem Rücken und sah ihn mit gerunzelter Stirn an.

»Auch wenn ich mich wiederhole. Wo warst du, Lorenz?«, fragte sie.

»Ich musste für einige Zeit weg.« Lorenz holte zwei Äpfel aus seiner Hose und begann zu jonglieren.

»Das beantwortet nicht meine Frage.«

»Es ist doch gleich, wo ich war. Jetzt bin ich hier, das zählt!« Er zog einen weiteren Apfel aus der Tasche, dann einen vierten und fünften. Sie flogen hoch und wirbelten zwischen seinen Händen hin und her, hin und her.

»Lorenz, du verschwindest plötzlich, weil du meiner überdrüssig bist, und tauchst auf ebensolche Weise wieder auf, weil die Sehnsucht dich plagt, und das alles in einer Stadt, aus der niemand hinaus- geschweige denn hereinkommt. Also, wo zum Teufel hast du die ganze Zeit über gesteckt?«

»Ich erkläre es dir ein andermal.«

Weiter wirbelten die Äpfel.

»In Nuys geht ein Mörder um. Es war der Leichenzug seines letzten Opfers, von dem du mich weggezerrt hast, und du weigerst dich, mir zu verraten, wo du warst?«

Der Rhythmus des Werfens und Fangens geriet durcheinander, und die Äpfel fielen hart zu Boden. Lorenz sah Ghela an. »Du denkst, ich habe mit diesen Morden zu tun?«

»Kann man mir das verdenken, bei deiner Heimlichtuerei?«, rief sie.

»Warum zürnst du mir?«, flüsterte er.

»Ich zürne dir nicht. Glaubst du wirklich, dass du mir auch nur einen zornigen Gedanken wert bist, nur weil ich Närrin dir in diese verlassene Gegend gefolgt bin?« Sie schob das Kinn vor. »Ich sollte gehen.«

»Nein, bleib!« Lorenz streckte seine Hand nach ihr aus, doch Ghela wehrte sie ab.

»Sag mir erst die Wahrheit!«

»Sie würde dich nur beunruhigen, freu dich doch einfach, dass ich da bin!«

»Ich mich freuen? Sieh dich doch an, mager und schmutzig, wie du bist, glaubst du wirklich, du könntest mir noch gefallen, Spielmann?«

Lorenz' fröhliche Augen wurden ernst. »Warum durfte ich dich dann küssen, Ghela?«

»Sieh es als Abschiedskuss an.« Ihre Kehle wurde trocken. »Ich muss jetzt gehen.«

Lorenz griff nach ihr. »Bitte, Ghela!«

Doch sie schüttelte den Kopf und machte sich los. Sie sah seine Tränen, wischte sie mit dem Zeigfinger fort und lief davon. Sie wusste, dass sie in diesem Augenblick ihr Glück verließ, aber sie hatte keine Wahl.

Arnold von Berghem umwarb sie, und damit ein Mann, an dessen Ritterlichkeit kein Zweifel bestand, wie er sie in jener unglückseligen Nacht bewiesen hatte. Ein Mann, der ihr mittlerweile recht gut gefiel. Es war nur noch eine Frage von Tagen, bis er sich ihr eröffnen und um ihre Hand anhalten würde. Sie war ihrer Familie verpflichtet, ihrem Stand, und durfte nicht einfach vor einen Gaukler treten und ihm sagen, dass sie ihn mehr als alles in der Welt liebte. Sie durfte einfach nicht.

Lorenz sah Ghela nach, dann verließ auch er die Wiese, ging die Gasse zum Viehmarkt hinauf, wo er in einer verlassenen Gerberwerkstatt hauste. Durch den Schleier seiner Tränen sah er den Mann nicht, der in einem Hauseingang lehnte, mit dem Finger auf ihn zeigte, den beiden Bütteln, die neben ihm standen, etwas zuflüsterte und dann weiterging.

Die Büttel strebten mit erhobenen Lanzen auf Lorenz zu. »Bist du Lorenz, der Gaukler?«

Lorenz fuhr zusammen und nickte. Sie packten ihn.

»He, was soll das!«, schrie er, trat nach einem der Männer, doch die beiden waren kräftig und er nur ein ausgehungerter Hund, dem man das Herz gebrochen hatte.

»Du bist verhaftet.«

***

Gott sei Dank, das Tor war nicht abgeschlossen! Die rostigen Scharniere der Pforte quietschten, als Ghela in den Hof schlüpfte. Erschöpft lehnte sie sich an die mannshohe Mauer und presste die Innenflächen ihrer brennenden Hände gegen den kalten Stein. Sie versuchte, ihre Atemzüge zu beruhigen, während ihr Herz immer noch schnell und hart gegen ihre Rippen schlug. Sie war gerannt, als wäre der Teufel hinter ihr her, dabei war es doch nur Lorenz' Blick gewesen. Mit geschlossenen Augen wandte sie ihr Gesicht zum Himmel. Regen sprühte auf ihre erhitzte Stirn. Sie öffnete die Lippen und fing ein paar Tropfen mit ihrer Zunge auf. Der Regen fiel auf das Gras zu ihren Füßen, und der Duft nasser Erde stieg zu ihr auf. Hinter ihr quietschte das Gartentor, und sie sah sich um. Ein Schatten kam auf sie zu. Sie lächelte.

»Arnold!«

Der Ritter griff nach ihrer Hand und küsste sie. Seine grauen Augen schauten zu ihr auf; er blinzelte.

»Ich wollte Eurem Onkel einen Besuch abstatten, aber er scheint nicht zu Hause zu sein.«

»Nein, er nimmt an Hanno de Kamps Begräbnis teil. Ihr habt bestimmt von dem Kaufmann gehört, der so grausam zu Tode kam«, erklärte Ghela.

Arnold nickte. »Gewiss, die ganze Stadt redet davon. Was für eine Tragödie, und das in Zeiten wie diesen«, antwortete er nachdenklich, dann musterte er Ghela. »So außer Atem, seid Ihr etwa wieder vor etwas davongerannt?«

Ghela schüttelte heftig den Kopf und lächelte. »Nein, wo denkt Ihr hin, ich habe mich lediglich beeilt, bei dem Regen nach Hause zu kommen.«

»Ah, Ihr seid vor dem Regen geflohen. Ist es derselbe, dem Ihr jetzt das Gesicht entgegenstreckt?« Arnold sah sie eindringlich an. »Oder verheimlicht Ihr mir etwas?«

Ghela spürte, wie sie errötete. Wieder einmal schien Arnold sie zu durchschauen. Ob er die Ratlosigkeit spürte, die die Begegnung mit Lorenz in ihr hinterlassen hatte? Auf keinen Fall durfte er erfahren, dass sie Lorenz wiedergetroffen hatte, es würde ihn kränken.

»Um ehrlich zu sein, es war nicht das schlechte Wetter, das mich so getrieben hat, aber auch nichts von solcher Wichtigkeit, als dass es wert wäre, es Euch zu erzählen. Lasst mir meine kleinen Geheimnisse, und nun kommt mit ins Haus. Ihr seid schon ganz nass«, sagte sie leichthin.

»Und Ihr nicht minder«, antwortete Arnold, band seinen Umhang auf und legte ihn ihr über die Schultern.

Ghela schmiegte sich in den weichen Stoff und hakte sich mit einem dankbaren Lächeln bei ihm ein.

27

Nuys, 10. September 1474, Tag der heiligen Pulcheria

Er sah den Wolken nach, die über die Giebel der Häuser nach Westen zogen, leuchtend in der Glut der Sonne, die bald hinter den Mauern untergehen sollte. Er lauschte den Geräuschen des sterbenden Tages, dem Kreischen eines Vogels, der am Glockenturm des Klosters vorbeiflog, dem Brausen des Windes, der die verlassenen Gassen entlangfegte und im Kamin rauschte. Das Verlangen, dem er so viele Wochen lang hatte widerstehen müssen, kroch heran. Seine Hand griff nach dem Buch, er schlug es an einer beliebigen Stelle auf, unter seinen Fingern knisterte das Pergament, als er zu lesen begann, ohne ein Wort zu verstehen. Er begann von vorn und schleuderte das Buch schließlich von sich weg. Er löschte das Licht und blieb reglos in der Dämmerung sitzen.

Die helle Scheibe des Mondes ging auf, beleuchtete das Zimmer und weckte ihn aus seinen Gedanken. Wieder rauschte der Wind im Kamin, doch jetzt erkannte er die Täuschung. Nicht der Wind rauschte, nein, es war seine eigene Stimme, die ihn mahnte, nicht länger zu warten und den letzten Schritt zu gehen. Er warf seinen Umhang über und stieg die Treppe hinab. Vor der Tür schlug ihm die Kälte des frühen Herbstes entgegen. Er sah sich um. Alle Fenster waren schwarz, ein paar Katzen schrien, ein Hund bellte hinter einer Gartenmauer. Er eilte über den Markt und erreichte den Kirchhof hinter dem Münster. Zwischen den Grabsteinen raschelte das erste tote Laub. Er lief über die Gräber hinweg, sprang über eine niedrige Mauer und trat auf den Münsterplatz. Ein schwacher Lichtschein fiel aus den Fenstern der Kirche auf das Pflaster. Er mied ihn und suchte die Dunkelheit einer Nische.

Das Portal schwang auf, und er sah sie. Ihre Begleiterinnen hasteten hinüber zum Stift, nur sie blieb vor der mächtigen Front des Münsters stehen. Der Mond umspielte ihre Gestalt. Sie zog den Schleier enger um sich und kam auf ihn zu. Er spürte Hitze in sich aufsteigen, und als sie an ihm vorbeiging, hatte eine wohlige Erregung ihn erfasst. Er folgte ihr. Leicht wie eine Nebelschwade lief sie vor ihm her und führte ihn durch die Gassen. Sein Körper bebte, sein Jagdtrieb ließ ihn schneller werden. Wie eine Raubkatze setzte er zum Sprung an und warf sich auf sie.

Er spürte ihre Wärme, den Duft ihrer Haut. Sie leistete keinen Widerstand. Er drehte ihr Gesicht zu sich und erstarrte. Ungläubig blickte er in das Gesicht der Ohnmächtigen, dann fing er sich, hob ihren schlaffen Körper hoch und verschwand mit ihr in der Dunkelheit.

***

Clara blickte den Mann kaum an, der in die Kirchenbank neben sie glitt, niederkniete, die Hände faltete und zu beten begann. Es war nichts Ungewöhnliches, dass am Abend Soldaten ins Münster kamen und Zwiesprache mit Gott hielten. Seit Wochen tobten die Kämpfe an den Mauern, verzehrten die Kräfte der Menschen und ihre Hoffnungen, die Belagerung zu überleben. Sie suchten Gott, und Clara war es lieber, sie suchten ihn hier in stiller Andacht als in den Predigten von Bruder Angelikus, der sich mehr und mehr wie ein gottgesandter Racheengel gebärdete. Seine prophezeite Apokalypse fand in den Kämpfen um Nuys statt, die andere stille und todbringende Offenbarung innerhalb der Mauern schwieg. Seit die Schwüle des Sommers dem Herbst gewichen war, hatte kein weiterer Mord die Stadt erschüttert. In Clara wuchs mit jedem weiteren Tag die Hoffnung, dass die tödliche Gier des Mörders mit seiner letzten Tat gestillt worden war. Sie wandte sich ihrem Gebetbuch zu, als eine Hand ihre Schulter berührte und ein Flüstern ihr Ohr erreichte.

»Ein trefflicher Ort für unser Wiedersehen, findet Ihr nicht, Äbtissin?«

Clara wurde kalt, während die Stimme in ihr nachklang, die sie zuletzt in Gohr gehört hatte. Sie drehte sich um. Der Mann, der neben ihr kniete, schien zu lächeln. Tiefe Schatten lagen über seinem Gesicht, schluckten es. Nur seine Augen, in denen silberne Sprenkel metallisch blitzten, trafen durch das Halbdunkel die ihren, und sie erkannte sie wieder. Ihre Kehle zog sich zusammen, sie schluckte schwer.

»Ihr habt die Augen Eures toten Bruders«, flüsterte sie.

Er legte den Kopf in den Nacken, der Lichtschein einer Kerze zuckte über sein Profil. Er schloss für einen Moment die Lider, dann sah er sie wieder an.

»Meine Hochachtung, Äbtissin, Ihr erinnert Euch nach all den Jahren an die Augen Eures verschmähten Bräutigams?«

»Ja, ich erinnere mich an Falk, und ebenso erinnere ich mich an Euch, Arnold, seinen jüngeren Bruder. Ihr zücktet schon damals allzu hastig Euer Schwert. Bei unserer Begegnung im Juli wusstet Ihr Euch vortrefflich mit einem Vollbart zu tarnen und damit die Narbe zu verbergen, die Euer Gesicht unverwechselbar macht. Stammt sie nicht aus einem dieser unsinnigen Gefechte, die Ihr zu führen liebtet?«

Er lachte leise auf. »Ja, das tut sie. Ich gebe zu, zuweilen etwas vorschnell mit der Waffe gewesen zu sein, aber das hat sich gelegt.«

»Nun, den Eindruck hatte ich bei unserem Zusammentreffen nicht.«

»Oh, entschuldigt meine damalige Grobheit, Äbtissin, aber die Zusammenkunft in der Kirche zu Gohr mit einem Abgesandten des Erzbischofs unterlag strenger Geheimhaltung und war nicht für Eure Ohren bestimmt. Ihr möget verstehen, dass mich die Entdeckung Eurer Person etwas aufbrachte.«

Er zwinkerte ihr zu, und Clara stockte der Atem, als sie den Abgrund sah, der sich in seinen Augen auftat. Kälte frostete durch ihre Adern. Sie musste fort von hier.

»Wenn Ihr gekommen seid, um mir Eure Entschuldigung anzutragen, so ist sie somit angenommen«, sagte sie hastig und erhob sich, aber seine schmale, sehnige Hand drückte sie zurück in die Knie.

»Ihr wollt doch nicht schon gehen, Äbtissin? Es plaudert sich gerade so angenehm. Im Übrigen bin ich nicht gekommen, um mich zu entschuldigen.«

Clara starrte ihn an. »Was wollt Ihr?«

»Beantwortet mir eine schlichte Frage. Warum habt Ihr die Ordenstracht abgelegt und sie Eurer Nichte gegeben? Weist Ihr Ghela in die Künste des Versteckspiels ein? Ihr seid gewiss eine gute Lehrmeisterin. Wie ich mich erinnere, habt Ihr eine außerordentliche Begabung für jede Art von Täuschung.«

Clara wandte benommen den Blick ab. Mit einem Mal war ihr klar geworden, dass neben ihr ebenjener Ritter saß, der ihre Nichte seit Wochen hofierte und den sie aus unerfindlichen Gründen nie zu Gesicht bekommen hatte. Nun wusste sie, warum. »Was ist mit Ghela?«

»Das tut nichts zur Sache. Eure Nichte ist eine dumme Gans, läuft diesem Nichtsnutz hinterher, diesem hohlwangigen Herumtreiber, und Ihr helft ihr auch noch bei diesem Possenspiel.«

»Ihr seid eifersüchtig?«

»Oh nein, wo denkt Ihr hin? Ghela war nur ein Spiel auf dem Weg zu Euch, meine Schöne. Habt Ihr vergessen, was Ihr meinem Bruder angetan habt?«

Clara schwieg, ihr Körper spannte sich, als sie von ihm abrückte. Sein Mund zuckte.

»Ihr antwortet nicht, nun sei's drum. Ich habe nichts vergessen, und deshalb …«

Seine Linke schnellte vor. Ein scharfkantiger Topas blitzte an seinem Mittelfinger auf und schlitzte mit einem einzigen Streich Claras Wange. Sie fuhr zurück, ein brennender Schmerz stieg in ihr empor, während sie rückwärts aus der Bank stürzte und den Mittelgang entlangstolperte. Ihre Augen suchten nach Hilfe, doch die Kirche war leer. Sie hielt auf den Altar zu, linker Hand bewegte sich etwas, ein Schatten. Er kam aus der Sakristei. Sie lief auf ihn zu und erkannte Schwester Agnes.

»Agnes, hilf mir!«, schrie sie.

Die Nonne rührte sich nicht.

»Hast du mich nicht verstanden, Agnes!«, rief Clara noch einmal und spürte im selben Augenblick das Gewicht ihres Verfolgers auf sich. Sie taumelte, fiel, sah flehend zu ihrer Mitschwester auf. Agnes stand über ihr und lächelte.

***

Mit dem Abend kamen die Pfeile, und mit den Pfeilen kam das Feuer, und mit dem Feuer kamen die Flammen. Sie fraßen sich durch strohgedeckte Dächer, fielen hinab ins Gebälk, bissen sich an ihm fest, bis es brach, rasten Treppen und Stiegen hinunter, leckten an

Türen und Wänden, bis sie nachgaben, züngelten durch Kammern, Stuben, Küchen und Keller, gierten nach allem, was sie zu fassen bekamen.

Er stand mit verschränkten Armen an einer Straßenecke und blickte hinauf zum Giebel des Hauses. Er wartete, bis der Dachstuhl nichts mehr war als ein verkohltes Gerippe und den Blick auf die verbrannte Frau freigab, die an zwei gekreuzten Balken gefesselt vornübergebeugt hing. Ein Amulett und ein Kreuz baumelten an einer Kette vor ihrer Brust. Er packte einen Mann, der an ihm vorbeilief, bei den Schultern.

»He, Ihr, schaut, da oben ist noch jemand!« Seine Hand führte den Blick des Mannes hinauf zum Dach. Der Mann schrie auf.

»Gott behüte uns davor, dass sie es ist!«

»Wer, guter Mann?«

»Die Äbtissin vom Quirinusstift, man vermisst sie.«

Eine junge Frau blieb neben ihnen stehen; sie hatte gehört, was der Mann gesagt hatte.

»Die Äbtissin ist tot!«, rief sie, und ihr Schrei wogte mit dem Rauch durch die Straßen und trug die Botschaft weiter in die Stadt, die seit den frühen Morgenstunden unter dem schwersten Beschuss stand seit dem Beginn der Belagerung vor sechs Wochen.

28

Nuys, 11. September 1474, Tag der heiligen Clara

Cunrad lief die Oberstraße hinunter auf der Suche nach Clara, die am gestrigen Abend nicht zum Abendgebet erschienen und seitdem verschwunden war. Einem Blinden gleich tastete er sich durch den Strom der Menschen, die sich vor den brennenden Pfeilen und den fauchenden Flammen der griechischen Feuer in den Schutz des Stadtkerns retten wollten. Bahren mit Schwerverletzten streiften ihn, Männer mit zerschossenen Armen und Beinen krochen durch den Morast zu seinen Füßen. Eine Frau, einen Säugling an der Brust und ein kleines Mädchen mit blutüberströmtem Gesicht an der Hand, lief ihm fast in die Arme. Ihr Blick flehte um Hilfe, er wich ihr aus und hastete weiter. Jedes Mitgefühl war in ihm gestorben, er musste Clara finden, mochte die Welt um ihn herum untergehen, es war ihm gleichgültig.

Er hatte seine Arbeit im Gasthaus »Zum Heiligen Geist«, dem Hospital des Quirinusstifts, mehr fahrig als gut getan und die erste sich bietende Gelegenheit beim Schopfe gepackt, um den Krankensaal zu verlassen und nach Clara zu suchen. Seit dem Vespergottesdienst am letzten Abend hatte sie niemand mehr gesehen, und seit dem Morgen suchten die Stadtwachen nach ihr. Eine halbherzige Suche, brodelten doch an vielen Abschnitten der Stadtmauer Gefechte zwischen Nuyssern und Burgundern.

Bald lag das Obertor vor ihm, wo einer der blutigsten Kämpfe stattfand. Der Lärm der Schlacht schwoll zu einem ohrenbetäubenden Krach an. Brennende Pfeile zischten wie Sternschnuppen in hohen Bögen über die Mauern hinweg in die Stadt. Steinregen prasselte aufs Pflaster. Hinter dem Stadtwall erschallten die Sturmlieder und Schreie der burgundischen Söldner, die im Takt der Lieder einen wuchtigen Balken mit eiserner Spitze gegen die Befestigungsmauer stießen. Auf der Stadtmauer standen die hessischen Soldaten in den Schießscharten und schossen mit ihren Armbrüsten auf die Belagerer. Männer bedienten die Katapulte mit Steinen, die Kinder für sie aufgeschichtet hatten. Unterhalb der Brüstungen hockten Frauen und hielten siedendes Öl und heißes Wasser über den Feuern bereit, die man über die Köpfe der Feinde goss, sobald sie versuchten, die Mauern zu erklimmen.

Vor dem Tor lagen Leichen zu einem Haufen gestapelt, Cunrad lief hin, kroch über die Leiber hinweg und drehte sie um. Sein Kopf stieß gegen etwas Hartes, ein Wagenrad. Er schaute auf. Eine Gruppe Männer und Frauen saß auf einem Ochsengespann. Sie grinsten ihn aus weiß bemalten Fratzen an und schwangen ihre Geißeln zu ihm herunter. Angewidert wich er aus. Nicht zum ersten Mal sah er sich Flagellanten gegenüber, eifrigen Büßern, die dank Angelikus' und Thomas' Predigten zu einer immer größer werdenden Schar wurden. Kaufleute, Handwerker, Frauen und Mädchen schlossen sich ihnen an und straften sich selbst mit Geißelhieben für ihr sündiges Leben, in dem sie die Ursache für das Schicksal der Stadt sahen.

»Was sucht Ihr im Gewürm?«, fragte einer von ihnen und stach mit dem Griff seiner Peitsche zwischen den Toten herum.

»Die Äbtissin der Benediktinerinnen, habt Ihr sie gesehen?«

Sie lachten. »Die edle Dame steht in der Mühlengasse und besorgt's einem der tapferen Helden! Vielleicht lässt sie Euch ja auch ran?«

Ein Weib kreischte belustigt auf. Cunrad schnellte hoch, wollte ihnen nach, doch das Gespann war bereits im Nebel verschwunden. Er sank zu Boden, spürte weder die Kälte noch die Regentropfen, die sich durch seine Kleider fraßen. Er hatte die Leiber abgetragen wie die Steine einer Mauer, Clara hatte er nicht gefunden. Er hatte gehofft und gleichzeitig gebangt, sie hier zu finden, doch er hatte sich getäuscht.

Schwerfällig richtete er sich auf und ging zurück in die Stadt. Vor dem Hospital lagen die Verwundeten, für die man im Inneren keinen Platz mehr gefunden hatte, auf dem nassen Pflaster. Stiftsdamen und eine Handvoll Augustinerinnen reichten Becher mit warmem Wein gegen die Kälte, versorgten Wunden, spendeten Trost. Er bahnte sich einen Weg zum Eingang, öffnete das Portal und stieß mit Gertrudis zusammen. Ihr Gesicht war grau, tiefe

Furchen durchzogen ihre sonst so prallen Wangen. Ihr Kinn bebte, und Tränen schossen aus ihren Augen, als sie sprach.

»Man hat sie gefunden, Cunrad.«

»Wo ist sie?« Cunrad starrte sie blicklos an.

»Dort drüben.« Gertrudis wies auf den Vorhang, hinter dem sich der Bereich des Saales befand, in den die Schwerverletzten zum Sterben gebracht wurden. Er wollte davonstürzen, doch sie hielt ihn zurück.

»Man konnte ihr nicht mehr helfen, erschreckt nicht, Cunrad, das Feuer hat ihr Gesicht zerstört.«

Cunrad stieg über die Reihen der Verletzten, erreichte den Vorhang. Er schob ihn beiseite und trat ins Halbdunkel. Nur eine Laterne unterhalb der bogenförmigen Fenster verströmte ein wenig Licht. Drei Gestalten umstanden ein Lager. Als er näher kam, erkannte er einen Priester und zwei Stiftsdamen. Cunrad drängte sich an ihnen vorbei, doch der Geistliche verstellte ihm den Weg.

»Ihr könnt nichts mehr für sie tun, Medicus. Der Herr hat sie zu sich gerufen.«

Cunrad sah ihn fassungslos an, stieß ihn zur Seite und hockte sich neben den Strohsack, auf den die Tote gebettet war. Er stöhnte auf, als er das Tuch hob, das sie bedeckte. Ihr Gesicht war entstellt, schwarze Haut hing in Fetzen von Wangen und Stirn. Nase und Augen waren nur mehr Löcher, die den Blick ins Innere des Kopfes freigaben. Das Feuer hatte den Schädel kahl gefressen. Nur eine Haarsträhne, die sich vom Scheitel über die rechte Gesichtshälfte kräuselte, schien dem Tod zu höhnen. Cunrad schlug die Hände vors Gesicht.

Der Priester trat zu ihm, legte ihm die Hand auf die Schulter. Cunrad versuchte, das Beben seines Körpers zu beherrschen, und richtete sich auf.

»Was ist geschehen? Wo hat man sie gefunden?«

»In einem ausgebrannten Haus auf der Rheinstraße, jemand hatte sie an die Balken des Dachstuhls gefesselt. Nur ihr Amulett und das Kreuz, die sie immer trug, haben das Feuer überlebt. Beten wir, dass sie bereits im Reich unseres göttlichen Vaters ist!«

Der Geistliche bekreuzigte sich. Ein leises Amen kam von den

Frauen. Cunrad sah in ihre verweinten Gesichter und erkannte Schwester Agnes.

»Darf ich das Amulett sehen?«, fragte er sie.

Sie runzelte die Stirn, zog wortlos eine silberne Kette aus den Falten ihres Mantels und hielt sie Cunrad hin. Er nahm sie, presste sie an seine Lippen und gab sie der Nonne zurück, die ihn erstaunt ansah.

»Ich wusste gar nicht, dass Euch etwas an der Äbtissin gelegen war, Medicus. Ich hatte immer den Eindruck, Ihr wäret genauso schlecht auf sie zu sprechen wie sie auf Euch!«

Er erwiderte nichts und ließ sie stehen. Der Vorhang öffnete sich ein zweites Mal. Johann, begleitet von Ghela, eilten hindurch. Er murmelte einen Gruß und strebte, Ghela mit sich ziehend, an den Frauen und Cunrad vorbei.

»Johann, mute Ghela den Anblick nicht zu.« Cunrad hielt ihn zurück. Johann musterte ihn und wandte sich an den Priester.

»Lasst mich, meine Nichte und den Medicus allein mit der Verstorbenen!«

Der Mann hob die Hand zum Protest, doch ehe er etwas sagen konnte, kam Johann ihm zuvor. »Ghela und ich sind die einzigen Verwandten der Äbtissin und krank vor Kummer.«

Ghela schluchzte laut auf und warf sich an Cunrads Brust, der erschrocken zusammenfuhr, doch dann den Arm um das weinende Mädchen legte.

»Nun gut.« Der Priester gab den Frauen ein Zeichen, sich zu entfernen. »Ihr sollt Abschied nehmen.«

Als der Vorhang hinter ihnen zugefallen war, hob Ghela den Kopf, schaute zu Cunrad auf und lächelte. Er begriff gar nichts und sah sich ratsuchend nach Johann um, der gerade einen Blick auf die Tote warf.

»Scheußlicher Anblick.« Er grinste Cunrad an.

»Was zum Teufel wird hier gespielt?«, zischte Cunrad.

»Regt Euch nicht auf, Cunrad.« Ghela strich ihm über den Arm.

»Lasst das, Ghela«, herrschte er sie an, doch sie fuhr fort, ihn zu streicheln, ein mitleidiges Lächeln auf den Lippen.

»Diese erbarmungswürdige Frau«, Johann wies auf die Tote, »ist nicht Clara.«

»Du scherzt!«

Johann sah zu Ghela. »Bin ich hier, um zu scherzen, Ghela?«

Sie schüttelte den Kopf. »Lass mich es ihm erklären, Onkel.«

Johann nickte ihr zu. »Setz dich, Cunrad.«

Ghela senkte die Stimme und zog den Medicus zu sich auf ein freies Strohbett.

»Diese Frau da kann nicht Clara sein.«

Cunrad wollte etwas einwenden, doch Ghelas Blick ließ ihn innehalten.

»Hört mir zu! Clara und ich trafen uns gestern Abend. Sie wollte mir in einer etwas schwierigen Sache helfen.«

»Sie wollte dir zu einem Stelldichein mit diesem Gaukler verhelfen«, erhob sich Johanns Stimme.

»Sei leise, Onkel! Du bringst uns noch in Teufels Küche.« Ghela wandte sich wieder Cunrad zu. »Es stimmt, ich wollte Lorenz im Turm besuchen, in den man ihn gesperrt hat, obwohl er unschuldig ist.«

»Was noch zu beweisen ist!«

Ghela warf Johann einen wütenden Blick zu. »Du weißt genau, dass er nicht der gesuchte Mörder ist, schließlich hast du ihn aus der Stadt werfen lassen. Als Jelis und Petrus ermordet worden sind, war er nicht in Nuys! Erst nachdem er Hanno im Lager der Burgunder gesehen hatte, fand er den Weg zurück in die Stadt.«

»Und kurz darauf fand man Hannos Leiche.«

»Ach, hör auf, Onkel. Ich glaube ihm, und Clara übrigens auch, und nun lass mich weiter berichten. Also, Cunrad, weil die Wachen mich nicht zu Lorenz vorließen, hatte Clara den Einfall, mir ihren Mantel und Schleier zu leihen, um als falsche Äbtissin die Wächter zu täuschen.«

»Ja, ja, aufs Täuschen versteht sich deine Tante, nicht wahr, Cunrad?«

»Halt's Maul! Was weißt du schon, warst doch damals gar nicht in Nuys«, polterte Cunrad, während Ghela neugierig zwischen den Männern hin und her sah.

»Verschweigt ihr mir etwas?« Sie blinzelte Johann an.

»Ich nicht, mein Kind, da musst du wohl eher Cunrad fragen!«

Doch der schüttelte nur ungeduldig den Kopf. »Kommt schon zur Sache, Ghela!«, sagte er barsch.

Ghela verzog das Gesicht und fuhr fort. »Nach dem Vespergottesdienst im Münster tauschten wir also Mantel und Gebände in der Sakristei. Clara blieb in der Kirche, um dort auf mich zu warten. Ich habe, gekleidet als Äbtissin, mit den anderen Stiftsdamen die Kirche verlassen. Vor der Pforte murmelte ich etwas von einem wichtigen Krankenbesuch und eilte fort. In der Gasse zum Markt glitt ich aus und muss mir wohl so böse den Kopf gestoßen haben, dass ich ohnmächtig wurde und erst in Arnolds Armen wieder erwachte.«

»Arnold?« Cunrad sah sie verdutzt an. »Der Graf, den Ihr beim Fest zu Ehren der Hessen traft?«

»Ebender. Arnold hat mich nach Hause gebracht und Gott sei Dank keine Fragen gestellt, als ich ihn bat, Clara ihren Mantel und Schleier zu bringen. Ich bin dann in meine Kammer hinaufgegangen und muss wohl gleich eingeschlafen sein. Am nächsten Morgen lagen meine Kleider und meine Haube neben dem Bett. Arnold muss, wie versprochen, im Münster gewesen sein und Clara dort angetroffen haben. Er hat ihr die Kleider zurückgegeben und meine im Gegenzug erhalten. Zur gleichen Zeit war das Feuer in der Rheingasse längst gelöscht und diese arme Frau bereits tot. Wäre es Clara gewesen, wären meine Kleider mit ihr verbrannt, denn wie es sich die Leute erzählen, starb sie bereits am frühen Abend. Die Tote kann nicht Clara sein.«

»Sie trug ihr Amulett!«

»Derjenige, der Clara in seiner Gewalt hat, wird es ihr fortgenommen und der armen Frau umgehängt haben, um von Claras Entführung abzulenken!«

»Und um Zeit zu gewinnen, sein blutiges Handwerk unbehelligt auszuüben?«, sagte Cunrad tonlos.

Ghela wurde blass. »Sagt so etwas nicht! Wir werden sie suchen und finden.«

»Und wo sollen wir Eurer Meinung nach damit beginnen?«

»Ich schlage vor, wir befragen Arnold. Er hat Clara schließlich zuletzt gesehen.«

Johann war aufgestanden. »Am heutigen Morgen, als ich zu einem Besuch bei ihm vorbeischaute, war Arnold wenig gesprächig, seine Stimmung fast missmutig zu nennen. Was ich durchaus verstehen kann. Immer noch macht ihm sein Bein zu schaffen, das in den letzten Augusttagen die schmerzhafte Bekanntschaft mit einer Armbrust machte.«

»Er ist verletzt? Warum weiß ich davon nichts? Üblicherweise sehe ich mir jeden an, der ins Hospital gebracht wird.«

Johann schaute Ghela streng an, die seinen Blick erwiderte, dabei keine Miene verzog.

»Er weigerte sich, ins Hospital zu gehen, und bat seine Wirtin, ihn zu pflegen. Und schließlich«, Johann hüstelte, »bin ich als Apotheker kundig genug, derartige Verletzungen zu behandeln. Rotwein und gemahlenes Johannisbrot für die Wunde und Bilsenkraut für die Rekonvaleszenz. Arnold war gut versorgt.«

»Du hättest trotzdem nach mir oder dem Bader schicken müssen. Gegen den Rotwein und das Johannisbrot ist nichts einzuwenden, doch die Gabe von Bilsenkraut bedarf einer gewissen Erfahrung, die du nicht hast, birgt dieses Hexenkraut doch sowohl Heilung als auch Tod.«

»Du willst mir unterstellen, keine Erfahrung zu haben? Ich bin genauso lange Apotheker wie du Medicus.«

»Was eben nicht dasselbe ist, sonst könnte ja jeder gleich in deine Apotheke laufen, wenn ihn etwas zwickt. Gott sei Dank sind die Leute wenigstens hierin schlau genug, dies nicht zu tun.«

»Nun hört auf, über Wundbehandlung und dergleichen zu disputieren«, unterbrach sie Ghela. »Arnold kann uns vielleicht weiterhelfen, also was ist?«

29

Das Feuer im Kamin war zusammengesunken, nur noch einzelne kärgliche Flammen zuckten aus der Glut und ließen im Hintergrund des lang gezogenen Raumes rätselhafte Schatten entstehen und wieder vergehen. Arnold lehnte an der Wand, beobachtete Clara und ihren sinnlosen Kampf gegen die Umklammerung der Seile, die Hände, Füße und ihren Leib an das blanke Holz einer Pritsche pressten. Sie wand sich, schlug mit dem Kopf hin und her, stemmte sich gegen die Fesselung. Es musste sie doch schmerzen, wenn die Stricke sich in ihr Fleisch schnitten und die Haut abschürften, dachte er noch, als sie plötzlich still wurde und ihm ihr Gesicht zuwandte. Er löste sich von der Wand, ging zu ihr und nahm ihr den Knebel aus dem Mund. Sie röchelte, schluckte, hustete und schrie.

»Angst, Clara?«, fragte Arnold in die Stille hinein, die ihrem letzten Schrei gefolgt war. Sie starrte ihn stumm an, doch ihre Augen verrieten sie. Er schmunzelte. »Ihr müsst Euch nicht fürchten. Ich tue Euch nichts, wenigstens für den Augenblick.« Sein Lächeln verschwand. »Ich erwarte noch einen Gast, und bis dahin machen wir es uns gemütlich.«

Er stopfte den Knebel wieder in Claras Mund und trat zurück in das Schattenspiel an der Wand.

***

Im Haus von Arnolds Wirtin, einer streng dreinblickenden Witwe, die ihnen erst nach langem Drängen Eintritt gewährt hatte, hasteten sie die Treppe zum zweiten Stock hoch, wo sich die Gästekammern befanden. Johann klopfte an Arnold von Berghems Tür. Als sich nichts regte, öffnete er sie vorsichtig und trat, gefolgt von Cunrad und Ghela, ein.

»Er ist nicht da«, stellte er fest und wandte sich mit ernster Miene an Cunrad. »Graf Arnold von Berghem ist ein Ritter durch und durch, wahrscheinlich ist er trotz seiner Verletzung mitten im Getümmel an den Stadttoren.«

Cunrad beachtete ihn nicht weiter, das Licht seiner Fackel schwenkte durch die Kammer. In einer Nische beim Fenster brannte ein Öllicht vor einer Marienstatue, sonst war es dunkel, die Glut im Kamin verloschen. Sein Blick fiel auf ein gemachtes Lager, ein ordentlich verschnürtes Bündel frisch gewaschener Kleider und ein Stehpult, auf dem ein in schwarzes Leder gebundenes Buch lag.

Cunrad ging darauf zu, beleuchtete die aufgeschlagenen Seiten, schlug das Buch zu. Das Licht der Fackel zuckte nervös, seine Hand hatte zu zittern begonnen. Johann trat zu ihm, warf einen flüchtigen Blick auf den Bucheinband und sah Cunrad an.

»Was ist los? Vor dir liegt der ›Bellafortis‹, eine Schrift über das Kriegswesen, eine prächtige Ausgabe, deren Besitz Arnold zu Recht stolz macht.«

»So stolz, dass er sie mit seinem Wappen prägte«, fuhr ihn Cunrad an.

Johann hob eine Braue. »Warum nicht?«

»Oh Gott, mit wie viel Blindheit bist du geschlagen, Johann? Sperr deine Augen auf und sieh dir die Prägung an.«

Johann kniff die Augen zusammen, dann schlug er sich die Hand vor den Mund, sein Gesicht war fahl geworden. »Sag, dass das nicht wahr ist«, stammelte er. »War ich denn blind und taub, ich gottverdammter Narr?«

Ghela kam näher, besah sich das Buch und zuckte mit den Achseln. »Ich weiß nicht, was ihr da seht. Ich sehe allenfalls ein gewöhnliches Wappen, wie es sie viele gibt.«

Keiner der beiden antwortete, sie starrten wortlos auf das Buch, dann erhob Cunrad die Stimme. »Johann, das Wappen ist bis auf das Band mit den Kronen dort oben identisch mit den Brandmalen. Clara hatte recht, als sie sagte, etwas daran sei seltsam.«

»Die Kronen wurden durch Lilien ersetzt.« Johann blickte in Cunrads bleiches Gesicht, die Mundwinkel des Medicus zuckten. »Du kennst das Wappen, und auch mir kommt es bekannt vor, hilf mir auf die Sprünge, Cunrad.«

Cunrad stützte sich mit gespreizten Fingern auf dem Pult ab, seine Gelenke knackten unter seinem Gewicht. »Ja, ich kenne dieses Wappen, aber es ist viel Zeit vergangen, seit ich es das letzte Mal betrachtet habe«, sagte er mit bebender Stimme und atmete schwer. »Ich sehe es noch vor mir. Aus Eisen gegossen, prangte es über der Eingangstür eines Hauses auf dem Klockhammer, in dem sein Träger mit seiner Familie damals wohnte. Es ist das Familienwappen der Brewers«, sagte er schließlich.

»Mathias Brewer, der Kaufmann, der mit seiner Familie so plötzlich die Stadt verließ und in dessen Haus Jelis Bleihoff kurz darauf einzog?«, fragte Johann.

»Ebendieser. Mathias Brewer ging damals nicht freiwillig aus Nuys fort, Johann. Der Nuysser Rat zwang ihn dazu.«

»Genau, ich erinnere mich, schließlich war sein Sohn Falk mit Clara verlobt.«

»Hatte er nur den einen Sohn?«, grübelte Cunrad und sah Johann an. »Nein, lass mich nachdenken. Falk war der Älteste, darauf folgte ein missgestalteter Knabe namens Ludger.«

»Richtig, er hatte verkrümmte Arme und einen Wasserkopf, und ich hatte eine höllische Angst vor ihm, obwohl er wahrscheinlich ganz harmlos war.« Johann schüttelte den Kopf.

»Ja, das war er auch, oft war er dem beißenden Spott der anderen Kinder ausgesetzt. Ich erinnere mich, dass Falk und sein jüngster Bruder so manche Schlägerei begonnen haben, um Ludgers Ehre wiederherzustellen. Einmal sind sie sogar mit gezückten Schwertern auf eine Horde von Burschen losgegangen, dabei zog sich der jüngste Spross der Familie eine böse Gesichtsverletzung zu.« Er stockte und sah Johann an, der sofort verstand.

»Und der jüngste Sohn der Brewers hieß Arnold, nicht wahr?«, fragte er.

Cunrad nickte. »Graf Arnold von Berghem ist kein anderer als dieser Arnold Brewer. Er war damals fast noch ein Kind.«

»Du willst sagen, dass der Graf von Berghem nicht der ist, der er vorgibt zu sein?«, stieß Johann hervor.

»Ja!«

»Der Mann, der seit Monaten in meinem Haus ein und aus geht, ist ein Betrüger, ein Hochstapler? Ein Mörder?«

Ein erstickter Laut ließ die beiden Männer herumfahren. Ghela stand wie versteinert da und starrte ihren Onkel an.

Johann eilte zu ihr und legte einen Arm um sie.

»Sag, dass das nicht wahr ist!«, flüsterte Ghela. Als Johann nicht antwortete, stürmte sie wie getrieben aus der Kammer.

»Ghela!«

Johann wollte ihr nach, doch Cunrad hielt ihn zurück. »Lass sie, wir haben keine Zeit zu verlieren!« Er sah sich in der Kammer um. Sein Blick fiel auf die hölzerne Marienskulptur in der Ecke. Er ging zu ihr, hob sie an und zog einen Stapel Pergamente unter ihrem Sockel hervor.

»Was hast du da?«

»Das wirst du nicht glauben.«

Cunrad kam zum Pult, legte die Schriftstücke darauf und reichte Johann das erste Pergament.

»Eine Schenkungsurkunde über das Haus der Brewers am Klockhammer, und nun rate, an wen.«

»Jelis Bleihoff, seine Witwe wohnt immer noch dort«, sagte Johann.

Cunrad nickte. »Und hier ein Kaufvertrag über sein Notariat am Markt.«

»Petrus de Quinheim?«

»Ja, und der Kaufpreis ist lächerlich.«

Sie blätterten die Schriftstücke durch, die Arnold in seinen Besitz gebracht hatte und die Zeugnis darüber gaben, wie das Hab und Gut der Familie Brewer vor vielen Jahren unter einer Handvoll Nuysser verteilt worden war.

»Einige angesehene Bürger haben an dem Unglück der Familie Brewer bestens verdient«, sagte Johann bitter.

»Ein Unheil, das mit dem Freitod ihres ältesten Sohnes Falk begann«, merkte Cunrad leise an.

»Arnold scheint die Schmach, die man seiner Familie angetan hat, nicht vergessen zu haben«, sagte Johann.

»Und hat sich auf seine Weise dafür gerächt«, fügte Cunrad hinzu, strich über die vor ihm liegenden Pergamente und sah dann Johann an. »Er ist der Mann, der mordend durch die Gassen zieht, um sich an uns allen zu rächen, und er hat Clara in seiner Gewalt, Johann!«

»Was stehen wir hier herum, wir müssen sie suchen!«

»Und wo?«

»Im Windmühlenturm!«

Sie fuhren herum, Ghela stand in der Tür und trat zögerlich ins Zimmer.

»Ihr beide solltet Lorenz im Windmühlenturm besuchen. Er kann Euch weiterhelfen. Zuweilen ist er ja ein rechter Wirrkopf, und du, Onkel, schätzt an ihm nur seine Zauberkunst, aber er hat mir eine Geschichte erzählt, die ich nicht glauben wollte und wegen der wir uns arg gestritten haben. Leider bin ich nach allem, was geschehen ist, jetzt gezwungen, sie zu glauben.«

»Welche Geschichte, Ghela?«, drängte Cunrad, doch sie winkte müde ab.

»Fragt ihn selbst und dann sucht Clara, ergreift Arnold und sorgt dafür, dass Lorenz aus dem Loch rauskommt!«

»Da ist er, der Spaßvogel.«

Der Lichtkegel der Laterne, die Alfred, der Büttel, hielt, fiel auf Lorenz, der mit angezogenen Knien, den Kopf in den verschränkten Armen verborgen, an der Wand kauerte.

»He, Spielmann, wach auf, Besuch für dich.« Der Büttel trat Lorenz mit dem Fuß in die Seite.

»Lass das, du Furz eines Schweins!«, rief der Gaukler, schaute auf und geradewegs in Johanns Augen, der hinter Alfred in den düsteren Kerker getreten war. »Macht nicht so ein blödes Gesicht, Pillendreher, Ihr wart nicht gemeint. Den da meinte ich.« Lorenz trat seinerseits nach dem Büttel.

»Wirst du wohl dein Maul halten.« Der Büttel hatte sein Messer gezogen und richtete es drohend auf Lorenz, der lachend die Arme hob.

»Stich mich doch ab, Hurensohn. In der Hölle ist es bestimmt besser als zwischen all den stinkenden Kreaturen hier.«

Ein paar zerlumpte Gestalten grunzten Protest, verstummten jedoch, als der Büttel auch ihnen mit dem Messer drohte.

»Nun lasst gut sein, Lorenz.« Cunrad duckte sich durch die niedrige Tür des Kerkers und trat neben Johann.

»Ach, der Medicus ist auch gekommen. Was verschafft mir die Ehre dieses hohen Besuches? Darf ich Euch ergebenst etwas von meinem Abendessen anbieten?« Lorenz hielt einen schimmligen Kanten Brot hoch.

»Lasst das Scherzen, Lorenz. Wir müssen mit Euch sprechen.« Johann drückte dem Büttel ein paar Münzen in die Hand. »Bring uns an einen Ort, wo wir allein mit ihm sind.«

»Ich erinnere mich sehr wohl«, sagte Lorenz und streckte die steifen Glieder. Der Büttel hatte sie in den fensterlosen Raum geführt, an den Cunrad sich noch allzu gut erinnerte. Dankbar hatte Lorenz, nachdem sie sich gesetzt hatten, den ledernen Wasserbeutel genommen, den Cunrad ihm reichte, das Honiggebäck, das Johann ihm anbot, jedoch abgelehnt. Schweren Herzens, wie Cunrad beim Blick in Lorenz' dunkel geränderte Augen vermutete, doch die Kerkerhaft hatte seinen Stolz nicht gebrochen und ihn die Demütigung vergessen lassen, die Johann ihm angetan hatte.

»Es war in Maastricht, beim Empfang einer burgundischen Gesandtschaft. Wir, das heißt die Gauklertruppe, mit der ich damals umherzog, waren bestellt, um die Herren und auch Damen zu unterhalten. Ich kann Euch sagen, ein Prunk war das.«

»Weiter, Lorenz!« Cunrad trommelte mit den Fingern auf die Tischplatte.

»Wir traten auf, und man war mehr als zufrieden mit uns!« Lorenz lächelte Johann an. »Später führte ich den Tanz an. Hübsche Weiber waren das, wahrlich, wahrlich.«

»Lorenz, kommt zur Sache. Uns zerrinnt die Zeit zwischen den Fingern, es geht um Leben und Tod.«

»Schon gut, Medicus, ich tanzte mit einer der Damen die ›Basse danse‹. Sie sagte, sie sei eine entfernte Verwandte des Herzogs von Geldern. Das Weib war leider nicht sonderlich hübsch, ein wenig älter und für meinen Geschmack etwas zu breit in der Hüfte. Ich ärgerte mich, nicht eine der knusprigen Hofdamen abbekommen zu haben. Als der Tanz begann, musste ich jedoch mit Bewunderung feststellen, dass sie eine anmutige Tänzerin war. Erst als ich sie zurück an ihren Platz geleitete, fiel mir auf, dass sie hinkte.«

Cunrad und Johann wechselten einen Blick.

»Ja, ja, Ihr hört richtig, das eine Bein war kürzer als das andere, was ich während des Tanzes gar nicht bemerkt hatte. Später tanzte sie inniglich mit einem außergewöhnlich großen Mann mit schwarzem Haar und auffallend hellen Augen, ihrem Vetter, wie man mir sagte.«

»Arnold Brewer und Agnes von Geldern, die Custorin des Münsters?«

Lorenz nickte. »So hieß der Mann, den ich in dem aufgeblasenen hessischen Soldaten wiedererkannt habe, was in mir die Frage aufwarf, wer denn nun wer ist.«

Er schaute Johann an. »Eure Nichte schlug mir ins Gesicht, als ich ihr die Geschichte erzählte und Zweifel an der Identität ihres Marschalls verlauten ließ. Sie nannte mich einen eifersüchtigen Ziegenbock. Nun ja, ich mag wie einer riechen, aber mehr Ähnlichkeit besitze ich mit der Kuh des armen Mannes wohl nicht. Arnold muss ihr ganz schön den Kopf verdreht haben, und Ihr seid schuld daran.«

Seine Augen füllten sich mit Bitterkeit. »Hättet Ihr nicht Euren ganzen Einfluss geltend gemacht, um mich aus der Stadt zu jagen, hätte ich das zu verhindern gewusst. Nun bin ich zwar wieder da, aber wie Ihr seht, sitze ich leider in diesem Loch fest.«

»Nicht mehr lange. Ich denke, wir werden Arnolds Base, der guten Schwester Agnes, einen Besuch abstatten und herausfinden, wo Arnold sich versteckt. Ich stehe in Eurer Schuld, Gaukler.« Cunrad stand auf und verbeugte sich.

»Das tut Ihr nicht, Medicus.« Lorenz erwiderte Cunrads Blick mit einem Lächeln.

»Aber ich tue es und auch meine Nichte.« Johann hatte sich ebenfalls erhoben und reichte Lorenz die Hand. »Es tut mir leid, Euch verunglimpft zu haben.«

Lorenz verschränkte die Arme. »Richtet Eurer Nichte aus, dass sie mir den Buckel runterrutschen kann!«

Im Stift der Benediktinerinnen herrschte Totenstille. Eine mürrische Pförtnerin hatte Johann und Cunrad nur widerwillig die Tür geöffnet. Sie folgten ihr einen holzvertäfelten Gang entlang, traten durch eine Tür und fanden sich im Kreuzgang wieder, der zum Refektorium der Stiftsdamen führte. Der große Saal, in dem sich bei Tage die Benediktinerinnen aufhielten, war beinahe leer, lediglich fünf junge Frauen stopften beim schwachen Schein zweier

Kerzen Strümpfe. Schweigend saßen sie beieinander und lauschten dem Lukasevangelium, aus dem eine von ihnen vorlas. Sie schreckten hoch, als Johann und Cunrad an sie herantraten. Die Vorleserin, ein hageres Mädchen mit platter Nase und wulstigen aufgerissenen Lippen, legte die Bibel weg und erhob sich.

»Was führt Euch so spät zu uns?«

»Die traurigen Ereignisse, Schwester Ursula.«

»Der Tod unserer Äbtissin, die ja, ich vergaß, Eure Schwester war, wie groß muss Eure Trauer sein.« Sie senkte den Blick.

Johann nickte. »Unermesslich, Schwester.« Er bedeckte die Augen kurz mit seiner rechten Hand, dann räusperte er sich. »Aber unsere Trauer sollte uns nicht von der Sorge um die Lebenden abhalten.«

Er wies zu Cunrad. »Medicus Tuschenbroich sorgt sich um Schwester Agnes. Der Tod der Äbtissin scheint sie mehr mitzunehmen, als es ihrem schwachen Herzen guttut. Wir möchten kurz nach ihr sehen.«

Die junge Frau wischte sich eine Träne aus dem Augenwinkel. »Agnes hält Totenwache in unserer Kapelle und weigert sich, von einer von uns abgelöst zu werden.«

Johann nickte. »Hab ich's mir doch gedacht. Die gute Agnes war der Äbtissin mehr als treu ergeben. Ihr Leiden muss grenzenlos sein. Wir werden nach ihr sehen, habt Dank.« Er verbeugte sich leicht und zog Cunrad mit sich.

»Aber wisst Ihr denn, wie Ihr zur Kapelle kommt?«, rief die Vorleserin ihnen nach, und Johann hob die Hand.

»Keine Sorge, ich kenne den Weg.«

Sie gingen den Gang entlang, vorbei an unzähligen Türen, als Schritte hinter ihnen laut wurden.

»Ihr habt etwas verloren, Medicus.«

Eine der Stiftsdamen aus dem Refektorium eilte hinter ihnen her, in ihrer Hand baumelte ein Lederband mit einem Amulett aus schwarzem Onyx. Ihr Zeigefinger strich über das silberne Pentagramm, das in den Stein gearbeitet war. Dann reichte sie es Cunrad, der sich unwillkürlich an den Hals griff.

»Eine schöne Arbeit, unsere Äbtissin besaß ein Ähnliches. Selbst das Feuer hatte es ihr nicht nehmen können.«

Cunrads Finger umschlossen den schwarzen Stein. »Ich weiß, Schwester. Habt Dank.«

Johann musterte Cunrad, als die Nonne fort war.

»Ich glaube, mein Wissen über dich und die Äbtissin ist mehr als bruchstückhaft. Wenn das alles vorbei, bist du mir eine Erklärung schuldig, alter Junge!« Sie durchschritten einen schmalen dunklen Gang. Durch die Schlitze, die in der Außenmauer eingelassen waren, heulte der Wind und zerriss die Flammen der wenigen Pechfackeln, die in rostigen Halterungen angebracht waren. Schließlich standen sie vor einer schweren Eichentür.

»Ich gehe rein, und du wartest hier!« Johann drückte Cunrad in die Ecke neben der Kapellentür.

»Ich komme mit.«

»Nein. Ich verstehe mich besser auf Stiftsdamen als du, warte einfach hier.«

Cunrad brummte etwas, blieb dann aber im Gang stehen, während Johann die Zelle betrat.

Der Gestank verbrannten Fleisches und der schwere Duft weißer Lilien, die in der Luft lagen, hätten jedem anderen den Atem geraubt, aber Johann, der üble Gerüche gewohnt war, nahm ihn kaum wahr. Er ging langsam auf Schwester Agnes zu, die auf einem Schemel neben dem offenen Sarg saß und den Rosenkranz betete. Sie bemerkte ihn erst, als er sich vor sie kniete und seine Hände auf die ihren legte.

»Schwester Agnes!«, flüsterte er. Ihr trüber Blick traf kurz den seinen, ohne dass sie ihr Gebet unterbrach.

»Du bist gebenedeit unter den Frauen, und gebenedeit ist die Frucht deines Leibes, Jesus …«, murmelte sie.

»Schwester Agnes, bitte schenkt mir für einen Augenblick Eure Aufmerksamkeit«, bat Johann, und wieder sah Agnes auf. Ihre Augen blickten abwesend an ihm vorbei ins Leere. Sie schien ihn kaum wahrzunehmen und setzte mit schwankender Stimme ihr Gebet fort.

»Gegrüßet seist du, Maria voll der Gnaden …«

»Der Herr sei mit dir«, unterbrach Johann sie, und einem plötzlichen Geistesblitz folgend, fügte er hinzu: »Schwester Agnes, ich wollte Euch zum Tanz abholen.«

Agnes verstummte, der Rosenkranz glitt zu Boden. Ihr Blick flackerte auf, als Johann sich vor ihr verbeugte.

»Ihr mögt doch die ›Basse danse‹, die Königin unter den Tänzen?«

Ein Lächeln glitt über Agnes' fahles Gesicht. Johann nahm ihre Hand, sie stand auf. Er beugte die Knie, sie knickste, und der Tanz begann.

»Ich wollte, Arnold von Berghem wäre hier, um Euch zu sehen.«

Die Nonne zeigte keine Regung, wiegte sich weiter zur imaginären Musik.

»Nein, Johann! Nicht Arnold von Berghem, sondern Arnold Brewer sollte seine Base beim Tanz bewundern!« Cunrad, des langen Wartens satt, war ins Zimmer getreten, griff nach Agnes' Arm und zwang sie, stehen zu bleiben. Sie starrte ihn an.

»Wo ist Arnold, Agnes von Geldern?«

»Von wem sprecht Ihr?«, stammelte sie und fand schlagartig in die Wirklichkeit zurück.

»Das wisst Ihr genau.« Cunrad krallte seine Finger um ihr Handgelenk und drückte zu.

»Ihr tut mir weh!«, kreischte Agnes.

»Jawohl, ich tue Euch weh, und ich werde erst damit aufhören, wenn Ihr mir sagt, wo ich Euren Vetter Arnold Brewer finde, der im Namen der Burgunder späht und blutige Rache übt.«

»Und das zu Recht. Die Nuysser haben seiner Familie alles genommen, und Ihr und Clara habt …«

»Wo ist er?«, unterbrach Cunrad und schleuderte sie vor die Bahre.

Agnes schrie auf, als der Sarg über ihr erbebte und ins Wanken geriet. »Ich weiß es nicht«, antwortete sie tonlos.

Cunrad zerrte sie hoch, zog sie zu der Toten und riss das Tuch fort, das über ihrem Gesicht lag.

»Schaut sie Euch an, Agnes! Eine unschuldige Frau verbrannte elend im Feuer! Arnold hat ihr das angetan, und Ihr wisst, dass sie nicht sein einziges Opfer ist. Viele andere starben auf abscheuliche Art, weil er meinte, Rache üben zu müssen. Habt Ihr das gewollt?«

Agnes entriss sich ihm. »Er möchte Clara eine Lektion für das erteilen, was sie seinem Bruder angetan hat. Daran kann ich nichts Falsches finden.«

»Und den Tod all der anderen nahmt Ihr dafür in Kauf?«

»Ich dachte, es sei richtig«, sagte sie gepresst.

»Ihr habt Arnold geholfen, seinen teuflischen Plan auszuführen!«

»Ja, ganz recht, das habe ich! Ich bin die Custorin des Münsters, mir obliegt die Aufsicht über den Opferstock.«

»Den Ihr missbraucht habt für das Empfangen und Weiterreichen geheimer Botschaften.«

»Arnold hat es verlangt!«

»Als Beweis Eurer Liebe?«

Agnes sah an ihm vorbei und schwieg, nach einer kurzen Weile nickte sie schwach.

»Ihr liebt einen Mörder!«

»Ja«, antwortete sie leise.

»Für diese Liebe habt Ihr Verrat an der Stadt begangen und an Äbtissin Clara! Doch noch ist es nicht zu spät, noch können wir Clara retten. Wo hält Arnold sie versteckt?«

Agnes biss sich auf die Unterlippe und senkte den Blick. »Ich kann es Euch nicht sagen. Ich habe Arnold versprochen, ihm die Treue zu halten«, flüsterte sie.

Cunrads Miene wurde eisig. »Eine Treue, die Clara das Leben kosten wird! Wollt ihr das?«

Agnes zuckte unter seinen Worten zusammen, und sie schaute auf. Ihre Augen trafen sich.

»Nun redet schon, wo ist er?«, forderte Cunrad.

Über Agnes' Gesicht huschten letzte Zweifel. Ihr Blick glitt zu der Toten, verharrte dort für einen Augenblick. Schließlich seufzte sie leise und breitete hilflos die Hände aus.

»In der Kapelle am Obertor«, stammelte sie, ihr Kopf sank auf ihre Brust, und sie schluchzte auf. Cunrad sah sie voller Abscheu an.

Ohne ein weiteres Wort öffnete er die Tür. Er schaute sich noch einmal um und unterdrückte den Wunsch, die Kerzen, die den Sarg umstanden, umzustoßen und dieses hinterlistige Weib den Flammen zum Fraß vorzuwerfen.

Johann kam aus der Ecke, in die er sich geflüchtet hatte. »Grundgütiger, zuweilen erinnerst du wirklich an einen Bären, Cunrad.«

Es war stockfinster, die Straßen leer, als sie das Stift verließen und zur Oberstraße hasteten. Tropfen wirbelten durch die Luft, verfingen sich in Cunrads Bart, seinen Brauen und seinen Wimpern. Er kniff die Augen zusammen, um überhaupt noch etwas sehen zu können. Ein kräftiger Ostwind hatte den Nebel, der tagelang durch die Gassen geschlichen war, fortgepustet. Die anbrechende Nacht war kalt und das Spiel des Regens nur ein Vorgeplänkel des Herbststurms, der am frühen Morgen die geduckten Häuser der Stadt und die Zelte der Belagerer gleichermaßen heimsuchen sollte.

Cunrad blickte sich um; Johann folgte ihm, den Hut tief im Gesicht, den Pelzkragen hochgeschlagen. Der Wind schluckte den Hall ihrer Schuhe auf dem Pflaster. Nur das Keuchen ihres Atems war zu hören und vermischte sich mit dem Grölen einiger Söldner, die Arm in Arm vorbeiwankten und ihnen mit ihren Krügen zuprosteten. Johann und Cunrad setzten ihren Weg fort. Ein Wirtshausschild quietschte im Wind, Lautenklang tönte aus hell erleuchteten Fenstern, begleitet vom Geschmetter einiger Zecher.

Die Türme des Obertores kamen näher. Auf der Brüstung der Stadtmauer, die aus dem Tor herauswuchs, schritten Wachposten. Das Licht ihrer Fackeln flackerte durchs Dunkel. Etwa zwanzig Schritte vor dem Obertor blieb Cunrad plötzlich stehen. Von einem Kochfeuer, das in der Nähe brannte, zog beißender Qualm zu ihnen herüber und brannte in ihren Augen. Eine Gruppe Soldaten kauerte rundherum. Ihre Löffel schepperten in den Tellern, aus denen sie eine wenig bekömmlich aussehende Brühe schlürften. Durch das unablässige Prasseln des Regens hörte Cunrad sie schwatzen. Er zog Johann in den Schatten eines Erkers und hieß ihn, sich hinzuhocken. Sie durften auf keinen Fall die Aufmerksamkeit der Wachen erregen, wollten sie unbehelligt in die Kapelle gelangen.

Sie verharrten eine Weile so, als Cunrad Johann jäh gegen die Wand presste. Über das Pflaster vor ihnen näherten sich Schritte, Wasser spritzte hoch. Zwei silberne Pfeile blitzten durch das Nass.

Cunrad hielt den Atem an, wartete darauf, dass sie ihn aufspießten, doch sie entpuppten sich als die Spitzen eines Stiefelpaars mit samtbraunen Schäften, die seinem Träger bis über die Knie reichten. Schwarze Beinlinge umspannten schlanke, muskulöse Männerschenkel. Atem pfiff durch die Kälte.

»He, Ihr da, setzt Euch zu uns, ist noch was im Topf«, hörte Cunrad einen der Soldaten rufen.

»Habt Dank, guter Mann, aber ich muss weiter«, antwortete eine heisere Stimme.

Die Stiefel verschwanden. Johann schnellte hoch, doch Cunrads Hand hielt ihn zurück, und erst als eine Tür knarrend ins Schloss fiel, wich die Anspannung von ihm.

»Das war unser Mann, Johann«, flüsterte er.

»Ich weiß, und wir hätten ihn gleich hier stellen sollen!«, empörte sich Johann.

Cunrad schaute ihn an. »Was glaubst du, hätten die Soldaten da drüben gemacht? Zugesehen, wie wir einen der Ihrigen zusammenschlagen? Wenn uns das überhaupt gelungen wäre?«

»Wir hätten ihnen einfach erklärt, dass …« Johann sprach den Satz nicht zu Ende. Cunrad war nicht mehr neben ihm. »Cunrad?«

Er eilte ihm nach. Im dichten Regen schimmerten die Umrisse des Obertores, an dessen linke Flanke sich das schmale Rechteck der Kapelle schmiegte. Durch die Mauerschlitze, die in ihre Längsseite gebrochen waren, flackerte Kerzenlicht und erlosch mit einem Mal. Die Kirche zog sich ins Dunkel zurück.

Cunrad umfasste den Griff seines Messers und schlich zur Kirchentür, lautlos öffnete er sie. Johann wollte ihm folgen, doch Cunrad hielt ihn mit einer Handbewegung davon ab; Johann verstand und zog sich ins Dunkel zurück.

Cunrad trat durch die Pforte. Das Gotteshaus war leer, der schwache Geruch von verbranntem Wachs lag in der Luft und sagte ihm, dass gerade noch jemand hier gewesen sein musste, und dieser Jemand war Arnold. Doch wo zum Teufel versteckte er sich?

Cunrad tastete sich an den Bänken vorbei zum Altar. Er nahm eine Fackel aus einer Wandhalterung und entzündete sie an einem kümmerlichen Öllicht, das einen gekreuzigten Christus erhellte.

Er suchte die Kapelle nach einer versteckten Öffnung ab, doch die kleine Kirche verbarg ihre Geheimnisse vortrefflich. Cunrad tappte durchs Zwielicht und stieß gegen den Altar. Seine Fackel fiel zu Boden, er fluchte leise, bückte sich nach ihr und hielt inne. Die Sockelkante des Altars hatte sich durch den Aufprall verschoben, schloss nicht mehr bündig mit der unter ihr liegenden Bodenplatte ab. Es konnte das Ergebnis der schludrigen Arbeit eines Handwerkers sein, doch das glaubte er nicht, dazu ehrten die Nuysser ihre Kirchen zu sehr.

Seine Hände tasteten den Sockel entlang. Ein Spalt. Er quetschte die Finger dazwischen und drückte. Stein knirschte, der steinerne Sockel schnellte zurück und gab eine in den Boden eingelassene Falltür frei.

Cunrad hob den hölzernen Deckel, und ein schwarzes Loch tat sich vor ihm auf. Er hielt die Fackel hinein, doch ihr Schein reichte nicht mehr als ein paar Fuß in die Dunkelheit. Kurz entschlossen warf er sie hinunter. Wenn sie erlöschen würde, hätte er verloren, doch ihm blieb keine andere Wahl, er musste es wagen. Der Feuerschweif der Fackel schoss in die Tiefe, bis er flackernd auf den Grund des Loches traf.

Cunrad atmete auf und kletterte ihm über die in der Wand eingelassenen Bügel nach. Tiefer und tiefer stieg er hinab, das Licht der Fackel kam näher, und schließlich sprang er ihm entgegen.

Er schlug auf gestampfter Erde auf, rollte sich über die Schulter ab und kam zu liegen. Die Fackel lag keinen Schritt von ihm entfernt, er griff nach ihr und richtete sich auf. Cunrad zog sein Messer, bemühte sich, seinen Atem zu beruhigen, und lauschte in die Stille. Plötzlich strich ein Luftzug seine Wange, das Licht in seiner Hand erlosch, und er stieß einen Fluch aus.

»Willkommen in der Hölle, Tuschenbroich.«

Die Stimme zischte pfeilschnell über seinen Kopf hinweg. Cunrad fuhr zusammen, seine Finger umspannten den Griff des Messers noch fester. Irgendwo im Dunkel lauerte Arnold von Berghem.

»Hast du etwa Angst vor mir, Cunrad?«

»Nein, ich bin nur auf der Hut vor dir, Arnold!«

»Ich habe auf dich gewartet, Medicus, und langsam nagten Zweifel an mir, ob mein Köder noch die Wirkung auf dich hat, die er einst hatte.«

»Wo ist Clara?«

Arnold lachte. »Nicht so ungeduldig, mein Freund. Du hast Angst um sie, nicht wahr? Ich rieche sie, deine Angst und den Schweiß, der dir die Schläfen und den Rücken hinunterläuft wie einem gejagten Tier.«

»Halt's Maul, Brewer!«

»Na, na, die Sprache von seinesgleichen hat der Medicus wohl nicht verlernt, was? Bauernpack bleibt eben Bauernpack, selbst wenn es sich einen Gelehrtenmantel überwirft. Lust auf ein kleines Spielchen?«

Ein Licht riss die Dunkelheit entzwei, und Arnolds verzerrtes Gesicht schwebte auf Cunrad zu. Doch bevor seine Fratze ihn erreichte, glitt sie wieder in die Dunkelheit. Ein Nichts aus Schwärze umgab Cunrad. Dann flackerte Arnolds Gestalt wieder auf. Breitbeinig stand er einige Schritte von ihm entfernt und schwenkte eine Fackel über seinem Kopf. Er ließ sie los. Ein glühender Schweif raste auf Cunrad zu und fiel vor seine Füße.

»Damit es ein ehrlicher Kampf wird!«, rief Arnold ihm zu und sprang davon.

Cunrad fasste die Fackel und setzte ihm nach, tiefer und tiefer in ein Labyrinth gemauerter Tunnel, Erdstollen und niedriger Gänge. Er war in der Unterwelt der Stadt gelandet. Einer Schlange gleich wand sie sich durch das Erdreich unterhalb der Gassen, Plätze, Häuser, Kirchen und Kapellen. Der Boden unter Cunrads Füßen wurde zu einer schlüpfrigen Masse aus Lehm, Morast und stinkender Nässe. Er glitt über sie hinweg, kam ins Rutschen, fiel, krallte seine Finger in die groben Steine der Wände, zog sich wieder hoch, rannte weiter. Arnold flog ihm voran, gewann an Vorsprung und verschwand schließlich hinter einer Biegung.

Wasser rauschte über Cunrad, offenbar befand er sich unter dem Stadtgraben. Er lief weiter. Das Brausen schwoll an, wurde zu einem ohrenbetäubenden Lärm. Schließlich hatte Cunrad nicht nur Arnolds Schatten verloren, sondern auch den Hall seiner Stiefel. Er folgte den Biegungen und prallte gegen eine Wand. Schmerz durchzuckte seinen Kopf, die Fackel fiel zu Boden und erlosch.

Wohin? Er drehte sich um, ein Schimmer glomm durch einen mehrere Fuß breiten Mauerspalt. Cunrad zwang sich hindurch und fand sich in einem Rund aus steinernen Wänden wieder. Ein Spiegel aus schwarzem Wasser schimmerte in seiner Mitte, Licht fiel von oben auf ihn herab.

Cunrad schaute hoch. Ein Geflecht aus Schlingen und grüner Dunkelheit schwebte über ihm, Tentakel aus Wurzelfingern, an denen Moos und Erde klebte, griffen nach ihm, strichen über seinen Kopf, glitschten über sein Gesicht. Über ihm schwang die Wurzel eines mächtigen Baumes. Durch das Gewirr sah er ein Augenpaar, grau, wie aus Stein gemeißelt. Es blickte auf ihn herab. Ein Lachen erhob sich, die Augen kamen näher, nahmen Gestalt an, und Arnold sprang auf ihn zu, begrub ihn unter sich.

Cunrad stürzte bäuchlings zu Boden, sein Gesicht schlug auf den schmierigen Grund des Tümpels, Wasser umwogte ihn, drang in Ohren und Nase. Er versuchte, den Kopf zu heben, doch Arnolds Gewicht lastete auf ihm wie ein Fels, seine Hände drückten ihn tiefer und tiefer ins Wasser. Er wehrte sich, versuchte, die Arme gegen den Grund des Tümpels zu stemmen, vergeblich. Atemnot, das verzweifelte Ringen um Luft übermannte ihn, gleichzeitig wallte Zorn in ihm auf und ergoss sich machtvoll in seine Muskeln. Mit aller Kraft zwang er sich aus der Umklammerung seines Gegners und kam prustend hoch. Arnold fiel zur Seite, stieß gegen den Boden. Cunrad stürzte auf ihn zu, doch der erfahrene Kämpfer stand bereits wieder auf den Beinen und hatte die Schwertspitze auf Cunrad gerichtet.

»Nicht schlecht, Tuschenbroich, lernt man das im Studium oder in der Gosse, aus der du kommst?«

Cunrad antwortete nicht, hielt den Blick unverwandt auf Arnold gerichtet, das Messer bereit. Arnold begann zu tänzeln.

»Na, komm schon, Cunrad! Ein kleines Gefecht, bevor du vor den Herrn trittst und er einen Mörder wie dich dem Satan zum Fraß gibt.«

Cunrad hielt seinem Blick stand. »Lügner!« Er spuckte vor Arnold aus. »Falk wählte den Freitod, das weißt du so gut wie ich!«

»Tat er das?« Spott und Verachtung wechselten sich in Arnolds Miene ab. Er machte einen Schritt auf Cunrad zu, sein

Schwert zuckte durch die Luft und hieb Cunrad das Messer aus der Hand.

»So, Cunrad, gleich bohrt sich die Klinge dieses schönen Schwertes in deinen Leib, und was sie da anrichten wird, weißt du besser als ich. Falk starb durch deine Hand, die nur Eifersucht kannte, weil du Clara begehrtest und sie ihm versprochen war. Was lag da näher, als ihren Bräutigam aus dem Weg zu schaffen, das Ganze wie einen Freitod aussehen zu lassen und ihm obendrein den Mord an dieser Hure in die Schuhe zu schieben?«

»Das ist nicht wahr, niemals habe ich behauptet, Falk hätte etwas mit dem Tod des Mädchens zu tun! Auch als man mich selbst verdächtigte, blieb ich dabei, dass Thomas sie getötet hat.«

»Welch edle Gesinnung, Cunrad, die ich dir jedoch nicht abnehme. Deine Darstellung der Geschehnisse ist erstunken und erlogen, und noch heute speie ich auf all die, die dir geholfen haben, den Kopf aus der Schlinge des Henkers zu ziehen und einen Mörder zu decken.« Seine Schwertspitze tanzte vor Cunrad.

»Sagt, dass das nicht wahr ist!«

Arnold fuhr herum. Clara stand mit dem Rücken zur Wand ihm gegenüber. Ihr Gesicht zeigte keine Regung, nur ihre Augen flackerten fiebrig.

»Wie zum Teufel habt Ihr Euch befreit?«

»Mit Hilfe Eurer Nachlässigkeit. Ihr solltet besser auf Euren Schmuck achten. Euer Ring, Ihr wisst schon, der scharfkantige Topas, schlitzt nicht nur Wangen, sondern auch Seile auf.«

Arnolds Augen weiteten sich, Cunrad nutzte den Augenblick und bückte sich nach seinem Messer. Doch Arnolds Stiefel schnellte vor und begrub es unter sich.

»Ihr müsst schon schneller sein, Tuschenbroich.« Mit dem Schwert scheuchte er ihn vor sich, den Blick weiter auf Clara geheftet.

»Ihr fragt nach der Wahrheit, Clara. Dann sollt Ihr sie hören. Cunrad ist ein Mörder, und Ihr, die Ihr Euch diesem Bauernbengel an den Hals geworfen habt, tragt ebenso Schuld an Falks Tod wie dieser dumpfe Klotz.«

»Hört auf mit Euren Verleumdungen und macht diesem Wahnsinn ein Ende, bevor es zu spät ist!«, schrie ihn Clara an.

Arnold lachte auf und verzog sein Gesicht zu einem abfälligen Grinsen. »Zu spät ist es allemal, Clara, aber zuvor werde ich meinen Auftrag erfüllen, und Euer beider Tod wird sein krönender Abschluss sein.«

»Den dreckigen Auftrag, die Nuysser zu Fall zu bringen – was gibt man dir dafür?«, rief Cunrad.

»Die Freiheit, diejenigen zu töten, die am Unglück meiner Familie schuld sind. Raffgierige Ratsherren, korrupte Schöffen und vor allem Euch!«

»Ihr werdet mit dem Tod bezahlt?«

»Ja, Clara, mehr habe ich Erzbischof Ruprecht nicht abverlangt, als er mich bat, für die Burgunder zu spähen. Er zögerte, den Pakt mit mir zu unterzeichnen, aber schließlich obsiegte seine Raffgier. Er steht aufseiten der Burgunder und wird vom Sturz der Nuysser profitieren.«

»Die Nuysser werden nicht fallen!«

»Hört, hört, unser Medicus ist ein Nuysser durch und durch. Sehr anständig von Euch, aber schaut Euch in der Stadt um. Angelikus und Thomas haben ihre Arbeit vortrefflich gemacht und eine große Anhängerschaft um sich geschart.«

»Sie predigen in Eurem Auftrag, Ihr lasst Bruder Thomas, der am Unglück Eures Bruders schuld ist, für Euch arbeiten?«

»Ja, das tue ich, der Minorit ist eine verschlagene habsüchtige Ratte und gemeinsam mit seinem wortgewaltigen Mitbruder gerade das rechte Gespann. Ich bezahle die Mönche dafür, dass sie mit ihrem Geschwafel vom Weltuntergang die Nuysser einnebeln und Angst säen. Das dumme Volk geißelt sich, gibt sich Ausschweifungen hin. Missgunst und Neid höhnt dich, wenn du in seine Augen blickst. Es bedarf nur noch einer Kleinigkeit, und die guten Nuysser werden mit weißen Flaggen durch die Stadttore treten und sich ergeben. Und diese Kleinigkeit wird Euer beider Tod sein. Sie wird die Moral und den Glauben der Nuysser an das Gute vollends zerstören. Der Medicus, aufopferungsvoller Engel der Armen, und eine Hure des Herrn endlich im Tod vereint.«

Clara schrie auf.

»Schreit ruhig, Clara, es wird Euch nichts nützen. Sie werden Euch finden, Arm in Arm vor den Stufen des Münsters, vertraut mir. Ich bin ein Künstler, und der Tod ist die Leinwand, auf der ich meinem Hass ein Gesicht gebe!«

»Schön gesagt, Graf, aber Euer letztes Kunstwerk wird unvollendet bleiben.«

Johanns Stimme schallte durch den Raum. Arnold schaute sich suchend um, das Schwert immer noch dicht vor Cunrad. Johann trat aus einem Mauerspalt. Arnold bedachte ihn mit einem abschätzigen Blick.

»Sieh an, der Apotheker, für so mutig habe ich Euch gar nicht gehalten. Ihr …« Er verstummte.

Hinter Johanns Rücken erschienen die Gesichter einiger Männer, Schwerter blitzten auf. Johann hatte offenbar Soldaten rekrutiert, ihm in die unterirdischen Gänge zu folgen. Arnold machte einen Satz, packte Clara, hielt seine Klinge an ihre Kehle.

»Keiner macht auch nur einen Schritt, sonst ist sie tot!«, keuchte er und wich, Clara dicht vor sich, zurück. Er drehte sich um, das Licht seiner Fackel fiel auf den Eingang eines weiteren niedrigen Tunnels. Er hastete darauf zu und verschwand mit Clara darin. Die Soldaten wollten ihm nach, doch Cunrad stemmte sich ihnen entgegen.

»Nein! Wartet! Er wird seine Drohung wahr machen und sie töten. Ich folge ihm allein, er wird mich nicht bemerken.« Er schnappte sich ein Schwert und setzte Arnold nach.

Ein neues Gewirr aus Schächten und Gängen tat sich vor ihm auf. Cunrad entdeckte Arnold und Clara und hastete ihnen nach. Schnell erkannte er Arnolds Unsicherheit; diesen Teil der Unterwelt schien auch er nicht zu kennen, immer wieder sah er suchend mal nach links, dann wieder nach rechts, offenbar auf der Suche nach einem Ausgang.

Allmählich begriff Cunrad, dass es aus diesem Teil des Labyrinths kein Entkommen gab. Früher oder später würde Arnold umkehren müssen. Cunrad beschloss zu warten und glitt in eine Nische.

Es dauerte nicht lange. Arnold kam, Clara hinter sich her zerrend, näher. Cunrad sprang aus seinem Versteck und stellte sich ihm in den Weg.

Mit einem Ruck zog Arnold Clara wieder dichter an sich. »Hast du mich nicht verstanden? Eine falsche Bewegung, und sie ist tot. Geh mir aus dem Weg.«

»Nein, lass Clara los und nimm mich an ihrer statt.«

»Das werde ich nicht tun. Du wirst zusehen, wie ich ihr die Kehle durchtrenne, und mich anwinseln, dir auch die Gnade des Todes zu gewähren.« Arnold legte sein Messer an Claras Hals.

»Nein!«

Clara rammte ihm ihren Ellenbogen in den Leib. Arnold schrie auf und ließ sie los. Clara stolperte auf Cunrad zu.

»Lauf!«, schrie er, stieß sie zur Seite und rannte zu Arnold, der sich wieder gefangen hatte und sein Schwert ziehen wollte.

Cunrad nutzte den Augenblick, packte ihn an der Kehle und drückte zu. Arnold röchelte, versuchte, sich zu wehren, doch Cunrad drückte fester zu, glaubte schon, ihn besiegt zu haben, als ein jäher Schmerz ihn durchzuckte. Arnold hatte ihm sein Messer in den Leib getrieben.

Cunrad sackte zur Seite. Arnold kam hoch, doch nur für einen Herzschlag lang. Die Schwertspitze, die sich in diesem Augenblick in seine Brust bohrte, war zwar weniger präzise gesetzt als sein Messer, aber dennoch von tödlicher Kraft.

Arnold starrte in das Augenpaar über ihm, bäumte sich ein letztes Mal auf und fiel.

30

Als Cunrad die Augen öffnete, dachte er zuerst, die blutgetränkten Wände der Hölle ragten vor ihm auf, dann begriff er, dass es nur der Schein einer Fackel war. Er richtete sich auf, der Schmerz in seinem Leib schoss glühende Pfeile auf ihn ab. Er sah an sich hinab, ein schwarzer Fleck hatte sich auf seinem Hemd unterhalb der rechten Brust gebildet. Er hatte Blut verloren, doch nicht so viel, dass es auf eine ernsthafte Verletzung schließen ließ. Er sah sich um. Clara hockte mit angezogenen Beinen neben ihm auf dem Boden und wiegte sich hin und her, den Blick starr auf ein dreckiges, blutbesudeltes Etwas gerichtet. Arnold.

»Clara?«, keuchte Cunrad.

Sie blickte auf, aus ihren Augen war alles Licht geflohen. »Ich habe ihn getötet, Cunrad!«, sagte sie tonlos, öffnete ihre Hände und hielt sie ihm entgegen. »Mit diesen Händen habe ich ihm das Schwert in die Brust getrieben.«

Ihre blutverschmierten Finger zitterten. Cunrad kroch zu ihr und umschloss mit seiner Linken ihre Hände.

»Alles ist gut, Clara! Du hast gehandelt, wie es jeder andere auch getan hätte«, flüsterte er.

Sie wich zurück und entzog sich seiner Berührung. »Jeder andere, sagst du? Ich bin nicht jeder andere! Ich habe mein Leben dem Andenken Jesu gewidmet, soll ich so vor meinen Richter treten, blutbefleckt und beschmutzt von Schuld?«

»Du hast mein Leben gerettet.« Cunrad wollte sie an sich ziehen, doch sie schien seine Gedanken zu lesen.

»Nein, fass mich nicht an! Nie wieder, hörst du, ich habe dein Leben gerettet und damit hoffentlich die Schuld getilgt, die ich begangen habe, als ich dich demjenigen vorzog, dem ich versprochen war.«

»Du trägst keine Schuld. Wir liebten einander, Clara. Was war falsch daran?«

»Alles. Du und ich haben Falk in den Tod getrieben, weil unsere Selbstsucht stärker war als alles Ehrgefühl.«

»Früher nanntest du diese Selbstsucht Liebe!«

»Die Liebe trügt! Das musste ich am eigenen Leib erfahren, als du mich verließest!«

»Ich musste fort, man zwang mich dazu.«

»Das soll ich dir glauben? Nein, Cunrad, dazu kenne ich dich zu gut. Du lässt dich von nichts und niemandem zu etwas zwingen. Wenn du es ernst gemeint hättest mit dem, was du Liebe nennst, hättest du zu mir gestanden.«

Sie erhob sich. »Johann und die Männer warten!«

»Clara, bitte!«, flüsterte Cunrad. Doch sie schaute ihn nicht mehr an.

31

Nuys, 14. September 1474, Fest zur Erhöhung des Kreuzes

Das Geläut stieg in den Septemberhimmel auf und senkte sich in die Straßen und Gassen der Stadt. In allen Kirchen schlugen die Küster die Glocken an, die seit Beginn der Belagerung zum Schweigen verdammt gewesen waren. Von den Türmen tönten Trompeten, Fanfaren und Hörner von der Hoffnung auf das baldige Ende der Belagerung. Aus den Häusern strömten die Menschen, Jungen tobten zwischen den bunten Röcken der Bürgersfrauen umher; Mädchen an der Hand ihrer Mütter streckten ihnen die Zunge heraus und hüpften von einem Bein aufs andere. Männer und Frauen grüßten nach rechts und links. Gemeinsam machten die Nuysser sich zum Münster auf. Vor der Kirche standen die Soldaten des Hessen in strammen Reihen und warteten auf den Beginn der Bittprozession. Der goldene Reliquienschrein des Stadtpatrons, von zwei Männern getragen, glänzte in der Sonne. Der tiefe Bariton eines Priesters wurde laut. Die Menge stimmte ein, und mit dem »Quirinuslied« auf den Lippen hießen die Nuysser das »Fest zur Erhöhung des Kreuzes« willkommen.

Für den Toten, den die beiden Stadtwächter, begleitet von Cunrad und Johann, die Stadtmauer hochschleppten, gab es kein Lied. Einzig der Wind säuselte ein leises Requiem für ihn. Drei Tage lang hatte Arnold, gebunden an den Schandpfahl auf dem Marktplatz, seinen eigenen Verfall öffentlich gemacht, Schritt für Schritt hatte die Verwesung sich herangeschlichen und Besitz von dem genommen, was gierige Krähenschnäbel übrig gelassen hatten. Jetzt sollte er seiner letzten Bestimmung übergeben werden.

Cunrad sah über die Brüstung der Mauer auf das feindliche Lager. Der Regen der letzten Tage hatte den Stadtgraben anschwellen lassen, die dahinterliegenden Wiesen mit Wasser vollgesogen und in einen Sumpf verwandelt, der das burgundische Lager im Schlamm versinken ließ. Er gab den Männern ein Zeichen, die den in ein

Tuch eingenähten Leichnam Arnold Brewers zwischen sich trugen, der als Arnold von Berghem die Stadt in Angst versetzt hatte. Sie schwangen den Leichensack ein paarmal hin und her und schleuderten ihn über die Mauer. Arnold stürzte den hohen Wall hinab, wirbelte um sich selbst und fiel in den Stadtgraben. Wasser stob hoch, fluchte in hohen Fontänen über die ungebetene Störung, kam wieder zur Ruhe, bedeckte die Leiche und rauschte weiter. Niemand im burgundischen Lager schenkte den Männern auf der Brüstung und dem Toten Beachtung, niemand außer dem Falken, der zwischen den tief hängenden Wolken kreiste und den Fall der Leiche mit einem Schrei begleitete.

Erst als der Gesang der Nuysser die Mauer erreichte, sahen die Männer einander an, stiegen hinab und schlossen sich der Prozession an.

»Erbsensuppe an einem Festtag, es ist eine Schande!«, beklagte sich Johann, schob seine Schale von sich und schaute über den Tisch hinweg zu Cunrad, der lustlos in seinem Teller rührte. »Cunrad!«

Der Medicus schaute auf.

»Du bist mir noch eine Erklärung schuldig, erinnerst du dich?«

Cunrad sah ihn an. »Ich weiß, Johann«, sagte er müde.

»Na dann, ich höre!« Johann stand auf, schenkte ihnen Wein nach und setzte sich neben Cunrad. Der Medicus legte seinen Löffel beiseite, nahm den Becher, führte ihn zum Mund und stellte ihn, ohne etwas getrunken zu haben, zurück auf den Tisch.

»Erinnerst du dich noch an das Jahr 1460?«

»Sicher, wir haben die Lateinschule abgeschlossen.«

»Ja, das haben wir. Dich hat man zur Verwandtschaft nach Frankfurt geschickt, damit du dort in die Lehre gehst, um aus dir einen ordentlichen Kaufmann zu machen.«

»Was gründlich schiefgegangen ist«, warf Johann mit einem Schmunzeln ein.

Auch Cunrad lächelte. »Genau, und ich sollte zu meinen Eltern aufs Land, um bei der Ernte zu helfen. Doch ich bin in der Stadt geblieben, habe im Wirtshaus meines Onkels geschuftet, um in der Nähe deiner Schwester zu sein.«

»Auf der dein Auge schon eine ganze Weile ruhte.«

»Woher wusstest du das?«

»Nach außen mag ich wirken, als bemerke ich die Dinge um mich herum nicht und sei nur mit meinen Studien beschäftigt, aber dem ist nicht so. Ich habe natürlich bemerkt, dass du Clara zugeneigt warst und sie, zu meinem Bedauern, auch dir.«

»Womit du gleich zum Kern der Sache kommst, nämlich der leidigen Frage nach dem Stand und damit auch nach dem Vermögen.«

»Das du augenscheinlich auch heute noch nicht hast, während man dir einen gewissen Aufstieg innerhalb der Nuysser Bürgerschaft nicht absprechen kann.«

Cunrad räusperte sich. »Nun, lassen wir das. In jenem Sommer verlobte man Clara mit Falk Brewer, Sohn des reichen, wenn auch nicht sonderlich beliebten Kaufmanns Mathias Brewer, der in dem Ruf stand, sein Vermögen mit dem Verleihen von Geldern zu horrenden Zinssätzen gemacht zu haben.«

»Und damit so manchen Nuysser in den Ruin getrieben hatte.«

»So ist es, aber das schien deine Familie nicht zu stören, denn wie man auch an dir sieht, messt ihr den Wert eines Menschen an der Schwere seines Geldbeutels und nicht an seiner Gesinnung.«

»Na, jetzt wirst du aber unverschämt.«

»Ich werde gar nichts, und wenn du mich weiter unterbrichst, spare ich mir die Erklärung, nach der du gefragt hast.«

Johann machte einen Schmollmund. »Ich bin ja schon still.«

»Also, trotz der Verlobung kamen Clara und ich uns näher.« Cunrad räusperte sich erneut, während Johann lächelte und schwieg. »Jung, wie ich war, kam es mir gar nicht in den Sinn, etwas Unredliches in meinen Gefühlen zu sehen, und Clara ging es wohl genauso. Wir trafen uns heimlich, bis Falk schließlich davon erfuhr. Wir hatten einen bösen Streit, aus dem jeder von uns eine blutige Nase davontrug. Dann kam jener Sommerabend. Falk und ein paar seiner Saufkumpane, zu denen auch Thomas gehörte, der damals Novize im Minoritenkloster war und den man dank Angelikus' Gunst mehr in der Stadt als im Kloster fand …«

»Schau mal einer an«, unterbrach Johann ihn, »Angelikus zeigte menschliche Züge.«

»Wenn du damit seine Vernarrtheit in Thomas meinst, stimme ich dir zu, ansonsten finde ich wenig Menschliches in ihm.«

»Nun, vielleicht formt die Kerkerhaft ihn und seinen sommersprossigen Freund noch um.«

»Das bezweifle ich. Ich hoffe nur, dass die Schläge der Büttel ihnen entlocken werden, was Arnold ihnen dafür geboten hat, dass sie für ihn die Nuysser verängstigten. Aber wo war ich stehen geblieben?« Cunrad kratzte sich den Bart. »Genau, jener Sommerabend. Die jungen Männer zogen mit ihren Weinkrügen grölend durch die Stadt, pochten gegen die Türen ehrbarer Bürger, die längst zu Bett gegangen waren, und jaulten die Fenster an, hinter denen ihre schicklichen Töchter schliefen. Schließlich landeten sie in der Schenke meines Onkels auf der Niederstraße, in der ich an diesem Abend wie so oft aushalf. Als Falk meiner angesichtig wurde, machte er sich einen Spaß daraus, mich zu verhöhnen und vor seinen Freunden bloßzustellen. Nur der Umsicht meines Onkels ist es zu verdanken, dass wir nicht wieder aneinandergerieten.«

»Was tat er?«, fragte Johann.

»Er schmiss ihn und die anderen Rüpel raus.« Cunrad grinste, wurde dann aber wieder ernst. »Ein paar Stunden später, es war bereits stockduster, und ich schleppte ein paar leere Fässer auf den Hinterhof der Gastwirtschaft, hörte ich eine Frau kreischen, gefolgt von einem dämlichen Grölen. Mir war sofort klar, wer da durch die Nacht johlte. Kurzerhand lief ich hinaus auf die Straße, folgte dem Geschrei und sah sie. Die ganze trunkene Meute hatte sich um ein Mädchen gescharrt und trieb es unter derben Scherzen in die Enge. Die junge Frau, deren Kleid mit gelben Bändern verziert war und sie eindeutig als Dirne auswies, machte nicht den Eindruck, als gefiele ihr die nächtliche Begegnung mit den jungen Männern.«

Cunrad hielt kurz inne, dann erzählte er weiter: »Wie ein aufgeschrecktes Reh, am ganzen Leibe zitternd, stand sie da. Und als Thomas plötzlich hervorschnellte und ihr einen harten Schlag in den Unterleib versetzte, begann sie zu weinen und flehte ihre Peiniger an, sie gehen zu lassen. Ich wollte ihr helfen und preschte vor, doch die besoffenen Kerle packten mich. Falk lachte mir ins Gesicht und wies zwei seiner Kameraden an, mich festzuhalten, während er sich über die junge Frau hermachte.«

Cunrad schloss die Augen und presste die blassen Lippen aneinander, dann fuhr er fort. »Es war furchtbar. Nacheinander vergingen sie sich an der jungen Frau. Zuletzt kam Thomas an die Reihe, doch der begnügte sich nicht damit, sie nur zu schänden, sondern begann, auf sie einzuschlagen. Er steigerte sich in eine Art Raserei und schlug und schlug. Die Stimmung unter den Umstehenden, die ihn bisher angestachelt hatten, kippte. Ein paar der Burschen versuchten Thomas, von dem Mädchen wegzuziehen, doch als es ihnen schließlich gelang und er von ihr abließ, war es zu spät.«

Cunrads Blick war verschleiert, als er weiterberichtete: »Sie lag leblos da. Panik kam auf, der Haufen, der eben noch lautstark gegrölt hatte, war verstummt. Falk stürzte sich auf Thomas und streckte ihn mit der Faust nieder, im selben Moment näherten sich Schritte, und zwei Büttel bogen um die Ecke. Die Kerle, die mich gepackt hatten, ließen von mir ab und rannten davon, die anderen taten es ihnen gleich und waren, bevor die Büttel die Lage erfasst hatten, in der Dunkelheit verschwunden.« Cunrad nahm einen Schluck Wein.

»Und was tatest du?«

»Ich war ebenso feige wie sie. Obwohl ich nichts getan hatte, nahm auch ich die Beine in die Hand und lief weg.«

»Du hättest den Bütteln doch erklären können, was geschehen ist.«

»Denkst du wirklich, dass sie einem Burschen wie mir geglaubt hätten?« Cunrad schüttelte den Kopf. »Nein, schon damals stand es um mein Verhältnis zur Obrigkeit nicht zum Besten, und daran hat sich, wie du weißt, wenig geändert.«

»Was geschah mit Thomas?«

»Thomas, der als Einziger nicht entkommen war, missbrauchte seinen Stand und das Vertrauen, das man gemeinhin einem Geistlichen entgegenbringt. Er erzählte dem Büttel, selbst Opfer der jungen Männer geworden zu sein, als er der Frau zu Hilfe eilen wollte. Sie glaubten ihm, und nachdem er einige Namen nannte und besonders Falk erwähnte, war die Sache klar. Falk wurde zum Hauptverdächtigen, in den Blutturm gesperrt und mehrfach dem Henker vorgeführt, weil er sich weigerte, zu gestehen. Eines Morgens, als zwei Wachen ihn vom Blut- in den Windmühlenturm überführen wollten, gelang ihm die Flucht. Er versteckte sich und setzte einige Tage später seinem Leben ein Ende, indem er ins Wasser ging. Die Kerkerhaft und die Schmach müssen ihm schwer zugesetzt haben. Wie das Schicksal es wollte, fand ich Falks Leiche im Schilf und brachte sie zum Haus der Brewers. Seine Mutter brach zusammen, und sein Vater hatte nichts Besseres zu tun, als Anklage gegen mich zu erheben und darauf zu beharren, dass ich Falk getötet hätte.«

Cunrad sah Johann an. »Ehe ich mich versah, saß ich, des Mordes angeklagt, im Turm. Clara ist zu eurem Vater gelaufen und bat ihn, mir zu helfen. Erst sträubte er sich, aber dann tat er es doch, und zwar auf seine Weise.«

»Die da gewesen wäre?«

»Kühles Abwägen: Der Verlobte seiner Tochter ein Selbstmörder. Der Junge, dem das Herz seiner Tochter gehörte, ein Bauernbengel unter Mordverdacht, der nur dank seines Onkels die Schule besucht hatte und bettelarm war, sah man vom Vermögen des Onkels einmal ab, das in den Augen eines von Kotthausen nicht viel mehr als Fliegendreck war. So der Stand der Dinge. Euer Vater tat das, was in diesem Fall zu tun war. Er nutzte seine Beziehungen, schloss sich mit den Vätern der anderen jungen Männer zusammen und ersann mit ihnen einen Plan.«

»Ich höre.«

»Um Falk ging es eigentlich nicht mehr, vielmehr jedoch um seine Familie. Man kam überein, dass sie die Stadt verlassen musste, denn die Brewers beharrten auf meiner Schuld, was Falks Tod betraf, und der Verantwortung der anderen Jungen am Tod der Dirne. Zu welchen Maßnahmen die feinen Patrizier griffen, um die Brewers aus der Stadt zu treiben, ist uns beiden leider erst klar geworden, als wir die Papiere in Arnolds Kammer fanden. Zu spät.«

»Sie strichen das Vermögen und den Grundbesitz Mathias Brewers ein und gaben ihm im Gegenzug den guten Leumund zurück, mit dem er sich woanders ein neues Leben aufbauen konnte. Und das taten die Brewers in Geldern, wo ein Teil ihrer wohlhabenden gräflichen Verwandtschaft lebte, zum Beispiel Agnes«, sagte Johann langsam und knetete seine Finger. »Geldern, das unter burgundischer Herrschaft steht, wurde zur Heimat der Familie Brewer. Als Zeichen ihrer Treue zum Herzog ersetzten sie die Kronen auf ihrem Wappen durch burgundische Lilien.«

»Ja, so wird es gewesen sein.« Cunrad nickte blicklos.

Johann musterte ihn. »Und was wurde aus dem armen Tropf im Kerker? Was taten sie mit ihm?«

»Wie sie mit mir verfuhren?« Cunrad schwieg einen Augenblick. »Als die Brewers fort waren, tauchten plötzlich Beweise meiner Unschuld an Falks Tod auf, und ich kam frei. Der Tod des Mädchens wurde Thomas zugeschrieben, nachdem ich und einige der Burschen ihn belastet hatten. Er wurde verbannt, und auch ich verließ die Stadt auf Drängen eures Vaters und verpflichtete mich, eine gute Weile wegzubleiben, bis Gras über die Angelegenheit gewachsen war. Ich ging auf diesen Handel ein und musste in Kauf nehmen, Clara tief zu enttäuschen. Allerdings nur für den Augenblick. Denn dass ich zurückkehren und um sie freien würde, stand für mich außer Frage.«

»Ein Trugschluss.«

»Ja, dein Vater tat das Seine, sperrte sie in dieses Kloster und erzählte ihr Lügen über mich, für die der Herrgott, wenn es ihn gibt, hoffentlich noch eine zusätzliche Schippe Kohlen ins Fegefeuer wirft, dass er ordentlich darin schmore.«

»Dem ich nur zustimmen kann. Ich habe nie glauben wollen, dass Clara sich freiwillig der Welt entzogen hat, und immer schon meinen Vater im Verdacht gehabt, nachgeholfen zu haben. Als ich Clara nach meiner Rückkehr aus Frankfurt und nachdem sie bereits ein Jahr im Stift lebte, wiedertraf, wich sie meinen Fragen aus, verschloss sich plötzlich vor mir, ihrem Bruder, mit dem sie früher alles geteilt hatte. Ich schob ihr Verhalten auf die strengen Regeln der Benediktinerinnen und gab mich zufrieden mit ihren vagen Antworten. Ein Fehler, wie ich jetzt einsehe.«

Johann schwieg eine Weile, dann schielte er zum Weinfass. »Ich brauche noch einen Schluck, wie steht's mit dir?«

»Nein, danke, es wird Zeit für mich.« Cunrad warf sich seinen Umhang über. Johann schaute nachdenklich ins Feuer, dann richtete er sich auf.

»Eine verzwickte Geschichte, und fast kann einem Arnold leidtun, ist er doch auch nur ein Opfer dieser Ränke gewesen. Aber was geschehen ist, lässt sich nicht ändern, so traurig es ist.«

»Ja, fürwahr, aber lernen kann man daraus, und das solltest vor allem du tun, alter Bursche.«

Johann sah Cunrad mit großen Augen an. »Ich?«, fragte er, doch dann nickte er.

Er hatte verstanden.

»Ghela scheint mehr Gemeinsamkeiten mit ihrer Tante zu haben, als ich annahm. Du hast recht, ich werde mir diesen Lorenz einmal näher ansehen, vielleicht kann man aus ihm ja einen anständigen Bürger machen.«

»Ich bin überzeugt, dass es dir gelingen wird, aber sei nicht zu gründlich und belasse den Gaukler in ihm, Johann.«

»Das tue ich ganz gewiss. Ich hoffe, noch von ihm zu lernen.«

Cunrad ging zur Tür und drehte sich noch einmal um.

»Kein Wort zu Clara über deinen Vater und seine Rolle in diesem Spiel«, sagte er. »Die Tötung Arnolds lastet schwer genug auf ihrer Seele. Die alte Geschichte würde weitere Wunden aufreißen.«

»Du grollst ihr nicht mehr?«

»Das habe ich nie getan.«

Nachwort

Die Handlung meines Krimis bewegt sich vor historischem Hintergrund, an dessen Fakten ich mich weitgehend gehalten habe. Bezüglich der Belagerung erlaubte ich mir chronologische Abweichungen, wo sie mir aus dramaturgischen Gründen sinnvoll erschienen. Die historisch belegten Personen habe ich versucht, so authentisch zu schildern, wie sie sich durch meine Recherchen erschlossen haben. Gleiches gilt für die Lebensumstände im Neuss des 15. Jahrhunderts.

Die Belagerung der Stadt Neuss durch Karl den Kühnen dauerte elf Monate. Über zwölftausend Menschen starben. Allein innerhalb der Stadtmauern kamen siebenhundert Neusser Bürger und Söldner, sechzehn hessische Ritter, siebzehn Bürger der Stadt Bonn und elf Frauen ums Leben. Siebzehn Türme und dreihundert Häuser wurden zerstört, die Kriegskosten beliefen sich auf einhundertfünfzigtausend Gulden. Am 28. Mai 1475 wurde den Neussern der Waffenstillstand verkündet. Am 5. Juni zogen die Bevollmächtigten des Kaisers und die päpstlichen Legaten feierlich in die Stadt ein, um im Quirinusmünster unter dem Geläut aller Glocken den Neussern den vorläufigen Friedensschluss zu verkünden. Am 2. September besuchte Kaiser Friedrich III. persönlich die Stadt und belohnte die Standhaftigkeit und Treue der Neusser mit wichtigen Privilegien, Rechten und Freiheiten. Ein definitiver Friedensschluss zwischen Burgund und dem Reich folgte am Jahresende, in dessen Mittelpunkt die Heiratsvereinbarungen zwischen Friedrichs ältestem Sohn Maximilian und Karls Erbtochter Maria stand.

Mit dieser habsburgisch-burgundischen Verständigung war jedoch der Streit zwischen Ruprecht und dem Kölner Erzstift noch nicht beigelegt. Erst als Ruprecht 1478 in Gefangenschaft geriet, willigte er, gegen eine entsprechende Summe, ein, zukünftig auf den Erzbischoftitel und das Bistum zu verzichten. Er starb am 26. Juli 1480, und Hermann von Hessen wurde am 11. August desselben Jahres zum neuen Erzbischof gewählt. Zeugnis über die Geschehnisse der Jahre 1474/75 gibt die Chronik des Stadtschreibers Christian Wierstraet. Er widmet seinen Bericht der

FELIX COLONIA UND PULCHRA NUSSIA!